国家出版基金项目
NATIONAL PUBLICATION FOUNDATION

中外文学交流史

钱林森　周宁　主编

中国－北欧卷

叶隽　著

山东教育出版社

目 录

总序

一

中外文学关系的研究，是中国比较文学学术传统最丰厚的领域，前辈学者开拓性的建树，大多集中在这一领域的研究，如范存忠、钱锺书、方重等之于中英文学关系，吴宓之于中美，梁宗岱之于中法，陈铨之于中德，季羡林之于中印，戈宝权之于中俄文学关系的研究，等等。20世纪中国比较文学研究前后两个高峰，世纪前半叶的高峰，主要成就就在中外文学关系研究上。20世纪后半叶，比较文学在新时期复兴，30多年来推进我国比较文学学科发展的支撑领域，同时也是本学科取得最多实绩的研究领域，依旧在中外文学关系研究。中外文学关系研究所获得的丰硕成果，被学术史家视为真正"体现了'我们自己的比较文学'的特色和成就"[1]，成为我国比较文学复兴发展的一个重要标志[2]。

1. 王向远：《中国比较文学研究二十年·前言》，南昌：江西教育出版社，2003年版。
2. 王向远教授在其28章的大著《中国比较文学研究二十年》中，从第2章到第10章论述国别文学关系研究，如果加上第17、18"中外文艺思潮与中国文学关系"、"中外文学关系史的总体研究"两章，整整占11章，可谓是"半壁江山"。

学术传统是众多学者不断努力、众多成果不断积累而成的。在中外文学关系研究领域，从20世纪80年代中期开始，先后已有三套丛书标志其阶段性进展。首先是乐黛云教授主编的比较文学丛书中的《中日古代文学交流史稿》（严绍璗著）、《近代中日文学交流史稿》（王晓平著）、《中印文学关系源流》（郁龙余编）。乐黛云教授和这套丛书的相关作者，既是继承者，又是开拓者。他们继承老一辈学者的研究，同时又开创了新的论题与研究方法。

其次是20世纪90年代初，北京大学和南京大学联合推出《中国文学在国外》丛书（10卷集，乐黛云、钱林森主编，花城出版社），扩大了研究论题的覆盖面，在理论与方法上也有所创新。再其后就是经过20年积累、在新世纪初期密集出现的三套大型比较文学丛书：《外国作家与中国文化》（10卷集，钱林森主编，宁夏人民出版社）、《跨文化沟通个案研究》丛书（乐黛云主编，北京出版社）、国别文学文化关系丛书《人文日本新书》（王晓平主编，宁夏人民出版社），这些成果细化深化了该研究领域，在研究范式的探究和方法论革新方面，也取得较大进展。

从某种意义上说，中外文学关系研究带动了整个中国比较文学研究。从"20世纪中国文学的世界性因素"的讨论，到中外文学关系探究中的"文学发生学"理论的建构；从中外文学关系的哲学审视和跨文化对话中激活中外文化文学精魂的尝试，到比较文学形象学与后殖民主义文化批判……所有这一切探索成果的出现，不仅推动了中国比较文学学科深入发展，反过来对中外文学关系问题的研究，也有了问题视野与理论方法的启示。

二

在丰厚的研究基础上，如何进一步推进中外文学交流研究，成为学术史上的一项重要使命。2005 年 7 月初，南京大学比较文学与比较文化研究所与山东教育出版社在南京新纪元大酒店，举行《中外文学交流史》丛书首届编委会暨学术研讨会，正式启动大型丛书《中外文学交流史》的编写工作，以创设一套涵盖中国与欧洲、亚洲、美洲等世界主要国家及地区的文学交流史。

中外文学交流史研究既是一项研究，又是关于此项研究的反思，这是学科自觉的标志。学者应该对自己的研究有清醒的问题意识，明确"研究什么"、"如何研究"和"为何研究"。

20 世纪末以来，国际比较文学研究一直面临着范式转型的问题，不同研究范型的出现与转换的意义在于其背后问题脉络的转变。产生自西方民族国家体系确立时代的比较文学学科，本身就是民族国家意识形态的产物。影响研究的真正命题是确定文学"宗主"，特定文学传统如何影响他人，他人如何从"外国文学"中汲取营养并借鉴经验与技巧；平行研究兴盛于"冷战"时代，试图超越文学关系的外在的、历史的关联，集中探讨不同文学传统的内在的、美学的、共同的意义与价值。"继之而起的新模式没有一个公认的名称，但是和所谓的后殖民批评有着明显的关系，甚至可以把后殖民批评称为比较研究的第三种模式。这种模式从后结构理论吸取了'话语'、'权力'等概念，致力于清算伴随着资本主义扩张的帝国主义和殖民主义，尤其是其文化方面的问题。这种批评的所谓'后'字既有'反对'的意思，也有'在……之后'的意思。""后殖民批评的假设前提是正式的帝国／殖民主义时代已然成为历史。在第二次世界大战之后这一点已经成为普遍的共识，当时不同政治阵营能够加之于对方的最严厉的谴责莫过于'帝国主义'了。这种共识是后殖民批评能够立于不败之地的先决条件。"[1]

1. 陈燕谷：《比较文学与"新帝国文明"》，载《中国社会科学院院报》，2004年2月24日。

伴随着后殖民主义文化批评在1970年代后期的兴起，西方比较文学界对社会文本的关注似乎开始压倒既往的文学文本。翻译、妇女、生态、少数族裔、性别、电影、新媒体、身份政治、亚文化、"新帝国治下的比较研究"[2]等问题几乎彻底更新了比较文学的格局。比如知名文化翻译学者苏珊·巴斯奈特在1993年出版的专著《比较文学批评导论》（*Comparative Literature: A Critical Introduction*）中就明确指出："后殖民"用最恰当的术语来表达，就是近年来出现的新跨文化批评，而"除此之外，比较文学已无其他名称可以替代"[3]。

2. 陈燕谷指出："现在我们也许有理由提出比较研究的第四种模式，也就是'新帝国治下的比较研究'。……当'帝国'去而复返……自然意味着后殖民批评不再具有不证自明的有效性。今天这种情况正在发生，比较研究必须在新帝国条件下重新界定自己的任务和方向。"陈燕谷：《比较文学与"新帝国文明"》。

3. Susan Bassnett, *Comparative Literature: A Critical Introduction*, Oxford and Cambridge: Blackwell, 1993, p.10.

本世纪初，比较文学的学科理论建设工作似乎依然徘徊在突围西方中心主义的方向和路径上。2000年，蜚声北美、亚洲理论界的明星级学者G.C.斯皮瓦克将其在加州大学厄湾分校的"韦勒克文学讲座"系列讲稿结集出版，取了个惊世骇俗的名字《一门学科的死亡》（*Death of A Discipline*），这门学科就是比较文学。其实斯皮瓦克并无意宣布比较文学的终结，而是在指出当前的欧美比较文学的困境，即文学越界交流过程中的不均衡局面，以及该学科依然留存着欧美文化的主导意识并分享了对人文主义主体无从判定的恐惧等问题后，希望促成比较文学的转型，开创一种容纳文化研究的新的比较文学范型，迎接全球化语境的文化挑战。[4]

4. Gayatri C. Spivak, *Death of A Discipline*, New York: Columbia University Press, 2003.

然而，我们也要清楚地看到，后殖民主义文化批判试图颠覆比较文学研究的价值体系，却没有超越比较文学的理论前提。因为比较研究尽管关注不同民族、不同国家文学之间的关系，但其理论前提却是，不同民族、国家的文学是以语言为疆界的相互独立、自成系统的主体。而且，比较文学研究总是以本国本民族文学为立场，假设比较研究视野内文学之间的关系是一种自我与他者的关系，只不过影响研究表示顺从与和解，后殖民主义文化批判强调反写与对抗。对于"他性"的肯定，依然没有着落。

坦率地说，中外文学关系研究仍属于传统范型，面临着新问题与新观念的挑战。我们在第三种甚至第四种模式的时代留守在类似于巴斯奈特所谓的"史前恐龙"[5]的第一种模式的研究领域，是需要勇气与毅力的。伴随着国际学术共同体间的密切互动与交流，北美比较文学的越界意识也在20世纪末期旅行到了中国。虽然目前国内比较文学也整合了文化批评的理论方法，跨越了既往单一的文学学科疆界，开掘了许多富于活力和前景的学术领域，但这些年来比较文学领域并不景气：一方面是研究的疆界在扩大也在不断消解，另一方面是不断出现危机警示与

5. Susan Bassnett, *Comparative Literature: A Critical Introduction*, p.5.

研究者的出走。在这个大背景下，从事我们这套丛书写作的作者大多是一些忠诚的留守者，大家之所以继续这个领域的研究，不是因为盲目保守，而是因为"有所不为"。首先，在前辈学人累积的深厚学术传统上，埋头静心、勤勤恳恳地在"我们自己的比较文学"领地里精心耕作，在喧嚣热闹的当下，这本身就是一种别具意味的学术姿态。同时，在硕果纷呈的比较文学研究领域，中外文学关系问题始终是一个基础但又重要的问题，不断引起关注，不断催生深入研究，又不断呈现最新成果，正如目前已推出的这套丛书所展示的，其研究写作不仅在扎实的根基上，对中外文学交流史的论题领域有所拓展，在理论与方法探索上也通过积极吸收、整合其他领域的成果而有所推进。最后，在中国作为新崛起的世界经济大国的关键历史节点上重新思考中外文学关系问题，直接关涉到中外文学关系研究的学科自觉。这事实上是一个如何在世界文学图景中重新测绘"中国文学"的问题，也即当代中国文学如何在世界中重新创造自己的身份和位置。通过中外文学关系研究，我们可以重新提炼和塑造中国文学、文化的精神感召力、使命感和认同感，在当代世界的共同关注点上，以文学为价值载体去发现不同文化之间交往的可能和协商空间，进而参与全球新的世界观的形成。

三

　　中外文学关系研究，就学科本质属性而言，属实证范畴，从比较文学研究传统内部分类和研究范式来看，归于"影响研究"，所以重"事实"和"材料"的梳理。对中外文学关系史、交流史的整体开发，就是要在占有充分、完整材料的基础上，对双向"交流"、"关系""史"的演变、沿革、发展作总体描述，从而揭示出可资今人借鉴、发展民族文学的历史经验和历史规律，因此它要求拥有可信的第一手思想素材，要求资料的整一性和真实性。

　　中外文学关系研究的开发、深化和创新，离不开研究理论方法的提升与原理范式的探讨。某种新的研究理念和理论思路，有助于重新理解与发掘新的文学关系史料，而新的阐释角度和策略又能重构与凸显中外文学交流的历史图景，从而将中外文学关系的研究向新的深度开掘。早在新时期我国比较文学举步之时和复兴之初，我国前辈学者季羡林、钱锺书等就卓有识见地强调"清理"中外文学关系的重要性和必要性，把它提到中国比较文学特色建设和拥有比较文

学研究"话语权"的高度。[1] 30 年来，我国学者在这方面不断努力，在研究的观念与方法上进

1. 20 世纪 80 年代初，钱锺书先生就提出："要发展我们自己的比较文学研究，重要的任务之一就是清理一下中国文学与外国文学的相互关系。"季羡林在《资料工作是影响研究的基础》一文中强调："我们一定先做点扎扎实实的工作，从研究直接影响入手，努力细致地去收集材料，在西方各国之间，在东方各国之间，特别是在东方与西方之间，从民间文学一直到文人学士的个人著作中去搜寻直接影响的证据，爬罗剔抉，刮垢磨光，一定要有根有据，决不能捕风捉影。然后在这个基础上归纳出有规律性的东西。"他明确反对"那些一无基础、二无材料，完全靠着自己的'天才'、'灵感'，率而下笔，大言不惭，说句难听的话，就是自欺欺人的所谓平行发展的研究"。参见王向远：《中国比较文学研究二十年》，第 9 页，南昌：江西教育出版社，2003 年版。

行了深入的探讨。钱林森教授主持的《外国作家与中国文化》丛书，曾经就中外文学关系研究

中的哲学观照和跨文化文学对话的观念与方法进行过有益的尝试与实践。其具体思路主要体现

在如下五个方面：

1) 依托于人类文明交流互补基点上的中外文化和文学关系课题，从根本上来说，是中外

哲学观、价值观交流互补的问题，是某一种形式的精神交流的课题。从这个意义上看，研究中

外文化、文学相互影响，说到底，就是研究中外思想、哲学精神相互渗透、影响的问题，必须

作哲学层面的审视。2) 考察两者接受和影响关系时，必须从原创性材料出发，不但要考察外

国作家、外国文学对中国文化精神的追寻，努力捕捉他们提取中国文化（思想）滋养，在其创

造中到底呈现怎样的文学景观，还要审察作为这种文学景观"新构体"的外乡作品，又怎样反

转过来向中国文学施于新的文化反馈。3) 今日中外文学关系史建构，不是往昔文学史的分支

研究，而是多元文化共存、东西哲学互渗时代的跨文化比较文学研究重构。比较不是理由，比

较中达到对话并且通过对话获得互识、互证、互补的成果，才是中外文学关系研究学理层面的

应有之义。4) 中外文学和文化关系研究课题，应以对话为方法论基点，应当遵循"平等对话"

的原则。对研究者来说，对话不止是具体操作的方法论，也是研究者一种坚定的立场和世界观，

一种学术信仰，其研究实践既是研究者与研究对象跨时空跨文化的对话，也是研究者与潜在的

读者共时性的对话，通过多层面、多向度的个案考察与双向互动的观照、对话，激活文化精魂，

进一步提升和丰富影响研究的层次。5) 对话作为方法论基点来考量的意义在于，它对以往"影

响研究"、"平行研究"两种模式的超越。这对所有致力于中外文学关系的研究者来说，都是

一种富有创意的、富有挑战性的学术探索。

从学术史角度看，同一课题的探讨经常表现为研究不断深化、理路不断明晰的过程。中外

文学关系史研究在中国比较文学界已有多年的历史，具有丰厚的学术基础。《中外文学交流史》

丛书是在以往研究基础上的又一次推进，具有更高标准的理论追求。钱林森主编在 2005 年编

委会上将丛书的学术宗旨具体表述为：

> 丛书立足于世界文学与世界文化的宏观视野，展现中外文学与文化的双向多层次
>
> 交流的历程，在跨文化对话、全球一体化与文化多元化发展的背景中，把握中外文学

相互碰撞与交融的精神实质：1）外国作家如何接受中国文学，中国文学如何对外国作家产生冲击与影响？具体涉及外国作家对中国文学的接纳与评说，外国作家眼中的中国形象及其误读、误释，中国文学在外国的流布与影响，外国作家笔下的中国题材与异国情调等等。2）与此相对的是，中国作家如何接受外国文学，对中国作家接纳外来影响时的重整和创造，进行双向的考察和审视。3）在不同文化语境中，展示出中外文学家就相关的思想命题所进行的同步思考及其所作的不同观照，可以结合中外作品参照考析，互识、互证、互补，从而在深层次上探讨出中外文学的各自特质。4）从外国作家作品在中国文化语境（尤其是20世纪）中的传播与接受着眼，试图勾勒出中国读者（包括评论家）眼中的外国形象，探析中国读者借鉴外国文学时，在多大程度上、何种层面上受制于本土文化的制约，以及外国文学在中国文化范式中的改塑和重整。5）论从史出，关注问题意识。在丰富的史料基础上提炼出展示文学交流实质与规律的重要问题，以问题剪裁史料，构建各国别语种文学交流史的阐释框架。6）丛书撰写应力求反映出国际比较文学界近半个世纪相关研究成果和我国比较文学20多年来发展的新成果。

四

在已有成果基础上从事中外文学关系史研究，要求我们要有所反思与开辟。这是该丛书从规划到研究，再到写作，整个过程中贯穿的思路。中外文学关系研究，涉及基本概念、史料与研究范型三方面的问题。

首先是基本概念。

中外文学关系，顾名思义，研究的是"关系"，其问题的重心在中国文学的世界性与现代性问题。在此前提下进行细分，所谓中外文学关系的历史叙述，应该在三个层次上展开：1）中国与不同国家、地区、语种文学在历史中的交流，其中包括作家作品与思潮理论的译介、作家阅读与创作的"想象图书馆"、个人与团体的交游互访等具体活动等。2）中外文学相互影响相互创造的双向过程，诸如中国文学接受外国文学并从与外国文学的交流中获得自我构建与自我确认基础，中国文学以民族文学与文学的民族个性贡献并参与不同国家、地区、语种文学创造等。3）存在于中外文学不同国家、地区、语种文学之间的世界文学格局，提出"跨文学空间"的概念，并将世界文学建立在这样一种关系概念上，而不是任何一种国家、地区、语种文学的普世性霸权上。

中外文学关系研究"中外文学"的关系，另一个必须厘清的概念是"中外文学"：1）中外文学关系不仅是研究"之间"的关系，更重要的是研究不同国家、地区、语种文学各自的文学史，比如研究法国文学对中国现代文学的影响，真正的问题在中国现代文学，反之亦然。2）中外文学关系在"中"与"外"二元对立框架内强调双向交流的同时，也不能回避中国立场。首先，中外文学研究表面上看是双向的、中立的，实际上却有不可否认的中国立场甚至可以说是中国中心。因此，"中外文学"提出问题的角度与落脚点都应是中国文学。3）中国立场的中外文学关系研究的理论指归在于中国文学的世界性与现代性问题。它包括两个层次的意义：中国在历史上是如何启发、创造外国文学的；外国文学是如何构筑中国文学的世界性与现代性的。

中外文学关系基本概念涉及的最后一个问题是"史"。中外文学关系史属于文学史的范畴，它关系到某种时间、经验与意义的整体性。纯粹编年性地记录曾经发生过的文学交流事件，像文学旅行线路图或文学流水账单之类，还不能够成为文学交流史。中外文学交流史"史"的最基本的要求在于：1）文学交流史必须有一种时间向度的研究观念，以该观念为尺度，或者说是编码原则，确定文学交流史的起点、主要问题、基本规律与某种预设性的方向与价值。2）可能成为中外文学关系史的研究观念的，是中国文学的世界性与现代性问题。中国文学是何时、如何参与、如何接受或影响世界文学的，世界性因素是何时并如何塑造中国文学的。3）中外文学交流史表现为中国文学在中外文学交流中实现世界性与现代性的过程。中国文学的世界化分两个阶段，汉字文化圈内东亚化与近代以来真正的世界化，中国文学的世界化是与中国文学的"现代化"同时出现的。

其次是史料问题。

史料是研究的基础。研究的成败，从某种意义上说，取决于史料的丰富与准确程度。史料是多年研究积累的成果，丰富是量上的要求；史料需要辨伪甄别，尽量收集第一手资料，这是对史料的质的要求。史料自然越丰富越好，但史料的发现往往是没有止境的，所以史料的丰富与完备是相对的，关键看它是否可以支撑起论述。因此，研究中处理史料的方式，不仅是收集，还有在特定研究观念下剪裁史料、分析史料。

没有史料不行，仅有史料又不够。中外文学关系史研究在国内，已有多年的历史，但大多数研究只停留在史料的收集与叙述上，丛书要在研究上上一个层次，就不能只满足于史料的收集、整理、叙述。中外文学关系的研究与写作应该分为三个层次：第一个层次，掌握资料来源并尽量收集第一手的资料，对资料进行整理、分析、阐释，从中发现一些最基本的"可研究"的问题。第二个层次是编年史式资料复述，其中没有逻辑的起点与终点，发现的最早的资料就是起点，该起点是临时的，随着新资料的发现不断向前推，重点也是临时的，写到哪里就在哪里结束。第三个层次是使文学交流史具有一种"思想的结构"。在史料研究基础上形成不同专题的文学交流史的"观念"，并以此为线索框架设计文学交流史的"叙事"。

最后，中外文学交流研究的第三大问题是研究范型。学术创新的途径，不外乎新史料的发现、新观念与新的研究范型的提出。

研究范型是从基本概念的确立与史料的把握中来的。问题从何处来，研究往何处去。研究模式包括基本概念的确立、史料的收集与阐发、研究方法的选择等内容。任何一项研究，都应该首先清醒地意识到研究模式，说到底，就是应该明确"研究什么"和"如何研究"。研究的基本概念划定了我们研究的范围，而从史料问题开始，我们已经在思考"如何研究"了。

中外文学交流作为一个走向成熟的研究领域，必须自觉到撰写原则或述史立场：首先应该明确"研究什么"。有狭义的文学交流与广义的文学交流。狭义的文学交流，仅研究文学与文学的交流，也就是说文学范围内作家作品、思潮流派的交流，更多属于形式研究范畴，诸如英美意象派与中国古典诗词、《雷雨》与《俄狄浦斯王》；广义的文学交流，则包括文学涉及的广泛的社会文化内容，文本是文学的，但内容与问题远超出文学之外，比如"启蒙作家的中国文化观"。本书的研究范围，无疑属于广义的中外文学交流。所谓中外文化交流表现在文学活动中的种种经验、事实与问题，都在研究之列。

但是，我们不能始终在积极意义上讨论影响研究，或者说在积极意义上使用影响概念，似乎影响与交流总是值得肯定的。实际上，对文学活动中中外文化交流的研究，现有两种范型：一种是肯定影响的积极意义的研究范型，它以启蒙主义与现代民族文学观念作为文学交流史叙事的价值原则，该视野内出现的问题，主要是一种文学传统内作家作品与社团思潮如何译介、传播到另一种文学传统，关注的是不同语种文学可交流性侧面，乐观地期待亲和理解、平等互惠的积极方面，甚至在潜意识中，将民族主义自豪感的确认寄寓在文学世界主义想象中，看中国文学如何影响世界。我们以往的中外文学关系研究，大多是在这个范型内进行的。另一种范型关注影响的负面意义，解构影响中的"霸权"因素。这种范型以后现代主义或后殖民主义观念为价值原则，关注不同文学传统的不可交流性、误读与霸权侧面。怀疑双向与平等交流的乐观假设，比如特定文学传统之间一方对另一方影响越大，反向影响就越小，文学交流往往是动摇文学传统的霸权化过程；揭示不同语种文学接触交流中的"背叛性"因素与反双向性的等级结构，并试图解构其产生的社会文化机制。

中外文学关系研究的开发、深化和创新，离不开研究理论方法的提升与原理范式的研讨。某种新的研究理念和理论思路，有助于重新理解与发掘新的文学关系史料，而新的阐释角度和策略又能重构与凸显中外文学交流的历史图景，从而将中外文学关系的"清理"和研究向新的深度开掘。以往的中外文学交流研究，关注更多的是第一种范型内的问题，对第二种范型内的问题似乎注意不够。丛书希望能够兼顾两种范型内的问题。"平等对话"是一种道德化的学术理想，我们不能为此掩盖历史问题，掩盖中外文学交流上的种种"不平等"现象，应分析其霸权与压制、他者化与自我他者化、自觉与"反写"（Write Back）的潜在结构。

同时，这也让我们警觉到我们的研究范型中可能潜在着的一个矛盾：怎能一边认同所谓"中国立场"或"中国中心"，一边又提倡"世界文学"或"跨文学空间"？二者之间是否存在着某种对立？实际上在中国文学的世界性与现代性问题前提下叙述中外文学交流，中国文学本身就处于某种劣势，针对西方国家所谓影响的"逆差"是明显的。比如说，关于中国文学对西方文学的影响，我们可以以一个专题写成一本书，而西方文学对中国现代文学的影响，则是覆盖性的，几乎可写成整部文学史。我们强调"中国立场"本身就是一种"反写"。另外，文学史述实际上根本不存在一个超越国别民族文学的普世立场。启蒙神话中的"世界文学"或"总体文学"，包含着西方中心主义的霸权。或许提倡"跨文学空间"更合理。我们在"交流"或"关系"这一"公共空间"内讨论问题，假设世界文学是一个多元发展、相互作用的系统进程，形成于跨文化跨语种的"文学之际"的"公共领域"或"公共空间"中。不仅西方文学塑造中国现代文学，中国文学也在某种程度上参与构建塑造西方现代文学。尽管不同国家、民族、地区的文学交流存在着"不平等"的现实，但任何国家、民族、地区的文学都以自身独特的立场参与塑造世界文学，而世界文学不可能成为任何一个国家、民族或语种文学扩张的结果。

我们一直在试图反思、辨析、确立中外文学交流研究的基本概念、方法与理论范型，并在学术史上为本套丛书定位。所谓研究领域的拓展、史料的丰富、问题域的明确、问题研究的深入、中外文学交流整体框架的建构，都将是本套丛书的学术价值所在。我们希望本套丛书的完成，能够推进中国比较文学界中外文学关系研究领域走向成熟。这不仅是个人研究的自我超越问题，也是整个比较文学研究界的自我超越问题。

五

钱林森教授将中外文学交流研究的问题细化为五大类，前文已述。这五大类问题构成中外文学交流史的基本问题域，每一卷的写作，都离不开这五大类基本问题。反思这套丛书的研究与写作，可以使我们对中外文学交流史的研究范型有一个基本的把握。在丛书写作的过程中，钱林森教授不断主持有关中外文学关系史的笔谈，反思中外文学关系研究的基本问题与理论范式，大部分参与丛书写作的学者都从不同角度发表了具有建设性的思考，引起了国内学术界的关注。

其中，王宁教授从国家文化战略的高度理解中外文学关系史研究，认为："探讨中国文化和文学在国外的接受和传播，应该是新世纪中国比较文学学者研究的一个重要课题，通过这一课题的研究，不仅可以从根本上打破中外文学关系研究领域内长期存在的西方中心主义思维定势，使得中国学者的民族自尊心和自豪感大大地提升，而且也有助于中国文化走出去战略的实施。在这方面，比较文学学者应该先行一步。"王宁先生高蹈，叶隽先生务实，追问作为科学范式的文学关系研究的普遍有效性问题，他从三个方面质疑比较文学学科的合法性：一是比较文学的整体学术史意识，二是比较文学的思想史高度，三是比较文学作为一门具体学科的"文史根基"与方寸。葛桂录教授曾对史料问题做过三方面的深入论述：一是文献史料，二是问题域，三是阐释立场。"从比较文学学科的传统研究范式来看，中外文学关系研究属于'影响研究'

范畴，非常关注'事实材料'的获取与阐释。就其学科领域的本质属性来说，它又属于史学范畴。而文献史料的搜集、鉴辨、理解与运用，是一切历史研究的基础性工作。力求广泛而全面地占有史料，尽可能将史料放在它形成和演变的整个历史进程中动态地考察，分辨其主次源流，辨明其价值与真伪，是中外文学关系研究永远的起点和基础。"缺少史料固然不行，仅有史料又十分不够。中外文学关系研究"问题意识"必不可少，问题是研究的先导与指南。葛桂录教授进一步论述："能否在原典文献史料研究基础上，形成由一个个问题构成的有研究价值的不同专题，则成为考量文学关系研究者成熟与否的试金石。在文学关系研究的'问题域'中进而思考中外文学交往史的整体'史述'框架，展现文学交流的历史经验与历史规律，揭示出可资后人借鉴、发展本民族文学的重要路径，又构成中外文学关系研究的基本目标。"

文献史料、问题域、阐释立场是中外文学关系研究的三大要素。文献史料的丰富、问题域的确证、研究领域的拓展、观念思考的深入，最终都要受研究者阐释立场的制约。中外文学关系研究，理论上讲当然应该是双向的、互动的。但如要追寻这种双向交流的精神实质，不可避免地要带有某种主体评价与判断。对中国学者来说，就是展现着中国问题意识的中国文化立场。"中外文学"提出问题的出发点与归宿都指向中国文学。这样看来，中外文学关系研究的理论关注点，在于回答中国文学的世界性与现代性问题。也就是，中国文学（文化）在漫长的东西方交流史上是如何滋养、启迪外国文学的；外国文学是如何激活、构建中国文学的世界性与现代性的。这是我们思考中外文学交流史的重要前提，尤其是要考虑处于中外文学交流进程中的中国文学是如何显示其世界性，构建其现代性的。

六

乐黛云先生在致该丛书编委会的信中，提出该丛书作为中外文学关系研究的"第三波"的高标："如果说《中国文学在国外》丛书是第一波，《外国作家与中国文化》是第二波，那么，《中外文学交流史》则应是第三波。作为第三波，我想它的特点首先应体现在'交流'二字上。它不单是以中国文学为核心，研究其在国外的影响，也不只是以外国作家为核心讨论其对中国文化的接受，而是要着眼于'双向阐发'，这不仅要求新的视角，也要求新的方法；特别是总的说来，中国文学对其他文学的影响多集中于古代文学，而外国文学对中国文学的影响却集中于现代文学。如何将二者连缀成'史'实在是一大难点，也是'交流史'能否成功的关键。"

本套丛书承载着中国比较文学百年学术史的重要使命，它的宏愿不仅在描述中国与世界主要国家的文学关系，还在以汉语文学为立场，建构一个"文学想象的世界体系"。中外文学交流史的研究要点在"文学交流"，因此研究的核心问题是"双向阐发"，带着这个问题进入研究，中外文学关系就不是一个简单的译介、传播的问题，中外文学相互认知、相互影响与创造才是问题的关键。严绍璗先生在致主编钱林森的信中，进一步表达了他对本丛书的学术期望，文学交流史研究应该"从一般的'表象事实'的描述深入到'文学事实'内具的各种'本相'的探讨和表达"：

> 我期待本书各卷能够是以事实真相为基础，既充分展现中华文化向世界的传播，又能够实事求是地表述世界各个民族文化对中华文化和中华文明丰富多彩性的积极的影响，把"中外文学关系"正确地表述为中国和世界文化互动的历史性探讨。"文学关系"的研究，习惯上经常把它界定在"传播学"和"接受学"的层面上考量，三十年来比较文学的研究，特别是中国比较文学研究，事实上已经突破了这样一些层面而推进到了"发生学"、"形象学"、"符号学"、"阐释学"和"叙事学"等等的层面中。在这些层面中推进的研究，或许能够更加接近文学关系的事实真相并呈现文学关系的内具生命力的场面。我期待着新撰的《中外文学交流史》各卷，能够从一般的"表象事实"的描述深入到"文学事实"内具的各种"本相"的探讨和表达。

2005 年南京会议之后，丛书的编写工作正式启动，国内著名学者吕同六、李明滨、赵振江、郁龙余、郅溥浩、王晓平等先生慷慨加盟，连同其他各位中青年学者，共同分担《中外文学交流史》丛书的写作。吕同六先生曾主持中意文学交流卷，却在丛书启动不久仙逝，为本丛书留下巨大的遗憾。在丛书编写过程中，有人去了有人来，张西平、刘顺利、梁丽芳、马佳、齐宏伟、杜心源、叶隽先生先后加入本套丛书，并贡献出他们出色的成果。

在整个研究写作过程中，国内外许多同行都给予我们实际的支持与指导，我们受用良多。南京会议之后，编委会又先后在济南、北京、厦门、南京召开过四次编委会，就丛书编写的具体问题进行讨论，得到山东教育出版社的一贯支持。丛书最初计划五年的写作时间，当时觉得已足够宽裕，不料最终竟然用了九年才完成，学术研究之漫长艰辛，由此可见一斑。丛书完成了，各卷与作者如下：

(1)　《中国－阿拉伯卷》（郅溥浩、丁淑红、宗笑飞　著）

(2)　《中国－北欧卷》（叶隽　著）

(3)　《中国－朝韩卷》（刘顺利　著）

(4)　《中国－德国卷》（卫茂平、陈虹嫣等　著）

(5)　《中国－东南亚卷》（郭惠芬　著）

(6)　《中国－俄苏卷》（李明滨、查晓燕　著）

(7)　《中国－法国卷》（钱林森　著）

(8)　《中国－加拿大卷》（梁丽芳、马佳　主编）

(9)　《中国－美国卷》（周宁、朱徽、贺昌盛、周云龙　著）

(10)　《中国－葡萄牙卷》（姚风　著）

(11)　《中国－日本卷》（王晓平　著）

(12)　《中国－希腊、希伯来卷》（齐宏伟、杜心源、杨巧　著）

(13)　《中国－西班牙语国家卷》（赵振江、滕威　著）

(14)　《中国－意大利卷》（张西平、马西尼　主编）

(15)　《中国－印度卷》（郁龙余、刘朝华　著）

(16)　《中国－英国卷》（葛桂录　著）

(17)　《中国－中东欧卷》（丁超、宋炳辉　著）

本套丛书的意义，就在于调动本学科研究者的共同智慧，对已有成果进行咀嚼和消化，对已有的研究范式、方法、理论和已有的探索、尝试进行重估和反思，进行过滤、选择，去伪存真，以期对中外文学关系本身，进行深入研究和全方位的开发，创造出新的局面。

钱林森、周宁

序

　　我和叶隽在台湾开会相识，学问上颇为投缘。他长于德国文学，我以中国文学为业，而如何把文学置于文化整体中加以研究，我们的兴趣相通。在《变创与渐常》那本书里他建构了"侨易学"，一种如何探究文学与文化移地易人而产生变体创格的理论。就我自己而言，在做了许多个案研究之后，觉得应当在理论上有所综合，但一时积习难改，因此我很佩服叶君的理论勇气。他的"侨易学"广证博引，结体宏伟，没有那种刻意造作的理论腔，不仅以实学为基础，且能善择各种外来理论，与中国往哲的精思睿智相生相发，这对我都有启发。另有一点，读理论文章常使人头晕或瞌睡，而叶隽的叙事文质彬彬，简达流畅，其中有他力求"清通洒脱"的一份自觉在，这也是令我心仪的地方。

　　2014 年 9 月间我去北京开会，有幸参加了中国社会科学院举办的关于"侨易学"的小型研讨会，谈了些看法，后来整理成文，发表在《书城》上。叶隽很谦虚，示我其新作嘱我为序，我欣然应命。粗读之下，觉得胜义纷陈，有我感兴趣的问题，值得探讨，尽管至多是些补充和发挥，因此书出之以求教于叶隽及方家。

　　不妨插入新近由北欧带来的惊喜：1927 年由上海影戏公司摄制的默片《盘丝洞》早已失传，前两年在挪威发现一部拷贝，在丹麦和荷兰被修复后，今年被送回中国，在电影界造成轰动。该片在当年乃商业巨片，票房爆顶，首次将《西游记》改编成电影，开古装片、神怪片之先河，艺术上也属上乘。此片在上海电影博物馆放映时，我也能一饱眼福，看到片中挪威字幕，想到这部电影片里片外的西游之旅，及其 87 年之后东归故土而被视作"无价之宝"，不由得感概系之。

　　谈起世界文学在现代中国，我们会掐指胜算，以主要国别计，如德国的歌德、英国的莎士比亚、法国的波特莱尔、俄国的托尔斯泰、美国的惠特曼等，一颗颗巨星闪烁，当然还有大大小小的行星，然而叶隽此书则专为北欧作家搭建舞台，展示其文学和文化的东渐之旅，对于戏剧、儿童文学和文学批评三个块面一一钩稽爬梳，让我们看到易卜生、安徒生和勃兰兑斯，方阵般屹立于舞台中央，即使置身于这些巨星之间，其亮度不遑多让。他们在中国擦出思想火花，激起创作的涟漪。自 1918 年胡适在《新青年》上组织"易卜生号"之后，娜拉几成"个人主义"代名词，引领女界解放潮流；民国以来域外文学女性不计其数，在社会效应上皆难以与娜拉比肩。卷入争论或影响到创作的，如鲁迅、郭沫若、茅盾、曹禺等纷纷披挂登场。自周作人首肯推安徒生以来，儿童文学成为独特的文学园地，其间有叶圣陶、赵景深等辛勤耕耘，而叶君健尽毕生心血完成安徒生童话全集翻译，如诗的篇什如《卖火柴的女孩》、《丑小鸭》、《皇帝的新衣》等脍炙人口，植入中国的童年记忆之中。至于勃兰兑斯的煌煌巨著《十九世纪文学主流》，经由韩侍桁、李长之的翻译为国人所知，向来被尊为文学史楷模，而在冯至、刘大杰等人那里北欧文学的专业学术谱系得以形成。

由这一长串杰出文士的名单足见北欧文学在中国现代文学史上的分量。叶隽曾对日耳曼文学的中国接受史作过研究，然而当他在欧洲的文学版图中来看北欧文学的特殊地位及在中国所产生的不寻常效应，却含有新的问题意识。以丹麦、挪威、瑞典这北欧核心三国而言，地处斯堪的纳维亚半岛，虽也同属广义日耳曼民族，但与处于中欧的德语国家明显有所差别。历史上在第九、十世纪以"海盗"著称，掠夺殖民，横行一时，然而进入近世，政治上难以与奥德争锋，反而韬光养晦，发扬本族文化之固有精神，并借鉴外来文化之精华，融会贯之，遂人杰地灵，人才辈出，如克尔凯郭尔、斯特林堡、易卜生、汉姆生、安徒生、勃兰兑斯等，散发出北欧特有的精神姿质。

对于北欧与中国之间的精神连接，主体性是叶隽的关注所在。书中描述的，一方面是"授"者在欧陆的生成，另一方面，更多更重要的，是"受"者的复杂情况。这两者为历史隔断，远在天边，近在咫尺，叶隽在全球"文化圈"的格局中探寻"异质"文化的关键功能，最终强调的是世界人文的价值共享。他发现，比起荷马、但丁、莎士比亚等在世界文学史上的地位，易卜生不见得那么显赫，但他与中国现代文学史与思想史的亲密关系，则有过之。世界文学的发展与传播固然离不开地缘政治，但与国力强盛不一定成正比，其影响更取决于精神与美学的内涵。在叶隽对于"北欧精神"及其中国接受的诠释中处处可见中心与边缘、政治与美学之间的张力，如他指出："世界走向文化大同之路，恐怕未必仅应以政治国家或强势权力为标志，而是需要更多考虑文化多元与求和原则。相比较德国文化圈的相对强势，北欧因其政治分属多国，现实场域内的文化圈取势不强，但并不意味着它本身不具备竞争力。"落实到中国境遇中，自然带着强烈的当代关怀："这就是北欧文学与知识的辉煌，他们以偏处欧洲北部顶端的岛群地理格局，而建构出一种具有世界胸怀和国际影响力的北欧文学整体，这是怎么高估也不过分的。他们所选择的路径，对于现代中国的文化进路来说其实也有着非常深刻的可资鉴意义。"

所谓"中国道路"的说法至今不绝于耳，的确从近现代以来，中国似乎总是在探索与选择的过程中，无论是师法英美还是最终让位于苏联模式，有关的论述汗牛充栋，那是着重政治体制方面的，而叶隽此书则讨论文学与文化方面的探索与选择，就北欧与中国的连接而言，则含有某种"另类"（alternative）的意思。其理论架构是作者"侨易学"的进一步开展，如"二元三维，大道侨易"、"观侨取象、察变寻异"、"物质位移导致精神质变"等，不过对于并不谙熟"侨易学"的读者来说，此书好在以史料说话，史论结合，仍体现了叶隽一贯的学术作风，如他所声称的，以"问题意识"贯穿始终，描述具体文本在流转中接受、变形与意义再生的过程，在众声喧哗、散点渗透的动态中发现共同的东西。本来我觉得叶隽的"侨易学"含有多元包容的倾向，而这本书不仅自觉提防将理论画地为牢，且力图突破自己的研究范式，体现了理论与历史之间的良性互动。

鲁迅早在 1908 年《摩罗诗力说》、《文化偏至论》中便对克尔凯郭尔、易卜生推颂备至，且受他的影响，韩侍桁、李长之从事勃兰兑斯的翻译和研究，因此对于北欧文学的中国接受，鲁迅无疑扮演了举足轻重的角色。尽管鲁迅早已发现北欧文学，那是在 1918 年 6 月，《新青年》上推出《易卜生号》及全文刊出《傀儡之家》，遂引起易卜生热，由是凸显了胡适的作用，这方面已谈得很多，而叶隽论述胡适和鲁迅之间的"潜争论"，在北欧文学的接受脉络里涉及各自留学背景等的问题，对此我也来饶舌几句。

在胡适等人提倡之后，国人对易卜生持续发烧，似非偶然。确实这是由于胡适与《新青年》同仁的精心策划，也是因为同时引爆数个前沿阵地所致。鼓吹"易卜生主义"表面上是直接针对京中盛行的旧戏，"个人与社会"的议题切入思想层面，而娜拉则涉及爱情、婚姻与家庭问题，遂掀起女性解放之风。胡适对易卜生的引介，在女性问题上，我觉得蕴含着时间与空间的双重错位。在推崇易卜生时，脑子里装的是美国模式，如叶隽引征胡适《美国的妇人》一文："如今所讲美国妇女特别精神，只在他们的自立心，只在他们那种'超于良妻贤母人生观'。这种观念是我们中国妇女所最缺乏的观念。"该文发表在《易卜生号》之后不久（《新青年》1918

年 9 月），不啻为娜拉的意义下了个脚注。另一个错位是易卜生所抨击的家庭种种弊端，乃是工业社会中形成的资产阶级"核心家庭"价值观，这在 19 世纪欧洲具普遍性，在福楼拜的《包法利夫人》和托尔斯泰的《安娜·卡列尼娜》中有不同程度的反映，然而在中国语境里，批判的矛头则指向旧家庭，实际上配合了《新青年》的"打倒孔家店"的议程。从文化选择方案角度看，《傀儡之家》的文化内涵被抽离，所谓妇女"自立心"是个空洞概念，胡适这么鼓吹无异于牛头不对马嘴，将西方价值强加于中国现实。正是有鉴于此，鲁迅觉得胡适"肤浅"，遂有"娜拉出走"的一番议论。

叶隽论及留美与留日学生在文化选择方面的差异，"周氏兄弟之在中国现代文化史上异军突起，自然与其留日背景密切相关，虽然胡适那代人以留美经验而迅速在文化场域获得大名，但若论及对西学的接触迅捷和涉猎广泛，其实不如留日学人"。对于认识近现代中国对世界文化的不同接纳方式有举一反三之效。夏志清先生在《中国现代小说史》中也有过类似比较，认为在英美留学的浸淫在浪漫主义文学和维多利亚文学的氛围中，而中国知识分子对英美传统比较冷淡，那是因为这传统与当时中国亟待解决的问题无直接的关系之故。有意思的是在 1935 年 5 月的《独立评论》上，胡适回顾他在"五四"期间提倡易卜生的个人主义时，对"维多利亚时代"再三致意："还有一些人嘲笑这种个人主义，笑它是十九世纪维多利亚时代的过时思想。这种人根本就不懂得维多利亚时代是多么光华灿烂的一个伟大时代。马克思、恩格斯都生死在这个时代里，都是这个时代的自由思想独立精神的产儿。他们都是终身为自由奋斗的人。我们离维多利亚时代还老远哩。我们如何配嘲笑维多利亚时代呢！"面对"社会主义"者的"嘲笑"，胡适祭起"维多利亚时代"的法宝，不能说不勇敢，然而修辞上陷入吊诡，与其说要以"维多利亚时代"罩住马恩，毋宁要借重马恩来护航。其实当时的思想界普遍左倾，胡适也顺水推舟，称赞苏俄"用种种方法来提倡各人的努力"等，在这么说的时候，易卜生也不免矮了一截。

1928 年 8 月在鲁迅在其主编的《奔流》杂志上组织了几篇文章纪念易卜生百年诞辰，并对十年前《新青年》上的"易卜生号"作了一番评估，在这一比较脉络里，叶隽指出易卜生在中国被符号化，而对于世界文学的译介则常常是兴之所致，缺乏系统，"革命时代涌来的'舶来之物'又实在太多，太纷繁，这就使得此一符号方生，彼一符号又起，很难起到真正持久意义上的推进作用"。在此意义上鲁迅代表了"建设"的范式。的确鲁迅用心策划了这一易卜生小辑，在《编校后记》中他对五六篇文章一一作了介绍，包括生平、创作到批评等方面，所谓"自年青的 Ibsen 起，直到他的死尸"，是相当全面系统的。对待世界文学的译介，鲁迅比一般的要来得更为严肃，要求历史性和学术性，这跟他以"直译"来传达原汁原味的态度是一致的。

不过鲁迅是有感而发，主要针对胡适。回顾十年前的"易卜生号"，鲁迅称赞胡适他们"文学底革命军进攻"，"意气是壮盛的"，且指出当初发动"易卜生主义"的初衷不尽如青木正儿所说的，是反对京中盛行的旧戏，更是因为"Ibsen 敢于攻击社会，敢于独战多数"，才产生巨大的社会影响。然而笔锋一转："那时的此后虽然颇有些纸面上的纷争，但不久也就沉寂，戏剧还是那样旧，旧垒还是那样坚；……然而这还不算不幸。再后几年，则恰如 Ibsen 名成身退，向大众伸出和睦的手来一样，先前欣赏那汲 Ibsen 之流的剧本《终身大事》的英年，也多拜倒于《天女散花》，《黛玉葬花》的台下了。"这里鲁迅在慨叹新文化未能持续，旧戏照样盛行，特别是梅兰芳每至上海，辄风靡一时，那时胡适也在上海，属于梅兰芳宴请的名流之一。鲁迅一向不喜欢梅兰芳，最后几句指的是胡适在"名成身退"之后与旧戏同流合污之意。

1928 年颇不寻常，国共决裂之后，政治和社会秩序急剧变动，思想界大洗牌，文学领域出现从"文学革命"到"革命文学"的转向。年头上创造社元老成仿吾与从日本回来的李初梨等创办了《文化批判》，太阳社的钱杏邨、蒋光慈等创办了《太阳》杂志，他们对新文化运动实行清盘，同时将矛头指向作为其代表的鲁迅。三月里徐志摩、闻一多推出了《新月》杂志，胡适、梁实秋等皆为主要撰稿者，意味着亲英美派的文学集结。六月里鲁迅与从创造社分裂出来的郁达夫一起创办了《奔流》。鲁迅自认，创造社"逼"他去读了马克思主义的书，事实上在《奔流》上发表了不少由他翻译的苏联文艺理论方面的著作。上述《编校后记》里有一段耐人寻味的话："世间大约还该有从集团主义的观点，来批评 Ibsen 的论文罢，无奈我们现在手头没有这些，所以无从绍介。这种工作；以待'革命的知识阶级'及其'指导者'罢。"且不论其时鲁迅是否已有地下共产党高人的"指导"，这段话暗示他的无产阶级立场，因此对于易卜生的纪念意味着青黄不接，因为那些由勃兰兑斯、霭理斯等人写的文章显然不能代表"集团主义"，然而要以集团主义的观点来评判易卜生，其"敢于独战多数"的态度恐怕会发生问题，结果是要末把他转化为"多数"的代表，要末把他作为"个人主义"的代表加以否定。这两种结果对于易卜生来说都不妙。

有趣的是比《奔流》早三个月，《新月》上刊出江小鹣的易卜生画像，并有余上沅和张嘉铸的两篇论文，当是百年纪念的应景之举。其时胡适热心于《红楼梦》考证，把易氏的"个人主义"好像淡忘了，与其十年前叱咤风云相较，显得出奇的淡定。正如《新月的态度》一文所宣言的，在众声喧嚣的"思想的市场"上，该杂志提倡"健康"与"尊严"的原则。在乱世中似乎竭力保持一种文化上的"谦卑"和"矜持"，然而不久梁实秋被鲁迅骂成"资本家的乏走狗"，而且杂志被国民党勒令停刊，这批英美派学人的窘境也可见一斑。

鲁迅是中国最早的易卜生知音之一，在《文化偏至论》中对易氏大加赞颂："如其《民敌》一书，谓有人宝守真理，不阿世媚俗，而不见容于人群，狡狯之徒，乃巍然独为众愚领袖，借多陵寡，植党自私，于是战斗以兴，而其书亦止：社会之象，宛然具于是焉。"鲁迅早年高扬"个人"的姿态一向受学界重视，日本学者竹内好认为："鲁迅于明治末来日本留学，他通过日语和德语吸收了欧洲近代文学的养分。但是这种吸收带有相当的个性色彩。"（《鲁迅研究月刊》2005 年第 2 期）然而叶隽指出："这种欧洲近代文学，显然不仅包括主要国别如德、法、英等，也包括北欧、东欧等更为相对弱势的国家。"不是笼统地谈论"欧洲近代文学"，而从地缘政治和权力关系的角度来凸现"相对弱势"的"东欧、北欧"，正是叶隽的发见。他又说："'被损害与被侮辱的民族'这个名词应算是鲁迅的发明，而之所以能有此发明，其实与其在日语世界里的知识探索，尤其是北欧、东欧这样的地域国别世界的发明是相关的。"事实上早年鲁迅深受日本留学生反清革命的影响，尤其是关于汉族"亡国奴"的话语在他身上印刻着精神创伤，也体现在他的文学活动当中，正如后来在《我怎么做起小说来》一文中回忆："注重的倒是在介绍，在翻译，而尤其注重于短篇，特别是被压迫的民族中的作者的作品。因为那时，正盛行着排满论，有些青年，都引那些叫喊和反抗的作者为同调的，……因为所求的是叫喊和反抗，势必至于倾向了东欧，因此所看的俄国，波兰以及巴尔干诸小作家的东西就特别多。"这里只提到"东欧"，而在鲁迅早年的欧陆视域里它与北欧等量齐观，如 1908 年《破恶声论》："古则有印度希腊，近之则东欧与北欧诸邦，神话古传以至神物重言之丰，他国莫与并，而民性亦瑰奇渊雅，甲天下焉，吾未见其为世诟病也。"在次年《域外小说集》中："又以近世文潮，北欧最盛，故采译自有偏至。"在鲁迅眼中，易卜生代表了弱势民族的反抗精神，因此其"个性色彩"含有一种集体意识，对北欧的选择不无某种边缘性的文化政治的考虑。

　　叶隽在此书中指出，与其他北欧作家相比，易卜生在中国成为一个象征性符号，在传播中"发散"，呈现"多点共生，群集交错"，或可说在各人的调色板上主体变换了本色，"而正是在这样一种融通的维度中，让我们感受到侨易学消解主体的意义，主体的消解过程，或许就是新式主体的诞生过程"。这种主体变异如上述胡适用马克思、恩格斯来论证易卜生的"个人主义"，相似的是，1925 年茅盾说："六七年前《新青年》出《易卜生专号》，曾把这位北欧文学家作为文学革命、妇女解放、反抗传统思想……等新运动的象征，那时候，易卜生这个名儿萦绕于青年心胸中，传述于青年的口头，不亚于今日之下的马克思和列宁。"（《文学周报》，176 期）易卜生一再与马克思扯上关系，几乎成了个社会主义者，这大约也是"中国特色"吧。

　　叶隽论及茅盾对北欧神话情有独钟，且把茅盾 1930 年的长篇小说《虹》里的女主角梅女士放在娜拉的谱系里做了出色的讨论。这里可补充的是，小说里梅女士早先在四川受到《新青年》的思想启蒙，当然少不了娜拉的影响，然后来到上海得到马克思主义的武装，投身于反帝革命的洪流。有趣的是此时茅盾一再声称自己信奉"北欧的命运女神"，使他认清历史进步的方向，而且在小说里梅女士也同样在这一命运女神的光照之下，不断地"令她用战士的精神往前冲！"。"她唯一的野心是征服环境，征服命运！几年来她唯一的目的是克制自己浓郁的女性和更浓郁的母性！"梅女士要"征服环境"的"野心"对于打破千年来套在妇女身上的枷锁来说，的确是合乎历史进步的，但是要通过"克制"自己的"女性"和"母性"的方式来达到，其结果无非把自己变作了男人，换言之，对于茅盾来说，好像革命是不应当有女性和母性的，对娜拉的意义来说这当然是中国式的过度诠释了。关于这个北欧女神还有故事。据秦德君回忆，茅盾在创作《虹》时，正在日本与她在热恋中，在石榴裙下称她为"北欧女神"，遂使革命与恋爱、神话与现实混成一片。茅盾后来解释说这个"北欧女神"指的是苏联，那是公共性的自我表白，意味着一种政治上的选择了。

　　针对胡适所鼓吹的"娜拉抛弃了家庭丈夫女儿，飘然而去，只因为她觉悟了她自己也是一个人，只因为她感觉到她'无论如何，务必努力做一个人'"[1]。叶隽尖锐质问："好一个飘然

1. 胡适：《介绍我自己的思想》，收入陈惇、刘洪涛编：《现实主义批判——易卜生在中国》，第 12 页，南昌：江西高校出版社，2009 年。

而去，如此潇洒，这是一种道德的伦理的社会的行为吗？能够为了寻求某种观念就将一切都弃之不顾吗？"叶君的质疑基于一种珍视日常生活、家庭和社会伦理的衡常价值，蕴含着对于中国现代性的反思。易卜生藉娜拉表达了他对资产阶级家庭价值的异议，而在中国被换置成反抗

旧传统、旧家庭的整体性符号，其背后是历史进化论。像叶隽那样的质疑可说是空谷传音。娜拉总是和"五四"的绝对价值联系在一起，事实上一部中国现代史总是在新旧对立的逻辑中开展，为了历史的进步，一切代价在所不惜，至今仍在付出代价。

显然，在娜拉问题上，叶隽认为鲁迅的思考比胡适"更为深刻而全面"，而令我深省的是他对《伤逝》的解读。鲁迅在《娜拉出走之后》的著名演讲中指出，在妇女没有"经济权"的情况下，出走的结果"只有两条路：不是堕落，就是回来"，而《伤逝》里的子君似乎就是这样，从旧家庭勇敢出走，与涓生组成新式家庭，但她自己没有工作，涓生也丢了饭碗，最后她给父亲接了回去。在叶隽看来，子君离开涓生是又一次"出走"，受到质询的应该是涓生，这一点我觉得非常有意思。当涓生提出要跟子君分手："……况且你已经可以无须顾虑，勇往直前了。你要我老实说；是的，人是不该虚伪的。我老实说罢：因为，因为我已经不爱你了！但这于你倒好得多，因为你更可以毫无挂念地做事……"叶隽认为："涓生是卑鄙的，他甚至连海尔茂都不如。……没办法像海尔茂那样维持一个体面的家庭乃至基本物质生存，这或许是能力问题，但因此就将女人往外推则是一个道德伦理层次的问题。娜拉东移，竟然产生了这样的奇怪之效果？鲁迅为什么竟塑造出涓生这样的形象来？然而这不就是其时中国的现实吗？"鲁迅为中国娜拉们的出路提供了一个"现实"的答案，但是我们或许会问：子君出走之后，涓生该怎么办？我想睿智如鲁迅，或许考虑得更多。的确，"鲁迅是对她们的命运抱着悲哀的调子的，所以他让涓生去忏悔"，听说子君回家之后死去，涓生表示"也将寻觅子君，当面说出我的悔恨和悲哀，祈求她的饶恕；否则，地狱的毒焰将围绕我，猛烈地烧尽我的悔恨和悲哀"。对此叶隽评论说："说这些，究竟又有何用呢？为什么是在中国，能产生这样的男性？考诸事实，恐怕还是要在文化的孽根性上去探究吧。"我能理解叶隽的愤慨，这里不拟细析《伤逝》，就"文化的孽根性"我想再做些讨论。

在"涓生的手记"里，子君始终在涓生的审视下或语气中呈现，是不幸被客体化了的，因为我们只能以其被描画的样子来认识子君，而听不到她的抗辩。当初她娜拉般勇敢宣称"我是我自己的，他们谁也没有干涉我的权利！"断然与家里闹翻而与涓生同居，"这彻底的思想就在她的脑里，比我还透澈，坚强得多"，这使涓生敬佩。然而幸福短暂，不仅家庭经济愈益窘迫，他对子君也愈加失望，觉得她变得庸俗起来；受了"官太太"的"传染"，养狗养鸡，为了几只小油鸡，和小官太太暗斗。于是涓生抱怨："子君的功业，仿佛就完全建立在这吃饭中。吃了筹钱，筹来吃饭，还要喂阿随，饲油鸡；她似乎将先前所知道的全都忘掉了，也不想到我的构思就常常为了这催促吃饭而打断。即使在坐中给看一点怒色，她总是不改变，仍然毫无感触似的大嚼起来。"这个"易卜生主义"的信徒，却迅速成了主义和环境的牺牲品，缺乏自我意识，好像不曾受过新式教育，而且对他的"怒色"也无动于衷，变得麻木起来，确如叶君所言，"娜拉在此刻的中国变形，真是一个绝大的笑话和闹剧"。随着涓生的心理进展，两人的"隔阂"在加深，尤其在他失业之后，情况更糟："她的勇气都失掉了，只为着阿随悲愤，为着做饭出神；然而奇怪的是倒也并不怎样瘦损……""不怎样瘦损"，多半因为"大嚼"之故，讽刺中带着厌恶。

有的学者认为涓生是个"伪君子"，他的"虚伪和浅薄""导致了子君的悲剧"。[1] 这样

1. 庄爱玲：《戏剧舞台的看客：论鲁迅的妇女观》，收入王政、陈雁编：《百年中国女权思想研究》，第 78—87 页，上海：复旦大学出版社，2005 年。在这篇论文中，作者又认为"把女性定为被动的受害者，完全排除了女性作为代言人的可能性，……鲁迅的自我抹灭及自我否定的姿态（不是战士或革命家）毕竟是一种赋予男性的权利。"其实也适用于《伤逝》。

的理解显然不合《伤逝》的基调，所谓"我的悔恨和悲哀，为子君，为自己"，这自我告白首尾呼应，令人感伤。如果鲁迅要把涓生当作"伪君子"，大可不必如此大费周章，倾注如许伤感。子君固然可悲，但涓生更值得同情。"四围是广大的空虚，还有死的寂静。死于无爱的人们的眼前的黑暗，我仿佛一一看见，还听得一切苦闷和绝望的挣扎的声音。"虽然受到环境压迫，但"心事浩茫连广宇"，仍对周围怀着广阔的关爱，为自己寻找"新的生路"。他的"悔恨"是复杂的，如自责不该这么轻易放弃子君以及她的死亡，觉得自己"卑怯"，但这么做也谈不上"悔恨"，因为他明白为了追求"真实"的人生，他必须放弃，而且子君并非理想的选择，甚或意识到当初的激情和反抗，仅是一时冲动。小说中最为关键的一段："她早已什么书也不看，已不知道人的生活的第一着是求生，向着这求生的道路，是必须携手同行，或奋身孤往的了，倘使只知道捶着一个人的衣角，那便是虽战士也难于战斗，只得一同灭亡。"他认清的是怎样一种"求生"？可能并非一种寻常意义的幸福，如果有另一半的话，也应该是有利于"战斗"的，在此意义上有没有爱情并不重要。

《伤逝》表达了鲁迅的娜拉观，为青年一代，不光是女子，提供了答案。说到"孽根性"，像子君那种贤妻类型是没出息的，总归属于"麻木"众生中的一员，而像涓生则属于"志士"类型，在现代中国有其新的"革命"内容，伴带着悠久的向受尊崇的价值系统，也决定了女子或爱情的从属地位，在鲁迅笔下是被肯定的，在我看来则含有另一种"孽根性"。

　　重读鲁迅关于中国的娜拉"只有两条路：不是堕落，就是回来"的论断，涉及当时女子的求职受到社会条件的限制，似乎合乎实际，其实并不尽然。我近来在研究近现代都市文化，见到 1922 年段碧江编写的《新女子职业教育》一书，由上海中华书局印行。蔡元培在序言中言及段碧江开办的务本女子职业学校，表扬其"成绩卓著"，并说："年来小学与高等教育已行男女同校制……职业上各工商业亦已开参用女员之例，其人数不及男子，则以女子职业教育尚未普及故也。"另外如 1922 年元月国产影片《海誓》公映，殷明珠女士在片中担任女主角，此后一两年里，女子从影人数增长甚速。从张真《银幕艳史》一书中看到一条材料，1924 年上海影戏院的曾焕堂开办演员培训学校，女子报名达二千人。这些说明 20 世纪 20 年代初女子职业正在发展，鲁迅的论断未免片面。1923 年底明星影戏公司的《孤儿救祖记》大获成功，片中女主角的饰演者王汉伦，是个典型的娜拉。她出身大家闺秀，与丈夫离婚，不顾家中反对而投身影视圈。虽然，在鲁迅眼里，演戏的大约也算是"堕落"。

　　鲁迅在北京，看不到这些，或因他悲观，但问题还不在此。对于民国以来的都市及其新经济形态的发展，他不关心或持偏见、反对态度。不仅是鲁迅，其实也是陈独秀及其《新青年》的基本立场，经袁世凯称帝、张勋复辟之后，文化激进姿态愈益明显，认为"共和"政体不适用于中国，藉思想、文学之名鼓吹"革命"，彻底否定旧传统、从事社会整体动员。就像胡适提倡的"文学改良"被陈独秀纳入其"文学革命"一样，易卜生的个人主义仅能在"打倒孔家店"上起作用。

　　叶隽此书跨越翻译史、文学史、戏剧史等学科，是文化史书写的一种富于成果的尝试。在探究过程中，由于新材料的发掘、新议题的开展，不断扩充或修正其侨易学理论，如对于曹禺的论述，牵涉到陈寅恪先生所谈到的，由直接留学经验者所作的文化传播常是货真价实、原汁原味的，而间接留学经验者当中不乏拙劣的文化贩子。这是一方面的情况，叶隽发现曹禺虽不曾有过留学经验，却公认为中国现代戏剧史上的天才作家，其成就却超过留日的田汉、留美的洪深。而且这并非个别现象，如叶圣陶、李长之等，或史学界的陈垣、钱穆等，都不曾游学海外，却见识过人，成就卓异。因此留学经验固然重要，但"随着时代的发展，尤其是技术性手段之辅助而达到的知识获取便利之可能，包括知识增长方式的变化。因为通过精神空间的地理位移，个体也同样可以获得知识涉猎面的扩展"。他们与世界文学与文化的接受过程更凸现出主观世界与主体意识的重要性，由是给侨易学带来了新的阐述空间。

　　这里我想略提一下周瘦鹃，民国初期一个重要翻译家，也从未出过国门；因为北欧文学与周氏兄弟有一段掌故。关于瑞典作家斯特林堡，叶隽举出 1918 年周作人在《新青年》上发表了《不自然淘汰》和《改革》两文，认为这是最早把斯特林堡介绍到中国来的例子。据我所知，在此前一年中华书局出版了周瘦鹃的《欧美名家短篇小说丛刊》一书，五十篇译作中有丹麦、瑞士、瑞典和芬兰等北欧作家的作品，包括史屈恩白（即斯特林堡）的《芳时》一篇。此书得到教育部的嘉奖，颁奖词是当时担任教育司科长的鲁迅写的，他称之为"昏夜之微光，鸡群之鸣鹤"，评价甚高；指出"其中意、西、瑞典、荷兰、塞尔维亚，在中国皆属创见。所选亦多佳作"。同时批评："书中所收，以英国小说为最多，唯短篇小说在英文学中，原少佳制。"（《教育公报》，1917 年 11 月 30 日）的确周瘦鹃只懂英语，自然偏重英国小说，而鲁迅的批语所潜藏的意涵，在 1957 年周作人的《鲁迅的故家》（署名为周遐寿）一书中得到说明。他说《欧美名家短篇小说丛刊》得到教育部的赞许，由鲁迅写的批语，"大意对于周君采译英美以外的大陆作家的小说一点最为欣赏，只是可惜不多，那是大概是民国六年夏天，《域外小说集》早已失败，不意在此书中看出类似的倾向，当不胜有空谷足音之感吧"。在《域外小说集》的语境里理解鲁迅的批语，所谓借他人之酒杯浇自己之块垒，表达了他对于世界文学的中心与边缘位置的敏感。

　　提起现代文学史上的新、旧两派，形同水火，在研究中似也各走各道。而周瘦鹃和周氏兄弟的例子则反映了两者互动的一面。叶隽此书中所讨论的欧阳予倩，也是在戏剧史上介乎新旧之间的人物。这或许是我的偏见，就像谈论到娜拉、鲁迅甚或新文学一样，如果能注意到更为广阔的语境，包括都市日常生活和市民阶层的家庭观念及其感情结构，那么对于"中国"的把握可能更为全面。

陈建华

第一章 从"向度变型"到"格义立型"

——作为现代中国知识资源的北欧文学之东渐侨易

一、 作为日耳曼文化源起与分支的北欧一脉

作为学术概念的北欧，既是一个地理概念，也是一种文化概念。在我看来，北欧概念至少有三重意义值得分梳，其一是广义之北欧，作为欧洲北部的北欧，即欧洲范围中的南北对峙；其二是作为日耳曼文化概念之北欧，这就自然涵盖了作为中欧的德、奥诸国；其三才是狭义之北欧诸国之北欧，即斯堪的纳维亚半岛诸国之北欧。我们此处要讨论的北欧概念，以狭义为主，兼及中层意义上的日耳曼文化概念。当然我们得承认的是，即便停留在狭义北欧的概念中，其实其也有内部细分的必要，这就是民族国家的"风景殊异各不同"。譬如，有一段关于丹麦文学的特征的论述颇有代表性：

> 丹麦文学是开放的文学，这首先要归功于它的地理位置环境。它是斯堪的纳维亚通向欧洲大陆的桥梁，无论在经济、贸易或文化等方面都是如此。它最容易接受南来的风雨，感受到德、法、英等国的冷暖。由于距离极近，居民来往的成本非常之低，人员的流动就促进了文学的交流。不能设想作家会因为缺少大笔路费或交通不便以及其他种种限制而困守家园，坐井观天，在封闭和隔绝中自吹第一或自甘落后。我们所熟识的丹麦作家几乎都从外国作家那里得到教益。[1]

这段叙述，特别强调了地理位置与文学发展的关系，确实相当有见地。在北欧核心三国里，虽然瑞典曾一度成为欧洲强国，有过与堂皇之俄国争胜的光荣历史；挪威也因其海盗业绩和作为"北海大帝国"的一部分而颇标风骨；可丹麦的意义恰在于其位置特殊，勾连北欧诸岛国与欧陆中心的关系。

所以，即便是在大北欧的概念当中，北欧岛国也是相对处于边缘的，它们不像奥国那样雄踞中心，曾以哈布斯堡王朝的名义统治欧洲；甚至也不像德国，因其穷兵黩武，而在欧洲傲然崛起。北欧岛国因其地理位置特殊，所以曾享有"海盗"之名，最典型的是维京时代（可以以 9 世纪末—10 世纪初为界分两个阶段），前

1. 刘麟：《开放的文学 宽容的文学——中译本序》，见 [美] 菲·马·米切尔：《丹麦文学的群星》，第 2 页，阮珅等译，沈阳：辽宁教育出版社，2003 年。

期以劫掠财物、人口为主，后期则以殖民、贸易为主，其由海盗行为发展为海外拓殖，影响深刻而意义重大。[1] 可这种由暴力为核心的发展模式终非常态，北欧海盗终究还是要向常规国家过渡，这就是斯堪的纳维亚诸国的逐渐成形。诚如所言："把一个人的视野局限于一个国家的或一种语言的文学，这多少是人为的。任何文学都不是完全孤立地发展起来的，相反，思想意识上的和表现形式上的活动都要取捷径越出国界。"[2] 区区国界，不过是民族兴起过程中不得已而根据现实权力划分而设置的疆界之线而已，它并不能真的成为阻隔各社会集群之间的往来交通；虽然我们不得不承认的是，在暂时的利益格局中政治权力可能产生巨大的和关键性的作用，但从长远来看，文化上的共享思想公分母乃是必由之路。所以，将关注的目光相对扩大和相对缩小，都是必要的。

　　如此，我们想更好地理解北欧岛国的意义，不妨将其放置在欧洲的整体框架中来看待。欧洲虽然面积不大（相比其它大洲），但由于地理分布上的区别，各民族之间的传统习俗、文化养成和民族性，仍有相当之殊异性。而这其中一条根本性的区分，则是南北地缘差异。也就是说，南部拉丁民族（或称罗曼语族）与北部条顿民族（或称日耳曼语族）的差别是相当明显的。相比较南部欧洲以罗马为代表的辉煌古典文化，北部欧洲的条顿（日耳曼）民族也形成了自己的特色。对这个问题，后世史家兰克（Ranke, Leopold von, 1795—1886）在其成名作《拉丁和条顿民族史》（*Geschichte der romanischen und germanischen Völker von 1494 bis 1514*, 1824 年）中有过相当精辟的论述。归根结底，溯其根源，所谓"印欧语族"的问题，需要带入视野考察；黑格尔当年发现印欧语系的时候，有些欣喜若狂，因为这种关系说明了很重要的问题。而丹纳（Taine, Hypployte, 1828—1893）则进一步对欧洲文化的南北之分殊有着非常精辟的论述，总结之，即拉丁民族与条顿（日耳曼）民族的区别：

　　1. 拉丁民族喜欢和擅长"布局"，因此也喜欢正规，喜欢和谐与端整的形式；伸缩性与深度不及日耳曼人；对内容不像对外表那么重视，爱好外部的装饰甚于内在的生命；偶像崇拜的意味多，宗教情绪少；重画意，

1. 参见：[英] 朱利安·D. 理查兹 (Richards, Julian D.)：《北欧海盗》(The Vikins: A Very Short Introduction)，徐松岩译，北京：外语教学与研究出版社，2009 年。

2. [美] 菲·马·米切尔：《序言》，载《丹麦文学的群星》，第 1 页，阮珅等译，沈阳：辽宁教育出版社，2003 年。

轻哲理；更狭窄，但更美丽。

2. 日耳曼民族擅长模仿和表现蛮性，粗野，古怪，偶然，混乱，
自然力的爆发，个人的说不出与数不清的特性，低级的或不成形
的东西，普及于各级生物的那种渺茫暧昧的生命。

3. 拉丁民族的想象力不是一面包罗万象的镜子，它的同情是
有限制的。但在它的天地之内，在形式的领域之内，它是最高的
权威；和它相比，别的民族的气质都显得鄙俗粗野。只有拉丁民
族的想像力，找到了并且表现了思想与形象之间的自然的关系。[1]

其实，素朴—感伤的对立关系，在某种意义上也不妨视作条顿—拉丁民族的
对应关联。或者还是干脆将丹纳的另一组概念引入，即自然气候—精神气
候，在他看来："的确，有一种'精神的'气候，就是风俗习惯与时代精神，
和自然界的气候起着同样的作用。……精神气候仿佛在各种才干中作着'选
择'，只允许某几类才干发展而多多少少排斥别的。"[2] 或许可以认为，正
是在不同的精神气候哺育之下，条顿—拉丁民族才会形成不同的审美风格的
选择，亦即素朴—感伤之别。应当注意到，"日耳曼族与拉丁族相比，固然
身体没有那种雕塑的美，口味比较粗俗，气质比较迟钝；但神经的安定，
脾气的冷静，使他们更能受理性控制；他们的思想不容易为了感官的享受，
一时的冲动，美丽的外表，而离开正路；他们更能适应事物，以便理解事物
或控制事物。"[3] 由此可见，日耳曼民族的理性倾向与素朴特征是有道理的。
从这样的层面来看，斯堪的纳维亚各族与德意志民族显然是有着更多的相似
性和元思维共同特征的。我们应该注意到，"北欧古文似乎是居住在罗马帝
国边境的日耳曼人在公元元年前后创造的，并且很快就普及到全部日耳曼人
中间，在欧洲大陆和英伦诸岛的日耳曼人中，这种文字受到拉丁语的排挤；
而在斯堪的纳维亚半岛上，这种文字却得以保存下来，并且得到广泛的应
用，因为基督教和拉丁语传到那里较迟。"[4] 不仅是语言上有如此渊源，就
是在族群人口往来上，也是彼此渗透、相互关联的，譬如在 13 世纪的瑞典，

1. [法]丹纳 (Taine, H.A.)：
《艺术哲学》 (Philosophie de
l'art)，第 115 页，傅雷译，合肥：
安徽文艺出版社，1991 年。

2. [法]丹纳 (Taine, H.A.)：
《艺术哲学》 (Philosophie de
l'art)，第 72—73 页，傅雷译，
合肥: 安徽文艺出版社，1991 年。

3. [法]丹纳 (Taine, H.A.)：
《艺术哲学》 (Philosophie de
l'art)，第 194 页，傅雷译，
合肥: 安徽文艺出版社，1991 年。

4. [瑞典]雅·阿尔文 (Alving,
Hjalmar)、古·哈塞尔贝里
(Hasselberg, Gudmar)：
《瑞典文学史》 (Svensk
Litteraturhistoria)，第 16 页，
李之义译，北京：外国文学出
版社，1985 年。

"在为数不多和规模很小的城市里，平民当中起初有很大一部分是德国人的后裔"[1]，而这一点反过来又对瑞典语言发展有特殊意义。

北欧作为一个相对接近的文化体，曾经有过政治上统一的可能性，"在一八三零年，冰岛和挪威又一齐归并于丹麦。冰岛古代文化和古代文学的光荣，这时都成了过去了，丹麦的统治，完全像一个继母对待前妻生的子女一样，于是冰岛的文化乃有了另一个面目，这新面目的冰岛文化完成于十六世纪。"[2] 设若丹麦能有普鲁士的恢弘气度，统一北欧，形成一个帝国也并非完全不可能。历史不能假设，但政治上的权力博弈是一回事，文化的发展自有不以人的意志为转移的内在规律。

二、　现代中国之兼容并蓄：以北欧为中心

作为中国德文学科奠基者与日耳曼学重要人物的冯至（1905—1992），曾简单梳理过中国的北欧文学接受史线索：

> 本世纪初，远在 1908 年，中国新文学奠基人鲁迅青年时在两篇介绍西方文化和文学的论文里就谈到过基尔克郭尔愤世嫉俗的思想、易卜生的戏剧《国民公敌》、勃兰兑斯的《俄国印象记》，并在他和他的弟弟周作人合作编译的一部《域外小说集》里选收有芬兰作家哀禾的一篇小说。1911 年，中国著名的历史学家兼诗人陈寅恪在挪威养病，拜谒易卜生和卜约生的坟墓，曾写诗二首，颂扬他们的文学成就，描述他们墓前的情景。在八十年前，当中国人民对北欧还很生疏、很少了解的年代，中国已经有后来做出很大贡献的文学家、历史学家在他们青年时跟北欧杰出的思想家、作家精神上的接触。[3]

这是他作为中国北欧文学研究会会长的开场致辞，故此选择追溯学术史的方

1. [瑞典]雅·阿尔文(Alving, Hjalmar)、古·哈塞尔贝里 (Hasselberg, Gudmar)：《瑞典文学史》(Svensk Litteraturhistoria)，第19页，李之义译，北京：外国文学出版社，1985 年。

2. 李长之：《北欧文学》，第20页，重庆：商务印书馆，1944 年。

3. 冯至：《在中国北欧文学学会成立会上的发言》(1989年)，载《冯至全集》第5卷，第131—132页，石家庄：河北教育出版社，1999 年。

式来梳理中国与北欧的文化渊源，以中国知识人的北欧认知为中心，展示北欧与中国的精神联系，如此周氏兄弟与陈寅恪先后登场，展现的正是那代知识精英的"世界胸怀"。其实，若论及对北欧的亲密接触，冯至虽然也曾有过出访北欧的经历[1]，毕竟仍算不得登堂入室，无论是从侨易经验还是著述贡献来看，冯至都不能算严格意义上的北欧研究者，虽然他被推举为中国首任北欧文学研究会的会长，但那也多半是因了场域关系而产生的链接效应，而非在学术上的理所当然。但冯至毕竟还是有学术眼光的，他在这里提到的两位现代中国知识精英，极具代表性。早年他们曾同船留日，虽然未必惺惺相惜，但却颇有渊源。鲁迅为中国现代文学奠立气骨，更以自己一生"我以我血荐轩辕"的满腔豪情而立定青史；而陈寅恪则为中国现代学术确立精神，以"独立之精神、自由之思想"而名垂千古。他们都是中国现代文化史上作为领袖人物的精英，却都不约而同地将关注的眼光投入北欧一隅，恐怕并不仅是"巧合"而已。而冯至将这两者相提并论，而恰恰选择北欧作为他们的共同话语，看重的或许正是"英雄所见略同"。

　　对于中国现代文学史、知识史和思想史来说，周氏兄弟的贡献怎么高估都不过分。在那样的时代背景下，他们就能够以世界为视域，采择不同的异文化资源，为现代中国之长远发展提供了充足的异质养分，真是难能可贵。周作人就曾非常亲切地提及他与安徒生是如何结缘的："我和安徒生（H.C. Anderson）的确可以说是久违了。整三十年前我初买到他的小说《即兴诗人》，随后又得到一两本童话，可是并不能了解他，一直到了一九零九年在东京旧书店买了丹麦波耶生的《北欧文学论集》和波兰特思的论文集（英译名十九界记名人论）来，读过里边论安徒生的文章，这才眼孔开了，能够懂得并喜欢他的童话。"[2] 鲁迅则更是推崇北欧的知识精英："至丹麦哲人契开迦尔（S. Kierkegaard）则愤发疾呼，谓惟发挥个性，为至高之道德，而顾瞻他事，胥无益焉。其后有显理伊勃生（Henrik Ibsen）见于文界，瑰才卓识，以契开迦尔之诠释者称。其所著书，往往反社会民主之倾向，精力旁注，则无间习惯信仰道德，苟有拘于虚而偏至者，无不加之抵排。更睹近世人生，每托平等之名，实乃愈趋于恶浊，庸凡凉薄，日益以深，顽愚之道行，伪诈之势逞，而气宇品性，

1. 参见冯至：《〈当代北欧短篇小说集〉序》(1985年)，载《冯至全集》第8卷，第254—261页，石家庄：河北教育出版社，1999年。

2. 知堂：《安徒生的四篇童话》，载《国闻周报》第13卷第5期，1936年。

卓尔不群之士，乃反穷于草莽，辱于泥涂，个性之尊严，人类之价

值，将咸归于无有，则常为慷慨激昂而不能自已也。如其《民敌》

一书，谓有人宝守真理，不阿世媚俗，而不见容于人群，狡狯之徒，

乃巍然独为众愚领袖，借多陵寡，植党自私，于是战斗以兴，而其

书亦止：社会之象，宛然具于是焉。"[1]不仅如此，鲁迅对北欧传

统的评价也是颇高的，曾谓："古则有印度希腊，近之则东欧与北

欧诸邦，神话古传以至神物重言之丰，他国莫与并，而民性亦瑰奇

渊雅，甲天下焉，吾未见其为世诟病也。"[2]如果说，周氏兄弟是

由日本而在精神上走向了西方世界；那么，陈寅恪则真的是"上穷

碧落下黄泉，动手动脚走世界"，他在留日之后，继续走向西方，

到欧洲，到北美，实现了他的"一方面吸收输入外来之学说，一方

面不忘本来民族之地位"的理想，可谓为"真能于思想上自成系统，

有所创获"。[3]

　　具体到北欧，陈寅恪给我们提供了非常生动鲜活的欧游场景，

他曾在诗中记述了舟中看到的景观，这就是《北海舟中》："孤怀

入海弥难说，水鸟舟人共此游。束地巨环迎北小，拍天万水尽南流。

斜阳大月中宵见，故国新声一笑休。忽忆江南黄篾舫，几时归去作

遨游。"[4]这就记述得非常具体了，而且还生怕读者不识，特别注

出所谓"斜阳大月"乃 Midnight Sun 为挪威奇景，遥想先生青年留

欧时代，乘舟大洋，观览北海，那是何等的书生意气啊！然而观异

国美景，却掩不住内心的万里乡愁。作为中国文化的托命之人，陈

寅恪的北欧之游究竟有何等意味呢？北海舟中是有奇景，但却不是

陈寅恪的出游目的，他还是要吊访诗人的。这里就是易卜生。有《追

忆游那威诗·易卜生墓》："清游十日饱冰霜，来吊词人暖肺肠。

东海何期通寤寐，北欧今始有文章。疏星冷月全天趣，白雪沧波缀

国妆。平淡恢奇同一笑，大槌碑下对斜阳。"[5]解释"国妆"则称：

1. 鲁迅：《文化偏至论》（1907 年），载《鲁迅全集》第 1 卷，第 52—53 页，北京：人民文学出版社，2005 年。

2. 鲁迅：《破恶声论》（1908 年），载《鲁迅全集》第 8 卷，第 33 页，北京：人民文学出版社，2005 年。

3.《冯友兰〈中国哲学史〉下册审查报告》，见刘桂生、张步洲编：《陈寅恪学术文化随笔》，第 17 页，北京：中国青年出版社，1996 年。

4. 陈寅恪：《追忆游那威诗》（1911 年），载《陈寅恪集·诗集 附唐筼诗存》，第 4—5 页，北京：生活·读书·新知三联书店，2001 年。那威即挪威。另参见胡文辉：《陈寅恪诗笺释》上卷，第 5—7 页，广州：广东人民出版社，2008 年。

5. 陈寅恪：《追忆游那威诗·易卜生墓》（1911 年），载《陈寅恪集·诗集附唐筼诗存》，第 5 页，北京：生活·读书·新知三联书店，2001 年。另参见胡文辉：《陈寅恪诗笺释》上卷，第 5—7 页，广州：广东人民出版社，2008 年。

"挪威女郎多衣绣衣一袭，所谓国妆是也。余取以喻易卜生作品。"[1] 由此可见，陈寅恪对易卜生是非常敬重的，不但推许他代表了北欧文学的起兴，而且将其以国宝相许；更重要的是，青年陈寅恪的一路风雨，为的就是要参谒易卜生这位大作家，难得这等异乡知己，起易卜生于地下，能不有伯牙子期之慨乎？

从鲁迅到陈寅恪到冯至，他们都与德国文化颇有关联，鲁迅是在留日时代学习德语、接近德国，甚至有过一个未曾圆得的留德梦；陈寅恪则由日转德、再由美赴德，实现了他在世界学术中心求取真知的理想；而冯至，作为下一代人，更是以德语文学与日耳曼学为自己的安身立命之本，并由此发展出德文学科中人对北欧文学与文化的兴趣，乃是一个水到渠成和顺理成章之逻辑关系。这三位与德国文化的结缘，乃是现代中国知识精英走向世界现代文明巅峰的德国文化的一个缩影，我们由此也理解为什么鲁、陈等能成为中国现代文化史上最具原创性的人物，只有借助最高峰的德国文化资源的给养，一流知识精英才有可能"独上高楼，望尽天涯路"；而无独有偶，他们都在此过程中充分意识到了北欧文化的重要性，通过各种方式来亲近北欧，其主要目的仍不外乎扩张学域、汲取资源。如果说鲁迅还是借助日本这一通道，而间接获得对北欧与德国的认知，那么陈寅恪、冯至都是以自己的亲身体验而直接感触到北欧的风物人情社会，虽然他们并未曾留学北欧，没有长期居留此地的那种侨易质感，但亲身体验的感觉还是有一点的。

当然需要指出的是，即便是在那个时代，北欧知识也已经开始普及起来。譬如 1920 年出版的《北欧神话 ABC》，乃是相当早期系统介绍北欧文化的书籍。它属于一套成系列的"ABC 丛书"，徐蔚南（1900—1952）的发刊旨趣称："西文 ABC 一语的解释，就是各种学术的阶梯和纲领，西洋一种学术都有一种 ABC：例如相对论便有英国当代大哲学家罗素出来编辑一本相对论 ABC……"[2] 茅盾开篇便称："所谓北欧神话是指古代斯坎底那维亚人（Scandinavian）或所谓 Norsemanen（北欧人，或北人）的原始的信仰及自然观察；而英雄传说也包括在内。"[3] 而作者茅盾作为中国现代文学的标志性人物之一，知识资源

1. 陈寅恪：《追忆游那威诗·易卜生墓》（1911 年），载《陈寅恪集·诗集附唐筼诗存》，第 5 页，北京：生活·读书·新知三联书店，2001 年。

2. 徐蔚南：《ABC 丛书发刊旨趣》（1928 年），载方璧（茅盾）：《北欧神话 ABC》上册，第 1 页，上海：世界书局，1930 年。关于徐蔚南简历，见 http://baike.baidu.com/view/2002626.htm，下载于 2013 年 2 月 15 日。

3. 方璧（茅盾）：《北欧神话 ABC》上册，第 1 页，上海：世界书局，1930 年。

十分广泛，我们只要看看他那本《西洋文学通论》[1]，就可以知道他是如何的无所不涉猎的了，借这本书系统讨论北欧神话，也是颇有意趣。

1. 方璧（茅盾）：《西洋文学通论》，上海：世界书局，1930 年。南京：江苏文艺出版社，2010 年。

三、 作为理论资源的侨易学观念细分：从"向度变型"到"格义立型"

我曾专门梳理现代中国的若干核心性的德国精神巨子的接受史，提出"德国精神的向度变型"概念，目的是为了呈现在旅行侨动过程中，由于不同文化圈的本土文化之必然渗透和影响，其由原型而来的意象迁移过程必然发生变化，但这种变化又不会是一种突如其来的质变，而是由多种因素交织错杂形成的合力作用，所以谨慎地选择"向度变型"此一概念，所谓"向度"，既有自身的规定性维度，又有随时随势而变的那种灵活性；进一步将问题延伸到北欧领域，乃在于意识到现代中国的外来影响的广泛性与多重博弈因素关系，更在意以一种较为灵活的方式来加深对北欧精神的理解。

北欧精神究竟是什么？它与德国精神又是一种什么样的关系？本文试图通过若干深入的个案研究予以探讨和揭示，尤其考察在其侨易跋涉的文化版图场链中，又是如何发生不同维度的变与不变的，而中国现代知识精英又是在一种怎样的背景下来认知这个问题的。

以克尔凯郭尔等奠立哲学基础，安徒生、易卜生、比昂逊等诗人（作家）的相继出现构成密布浩瀚的文学星空，又有勃兰兑斯这样的诗学大家发扬了批评的诗性力量，到了斯特林堡、汉姆生的出现，乃为文学上的北欧精神最终树立了一种标尺。这就是北欧文学与知识的辉煌，他们以偏处欧洲北部顶端的岛群地理格局，而建构出一种具有世界胸怀和国际影响力的北欧文学整体，这是怎么高估也不过分的。他们所选择的路径，对于现代中国的文化进路来说其实也有着非常深刻的可资鉴意义，只不过"横看成岭侧成峰，远近高低各不同"，需要有心人去用心体味罢了。

　　我曾指出："所谓'向度'既指一种方向、类型，同时也还带有维度、程度的含义。也就是说这样一种文化变形本身不是毫无目标、方向乃至规律的，而是在某种意义上具有一定程度的可掌控性、可依循性。所以，即便是在强调凸显受者主体功用、汲取外来资源、实习化用创新的主色调的同时，我们也不能忘却背后有其或谓'不变'之规则在作用。说到底，这也正是我们研究文化关系史的意义之所在，正因为是有异质文化之间的交域，所以才有新事物的产生。而挖掘其中的'异者'因素及其内涵的元素，则是我们应努力的方向。"[1] 此外，"向度变型"与"原相变形"这两个概念也是有区分的，"原相变形"主要指一种相对自然地由原来的授者群体的本来状态而产生的变形情况；"向度变型"主要指由于授者原相的规定性因素，乃在受者本身的积极接受过程中，而导致其在接受国语境里发生了有限制性的不同维度的"模型式"的变化，或者说就是有些类似符码功能的变化。[2] 但在本研究中，在向度变型之外，希望能"格义立型"。何义？一般来说，格义是佛教用语，所谓"'格义'之为物，其名虽罕见于旧籍，其实则盛行于后世，独关于其源起及流别，就予所知，尚未有确切言之者。以其为我民族与他民族二种不同思想初次之混合品，在吾国哲学史上尤不可不纪。故为考其大略，以求教于通识君子焉"[3]。更具体的解释，不如借助陈寅恪曾引述"渡江愍度"之故事："晋永嘉之乱，支愍度始欲过江，与一伧道人为侣。谋曰，用旧义往江东，恐不办得食，便共立心无义。既而此道人不成渡，愍度果讲义积年。后此道人寄语愍度云，心无义那可立，治此计，权救饥耳。无为遂负如来也。"之后则不无自豪地称："先生（指陈垣）讲学著书于东北风尘之际，寅恪入城乞食于西南天地之间，南北相望，幸俱未树新义，以负如来。"[4]

　　如果说向度变型考虑更多的乃是授者原相的规定因素的话，那么格义立型无疑更强调受者（接受主体）的主观能动性，注重用比较和类比的方法来理解跨文化性质的概念和问题。二者相合，其实可以在侨易学的框架下来考虑问题，

1. 叶隽：《从文化转移到作为理论资源的侨易学观念》，载《南京师范大学文学院学报》，2013年第2期，第69页。

2. 叶隽：《从文化转移到作为理论资源的侨易学观念》，载《南京师范大学文学院学报》，2013年第2期，第69页。

3. 陈寅恪：《支愍度学说考》（1933年），见《陈寅恪史学论文选集》，第103页，上海：上海古籍出版社，1992年。

4. 陈寅恪：《陈垣明季滇黔佛教考序》，载《陈寅恪集·金明馆丛稿二编》，第273页，北京：生活·读书·新知三联书店，2001年。

即事物的发展变化乃是事态之常，在不同的语境下强调的侧面固然会有所不同，时势使然耳。但就主体消解的困境来看，则任何一种概念不过是凸显某一种面相而已。所以，格义立型无疑更多地强调的乃是受者主体的主观能动之接受性。本研究虽然将对北欧文学精英人物的选择作为主要线索，但其重心仍落在现代中国知识精英的实践需求之上。虽然表面看诸如安徒生（Anderson, Hans Christian, 1805—1875）、易卜生（Ibsen, H., 1828—1906）、勃兰兑斯（Brandes, Georg Morris Cohen, 1842—1927）等作为主要个案引领全书，但众声喧哗的中国场域才是根本所在，如鲁迅、周作人、郭沫若、茅盾、巴金、曹禺等几乎中国现代文学的主将一律披挂登场，而叶圣陶、叶君健、邓广铭、张芝联等也勾连出有趣的线索，至于冯至、刘大杰、李长之等日耳曼学者则提供了北欧文学接受的可能之专业化途径。或许，他们还没有那么自觉地达到格义立己的高度，但就华夏文化的主体意识来说，却不能不借其精英个体之魄来托命存魂，这或许也可理解为意象侨易的另类现象。

　　当然，如此强调接受主体的主观能动一面，也绝非不关注原像变形与向度变型的层面。具体到这里选择的北欧精英，各自的侧重篇幅也有所不同；其中易卜生是绝对主角，因为其在中国现代文学与思想史上的影响极大，并构建起一种非常具有价值的"易卜生符号"。这并非每个人都能做到。其他人物如克尔凯郭尔（Kierkegaard, Soren Aabye, 1813—1855）、比昂逊（Bjornson, Bjornstjerne, 1832—1910）、斯特林堡（Strindberg, August, 1849—1912）、汉姆生（Hamsun, Knut, 1859—1952）等在必要时也会纳入考察视域。至于德国精英如海涅、尼采等与北欧文化发生密切关联者，自然也是题中必有之意。这样一种对个案切入的选择方式，既考虑到其人在文学史与文化史上的重要地位，也兼顾国别分配的代表性意义。

　　侨易学的三条基本原则，即："二元三维，大道侨易"、"观侨取象、察变寻异"、"物质位移导致精神质变"。[1]端在如何灵活运用，本书虽以侨易观念为即便参照，但并不死搬相关方法，而是希望"撒盐于水"，润物无声。譬如虽然相对凸显"格

1. 叶隽：《变创与渐常——侨易学的观念》，第20—21页，北京：北京大学出版社，2014年。

义立型"的受体主场功能，但也会关注"向度变型"的授体规定作用，并努力把握其中的平衡定位；同样，我们认识到，以克尔凯郭尔为代表的北欧哲学的形成，为北欧文化发展奠定坚实的思想基础；而以勃兰兑斯为代表的北欧诗学的形成，则进一步为北欧文学的发展提供了飞翔的翅膀。而此中对外来资源的借鉴，尤其是与德语文学的密切互动，乃是北欧文学发展的奥妙所在。这些用侨易思维都可得到很好的解释，但未必一定在分析中硬搬侨易学理论。

四、 理论思考与基本框架

本项研究既延续《德国精神的向度变型》的学术思路[1]，同时并不以此为限，希望能"百尺竿头更进一步"。一方面在地域段上拓展范围，另一方面努力在研究范式上有所突破。提出"北欧精神的格义立型"问题，乃是为了强调具有地理范围限制的"文化圈"问题，即世界走向文化大同之路，恐怕未必仅应以政治国家或强势权力为标志，而是需要更多考虑文化多元与求和原则。相比较德国文化圈的相对强势，北欧因其政治分属多国，现实场域内的文化圈取势不强，但并不意味着它本身不具备竞争力；同样，作为西日耳曼系的荷兰，则也值得重视。

本书的研究思路是：凸显现代中国的文化场域，聚焦由北欧文学精英及其作品东渐的"向度变型"线索，关注中国知识精英的接受与选择维度。考察外来文学（包括作家、文类、作品等）意象的知识史流转过程，追问思想史的意义形成；强调传播史的必然侨动，把握其中关键环节的形成功用，体现网链点续的动态运作过程，甚至在文学镜像之外关注"舞台效应"，体现一切都在迁移流转之中的变相，但又努力体现其大道侨易过程中的"渐常"乃至"不变"的恒相。如此则翻译史、文学史、留学史、传播史、知识史、学术史、思想史等多重视域可以交叉，凸显出众声喧哗却又相互呼应的立体历史场域景观。同时始终努力把握隐藏在具体场域之后的更大平台，即现代中国作为异文化博弈场域的功用，如此则多重文化因

1. 叶隽：《德国精神的向度变型——以尼采、歌德、席勒的现代中国接受为中心》，北京：中央编译出版社，2014年将出版。

素可以相对显现，譬如这里特别强调的介于北欧、中国之间的德国功用，乃至日本中介等；通过关注中国精英的留学背景，则诸如留美、留欧、留日的文化因素也得到关注。

　　当我们发现最后的问题不得不聚焦到人物个体本身的时候，则追溯其前世今生，尤其是其知识史的形成过程至关重要，如此则教育史，尤其是留学史背景往往是难以回避的重要环节。在西学输入过程中，留学生扮演的角色确实极为关键；这一点同样表现在外国文学，乃至具体的北欧文学东渐之方面，譬如留美之胡适，留日之周氏兄弟、郭沫若，甚至茅盾、曹禺等人，都扮演相当重要的角色，甚至核心要角。有趣的是，反倒是留欧学人，在北欧文学的译介方面，并未显得特别突出；就我们涉猎的范围来说，主要是戏剧、童话、批评，分别可举易卜生、安徒生、勃兰兑斯为代表，当然北欧知识精英的杰出之处是多方面的，其他诸如克尔凯郭尔的哲学、比昂逊的戏剧与诗歌、汉姆生的小说等也都可圈可点，但限于精力，我们只能缩小范围，突出重点。

　　从理论角度看，本研究仍以比较文学影响研究为基本理论支撑点，但基本上以问题意识贯穿之，而非简单地梳理史料。同时引入文化关系史研究、符号学、接受美学等的基本观念，借鉴侨易学的理论思维，将东方现代性、清民之际、异文化博弈等概念压在纸背。希望不因为强势理论而"喧宾夺主"，乃至影响到行文叙述的"清通洒脱"。梅菲斯特的名言是："所有理论都是灰色的，惟有生命之树常青。"[1] 在我看来，这在任何用文字表达的叙述中都适用，我们应当重视理论，但最后还应当是有"菩提本非树"的自觉意识，将鲜活血液灌注于生命之文！

　　全书共八章，除绪论、结论之外，分上下两篇，上篇三章，讨论"文类意义与诗人巨像"，主要涉及戏剧史、童话史、批评史三个门类，北欧三子分别以其卓越天才，开辟出三大领域的勃勃生机；但此处焦点则

1. 德文为：Grau, teurer Freund, ist alle Theorie / Und grün des Lebens goldner Baum. [Werke: Faust [in ursprünglicher Gestalt]. Goethe: Werke, S. 3273 (vgl. Goethe-HA Bd. 3, S. 378) http://www.digitale-bibliothek. de/band4.htm]

在此三域三人的东渐过程（此处专指向中国）。凸显易卜生戏剧、安徒生童话、勃兰兑斯批评这三种北欧文学文类，是希望这三位在北欧文学中具有符号意义的重量级人物在现代中国的接受史景观里得以重点呈现，主要的目的仍在于凸显问题意识之贯穿，使史料之征引具有解决问题的"鲜活功用"，从而使得外来文化资源在现代中国知识精英的整体修养形成、在文化场域的客观意义，乃至对中国现代性建构的有效介入方面得到充分揭示。总之，求全责备不是本书目的所在，更希望材料跟着问题走，问题因为材料所迫而自然调整。

第一章通过讨论"易卜生戏剧该怎样理解？"探讨易卜生戏剧的理解方式问题。从刘大杰具有文学史眼光的评价说起，讨论易卜生戏剧在西方戏剧史上的地位问题；进而以胡适的"易卜生主义"为中心，展开胡适与鲁迅的潜争论，这两位留学背景的现代知识精英领袖，借易卜生为论题，开启的其实是两种不同思想路径的交流与争锋。在此基础上，进而分析易卜生在现代中国的符号化功用。

第二章关注"安徒生童话该怎样翻译？"安徒生的东渐，则标示着中国儿童文学从译介到创作到理论的全方位展开。以周作人对安徒生早期汉译本的批评为线索，提出一个问题"安徒生童话能这样译吗？"聚焦于以《新青年》为中心的讨论与实践，同时勾勒 1920 年代的文化场域状况，展现其时文学场、翻译场、理论场等诸多次级场域相互渗透的历史原相；进而分别以安徒生入华的三重"侨变推手"，即周作人、叶君健、叶圣陶三位为个案，分别展示作为诗人巨像的安徒生在现代中国儿童文学理论、翻译、创作上的全面影响。正是通过他们的努力，安徒生童话的意义和价值才得到充分展现，即"侨易新符"的创造完成才是一种理论、人物或镜像在长途文化旅行之后可能达到的一个长期有影响力的标的。

第三章聚焦"勃兰兑斯批评该怎样学习？"梳理现代中国知识界对勃兰兑斯的接受史，重点以早期若干刊物和知识精英为线索展开，前者梳理《新青年》、《东方杂志》、《小说月报》的译介过程，关注周氏兄弟、陈嘏、胡愈之、茅盾、郑振铎等人的发言姿态；随后以韩侍桁《十九世纪文学主潮》的汉译及邓广铭、张芝联的批评回应为中心，讨论一个问题"理论翻译的批评该怎样做"，尤其深入考察为什么要选择勃兰兑斯的名作作为翻译和批评的对象，进而讨论为什么要学习批评。中国自古以来也有批评的传统，勃兰兑斯的引进意义，或许更在于西方批评范式的建立。虽然就西方文学史来说，其中不乏大批评家，但在中国语境里以此身份凸显的，则还真不多见，勃兰兑斯意义或正在此。而从鲁迅到韩侍桁、李长之等人的北欧知识资源接受，此处尤其指勃兰兑斯的选择，不仅是为中国现代文学批评确立标准，而且也完成了现代中国知识择取的"北欧精神之格义立型"的过程。

下篇三章，讨论"镜像、范式与资源"，虽以文本为主要入手处，但又不仅限于此，更将广阔范围内的文学镜像、戏剧比较、知识资源（德国资源）作为主要考察点，凸显范式建构和问题追索的意义。如此，《娜拉》就不仅再是一个简单的剧本，而具有符号象征和形变意义；而《群鬼》则也可以扩展为一个具有覆盖性意义的"群鬼乱舞"意象；易卜生也不再仅是一个挪威作家之姓名，而成为了中国现代戏剧史范式的"易卜生类型"；德国作为一种知识资源或精神意象，也成了一个非常重要的参照或中介维度。

第四章讨论"娜拉形变"与"妇女解放"，即梳理中国现代文学史与思想史上的《娜拉》之争。探讨易卜生戏剧里的一个符号性人物娜拉，考察其从北欧到中国的形变轨迹，重心则落在娜拉出走前后的镜像不同上，前者如茅盾、巴金的理解与《虹》、《家》的转义，后者则凸显鲁迅的追问与《伤逝》的意义，尤其引入郭沫若《三个叛逆的女性》做比较，追问梅行素、琴、子君、卓文君、王昭君、聂嫈等不同文学形象产生的意义，进而借助其作为戏剧公演的社会反映来考察文学镜像的侨易过程。

第五章阐释从"群鬼乱舞"到"诸家并起"，将作为中国现代戏剧史范式的"易卜生类型"与斯特林堡、席勒诸家进行比较。讨论易卜生另一部也影响甚大的《群鬼》，通过其演出与舞台艺术的讨论来展现易卜生戏剧的另类风格；进而借助中国现代戏剧等若干大家，如洪深、田汉与欧阳予倩为例讨论中国现代戏剧建立的背景与外来因素的作用；进而以易卜生的影响为中心讨论曹禺的天才出现在中国戏剧史上的意义，并追问"我们该向易卜生学什么？"探讨中国现代戏剧史上"易卜生类型"确立后的得失成败，并强调其"网链立体点"意义。

第六章研究"德国原像"与"北欧精神"，即北欧精英的知识史背景及其德国资源。选择斯特林堡、易卜生、汉姆生、安徒生、勃兰兑斯等为个案，借助中国精英如鲁迅、周作人、胡适、茅盾等人的论述，分别聚焦于他们的民族身份，凸显瑞典、挪威、丹麦三国与德国的精神联系，希望在一个更为开阔的知识史与文化谱系中来凸显和理解北欧精神形成的前世今生，重点强调以作家为中心的北欧精神的德国烙印。

第七章为结论，尝试从理论角度进行总结。探讨北欧精神在现代中国的主脉源流，既勾勒出从鲁迅到李长之的译介史轨迹，同时凸显中国日耳曼学界的关键作用，聚焦于冯至、刘大杰、李长之等为代表的不同学脉，梳理其北欧认知与日耳曼学的建构关系。在日耳曼文化谱系与世界胸怀参照下，进行北欧精神之格义。

综上所述，北欧作家与中国的关系值得深入考究，一方面是中国对北欧文学的接受史究竟如何值得深入探讨[1]，此处也仅仅是抛砖引玉，略作梳理而已；另一方面北欧文学对中国文化的接受史也可谓是可圈可点[2]，但考虑到实际操作情况，因不通北欧语言，对后者只能是"心向往之"而已。附录一章，以德系语境和若干精英为中心考察北欧文学对中国精神的接受，希望能稍作弥补。

1. 就笔者的有限目力所及，此类撰作似乎甚少，基本上还停留在简单的概况性描述，系统的梳理和深入的研究都较欠缺。譬如初步梳理了"易卜生在中国"的简要线索，参见王宁、葛桂录：《神奇的想像：南北欧作家与中国文化》，第87—123页，银川：宁夏人民出版社，2005年。关于北欧文学的中国接受情况，参见宋炳辉：《弱势民族文学在中国》，第87—96页，南京：南京大学出版社，2007年。

2. 王宁、葛桂录：《神奇的想像：南北欧作家与中国文化》，银川：宁夏人民出版社，2005年。关于易卜生在中国的接受，参见 Tam, Kwok-kan：Ibsen in China：Reception and Influence. Ph.D. dissertation, Illinois：University of Illinois at Urbana-Champaign, 1984. Eide, Elisabeth：China's Ibsen：from Ibsen to Ibsenism. London：Curzon Press, 1987. Tam Kwok-kan：Ibsen in China 1908—1997：A Critical-Annotated Bibliography of Criticism, Translation and Performance. Hongkong：The Chinese University Press, 2001. He Chengzhou：Henrik Ibsen and Modern Chinese Drama. Norway：Oslo Academic Press, 2004. He Chengzhou：Ibsen and Modern China. University of Turin, 2007.

上篇　　文类意义与诗人巨像

第二章　　易卜生戏剧该怎样理解？
—— 以胡适、鲁迅的讨论为中心

一、　易卜生戏剧在西方戏剧史上的地位问题
——以刘大杰的评价为中心

1918 年，《新青年》推出《易卜生号》（第 4 卷第 6 号，1918 年 6 月 15 日），乃将作为文学家的易卜生在现代中国之文化场域隆重推出。这其中，扮演主角的是留美归来的胡适，虽然陈独秀仍是刊物主编，但若论及对西方文学的熟稔，他还是不如胡适、鲁迅。但陈独秀的意义恰恰就在于他的元气淋漓与敢作敢为，他之首创《青年杂志》（《新青年》前身）以及对西学推介的"一马当先"都是佳例，这当然还包括了他对马克思主义的宣传热情。这里要讨论的是他们联手对北欧作家易卜生的译介、推广与传播。

这里就要涉及西方戏剧史上的一个重要问题，易卜生究竟占据一个怎样的地位？要知道，即便在西方谱系里，北美、澳洲都是 19 世纪以后才逐渐兴起的洲际文明，即便是 20 世纪成为世界霸主的美国都被欧洲人视为"没文化"，其它地域的地位更是可想而知。故此，作为西方源头的欧洲，仍是西方文明中不容低估的领头羊。故此，深入剖析欧洲文明内部的路径区分和规定性差异，乃是题中必有之意。就欧洲文学史之发展而言，以文艺复兴为原点，意大利、西班牙拔得头筹，在文学领域，但丁、塞万提斯分别构筑起最为辉煌的标志性建筑；而英、法、德构成了现代三强的竞逐之势，而俄国虽然晚出，但由普希金—托尔斯泰—陀思妥耶夫斯基的路径，则充分彰显了这个民族伟大的诗性创造，更何况其背后所代表的斯拉夫文明的重要意义。尽管如此，我们要强调的是，如果说在近代欧洲的发祥期，形成了意、西、法的南欧三国鼎立局面，那么在现代欧洲的进展期，则形成了瑞、德、荷三分天下的格局。如谓不信，我们还是进入到具体的戏剧史领域，稍作分辨。这其中绕不过的核心人物自然是戏剧大家易卜生。

显然，刘大杰（1904 — 1977）是在日本学术谱系中用相当高的眼光来审视易卜生的："欧洲戏剧，到了 19 世纪中叶，是一个极沉闷的时代。英法德诸国，都在散文小说方面努力，因此一般文人，都不重视戏剧，就在这黑暗的时代，在东方的角上，忽然发出一道惊人的白光。对于欧洲的戏剧，起了重大的转变。使死了的戏剧，重得了新的生命，这是易卜生的近代戏剧运动。若是站在最高的峰上，俯视欧美的剧坛，可以看出希腊古典剧、莎士比亚剧、易卜生剧

'

三大变化。稍有世界文学常识的人，总知道易卜生在近百年戏剧史上的关系。"[1] 这

一思路，显然勾勒出欧洲戏剧史的三大高峰时代，即古希腊—英国—北欧。固然可

备一说，但确实也问题不小，譬如怎么就忽略了德国呢？但作为德国文学史家的刘

大杰显然不可能是"无知者无畏"，他这样判断自然也有道理，所以专设第四章"易

卜生以前的欧洲剧坛"，目的就是为了借梳理前史，来凸显易卜生的第三阶段巅峰

地位。在叙述了英国的衰落、法国的小说时代之后，他列出了一个有趣的过渡，谓"德

国的黎明"（之后就是"挪威的太阳"）：

1. 刘大杰：《易
卜生研究·序》，
第1页，上海：商
务印书馆，1928年。

> 哥德同席勒出现的时代，与法国对抗，称雄全欧的德国剧坛，到了
> 十九世纪的中叶，也是萎靡不振的状态。就是席勒，也不过是留着一点悲
> 剧的余形，至于新剧运动，好像是黄昏时候的残阳。很奇怪的，德国政治
> 的及社会的状态的大变化，没有给舞台上任何的影响。以致德国的剧坛，
> 低落至于无力的状态，舞台上的东西，都是一些朗读辞及浅薄娱乐的音乐
> 剧。纯粹的剧曲，已经睡在病床上了。那些德国文人，努力戏剧者，或是
> 失败，或是缺少真正独创的精神，一时都模仿嚣哥，小仲马他们的作物来。
> 但在这种混乱的黑暗时代，忽然在东方闪出一颗明星。在易卜生的太阳未
> 出山以前，这颗明星就照在地平线上了。他现在的位置，德国人叫他做"德
> 国的易卜生"，这人是谁，是赫贝尔。[2]

2. 刘大杰：《易
卜生研究·序》，
第122页，上海：商
务印书馆，1928年。

这段描述很有刘氏特色，虽然很难说客观公允，但确实是很个性化、很敢说的文学

性语言。还好，总算承认了歌德、席勒代表的德国古典时代，别忘了，这是一个人类

文明史上未曾超越的辉煌时代，但对席勒似乎已是不太以为然了，说他是悲剧余形，

那显然是没有把握到席勒的好处，但这与其在《德国文学概论》中的判断似乎多少

有些矛盾。他对席勒的美学观、历史观都有所涉猎，其末节还专门捻出"《威廉·退

尔》与席勒精神"，认为："发表《盗贼》时候的席勒，与哥德一样是一个个人主

义者，个人主义的世界主义者，他当时的研究心与艺术心的兴味及期望的中心，是

主张专制政治的倒坏，个人自由主义的进步。他与法国的福禄特尔（Voltaire），狄

德罗（Diderot），本国的雷心（Lessing）哥德（Goethe）等同样。分明是一个个人

主义的人道主义，及直接的以此为基础的世界主义者。他不是一个
地方的市民，他以世界的市民为己任。"[1] 而从另一个角度来看，刘
大杰对戏剧的重要性是有明确认识的，譬如他就将戏剧作为德国文
学之重要特征加以标示：

> 在德国的文学史上，有一件很奇怪而又是很明显的事。
> 就是剧作家，代表了各时代。在古典派初期，有雷心（Lessing,
> 1729—81）；在黄金时代，有哥德（Goethe, 1794—
> 1832），有席勒（Schiller, 1759—1805）；浪漫主义时代，
> 有亨利·克莱司特（H. V. Kleist 1777—1811）；写实主
> 义时代，有海勃尔（F. Hebbel, 1812—63）；彻底自然
> 主义时代，有霍普特曼（G. Hauptmann 1862—　），有
> 苏德曼（H. Sudermann 1857—　）；表现主义时代，有
> 汉森克洛浦（W. Hasenclever 1890—　），有恺石（G.
> Kaiser 1878—　）等。在某一个时代，没有旁的作家的声
> 誉，更能超越他们而上之。同法国以小说代表时代的比起来，
> 德国恰恰相反。[2]

恰恰是从这个角度来看，刘大杰这里对19世纪德国戏剧的严厉批评，
是值得关注的。这倒也符合实情，因为19世纪德国文学确实是缺乏
大师的年代，可对黑贝尔的评价未免略嫌低些，因为其实他对后来
者的影响是非常之大的，好在补了一句："易卜生是赫贝尔的完成者，
赫贝尔是易卜生的先觉者。"[3] 这个判断极为重要，实际上可以进一
步引申出来的是，德国—北欧文学同属日耳曼文学谱系的接力意义，
也就是说，知识精英都在某种同一性的知识轨道上行进，他们前赴
后继，实际上是在完成缪斯主持的艺术竞赛，而这样一种竞赛不仅
是一种个人赛，很可能更是一种相互支持、相互扶助的友谊赛、合
作赛。引入相应的同类人物作为参照，正可见出刘大杰对于易卜生

1. 刘大杰：《德国文学概论》，第153页，
上海：北新书局，1928年。福禄特尔即伏
尔泰，雷心即莱辛，哥德即歌德。

2. 刘大杰：《德国文学概论·序》，第1
页，上海：北新书局，1928年。饶有趣味
的是，另一部著作也竟有同样的论述："我
们知道在德国文学史里面，有与他国文学
史最不相同而且极奇特的事，就是各个时
代的文学，差不多以戏剧——尤以悲剧——
代表了全部的文学，虽然诗歌亦占了一个
极其重要的地位。"见李金发：《德国文
学ABC·序》，第1页，上海：世界书店，
1930年。这里有两种可能：一是两者都袭
自德国或外国学者著作；二是李著袭自刘
著。查《德国文学概论》初版于1928年6
月；《德国文学ABC》之序言则作于1928
年7月于上海（原文误为1728年）。不过
其他史家似乎也有共识，如余祥森也说："德
国戏剧，在文艺界颇占特殊之地位。" 见
余祥森：《德意志文学》，第48页，上海：
商务印书馆，1930年。

3. 刘大杰：《易卜生研究》，第123页，
上海：商务印书馆，1928年。

的期望之切、期许之重。

　　如果说袁振英（1894—1979）的《易卜生传》主要还是给读者介绍作家的生平与作品的话[1]，那么胡适的《易卜生主义》则无疑要确立起一种范式意义来，他总结说："易卜生把家庭社会的实在情形都写了出来，叫人看了动心，叫人看了觉得我们的家庭社会原来是如此黑暗腐败，叫人看了晓得家庭社会真正不得不维新革命——这就是'易卜生主义'。"[2] 如此，在新文化运动的语境中，胡适便赋予了易卜生戏剧特殊的中国含义——家庭社会之维新革命。胡适大约终究是自由主义倾向浓厚的，所以他不会直接地站在革命的立场上，这也就不难理解他日后为什么会与陈独秀、李大钊等人分道扬镳。所以，他又进一步解释道："表面上看去，像是破坏的，其实完全是建设的。譬如医生诊了病，开的一个脉案，把病状详细写出，这难道是消极的破坏的手续吗？但是易卜生虽开了许多脉案，却不肯轻易开药方。他知道人类社会是极复杂的组织，有种种绝不相同的境地，有种种绝不相同的情形。社会的病，种类纷繁，决不是什么'包医百病'的药方所能治得好的。因此他只好开了脉案，说出病情，让病人各人自己去寻医病的药方。"[3] 这个比喻打得很有趣，就是"破坏"与"建设"的二元关系问题，也就是"脉案"与"药方"的二元关系问题。这里虽说的是个体的生病和医治，但却也无妨引申开来看做一个国家的发展问题的对策。是开脉案还是开药方，或许真的是一个值得现代中国的知识精英认真反思的问题。革命者与改革者都是药方的执行者，他们是行动者；而诗人、学者和思想家则是医生，他们担负着处方的权力，但同时自然就承担着相当沉重的责任。胡适显然是对肩上的权力和责任的辩证关系有所意识的，所以他会给予易卜生相当深度的同情之理解，乃趋同其述脉案的策略，而不倾向于急开药方，这一点在日后他与陈独秀、李大钊等人分道扬镳的路径选择上就可以看得非常清楚。

　　早在留美时代，胡适就与易卜生颇多接触，1915 年时即称："昨日读易卜生名剧《海妲传》（Hedda Gabler），极喜之。此书非问题剧也，但写生耳。海妲为世界文学中第一女蜮，其可畏之手段，较之萧氏之麦克伯妃（Lady

1. 袁振英：《易卜生传》，载《新青年》第 4 卷第 6 号，1918 年 6 月 15 日。

2. 胡适：《易卜生主义》（1918 年 5 月 16 日作于北京，原刊《新青年》第 4 卷第 6 号，1918 年 6 月 15 日；1921 年 4 月 26 日改稿），载《胡适文集》第 4 卷，第 485 页，欧阳哲生编，北京：北京大学出版社，1998 年。

3. 胡适：《易卜生主义》（1918 年 5 月 16 日作于北京，原刊《新青年》第 4 卷第 6 号，1918 年 6 月 15 日；1921 年 4 月 26 日改稿），载《胡适文集》第 4 卷，第 485 页，欧阳哲生编，北京：北京大学出版社，1998 年。

4. 胡适：《1915 年 8 月 9 日日记》，见《胡适留学日记》上册，第 317 页，合肥：安徽教育出版社，1999 年。

Macbeth) 但有过之无不及也。"[4] 留学生远在异国而能认真读书,已属相当可贵;而涉猎渐宽,能读文学精品,则更需要眼光和品位。胡适的留美时代,生活极为丰富,不仅是说他的社会活动、个体感情等方面,也包括读书世界的丰富多彩。我们只要翻开他的留学日记,就可以想见青年的胡适,是以怎样一种热忱的态度投入到英语世界的知识之海中去的。虽然具体的篇目和论述等可以商榷,但这种求知的劲头却显然很强,这其中当然就包含了在西方文学宫殿里的求取菁华。彼时美国尚被视作新兴无文化根基之国家,其西方正宗,自然仍要追溯到欧洲。相比较希腊、罗马的显赫源泉地位,那么北欧文学无疑只应被视作为后来之支流。尽管如此,北欧作家仍以其斯堪的纳维亚的日耳曼亲缘关系,扮演着甚为重要的角色,不可不察。

二、　从《易卜生号》到胡、鲁之争
——以胡适的"易卜生主义"为中心

　　胡适对易卜生的文学史功用和思想史意义看得非常透彻,而且总结的也很到位,他认为易卜生的意义就在于对社会的深刻认知和规律总结。他归纳易卜生的基本方法,乃是"写实主义",并逐节论述各种主题,先是家庭:"易卜生所写的家庭,是极不堪的。家庭里面,有四种大恶德:一是自私自利;二是倚赖性,奴隶性;三是假道德,装腔作戏;四是懦怯没有胆子。"[1] 应该说是颇有见地的,他并且结合易卜生文学世界里的典型形象加以解释,应该说并未简单地停留于就事论事的狭隘理论阐述。当然,在我看来,胡适揭示最深的是易卜生发明的社会定律:

　　　　易卜生的戏剧中,有一条极显而易见的学说,是说社会与个人互相损害;社会最爱专制,往往用强力摧折个人的个性,压制个人自由独立的精神;等到个人的个性都消灭了,等到自由独立的精神都完了,社会自身也没有生气了,也不会进步了。社会里有许多陈腐的习惯,老朽的思想,极

1. 胡适:《易卜生主义》,载《新青年》第 4 卷第 6 号,第 491 页,1918 年 6 月 15 日。

不堪的迷信，个人生在社会中，不能不受这些势力的影响。有时有一两个
独立的少年，不甘心受这种陈腐规矩的束缚，于是东冲西突想与社会作对。
上文所说的褒匿，当少年时，也曾想和社会反抗。但是社会的权力很大，
网罗很密；个人的能力有限，如何是社会的敌手？社会对个人道："你们
顺我者生，逆我者死；顺我者有赏，逆我者有罚。"那些和社会反对的少
年，一个一个的都受家庭的责备，遭朋友的怨恨，受社会的侮辱驱逐。再
看那些奉承社会意旨的人，一个个的都升官发财，安富尊荣了。当此境地，
不是顶天立地的好汉，决不能坚持到底。所以你褒匿那般人，做了几时的
维新志士，不久也渐渐的受社会同化，仍旧回到旧社会去做"社会的栋梁"
了。社会如同一个大火炉，什么金银铜铁锡，进了炉子，都要熔化。[1]

更重要的是："社会对于那班服从社会命令，维持陈旧迷信，传播腐败思想的人，
一个一个的都有重赏。有的发财了，有的升官了，有的享大名誉了。这些人有了钱，
有了势，有了名誉，就像老虎长了翅膀，更可横行不忌了，更可借着'公益'的名义
去骗人钱财，害人生命，做种种无法无天的行为。"[2]这话表面看去不过讲的是些基本
的社会丑恶现象，但如果穷究底里，则会发现其中有太多的原规则性的规律式揭示和
表达，这就是"社会规则"问题，是一些既定的"显规则"与"潜规则"的触及底里
式的揭露。不仅总结那些基本的规则和定律，胡适还饶有深意地表述道："那些不懂
事又不安本分的理想家，处处和社会的风俗习惯反对，是该受重罚的。执行这种重罚
的机关，便是'舆论'，便是大多数的'公论'。世间有一种最通行的迷信，叫做'服
从多数的迷信'。人都以为多数人的公论总是不错的。易卜生绝对的不承认这种迷信。
他说：'多数党总在错的一边，少数党总在不错的一边。'（《国民公敌》五幕）一
切维新革命，都是少数人发起的，都是大多数人所极力反对的。大多数人总是守旧麻
木不仁的；只有极少数人，有时只有一个人，不满意于社会的现状，要想维新，要
想革命。这种理想家是社会所最忌的。"[3]这些讲得又是何其的深刻呢？至今观之，
仍觉得它是那么地一针见血、切中要害。文学的价值或许就在于其历时性，无论时
间如何迁易，在其揭示社会规律方面却有其不可更变的那种根本规律和特征在。

1. 胡适：《易卜生主义》，载《新青年》第 4 卷第 6 号，第 497 页，1918 年 6 月 15 日。

2. 胡适：《易卜生主义》，载《新青年》第 4 卷第 6 号，第 498 页，1918 年 6 月 15 日。

3. 胡适：《易卜生主义》，载《新青年》第 4 卷第 6 号，第 498 页，1918 年 6 月 15 日。

相比较胡适对易卜生的推崇备至，根据二元三维的原则，必然有一种相对的立场可能在场域中出现，在中国现代文化场域过程里，举出鲁迅无疑是一种很好的选择。那么，鲁迅是一种什么样的态度？此时的鲁迅，仍在教育部做他的社会教育司科长，但却保持了高度的文化关注和知识热情。他的认知，显然要比胡适早得多，还在1907年的时候，留日时代的鲁迅就在其名篇《文化偏至论》、《摩罗诗力说》里对易卜生有所论述，而且相当深刻："伊勃生（即易卜生，笔者注）之所描写，则以更革为生命，多力善斗，即迕万众不慑之强者也。"[1]具体论述易卜生其人则颇多赞语：

> 有显理伊勃生（Henrik Ibsen）见于文界，瑰才卓识，以契开迦尔之诠释者称。其所著书，往往反社会民主之倾向，精力旁注，则无间习惯信仰道德，苟有拘于虚而偏至者，无不加之抵排。更睹近世人生，每托平等之名，实乃愈趋于恶浊，庸凡凉薄，日益以深，顽愚之道行，伪诈之势逞，而气宇品性，卓尔不群之士，乃反穷于草莽，辱于泥涂，个性之尊严，人类之价值，将咸归于无有，则常为慷慨激昂而不能自已也。如其《民敌》一书，谓有人宝守真理，不阿世媚俗，而不见容于人群，狡狯之徒，乃巍然独为众愚领袖，借多陵寡，植党自私，于是战斗以兴，而其书亦止：社会之象，宛然具于是焉。[2]

以如此见地，来看胡适总结的那套易卜生思想，要想说不浅也难。这是由个体的基本学养和整体素质决定了的，非简单的就事论事而已。所以，鲁迅就会批评说："胡适先生登在《新青年》上的《易卜生主义》，比起近时的有些文艺论文来，的确容易懂，但我们不觉得它却又粗浅，笼统吗？"[3]这个批评，应该说是相当尖锐的，可确实是抓住了胡适的软肋，因为其论述往往流于肤浅。但用来说《易卜生主义》一篇，却未免苛刻。如果我们认真细读，就应承认，此文还是有相当见地的。

　　但作为听将令的猛士，鲁迅似乎更关注易卜生的战斗性一面，曾特别强调其这方面的特点："Ibsen 敢于攻击社会，敢于独战多数。"[4]在这里，鲁迅显

1. 鲁迅：《文化偏至论》（1907年），见《鲁迅全集》第1卷，第56页，北京：人民文学出版社，2005年。

2. 鲁迅：《文化偏至论》（1907年），载《鲁迅全集》第1卷，第52—53页，北京：人民文学出版社，2005年。契开迦尔即克尔凯郭尔（1813—1855）。

3. 鲁迅：《玩笑只当它玩笑（上）》（原载《申报　自由谈》，1934年7月25日，署名康伯度），载《鲁迅全集》第5卷，第548页，北京：人民文学出版社，2005年。

4. 鲁迅：《〈奔流〉编校后记（三）》（1928年），见《鲁迅全集》第7卷，第171页，北京：人民文学出版社，2005年。

然将其视作了与自己同调乃至可谓前辈的"精神界战士"。战乃是不得已而为之的事情，并不是所有时刻都要战天斗地，甚至都可以其乐无穷的。然而，选择以文坛为战场的鲁迅，似乎更多选择了一种以笔为战的猛烈姿态。而易卜生戏剧与社会的密切关系，则为这种选择提供了一个必然的入口。就易卜生与中国的文化渊源而言，鲁迅之后当算是陈寅恪。早在1911年，陈寅恪还在留欧之际，曾泛海扬舟，游历挪威，拜谒易卜生的墓地："清游十日饱冰霜，来吊词人暖肺肠。东海何期通瘝寐，北欧今始有文章。疏星冷月全天趣，白雪沧波缀国妆。平淡恢奇同一笑，大槌碑下对斜阳。"[1] 显然陈氏对易卜生评价甚高，认为正是因了易卜生的天才出现，才确立了北欧的文学史地位。陈寅恪的眼光甚好，虽以史学家名世，其实不乏文学眼光。此外，他还提及比昂松（Bjørnstjerne Martinus Bjørnson，1832—1910），此君曾获1903年诺贝尔文学奖，也是挪威的名作家。陈氏赋诗谓："嗟予渺渺偏能至，惜汝离离邃已陈。士有相怜宁识面，生原多恨此伤神。"[2] 皮桓生即比昂松。这时的陈寅恪，不过弱冠之后，还很有青春时代的激情，所以对诗人骚客颇多同情之语，其见地识力均非常人可比。易卜生（Ibsen，H.，1828—1906）的意义，首先还是宜纳入日耳曼文学史与思想史的线索中来考察。因为道理很简单，在一个更为广阔的整体谱系里，才能更好地彰显出易卜生戏剧的意义。鲁迅曾从戏剧史的角度提到过这样一个诗人谱系：

> 莎士比亚虽然是"剧圣"，我们不大有人提起他。五四时代绍介了一个易卜生，名声倒还好，今年绍介了一个萧，可就糟了，至今还有人肚子在发胀。
>
> 为了他笑嘻嘻，辨不出是冷笑，是恶笑，是嬉笑么？并不是的。为了他笑中有刺，刺着了别人的病痛么？也不全是的。列维它夫说得很分明：就因为易卜生是伟大的疑问号（?），而萧是伟大的感叹号（!）的缘故。[3]

这是从现代中国的接受史视域来观察的，即莎翁（William Shakespeare，1564—1616）、易卜生、萧伯纳（George Bernard Shaw，1856—1950）。当然鲁迅说话，有时难免有嬉笑怒骂皆成文章的成分在，不必做文学史看待，可对易卜生的

1. 陈寅恪：《易卜生墓》（1911年），载《陈寅恪集·诗集 附唐篔诗存》，第5页，北京：生活·读书·新知三联书店，2001年。

2. 陈寅恪：《皮桓生墓》（1911年），见《陈寅恪集·诗集 附唐篔诗存》，第5页，北京：生活·读书·新知三联书店，2001年。皮桓生即比昂松。

3. 鲁迅：《"论语一年"——借此又谈萧伯纳》，见《鲁迅全集》第4卷，第583页，北京：人民文学出版社，2005年。

肯定却是显而易见的。其实，鲁迅不但读到了其时的相关文字讨论，

而且也曾实地观剧，1919 年 6 月 19 日日记称："晚与二弟同至第一舞

台观学生演剧，计《终身大事》一幕，胡适之作……"[1] 显然，鲁迅对

胡适的戏剧活动是关心的。因为《终身大事》就是根据易卜生的《娜拉》

所改编创作的。这样一种场域互动，是值得关注的，因为彼此都是中

国现代文化史和思想史的重镇，而且各自背景不同，相比较胡适的留

美强势背景，鲁迅留日归来，并未直接占据中国现代学术和教育场域

的要位，虽身处官场，但却往往以一种局外人的身份"袖手旁观"。

所以往往旁观者清，只言片语，能得要义。

　　胡适既在北大场域风起云涌而得青年导师地位，所以作为易卜生在

华影响的主要推动者自然也当仁不让。袁振英给易卜生作传，《新青年》

在前面加有一个编者按："替易卜生作传，不是一件容易的事。袁君这

篇传，不但根据于 Edmund Gosse 的《易卜生传》，并且还参考他家传记，

遍读易氏的重要著作，历举各剧的大旨，以补 Gosse 缺点。所以这篇传

是狠可供参考的材料。"[2] 这段文字的署名是"适"，估计当为胡适，甚

至他还嫌原文篇幅过长而略加删节。由此可见，胡适在《易卜生号》的

主要操手角色。

三、　胡适、鲁迅的观念异同及其留学背景
——以留日学人之发凡起例为中心

　　在《易卜生号》中除了两篇传论，其他都是译文，共选择了易卜生

原作三篇，即《娜拉》、《国民之敌》、《小爱友夫》。[3] 胡适与弟子

罗家伦合译《娜拉》，估计应该是从英语间接译出，罗家伦是英文系

1. 鲁迅：《1919 年 6 月 19 日日记》，见《鲁迅全集》第 15 卷，第 371 页，北京：人民文学出版社，2005 年。

2. 袁振英：《易卜生传》，见《新青年》第 4 卷第 6 号，1918 年 6 月 15 日。

3. 易卜生：《娜拉》（A Doll's House，罗家伦、胡适合译）、《国民之敌》（An Enemy of the People，陶履恭译）、《小爱友夫》（Little Eyoff，吴弱男译），载《新青年》第 4 卷第 6 号，1918 年 6 月 15 日。当然我们应当注意到，后两篇并未完篇，所以后来是陆续在刊载的，譬如易卜生：《国民之敌》（An Enemy of the People，陶履恭译），载《新青年》第 5 卷第 1 号，1918 年 7 月 15 日；载《新青年》第 5 卷第 2 号，1918 年 8 月 15 日；载《新青年》第 5 卷第 3 号，1918 年 9 月 15 日；载《新青年》第 5 卷第 4 号，1918 年 10 月 15 日。一共连载了 5 期才结束。易卜生：《小爱友夫》（Little Eyoff，吴弱男译），载《新青年》第 5 卷第 3 号，1918 年 9 月 15 日。

出身，其英文水平应当较好，被胡适选中作为合作者。而陶履恭就是陶孟和（1887—1960），曾任北大哲学系主任，著名的社会学家[1]；吴弱男（1886—1973）则是章士钊夫人，中国国民党首位女党员[2]。这样一种译介和翻译的随之兴起是有密切关联的，譬如就在此期《易卜生号》上，就刊出了一个广告："本社拟于暑假后，印行《易卜生剧丛》。第一集中含《娜拉》、《国民之敌》，及《社会栋梁》三剧。此外并有胡适君之序言，解释易卜生之思想。特此布告。"[3]

　　周氏兄弟在中国现代文化史上异军突起，自然与其留日背景密切相关，虽然胡适那代人以留美经验迅速在文化场域获得大名，但若论及对西学的接触迅捷和涉猎广泛，其实不如留日学人。虽然留日有诸多不如意之处，但毕竟也有王国维、章太炎、梁启超那代人流亡时代所遗留下的传统和工具，他们所达到的学术层次和境界，都不是一般人可以比拟的。而周氏兄弟乃至郭沫若、郁达夫、成仿吾等一代人，都可以从这个谱系中来看待。我要特别强调留日群体的意义，就在于他们是假途移植，这个问题陈寅恪有非常清醒的意识，他说过："间接传播文化，有利亦有害：利者，如植物移植，因易环境之故，转可发挥其特性而为本土所不能者，如基督教移植欧洲，与希腊哲学接触，而成欧洲中世纪之神学、哲学及文艺是也。其害，则辗转间接，致失原来精意，如吾国自日本、美国贩运文化中之不良部分，皆其近例。然其所以致此不良之果者，皆在不能直接研究其文化本原。"[4]一般而言，就翻译史研究论，会相对轻视那种非由源出语翻译的文本；但就学术角度来看，很可能不是这样的，因为正是通过这种辗转中介，各种文化渗透的因子才会得以充分体现，呈现出多元交融的景观，所谓"翻译文学"的概念在很大程度上就借鉴了这种思路。这种假途移植的方式往往会因为每次转译过程的文化语境转换及其相关因子的契合，而产生出特别的文化创造意义来，端在于当事者是否有此自觉之意识。周氏兄弟无疑是此中佼佼者，他们的学养和意识都出类拔萃，故此能在日后大浪淘沙的文化场域中脱颖而出。"被损害与被侮辱的民族"这个名词应算是鲁迅的发明，而之所以能有此发明，其实与其在日语世界里的知识探索，尤其是北欧、东欧这样的地域国别世界的发明是相关的。鲁迅对北欧文化的接触，也应从这个背景去理解。按照日本学者

1. 陶孟和简历，见 http://baike.baidu.com/view/187701.htm，下载于 2013 年 2 月 13 日。

2. 吴弱男简历，见 http://baike.baidu.com/view/831694.htm，下载于 2013 年 2 月 13 日。

3.《本社特别启事（二）》，载《新青年》第 4 卷第 6 号，1918 年 6 月 15 日。

4. 蒋天枢：《陈寅恪先生编年事辑》，第 83 页，上海：上海古籍出版社，1981 年。

的观点："鲁迅于明治末年来日本留学，他通过日语和德语吸收了欧洲近代文学的养分。但是这种吸收带有相当的个性色彩。"[1] 这种欧洲近代文学，显然不仅包括主要国别如德、法、英等，也包括北欧、东欧等相对弱势的国家。

鲁迅很可能是中国现代知识精英里最早提及易卜生的，他早在留日时代，即在《河南》发表名文《摩罗诗力说》（1908 年第 2、3 号，署名令飞）、《文化偏至论》（1908 年第 7 号，署名迅行）。或谓："伊勃生之所描写，则以更革为生命，多力善斗，即迕万众不慑之强者也。"[2] 或谓："近世诺威文人伊勃生（H. Ibsen）所见合，伊氏生于近世，愤世俗之昏迷，悲真理之匿耀，假《社会之敌》以立言，使医士斯托克曼为全书主者，死守真理，以拒庸愚，终获群敌之谥。自既见放于地主，其子复受斥于学校，而终奋斗，不为之摇。末乃曰，吾又见真理矣。地球上至强之人，至独立者也！其处世之道如是。"[3] 在青年鲁迅的心目中，显然有将易卜生推向圣坛的意图，盖其既将自己定位为精神界之战士，自然需要有强大的精神支柱，而以易卜生的愤世嫉俗与持笔为枪，是再合适不过的理想人选。

当然，更重要的或许还是，作为在现代中国转型时代无所依傍的知识精英，传统文化和思想自然地在其知识资源中出局，他们都迫切地需要引来外部资源以加强其精神柱梁建构。像易卜生这样的人物及其文学剧本世界，无疑是一个非常好的潜在资源。这一点，日本汉学家青木正儿（Aoki Masaru, 1887—1964）曾撰文《将胡适漩在中心的文学革命》（《支那文艺论丛》），可能洞察得更清楚些：

> 民国七年（1918）六月，《新青年》突然出了《易卜生号》。这是文学底革命军进攻旧剧的城的鸣镝。那阵势，是以胡将军的《易卜生主义》为先锋，胡适罗家伦共译的《娜拉》（至第三幕），陶履恭的《国民之敌》和吴弱男的《小爱友夫》（各第一幕）为中军，袁振英的《易卜生传》为殿军，勇壮地出陈。他们的进攻这城的行动，原是战斗的次序，非向这里不可的，但使他们至于如此迅速地成为奇兵底的原因，却似乎是这样——因为其时恰恰昆曲在北京突然盛行，所以就有对此叫出反抗之声的必要了。那真相，征之同丈的翌月号上钱玄同君之所说（随感录

1. 竹内好：《鲁迅和日本文学》，见《新编鲁迅杂记》，第 86 页，劲草书房，1985 年。转引自《留日时期鲁迅的易卜生观考》，载《鲁迅研究月刊》2005 年第 2 期，第 41 页。

2. 鲁迅：《文化偏至论》（1907 年），见《鲁迅全集》第 1 卷，第 56 页，北京：人民文学出版社，2005 年。

3. 鲁迅：《摩罗诗力说》（1907 年），见《鲁迅全集》第 1 卷，第 81 页，北京：人民文学出版社，2005 年。

4. 转引自鲁迅：《〈奔流〉编校后记（三）》（1928 年 8 月 11 日），载《鲁迅全集》第 7 卷，第 171 页，北京：人民文学出版社，2005 年。

十八），漏着反抗底口吻，是明明白白的。……[4]

这篇文章将论述的中心聚焦于胡适，显然对中国现代的文化场域是有着相当深刻的认知的。此文被鲁迅读到且摘引，估计当然会激起其内心涟漪，因为对易卜生的褒扬和亲近，他才是始作俑者。在青木看来，这就是一场文学的革命战争，不过他对胡适的地位判断不对，不仅是一个做先锋的将军，而更是作为组织者的元帅。而鲁迅摘引的更重要的目的，或许是对易卜生本身的关注。乃有《易卜生号》十周年之际的感慨，在他所主持的《奔流》也出了一个易卜生小辑，并对易卜生的汉译史略做总结：

那时的此后虽然颇有些纸面上的纷争，但不久也就沉寂，戏剧还是那样旧，旧垒还是那样坚；当时的《时事新报》所斥为"新偶像"者，终于也并没有打动一点中国的旧家子的心。后三年，林纾将"Genganger"译成小说模样，名曰《梅孽》——但书尾校者的按语，却偏说"此书曾由潘家洵先生编为戏剧，名曰《群鬼》"——从译者看来，Ibsen 的作意还不过是这样的——

"此书用意甚微：盖劝告少年，勿作浪游，身被隐疾，肾宫一败，生子必不永年。……余恐读者不解，故弁以数言。"

然而这还不算不幸。再后几年，则恰如 Ibsen 名成身退，向大众伸出和睦的手来一样，先前欣赏那及 Ibsen 之流的剧本《终身大事》的英年，也多拜倒于《天女散花》，《黛玉葬花》的台下了。

不知是有意呢还是偶然，潘家洵先生的《Hedda Gabler》的译本，今年突然在《小说月报》上发表了，计算起来，距作者的诞生是一百年，距《易卜生号》的出版已经满十年。我们自然并不是要继《新青年》的遗踪，不过为追怀这曾经震动一时的巨人起见，也翻了几篇短文，聊算一个记念。因为是短文的杂集，系统是没有的。但也略有线索可言：第一篇可略知 Ibsen 的生平和著作；第二篇叙述得更详明；第三篇将他的后期重要著作，当作一大篇剧曲看，而作者自己是主人。第四篇是通叙他的性格，著作的琐屑的来由和在世界上的影响的，是只有他的老友 G.Brandes 才能写作的文字。第五篇则说他的剧本所以为英国所不解的缘故，其中有许多话，也可移赠中国的。可惜他的后期著作，惟 Brandes 略及数言，没有另外的详论，或者有岛武郎的一篇《卢

勃克和伊里纳的后来》，可以稍弥缺憾的罢。这曾译载在本年一月的《小

说月报》上，那意见，和 Brandes 的相同。

"人"第一，"艺术底工作"第一呢？这问题，是在力作一生之后，

才会发生，也才能解答。独战到底，还是终于向大家伸出和睦之手来呢？

这问题，是在战斗一生之后，才能发生，也才能解答。不幸 Ibsen 将后一

问解答了，他于是尝到"胜者的悲哀"。[1]

虽然明白标示自己非继《新青年》之后尘，但实质上仍免不了在传统之内侨易的基

本事实。在中国文化史上，这种对易卜生的译介和接受，是持续性的，而非自天外

飞来的奇峰。我想鲁迅的意思，其实也是明确的，应更注重文化场域建设的延续性，

对于现代中国来说，固然需要"五四"时代的狂飙突进、颠倒规则，但更需要、更

具文化史意义的仍是常规建设的锱铢积累、水滴石穿，所以从这个意义上来说，鲁

迅一直选择了一种相对局外人的"袖手旁观者"角色，他虽然由于留日背景，乃能

假途日本更早接触到相关西学资源，譬如对易卜生的征引和评论，就可能是现代中

国最早的易卜生知音，但却并未借此来造势取威，占据场域地位。所以看鲁迅关于

易卜生的议论，虽不乏尖刻辛辣之批评，但总体而言却总显出一个建设者的平和心态，

这是大家的风范。

　　胡适对易卜生的兴趣和接触，其实都要归到留美时代，他自己曾记录："……

《易卜生主义》一篇写得很早，最初的英文稿是民国三年在康奈尔大学哲学会宣读的，

中文稿是民国七年写的。易卜生最可代表十九世纪欧洲的个人主义的精华，故我这篇

文章只写得一种健全的个人主义的人生观。这篇文章在民国七八年间所以能有最大的

兴奋作用和解放作用，也正是因为它所提倡的个人主义在当日确是最新鲜又最需要的

一针注射。"[2] 由此可见，这些用来在新文化运动中大显身手、掀起轰然巨波的知识，

都是在留美时期就已经积累下来的。但这种暴风骤雨式的"借学致用"，而且力求"立

竿见影"，虽然"声势显赫"于一时，但往往不能真的探到宝山真玉，更与知识本身

之原相可能相去颇远。对这点，胡适其实也心知肚明："四年前，我和一班朋友在《新

青年》里出了一个'易卜生号'。那时我们在百忙之中偷闲做这种重大的事业，自然

1. 鲁迅：《〈奔流〉编校后记（三）》（1928 年 8 月 11 日），载《鲁迅全集》第 7 卷，第 171—173 页，北京：人民文学出版社，2005 年。

2. 胡适：《介绍我自己的思想》，载陈惇、刘洪涛编：《现实主义批判——易卜生在中国》，第 12 页，南昌：江西高校出版社，2009 年。

很多缺点。那是我们很对不住易卜生的。这几年来，我们总想把易卜生的著作多介绍

一点给中国的读者，但时间上的限制终不能使我们实行这个愿望。……"[1] 所以他高

度评价此后潘家洵所做的翻译工作，如重译《娜拉》、《国民公敌》、《群鬼》等。

就此点而言，凭借霹雳手段而获得先锋功绩，成就新文化运动领袖地位的胡适终于与

鲁迅殊途同归，认识到文化建设终究是要靠循序渐进和踏踏实实的工作来实现的，而

非一时毁誉的"语不惊人死不休"。或许，用这样一段评价来理解中国现代文化场域

里两位相争而又不破的前贤是合适的："鲁迅和胡适，在我的视野里是两个窗口。一

个通向深邃冷寂的长夜，一个连着开阔、暖意的春的原野。推开第一扇窗户，内心

便有凛凛的寒意袭来，但在那彻骨的清凉里，却有反顾己身的快活，不再迷于人间的

幻象；推开另一扇窗户，有春的气息弥向空中，仿佛自己也有了奔跑的活力，这时候

便有了奔向户外的欲望，好像光明也不再远逝了一样。两个窗户连接着人间的两极。

但在那暗夜后亦有亮色，阳光下也有阴影。通向鲁迅的路时常燃烧着火炬，那热浪中

可以感到人性的魅力；而在胡适的世界里，常常有崎岖的山路，你几乎找不到一条平

坦的大道，在荆棘遍地的所在，似乎亦有鲁迅那里的苦涩……"[2] 在对易卜生的接受

和解读，乃至用其知识资源于现代中国文化场域的问题上，也是吻合若节的。

四、　易卜生的符号化功用

　　易卜生在现代中国的译介及其流行和逝去，最重要的，乃是具有符号化的意义。

一个来自外国的作家，其实无论如何伟大，都不太可能代替本国的经典作家，只有

在特殊的历史时期，才可能发挥出特别的历史作用，而"五四"时代正是那样一

个需要借助外来英雄与榜样的时代。阿英（1900—1977）说："就由于这些介绍

和翻译，更主要的配合了'五四'社会改革的需要，易卜生在当时的中国社会里，

就引起了巨大的波澜，新的人没有一个不狂热地喜欢他，也几乎没有一种报刊不

1. 胡适修订《易卜生主义》小言，载商务印书馆1921年版《易卜生集》（一），收入陈惇、刘洪涛编：《现实主义批判——易卜生在中国》，第12—13页，南昌：江西高校出版社，2009年。

2. 孙郁：《鲁迅与胡适》，第2—3页，武汉：长江文艺出版社，2007年。

3. 阿英：《易卜生的作品在中国》，转引自范伯群、朱栋霖主编：《中外文学比较史1898—1949》上册，第243页，南京：江苏教育出版社，1993年。

谈论他……"[3] 喜欢而至于狂热，可以见出一种外来思潮可能发挥的重大影响力。

不过，若论及具体的易卜生影响是如何体现的，我还是更倾向于将翻译史、传播史与文学史联系起来考察，看一看这种知识轨迹链的形成过程究竟具体如何，又是如何发生复杂的变形、适应乃至创化的。设若如此，不妨更具体地潜入到其时的文学与文化语境中去，鲁迅曾明确指出：

> 俞平伯的《花匠》以为人们应该屏绝矫揉造作，任其自然，罗家伦之作则在诉说婚姻不自由的苦痛，虽然稍嫌浅露，但正是当时许多智识青年们的公意；输入易卜生的《娜拉》和《群鬼》的机运，这时候也恰恰成熟了，不过还没有想到《人民之敌》和《社会柱石》。杨振声是极要描写民间疾苦的；汪敬熙并且装着笑容，揭露了好学生的秘密和苦人的灾难。但究竟因为是上层的智识者，所以笔墨总不免伸缩于描写身边琐事和小民生活之间。后来，欧阳予倩致力于剧本去了；叶绍钧却有更远大的发展。[1]

这里体现出一个重要的维度，就是在中国现代文学史的发展维度中来理解"外国文学"的输入与介入，具体到一个标志性作家就更是如此。在这个段落中，鲁迅提到了六个中国作家，在俞平伯、罗家伦之后提到了易卜生，前两者日后都不以文学创作称名；而杨振声（1890—1956）、汪敬熙（1897—1968）、欧阳予倩（1889—1962）、叶圣陶（1894—1988）等人则是新起的新文学作家，他们的文学创作构成了现代文学的一道阳光风景，值得深入探讨。这其中最具有深刻的文学史意义的，或许还是当推叶圣陶和欧阳予倩。虽然欧阳予倩是典型的戏剧家，与易卜生更有同类可比性；但若论及思想层面的逐步深入，恐怕仍要推叶圣陶，所以鲁迅的用语很有讲究，在后者，是要有"更远大的发展的"，然而如何远大？如何发展？却一如他往常的文字风格，有些语焉未详，有些含而不发。真相究竟如何？

　　应该说，聚焦社会问题，是易卜生戏剧的核心要素之一；这一点反映在"五四"文学时代，则是"问题小说"的流行[2]，其时间虽然不长，但却是"典型的'五四'启蒙时代的产物"[3]。而由此起步，成为"五四"人生派小说的代表

1. 鲁迅：《〈中国新文学大系〉小说二集序》（1935 年），载《鲁迅全集》第 6 卷，第 247—248 页，北京：人民文学出版社，2005 年。

2. 所谓"问题小说的出现受到欧洲、俄国表现社会人生为主的作品的直接刺激。1918 年《新青年》的'易卜生专号'使这位挪威作家的社会问题剧风行一时，这对'问题小说'是一个推动。"载钱理群、温儒敏、吴福辉：《中国现代文学三十年》（修订版），第 62 页，北京：北京大学出版社，1998 年。

3. 钱理群、温儒敏、吴福辉：《中国现代文学三十年》（修订版），第 64 页，北京：北京大学出版社，1998 年。

作家正是叶圣陶。他早年虽不乏"爱"与"美"的倾向，但确实有关注的"问题"："更集中于封建宗法制度下人与人之间关系的'隔膜'：《隔膜》一篇正面展开了人的精神上的相互隔绝，却又不得不虚伪地、无聊地互相敷衍的痛苦；《苦菜》则表现知识分子与农民之间的隔膜，知识分子认为饶有趣味的种菜的喜悦，农民却只感到沉重劳作无以维持生计的'苦'；《一个朋友》里夫妻之间也仅存所谓'共同生活'，而缺乏思想、感情上的沟通。叶圣陶在小说中提出的'隔膜'一题，与这时期鲁迅小说中关于'国民性改造'的问题，确有相通之处。"[1] 此后，叶圣陶致力于学校知识分子和市镇小市民的精神历程书写，"《饭》、《校长》等暴露当时教育界各种黑暗腐败现象，已经大大高出于前期的'问题小说'。而描写城镇小市民生活的作品，也不属小知识分子的自我表现，是采取了冷静批判的立场，着重于揭示小市民的精神病态。而与鲁迅的《幸福的家庭》等篇较为接近，又标志了叶圣陶风格逐渐成熟的前期代表性作品之一，是《潘先生在难中》。"[2] 归总言之，叶圣陶"对'五四'小说的脱掉稚气，对人生派写实小说的完型，贡献甚大"[3]。不过，正如我们此后要谈到的，同是一个个体性的接受主体，叶圣陶在接受安徒生童话影响的创作实绩方面也贡献卓著，所以他的北欧文学渊源不容忽视，也不是一个单向度的"点—点"之间的关系，这样一种复杂的文学侨易现象是值得深入探讨的。或者正如叶圣陶自己所说的那样："如果不读英文，不接触那些用英文写的文学作品，我决不会写什么小说。"[4] 后世的文学史家也承认，其时"从观念到文体，外国翻译小说的影响至深至巨，它们表现在小说的形式、叙事、语言各个方面"[5]，我们要补充的则是，不仅是翻译小说而已，各类翻译作品，包括戏剧，其必然也会对整个汉语语境的文学创作乃至知识产生过程发生重大影响。

在这个过程中，翻译史考察显然不容忽略，要知道，任何一个严格意义上的外来作家的输入都不可能不通过译介过程来真正完成；而是否能寻得合适的输入语境的译者，则成为这样一种跨文化流通的关键所在，知识与思想侨易之变化微妙处也正在此。所以，我们不妨对易卜生汉译过程中若干有趣的现象略作观察，譬如罗家伦与胡适合译《傀儡家庭》，乃是典型的"师生共舞"，要注意到罗家

1. 钱理群、温儒敏、吴福辉：《中国现代文学三十年》（修订版），第65页，北京：北京大学出版社，1998年。

2. 钱理群、温儒敏、吴福辉：《中国现代文学三十年》（修订版），第65—66页，北京：北京大学出版社，1998年。

3. 钱理群、温儒敏、吴福辉：《中国现代文学三十年》（修订版），第66页，北京：北京大学出版社，1998年。

4. 叶圣陶：《自序》，载《叶圣陶选集》，第7页，北京：开明书店，1951年。

5. 钱理群、温儒敏、吴福辉：《中国现代文学三十年》（修订版），第60页，北京：北京大学出版社，1998年。

伦其时乃是北大的英文系学生身份；而林语堂翻译的《易卜生生平创作及给一少女的十二封信》，也可见出他当时的文化身份，他其时毕业于圣约翰大学，在清华学堂任英文教师。但按照鲁迅的判断，这里起到关键作用的，似乎应是《娜拉》与《群鬼》。《娜拉》鼎鼎大名，无须多言；而《群鬼》则也有其相当广的接受圈，按照胡愈之（1896—1986）的说法："近代文学中更有借病的遗传现象，做剧本或小说的主题的。像易卜生（Henrik Ibsen）所著的《群鬼》（Ghosts），描写一个儿子受了父亲的病毒遗传，酿成很凄惨的悲剧。达尔文发明的遗传学说，竟可当作剧本的绝好资料，可见得近代文学受着科学的恩典，是很不少了。"[1] 所以我们可以清楚地看到，无论是故事也好，思想也罢，它都随着知识载体的变化而发生流通传播的过程，当然其中必然有变易，可能是误读，也可能是思想的升华，也有可能激发创生。所以，我们面对一个事物的发展，必须要能超出个体思维的狭隘观念，尽可能存有一种立体思维的空间张力，如此或能更接近事物发展变化之真相，譬如将事物纳入到一个整体性框架中去考察也是一条不可忽视之路径。我们注意到，当时在介绍易卜生的同时，其他北欧精英的作品也被推介。譬如杨昌济（1871—1920）就翻译了芬兰人威斯达马克的《结婚论》，刊载在《新青年》的首篇位置[2]，这至少说明，在当时北欧文化并未成为中国知识界的盲区。而易卜生的译介，则应纳入到这样一个整体谱系地图中来看，即便在现代中国的"五四语"境之内他也并不是孤立无援或横空出世的。对这个问题，其时的知识精英多半有明确认知，譬如先后留学日、德的艺术史家滕固（1901—1941）就认为："易氏的戏剧，是自然主义的戏剧，当时既横霸欧洲的剧界，此外有德国的哈北德漫（Hauptmann）、苏德漫（Sudermann）、英国的裴耐劳（Pinero）、萧伯纳（Bernard Shaw）一流的作家；和易氏同声唱霸，所谓易卜生派的作者。"[3] 留欧的宋春舫（1892 – 1938）则更将其与拉丁文化联上渊源，评价说："自然主义起于法，盖有法人曹拉（Zola）为之首领。易卜生浸润其说，遂为近世戏剧史上之第一大家，而于世界戏曲史上开一新纪元也。"[4] 茅盾当时任职于商务印书馆，尤其是执掌《小说月报》编务，其影响非同一般。

1. 胡愈之：《近代文学上的写实主义》，见陈惇、刘洪涛编：《现实主义批判——易卜生在中国》，第16页，南昌：江西高校出版社，2009年。

2. [芬兰] 威斯达马克：《结婚论》，杨昌济译，载《新青年》第5卷第3号，1918年9月15日。选译自威斯达马克《道德观念之起源与发展》。

3. 滕若渠：《最近剧界的趋势》，载陈惇、刘洪涛编：《现实主义批判——易卜生在中国》，第19页，南昌：江西高校出版社，2009年。

4. 宋春舫：《近世浪漫派戏剧之沿革》，载陈惇、刘洪涛编：《现实主义批判——易卜生在中国》，第18页，南昌：江西高校出版社，2009年。曹拉即左拉。

他对于其时的外来文学思潮有非同寻常的把握，所以对此颇有客观之评价：

> 易卜生和我国近年来震动全国的"新文化运动"是有一种非同等闲的
> 关系，六七年前《新青年》出《易卜生专号》，曾把这位北欧文学家作为
> 文学革命、妇女解放、反抗传统思想……等新运动的象征，那时候，易卜
> 生这个名儿萦绕于青年心胸中，传述于青年的口头，不亚于今日之下的马
> 克思和列宁。[1]

这段话意味深长，值得推敲。一则是揭明外来资源与本土潮流的关系；二是外来资
源符号化的功用；三是文学符号与政治符号的关系问题，即易卜生符号是怎样为马
克思（列宁）符号所代替的。这三个问题，均关系重大，非仅一个文学艺术范围了得。
但至少可以印证一点的是，易卜生在"五四"时代的地位确实极为了得，远非其他
外国名人可比，而其当比拟者竟然是日后极为关键性地扭转中国发展进程的政治人
物——马克思与列宁，其重要性和符号化功用也就可以想见一斑了。

　　在中国现代文学史上产生重大影响的外国作家虽然有一些，但也不是很多。有
些在本国乃至世界文学史上地位很高的作家，往往并未能获得相称的位置，譬如荷
马、但丁、莎士比亚等都是。可易卜生固然或尚未能在这样一种谱系中得到一席之地，
可若论及与中国现代文学史与思想史的亲密关系，则胜之。熊佛西（1900—1965）
坦白承认："五四运动以后，易卜生对于中国的新思想，新戏剧的影响甚大。"[2]
这个判断就不仅关涉到某个外来作家的影响问题，而是牵涉到对整个现代中国的戏
剧史和思想史发展的大问题。那么，一个具体的外国作家，北欧作家，甚至是挪威
作家的易卜生，是否能承受得起这样的重任？在我看来，作为"诗人巨像"的易卜
生，正扮演了这样一种"他山之石"的作用，虽然我们对他的深度认知还远远不够，
不过这并不妨碍在时势造英雄的文化运动时代里获得"至尊宝"的地位，说到底，
易卜生借助其时现代中国文化革命的轰轰烈烈的潮流将自己成功"符号化"了。中
国语境里的易卜生，与其说是一个大诗人的名字，或者某种风格或潮流的戏剧代表，
毋宁说是一种强势的文化权力（或文学范式）代表，他直接地用文学的方式来触及
苦难现实、发现人生问题、撼动固有结构、挑战绝对权力、重建人性社会。应该说，

1. 茅盾：《谭谭〈玩
偶之家〉》，载《文
学周报》第 176 期，
1925 年，转引自胡
文辉：《陈寅恪诗
笺释》上卷，第 6 页，
广州：广东人民出
版社，2008 年。

2. 熊佛西：《论易
卜生》，载《文潮
月刊》第 4 卷第 5 期。

在政治革命（辛亥革命）不久，文化革命（新文化运动）方至，经济不振、社会乱象、民生混乱的时代里，这样的一种"易卜生符号"是有其重要的积极价值的。可惜的是，常人总是喜新厌旧，而革命时代涌来的"舶来之物"又实在太多，太纷繁，这就使得此一符号方生，彼一符号又起，很难起到真正持久意义上的推进作用。有之，恐怕端赖于知识精英本身的冷眼相看、清醒自持、不懈工作罢了。要之，则作为中国现代文学史与思想史第一人的鲁迅，对此有一番发人深省的议论：

> 在中国的文坛上，有几个国货文人的寿命也真太长；而洋货文人的可也真太短，姓名刚刚记熟，据说是已经过去了。易卜生大有出全集之意，但至今不见第三本；柴霍甫和莫泊桑的选集，也似乎走了虎头蛇尾运。但在我们所深恶痛疾的日本，《吉诃德先生》和《一千一夜》是有全译的；沙士比亚，歌德，……都有全集；托尔斯泰的有三种，陀思妥也夫斯基的有两种。[1]

上海商务印书馆曾出版潘家洵译的《易卜生集》，只出两册。所以难怪鲁迅有此一问，这种译介外来知识资源过程中的"虎头蛇尾"现象，其实是大有意味的；而与近邻日本相比的差距，更是中国知识界应引以为训的。不过，潘家洵倒是持续了他的易卜生翻译，可是要到 1950 年代才由人民文学出版社陆续出版其翻译的《易卜生戏剧集》等，鲁迅是不及见到的了。翻译工作是一切的根本，舍却扎实有效、勤勤恳恳、不计功利的此类近乎高僧译场的工作，奢谈一切借石他山、洋为中用都是空中楼阁。进而言之，如何尽可能从场域利益之争中摆脱出来，使得知识产品能各安其位，真正有功用于文化创造本身，尤其是在资本驱动之下的全球国家不得不面对的难题。对于现代中国来说，鲁迅的话依然没有过时，易卜生符号如何能不仅仅停留于"符号"的空名，乃至于产生更切实的创造性功用，仍是一个有待破解之题。

　　当然，易卜生不是一个戏剧家那么简单，其实说到底他之所以能成为"易卜生符号"，除了其高明的文学手法之外，当然还要归功于他对社会问题的洞察和思想的深刻。故此，若论及在现代中国语境里介绍其思想，当还属袁振英编撰的《易卜生社会哲学》，虽为 1925 年间在广东国立大学的演讲稿整理，却是近乎一部研究

1. 鲁迅：《读几本书》，见《鲁迅全集》第 5 卷，第 496 页，北京：人民文学出版社，2005 年。

型的著作。此书分三卷讨论，卷一为通过易卜生之戏剧材料看各种社会现象之批评；

卷二通过易卜生作品阐释易卜生之观念，如女性主义、个人主义、浪漫主义、唯实

主义、象征主义等；其三介绍易卜生著作。[1] 或者还是周作人的见地高明，他能将

对易卜生的评论超出简单的作家之争以外，而纳入整个的文学观中去考察："人的

文学，当以人的道德为根本，……譬如两性的爱，我们对于这事，有两个主张：（一）

是男女两本位的平等，（二）是恋爱的结婚。世间著作，有发挥这意思的，便是绝

好的人的文学。如诺威 Ibsen 的戏剧《娜拉》（*Et Dukkehjem*），《海女》（*Fruen*

fra Hevet）……等就是。"[2] 这样，他们就更进一步升华了易卜生符号的意义，使

得其汉译剧本及其背后的观念思想更深度地融入了现代中国的历史进程之中，举凡

文学观念的讨论，人本主义的提倡等等，都可以隐隐约约看出背后的外来魅影，譬

如说易卜生。作为侨易现象的易卜生戏剧无疑很有趣，因为其不仅涉及"诗人巨像"

的符号化过程与某种扭曲变格，也包括具体的"文学镜像"如娜拉等的语境变型、

本土适应乃至新像幻化等的具体问题，甚至作为一个整体的"易卜生的中国侨易现

象"。这其中尤其要关注介入中国过程的多种元素渗透，不仅是知识人的，也还应

包括更复杂和更深层的诸如经济、政治、社会等要素。而以上所分析的其时中国语

境主要知识精英如胡适、鲁迅的讨论，只是一个面相而已；要想更多更深地揭示其

细节，追索其本质，仍需要更细致更整体性的研究。

1. 袁振英：《易卜生社会哲学》，上海：泰东书局，1927 年。

2. 周作人：《人的文学》，见陈惇、刘洪涛编：《现实主义批判——易卜生在中国》，第 14 页，南昌：江西高校出版社，2009 年。

第三章 安徒生童话该怎样翻译？

——以周作人批评、叶圣陶创作与叶君健翻译为中心

一、　安徒生童话能这样译吗？

　　——以周作人在《新青年》上的批评为中心的讨论

　　周作人（1885—1967）的文学史意义怎么高估都不过分。这不仅是说他有着杰出的文学才华和沉潜的创作品格，而且也着重于他良好的学术史意识与知识史诉求。[1]作为散文作家，知堂之名甚大，可谓开一派之风气；但在我看来，周作人还有未被揭示的多重意义，因为在多个学术和知识领域，他都具有捷足先得的开风气者的地位和先知者的宁静。当然这一切，有时不得不无奈地被遮蔽在那顶过于硕大的"汉奸"帽子之下。

　　1918年，《十之九》出版（陈家麟、陈大镫译，上海：中华书局，1918年），收入《火绒箧》等六篇童话。但居然是用文言翻译的，对此，周作人显然不满，他旋即于1918年9月15日发表了《随感录（二十四）》，对此译本进行批评：

　　　　日前在书铺里，看见一本小说，名叫《十之九》。觉得名称很别致，买来一看，却是一卷童话，后面写道"著作者英国安德森"。内分《火绒箧》、《飞箱》、《大小克劳势》、《翰思之文件》、《国王之新服》、《牧童》六篇，我自认是中国的安党，见了大为高兴；但略一检查，却全是用古文来讲大道理。于是不禁代为著作者叫屈，又断定他是世界文人中最不幸的——在中国——一个人。[2]

这样一顿大发感慨，可谓是"醉翁之意不在酒"。周作人的学养与眼光皆佳，所以很明快地指出安徒生的诗人意义："他是个诗人，又是个老孩子（即Henry James 所说 Perpotual Boy），所以他能用诗人的观察，小儿的言语，写出原人——文明国的小儿，便是系统发生上的小野蛮。"[3]其实，周作人能做如此独到之评判，乃是早有准备。对安徒生的意义，也可谓是"不打不相识"，他自己明确交代，是读过"诺威 Boyesen，丹麦 Brandes，英国 Gosse 诸家评传"才明白的[4]。算起来，或许他可算是最早将安徒生引入中国的，

1. 此处仅就艺术史层面立论，政治问题不在讨论之列。关于周作人生平一个概括的论述，参见钱理群：《周作人传》，北京：十月文艺出版社，1990年。

2. 作人：《随感录（二十四）》，载《新青年》第5卷第3号，第106-117页，1918年9月15日。

3. 作人：《随感录（二十四）》，载《新青年》第5卷第3号，第286-290页，1918年9月15日。

4. 作人：《随感录（二十四）》，载《新青年》第5卷第3号，第287页，1918年9月15日。

早在 1913 年，他就发表《童话略论》，认为"今欧土人为童话唯丹麦安兑尔然（Anderson）为最工"[1]。1914 年，他发表过关于安徒生的传记性文章，称其"以小儿之目观察万物，而以诗人之笔写之，故美妙自然，可称神品"[2]。所以，虽然间隔四年，但其见地却一以贯之，也难怪他对现有的译本大不满意。按照他自己的说法，倒真的很诚实："我们初读外国文时，大抵先遇见 Grimm 兄弟和 Hans Christian Anderson 的童话。当时觉得这幼稚荒唐的故事，没甚趣味，不过因为怕自己见识不够，不敢菲薄。却究竟不晓得他好处究竟在那里。"[3] 直到阅读各种学术著述，如所谓的民俗学（Folklore）、传记等，才明白其奥妙所在，周作人才敢一言以蔽之："Grimm 兄弟的长处在于'述'；Anderson 的长处就全在'作'。"[4] 如此影响现代中国的两大童话渊源，都被揭示得清清楚楚。格林童话本是格林兄弟搜集民间故事加工而成，其背景在于为德国寻源，寻民族根基和精神之源；而安徒生童话则是作家自己的建构工作，是开辟一个新的叙述的故事世界，其意义迥异。

周作人的好处是不但是一个批评家，而且还是翻译家。他批评译者的浅薄猥鄙之处，兀自不足，而且要亲身尝试，动手翻译了安徒生的《卖火柴的小女孩》[5]，这基本上就是同台较技的意思了。此前他已经在批评文字里介绍了其译本来源，因为丹麦语本就非通用语言，非常人可习得，所以他也是从英译本转译的。我们不妨来比较一下两者的优劣，究竟周作人是在何种意义上来批评译本的问题的。

周作人非常不满意译者的态度，认为："译者依据了《教室里的修身格言》，删改原作之处颇多，真是不胜枚举；《小 Klaus 与大 Klaus》一篇里，尤为厉害。例如硬教农妇和助祭做了姊弟，不使大 Klaus 杀他的祖母去卖钱；不把看牛的老人放在袋里，沉到水里上天去，都不知是谁的主意；至于小 Klaus 骗来的牛。乃是'西牛贺州之牛'！《翰思之良伴》中，山灵（Trold）对公主说：'汝即以汝之弓鞬为念'！这岂不是挈著作者任意作耍么？《牧童》中镀边的铃所唱德文小曲：

1. 周作人：《童话略论》，载《教育部编纂处月刊》第 1 卷第 7 号，1913 年 8 月。此处引自李红叶：《安徒生在中国》，载《中国比较文学》2006 年第 3 期，第 155 页。

2. 周作人：《丹麦诗人安兑尔然传》，见《丞社丛刊》第 1 期，1914 年 12 月。安兑尔然即安徒生。转引自宋炳辉：《弱势民族文学在中国》，第 104 页，南京：南京大学出版社，2007 年。

3. 作人：《随感录（二十四）》，载《新青年》第 5 卷第 3 号，第 286 页，1918 年 9 月 15 日。

4. 作人：《随感录（二十四）》，见《新青年》第 5 卷第 3 号，第 287 页，1918 年 9 月 15 日。

5. [丹麦] H.C.Anderson：《卖火柴的女儿》，周作人译，载《新青年》第 6 卷第 1 号，第 30—33 页，1919 年 1 月 15 日。

Ach, du lieber Augustin

Alles ist weg, weg, weg.

（唉，你可爱的奥古斯丁

一切都失掉，失掉，失掉了。）

也不见了。Anderson 的一切特色，'不幸'也都失掉。"[1] 通过这段论述，我们可以看到，一方面周作人读书很细致，将方方面面的因素都考虑到了；另一方面他大量借鉴西方批评家的现有知识资源，对原作理解和汉译失误做了非常具体的指摘，可谓是居高临下，登高望远，批评得很是犀利而到位。此外，我们不应忽略的是外语工具优势，周作人应通德文，而且从对德语资源的引证来看，他确实是懂的。不知道安徒生原作中是否直接引用了德语原文，但至少他的德国文化素养一点不差；如此我们也可间接发现日耳曼文学群中的相互交流现象，彼此的关系相当密切。安徒生即便在自己的童话创作中，也会将德国知识资源信手拈来。

　　尽管周作人对《十之九》作为汉译本的批评痛快并且淋漓，但仍不应否定其价值，因为这"可能是用白话翻译的安徒生童话的第一篇作品"[2]，则当引起重视。"五四"新文化运动乃是颠覆旧秩序、开创新潮流的运动，其中难免场域权力之争，故此就是要"不破不立"，对于原有的强势地位要予以"夺权"，而对那些相对处于弱势的思潮或文类，譬如儿童文学，其倡导自然也就有着诸多意味，所以新文化诸君提倡儿童文学不遗余力，除了看重儿童文学确实重要的价值之外，也还有其它因素需要考量。更重要的是，这样一种风气在 1920 年代得以持续发展，形成了一种文学史潮流。而正是在《新青年》上发表的这篇《随感录》，引发了日后一系列的文学变革，首当其冲的，自然是安徒生童话热；那么我们想追问的自然是，其时的文学乃至文化场域情况究竟怎样？安徒生又将以怎样一种方式介入或导致"侨易新符"的形成？

1. 作人：《随感录（二十四）》，载《新青年》第 5 卷第 3 号，第 289–290 页，1918 年 9 月 15 日。

2. 宋炳辉：《弱势民族文学在中国》，第 105 页，南京：南京大学出版社，2007 年。

二、　1920 年代的安徒生译介与中国现代文化场中的"儿童文学镜像"

——以《安徒生号》为例

安徒生不仅是一个单纯的童话作家（或所谓儿童文学作家），他是一个诗人，是一个重要的文学家，甚至我们可以说，他是北欧文化与思想的重要代表人物，如此则其作为知识精英的功用可以得到凸显。

1920 年代的中国，乃是一个繁华散尽、重归平淡的过程；虽然政治革命的日程火急火燎，但就文化史而言，反而更应归属于"五四"之后平静建设的常规时期。所谓："中国的儿童文学真正起步，或者现代意义上的儿童文学的起步，是在本世纪 20 年代前后译风大开之后。译风一开，中国于是知道外国有伊索、格林、凡尔纳，有鲁滨孙和阿里巴巴。那时候，中国现代儿童文学的先驱者孙毓修编纂的《童话》丛书、《少年丛书》中就收了许多译写的外国儿童文学作品。"[1] 这段叙述虽然平实，但确实反映出中国儿童文学的大致进路。

有论者更大胆判断，"中国现代概念的儿童文学诞生于译介外国儿童文学的热潮中"[2]。或许我们更可以以一种融通的维度来考察这点，因为"世界上没有任何文化能够不随时吸收外国因素而可维系不坠"[3]，而中国文化的吸收力之强则举世领先。以此思路推论，则中国儿童文学之诞生于外国儿童文学的译介资源之中，也就是完全可以想象和理解的事情了。更何况，现代概念的提出和定型都是西方的。所以，对中国儿童文学的诞生过程，有论者如此叙述：

> 中国是先有一批通晓外国语而又热心于创建中国儿童文学的作家，诸如鲁迅、郑振铎、周作人、夏丏尊、徐调孚、顾均正等，然后中国人才开始认识安徒生、王尔德、克雷洛夫、普希金，中国儿童的书架上才有外国的童话和小说故事，然后才有标志着具有中国作风、中国气派的现代儿童文学诞生的童话——叶圣陶的《稻草人》。

1. 韦苇编著：《世界儿童文学史概述》，第 9—10 页，杭州：浙江少年儿童出版社，1986 年。

2. 韦苇编著：《世界儿童文学史概述》，第 10 页，杭州：浙江少年儿童出版社，1986 年。

3. 《敌机轰炸中谈中国文化》，载明立志等编：《蒋梦麟学术文化随笔》，第 336 页，北京：中国青年出版社，2001 年。

　　中国的儿童文学经过一个年代左右的借鉴中创造、创造中借鉴，遂开
始形成有儿童文学著译家（叶圣陶、陈伯吹、贺宜、严文井等），有刊物
（《儿童世界》、《小朋友》、《小学生》、《开明少年》、《中学生》、《儿
童杂志》、《现代儿童》等），有出版社（商务印书馆、中华书局、北新书局、
开明书店、儿童书局），有理论（周作人、郑振铎、茅盾、陈伯吹等的儿
童文学论著），有团体（以叶圣陶、茅盾、郑振铎、赵景深、谢冰心等为
主将的"文学研究会"对儿童文学的倡导）的儿童文学"独立国"。[1]

1. 韦苇编著：《世界儿童文学史概述》，第 10 页，杭州：浙江少年儿童出版社，1986 年。

通过这段论述，我们可以清晰地看到，中国儿童文学是如何通过与外国儿童文学的
互识、互通和互动来实现自己"从无到有"的发展过程的。按照这一论述逻辑，则
先有知识精英对儿童文学的重视，他们本身又是通外语的，必须和外语学习史、翻
译史勾连起来，如此才有知识史、文学史的关联。在个体或许并非如此，在整体宏
观上则必然如此。譬如被推崇为中国儿童文学奠基者的叶圣陶，其出身一般，既未
留学，也不擅长外语，但他如何就能达到儿童文学创作的高层境界？那么，在儿童
文学的发展过程中，我们怎样来看待这样一种现象的发生？此问题将在论述叶圣陶
时细加探讨，此处不赘。

　　1920 年代时，安徒生童话的汉译出现了"一个高潮"[2]，这是符合文学史发展规
律的。林兰（1897－1971，即李小峰）、赵景深（1902—1985）、徐调孚（1901—
1981）、顾均正（1902—1980）等都是译者中的佼佼者，而他们多数都是出版界中人。

2. 宋炳辉：《弱势民族文学在中国》，第 105 页，南京：南京大学出版社，2007 年。

相比较"五四"时代的"城头变幻大王旗"，新思潮、新主张不断出现甚至层出不穷，
那么 1920 年代乃常规建设时期，社团、报刊、出版等形成有效的媒介场域，与教育、
学术、文学等子场域互动密切，具体的人物、译著等都需要纳入到这样一个整体性
框架下来看待。但报刊变化是一个特别值得关注的现象，随着《新青年》的急剧左转，
它所担负的整体文化场域功能也明显下降；整体性功能基本上随着文化场域的分工
而逐渐被不同刊物所取代，譬如《小说月报》虽然早在 1910 年 7 月创刊于上海，由
商务印书馆主办，但就更多承担起文学方面的介绍功能而言，还是 1921 年 1 月（从
第 12 卷第 1 期起由沈雁冰主编）成为文学研究会机关刊物之后，它显然有着相当高

的文学和思想诉求；而自 1923 年第 13 卷起，其主编由郑振铎（1898—1958）担任，他的文学眼光和学术修养更是不同，随即《小说月报》开始刊发安徒生汉译作品，如《拇指林娜》、《蝴蝶》等都是；到了 1925 年，更连续两期开设《安徒生号》，刊发安徒生创作论、外国研究译文、中国研究文章等多篇，汉译作品则包括《豌豆上的公主》等共 22 篇。[1]

1.宋炳辉：《弱势民族文学在中国》，第 106 页，南京：南京大学出版社，2007 年。

从 1918 年《易卜生号》到 1925 年《安徒生号》，我们可以清楚地看到，期刊所产生的作用其实相当巨大，一个标志性的符号出现了。从《新青年》到《小说月报》，我们可以看到"社会分工"的趋势不可阻挡，从文化刊物到文学刊物，专业性的刊物逐渐成为主流。像《新青年》那样以"一刊之力"而稳居泰山之首的现象逐渐淡化，这或许正是"社会分工"的必然趋势。相比较易卜生所具有的强大的符号意义，安徒生的特色安在？《安徒生号》又是在怎样一种背景中发挥其独特作用的呢？

从周作人的翻译批评到安徒生汉译的整体态势形成，这其中显然表现出明显的推进，即由个体批评家或学者自觉，上升到整体的合力推动，这尤其以《安徒生号》的出版为标志。毕竟，在一家居于主流地位的名刊大刊上推出专辑，不是一件轻而易举、发笔为文即可之事。就《安徒生号》的内容来看，也同样展现出中国现代知识界人物的合力功效，赵景深、张友松、焦菊隐、徐调孚、顾均正等联袂上阵，都参与翻译撰文，甚至连主编郑振铎也亲自披挂上阵，写下了《安徒生的作品及关于安徒生的参考书籍》一文。

在整体的 1920 年代文学译介场域之外，特别需要提到的是理论的发展。赵景深（1902—1985）可以被视作其中一个重要人物，他曾编撰多部重要著作；而陈伯吹（1906—1997）则是另一个实践性人物，他的《儿童故事研究》（上海：北新书局，1932 年）、《儿童文学研究》（上海幼稚师范学校丛书社）都对中国儿童文学理论的发展起到重要作用。所以，就中国儿童文学之发源来说，在理论上是并不算太落后的；相比之下，倒是创作方面未能显示出集群式的爆发力。即便是就理论谈理论，就学术性而言，我还是更欣赏周作人的小扣大鸣、深入发微，其《儿童文学小论》（上海：儿童书局，1932 年）独辟蹊径，乃是儿童文学学域的开辟性著作。这在下面还要详论，此处想对有代表性的、收集多人论述的《童话评论》（上海新文化书社，1924 年）略作展开，此书虽为赵景深所编，但因包括了周作人、郑振铎、胡适、胡愈之、赵景深等多人关于儿童文学的洞见，可谓"网罗众家"，可以被认为是集中反映了这个时期的标志性文选。

相比较陈伯吹这类专业人士，像胡适、郑振铎这样的人物显然是大家而显广博之趣味，对儿童文学之小试牛刀，不过是其宏大文化与学术趣味的冰山一角。可正因其涉猎甚广，其关注童话，也就有了更为重要和整体性的视域，从而可能将区区被视为小玩意事的儿童文学带入到一个更为广阔的学术与文化的大场域中去，这其中最有代表性、贡献也最大的则是周作人。

三、　中国儿童文学理论建构的起点
——论周作人的《儿童文学小论》

作为一种特殊种类的文类形式，儿童文学确实应当特别关注，这不仅因为它似乎是一种专门对应儿童的文学类型，更因其以童话为形式、涉九流而同兴味，乃是具有相当普遍意义的文类，值得特别关注。周作人对儿童文学，是有着非常浓厚的兴趣的，他曾在孔德学校演讲，专门谈儿童文学问题：

> 今天所讲儿童的文学，换一句话便是 "小学校里的文学"。美国的斯喀特尔（H.E. Scudder）、麦克林托克（P.L. Maclintock）诸人都有这样名称的书，说明文学在小学教育上的价值，他们以为儿童应该读文学的作品，不可单读那些商人杜撰的读本。读了读本，虽然说是识字了，却不能读书，因为没有读书的趣味。这话原是不错，我也想用同一的标题，但是怕要误会，以为是主张叫小学儿童读高深的文学作品，所以改作今称，表明这所谓文学，是单指 "儿童的"文学。[1]

1. 周作人：《儿童的文学》（1920 年 10 月 26 日在北平孔德学校的讲演），载张新科编：《民国儿童文学教育文论辑笺》，第 3 页，北京：海豚出版社，2012 年。

周作人将儿童文学分两大类，即所谓"纯正童话"与"游戏童话"，前者为代表思想者、代表习俗者；后者分三类，即动物谈、笑话、复叠故事。[1] 从这个角度来看，他似乎就取了儿童文学的狭义概念，强调其是为儿童所创作、供阅读的文学作品。当然，以他的知识结构和通识见地，当然不会陷入到狭小的格局中去。周作人会问道："儿童生活上何以有文学的需要？这个问题，只要看文学的起源的情形，便可以明白。儿童哪里有自己的文学？这个问题，只要看原始社会的文学的情形，便可以明白。照进化说讲来，人类的个体发生原来和系统发生的程序相同：胚胎时代经过生物进化的历程，儿童时代又经过文明发达的历程；所以儿童学（Paidologie）上的许多事项，可以借了人类学（Anthropologie）上的事项来作说明。文学的起源，本由于原人的对于自然的畏惧与好奇，凭了想象，构成一种感情思想，借了言语行动表现出来，总称是歌舞，分起来是歌、赋与戏曲小说。儿童的精神生活本与原人相似，他的文学是儿歌童话，内容形式不但多与原人的文学相同，而且有许多还是原始社会的遗物，常含有野蛮或荒唐的思想。儿童与原人的比较，儿童的文学与原始的文学的比较，现在已有定论，可以不必多说；我们所要注意的，只是在于怎么样能够适当的将'儿童的'文学供给与儿童。"[2] 这段可以说展现了周氏的童话观念，即将儿童也视作为有正常精神需求的读者，只不过可能接受的形式和方法有些差异罢了。而他在论述当中展现出的学术视域和知识渊博，则让人更能深度理解区区一个儿童文学所牵涉则莘莘大者。《儿童文学小论》一书对于中国童话史有重要的作用，虽然其因由不过是当初的老学生张一渠（1895—1958）在上海办儿童书局而向周作人约稿[3]，但其导致的却是让周作人系统清理了一下他对于儿童文学的撰作文章和思路，颇能见出他关于儿童文学的观念来，虽尚不够系统，但对于中国现代学术创发期的儿童文学研究却很有开山和启发后者的意义。按照周氏自述："这几篇文章虽然浅薄，但是根据人类学派的学说来看神话的意义，根据儿童心理学来讲童话的应用，这个方向总是不错的，在现今的儿童文学界还不无用处。中国是个奇怪的国度，主张不定，反复循环，在提倡儿童本位的文学之后会有读经——把某派经典装进儿歌童谣里去的

1. 周作人：《儿童文学小论》，载《周作人自编文集：儿童文学小论·中国新文学的源流》，第5-6页，止庵编，石家庄：河北教育出版社，2003年。

2. 周作人：《儿童的文学》(1920年10月26日在北平孔德学校的讲演)，载张新科编：《民国儿童文学教育文论辑笺》，第4页，北京：海豚出版社，2012年。

3. 关于张一渠其人，参见宋原放等编：《上海出版志》第十篇"人物"，第1063-1064页，上海：上海社会科学院出版社，2000年。

运动发生，这与私塾读《大学》、《中庸》有什么区别。所以我相信这册小书即在现今也还有他的用处，我敢真诚地供献给真实地顾虑儿童的福利之父师们。"[1]

　　此外，就周氏著述中引用外文关键词来看，多半是德语，除了上面已引用的儿童学、人类学等概念外，譬如这段："童话（Maerchen）本质与神话（Mythos）世说（Sage）实为一体。上古之时，宗教初萌，民皆拜物，其教以为天下万物各有生气，故天神地祇，物魅人鬼，皆有定作，不异生人，本其时之信仰，演为故事，而神话兴焉。其次亦述神人之事，为众所信，但尊而不威，敬而不畏者，则为世说。童话者，与此同物，但意主传奇，其时代人地皆无定名，以供娱乐为主，是其区别。盖约言之，神话者原人之宗教，世说者其历史，而童话则其文学也。"[2] 这种划分虽然不能说绝对正确，但确实很清晰地分别出童话、神话、世说这些不同文体之间的异同，尤其是强调其互联性方面，其实是很有意义的；这背后应该是有德国学术资源的支撑在的。这一点尤其表现在"艺术童话"的突出方面：

　　　　天然童话亦称民族童话，其对则有人为童话，亦言艺术童话也。天然童话者，自然而成，具人种特色，人为童话则由文人著作，具其个人之特色，适于年长之儿童，故各国多有之。但著作童话，其事甚难，非熟通儿童心理者不能试，非自具儿童心理者不能善也。今欧土人为童话唯丹麦安兑尔然（Andersen）为最工，即因其天性自然，行年七十，不改童心，故能如此，自邻以下皆无讥矣。故今用人为童话者，亦会以安氏为限，他若美之诃森（Hawthorne）等，其所著作大抵复述古代神话，加以润色而已。[3]

艺术童话（Kunstmaerchen）其实正是德国文学发展中的一个特色，我们看看它的文学史，并不仅是像格林兄弟这样的人用对民间文学的发掘开辟出所谓"民间童话"的路径，浪漫思脉的人物尤其以自身的想象天才和诗意创作，成就了"艺术童话"的类型，像瓦肯罗德、诺瓦利斯、蒂克、霍

1. 周作人：《儿童文学小论序》，载《周作人自编文集：儿童文学小论、中国新文学的源流》，第3页，止庵编，石家庄：河北教育出版社，2003年。

2. 周作人：《儿童文学小论》，载《周作人自编文集：儿童文学小论、中国新文学的源流》，第4页，止庵编，石家庄：河北教育出版社，2003年。

3. 周作人：《儿童文学小论》，载《周作人自编文集：儿童文学小论、中国新文学的源流》，第10页，止庵编，石家庄：河北教育出版社，2003年。

夫曼、豪夫（Hauff，Wilhelm，1802—1827）等都是，就是大师级人物如歌德等也有创作。[1] 当然说到当代，周作人又特别举出安徒生为例，强调其童心诗用的重大贡献，由此我们可以看到，安徒生童话不仅为现代中国提供了大量的精神食粮，同时也是儿童文学理论建构的重要资源。

　　所以，最后周作人提出："今总括之，则治教育童话，一当证诸民俗学，否则不成为童话，二当证诸儿童学，否则不合于教育。且欲治教育童话者，不可不自纯粹童话入手，此所以于起原及解释不可不三致意，以求其初步不误者也。"[2] 可见，他对童话的讨论并非随意为之，而是有明确的学理基础的。更重要的是，这种对儿童文学的兴趣不仅是某个知识精英一时兴起的游戏之作，而似乎是那代人所共享的一种文化指向，譬如周氏兄弟就均有此浓厚的兴趣。[3] 周作人不必说，他的指摘安徒生翻译中的误区与商榷、甚至撰作理论著述的兴味，都在表明其不淏之童趣，而其德文词汇的标明，更显示其学理来源之外来基础；鲁迅同样曾翻译苏联作家爱罗先珂（B·R·Epomehk，1889—1952）的童话集，并撰序称："我愿意作者不要离了这童心的美梦，而且还要招呼人们进向这梦中，看定了真实的虹，我们不至于是梦游者（Somnambulist）。"[4] 所以，我们可以清晰地看到，童话世界是一个精英所乐于拥抱的梦境，也是他们为民族国家乃至人类文明所乐于展示的一种方向。当然，无论如何强调童话世界的文明意义，仍不能回避其基础所在，就是对于儿童的资源作用，这是儿童文学立基之所在。

　　不管是外来刺激，还是理论建构，最重要的，仍将会落在本我的主体呈现上。具体到中国的儿童文学而言，自然就是其作品世界的丰富和作家群体的涌现。那么，如果用这样的标准衡量，现代中国的儿童文学在何种程度上达到了较高的层次和境界呢？如此，我们就不得不提及叶圣陶其人。

1. 有论者又将"艺术童话"进行三分，其一是以相当朴实的叙述来展开故事，有明显的模仿民间童话的痕迹；其二是以童话形式来表达某种特定的理念；其三是将想象力空间与日常生活相联系，童话人物也意指普通人。参见 Schmitt, Hans-Jürgen (Hg.): *Die deutsche Literatur - Romantik II*（德国文学——浪漫派 II）. Stuttgart: Reclam, 1978. S.24.

2. 周作人：《儿童文学小论》，载《周作人自编文集：儿童文学小论·中国新文学的源流》，第 11 页，止庵编，石家庄：河北教育出版社，2003 年。

3. 关于鲁迅的儿童文学涉猎，参见谢晓虹：《五四的童话观念与读者对象——以鲁迅的童话译介为例》，载徐兰君、安德鲁·琼斯（Jones, Andrew F.）编：《儿童的发现——现代中国文学及文化中的儿童问题》，第 133—152 页，北京：北京大学出版社，2011 年。

4. 鲁迅：《序》（1922 年 1 月），载《鲁迅译文集》第 2 卷，第 205 页，北京：人民文学出版社，1958 年。

四、　童话创作的实践及其安徒生影响
——以叶圣陶为例

无论是翻译的成绩，还是理论的开端，真正可圈可点、最具文化史核心意义的，仍当属创作本身的业绩。谈到现代中国的童话创作实绩，我们这里不得不提及叶圣陶。他作为中国现代儿童文学创作中最有实绩的要角之一，对外来童话文学资源的汲取是其不二法门，而其中最有资鉴性的或许就是安徒生。[1]

作为文学研究会的核心成员之一，叶圣陶（1894—1988）是最早的创建者之一。早在 1921 年 1 月，沈雁冰（茅盾）、郑振铎、周作人等人发起成立文学研究会[2]，乃形成中国现代文学两大社团之一。如果再加上日后以郭沫若、郁达夫、成仿吾等为核心的创造社，则构成双峰并峙之势。两种人构成留日学生中"投入新文学运动的主要力量"，一是出于启蒙的目的，一是追求个性的发展；而正是他们的参与，"导致了新文学的两种观念：启蒙的文学和唯美的文学。前者以《新青年》为代表，后者以创造社为代表"[3]。中国现代文学的基本格局如此，则余之风景大多难出于此，譬如儿童文学，也不妨在这样的框架中来理解。这正是一个整体性的"一与二"关系的辩证之处。

当"文学运动"轰轰烈烈之际，进而掀起"儿童文学运动"，这是一个非常具有标志性的具体分支潮流。相比较周作人的理论成就，叶圣陶以创作实绩而傲人，这就是《稻草人》与《古代英雄的石像》这两部童话集。有论者高度评价这一成绩，认为："中国童话不仅结束了附丽于其他体裁而存在的时代，而且结束模仿、改制外国童话的时代。"[4]这是一个很重要的判断，也就是说，相比较传统文学形态的独立高楼，现代文学的产生

1. 参见李红叶：《叶圣陶与安徒生——简论中国现代儿童文学对安徒生童话的接受》，载《中国文学研究》2002 年第 2 期，第 76—89 页。

王玉霞：《童话不同魅力之源——谈安徒生与叶圣陶童话创作相异的原因》，载《语文学刊》，2012 年第 7 期，第 78—79 页。

2. 关于文学研究会的组成人员情况，请参见陈安湖主编：《中国现代文学社团流派史》，第 44—52 页，武汉：华中师范大学出版社，1997 年。

3. 贾植芳：《中国留日学生与中国现代文学》，载王琢编：《中日比较文学研究资料汇编》，第 177 页，杭州：中国美术学院出版社，2002 年。

4. 金玉燕：《中国童话史》，第 242 页，南京：江苏少年儿童出版社，1992 年。转引自李红叶：《叶圣陶与安徒生——简论中国现代儿童文学对安徒生童话的接受》，载《中国文学研究》2002 年第 2 期，第 77 页。

和发展, 确实更多乃是受到西方现代性的影响, 包括这样一个概念, 也都是舶来的。所以, 中国现代文学的整体发展确实离不开对外国文学的资鉴和学习, 如此立论并非敢于忽视"传统的创造性转换"一面, 但只是承认一个基本事实, 我们的发展如果舍却了外来刺激, 恐怕很难在短期之内爆发出自己的创造力。或者, 就是用季羡林的那句话来解释: "从古代到现在, 在世界上还找不出一种文化是不受外来影响的。"[1] 更为深入的, 则是应当考察这一过程是如何在具体细节上环环相扣得以发生的。那么, 我们要问的自然就是, 叶圣陶究竟是在何种程度上突破了中国现代童话史上的"模仿时代"的呢?

从叶圣陶的教育经历和知识史形成过程中, 我们已经可以很清楚地看到, 借助外语阅读而进入文学世界是叶圣陶一个重要的路径[2]; 即便是具体到北欧知识资源, 他也绝不仅是阅读了安徒生而已, 至少易卜生同样对他影响不小。对安徒生的阅读是很自然的, 按照他自己的说法: "我写童话, 当然是受了西方的影响。五四前后, 格林、安徒生、王尔德的童话陆续介绍过来了。"故此, "对这种适合给儿童阅读的文学形式当然会注意, 于是有了自己来试一试的想头"。[3] 关于叶圣陶的童话创作的总结, 郑振铎 (1898—1958) 讲得很好:

> 圣陶最初下手做童话, 是在我编辑《儿童世界》的时候。那时, 他还梦想着一个美丽的童话的人生, 一个儿童的天真的国土。所以我们读他的《小白船》,《傻子》,《燕子》,《芳儿的梦》,《新的表》及《梧桐子》诸篇, 可以显然的看出他是在努力的想把自己沉浸在孩提的梦境里, 又想把这种美丽的梦境表现在纸上。然而, 渐渐的, 他的著作情调却不自觉的改变了方向。他在去年一月十四日写给我的信上曾说, "今又呈一童话, 不识嫌其太不近于'童'否"? 实在的, 在成人的灰色云雾里, 想重现儿童的天真, 写儿童的超越一切的心理, 似乎是不可能的企图。圣陶的发生疑惑, 也是自然的结果。我们试看他后来的作品, 虽然他依旧想以同样的笔调来写近于儿童的文字, 而同时却不自禁的融凝了许多"成人的悲哀"在里面。虽然在文字方面, 儿童是不会看不懂的, 而其

1. 季羡林:《文化交流的必然性和复杂性》, 载季羡林、张光璘编:《东西文化议论集》上册, 第8页, 北京: 经济日报出版社, 1997年。

2. 叶圣陶:《自序》, 载《叶圣陶选集》, 第7页, 北京: 开明书店, 1951年。

3. 叶圣陶:《我和儿童文学》, 转引自李红叶:《叶圣陶与安徒生——兼论中国现代儿童文学对安徒生童话的接受》, 载《中国文学研究》2002年第2期, 第77页。

透入纸背的深情，则是一切儿童所不容易明白的。大概他隐藏在童话里的这个"悲哀"的分子，也与柴霍甫（A·Tchekhov）在他短篇小说和戏曲里所隐藏的一样，渐渐的，一天一天的浓厚而且增加重要。如他的《一粒种子》，《地球》，《大喉咙》，《旅行家》，《鲤鱼的遇险》，《眼泪》等篇，所述的还不很深切，他还想以"童心"来完成一个人世间所永不会完成的美满的结局。然而不久，他竟无意的又自己弃了这种幼稚的幻想的美满的大团圆。如《画眉鸟》，如《玫瑰和金鱼》，如《花园之外》，如《瞎子和聋子》，如《克宜的经历》等篇，则其色彩已显出十分的灰暗。及至他写到《快乐的人》的薄膜的破裂，则他的悲哀已造极巅，即他所信的田野的乐园，此时也已摧毁，最后，他的对于人世间的希望，遂随了《稻草人》而俱倒。"哀者不能使之欢乐"，我们观圣陶的童话里的人生的历程，即可知现代的人生是如何的凄冷悲惨；即梦想者竭力欲使之在理想的国里美化这么一瞬，仅仅是一瞬，而在事实上也竟不能办到。[1]

应该说郑振铎的把握很准确[2]，这样一种前后两分的方法，虽然未免略过简单，但确实把握住了叶圣陶童话创作的关键点。我们如果更精练地总结一下的话，那就是一为"孩提的梦境"，二为"成人的悲哀"。或者谓之曰"童年梦境之童话"、"成人现实之童话"，后者应是更接近于所谓的"艺术童话"了。虽同为文人创作，但所关注者其实着力于作者（往往为成人）所身处的具体现实社会背景和问题。这一点我们比照现代中国知识人的思想可以理解，譬如在这篇序言中，郑振铎也引用了安徒生，说："丹麦的童话作家安徒生（Hans Andersen）曾在一处地方说，'人生是最美丽的童话'（'Life is the most beautiful fairy tales'）。这句话在将来'地国'的乐园实现时，也许是确实的。但在现代的人间，他这话却至少有两重错误：第一，现代的人生是最令人伤感的悲剧，而不

1. 郑振铎：《稻草人·序》，载《文学》第 92 期，1923 年 10 月 15 日。

2. 有论者也指出，叶圣陶的童话可分为前期、后期两种。"前期的作品是充满快乐的情调的，而且富有兴趣与美感，如《小白船》、《傻子》、《燕子》、《芳儿的梦》、《新的表》，及《梧桐子》等篇是。后期的作品则是含有灰暗的色彩与浓烈的悲哀的；在它们里面找不出一般童话所有的快乐而幸福的成分，只找到人世间的苦闷，只听到弱者或被压迫者的呼声。属于这一种的很多，如《画眉鸟》、《玫瑰和金鱼》、《花园之外》、《瞎子和聋子》、《克宜的经历》，以及《古代英雄的石像》全本所包含的作品都是。"载贺玉波：《叶绍钧的童话》，收入刘增人、冯光廉编：《叶圣陶研究资料》（上），第 377 页，北京：知识产权出版社，2010 年。

是最美丽的童话；第二，最美丽的人生，即在童话里也不容易找到。"[1] 显然还是更倾向于面对生命的"惨烈现实"，其实如果深究之，安徒生话虽如此说来，但在其童话创作中其实并未简单地以"美丽"描摹之，而是有其背后深刻的社会针砭和思想深度的；或许，他说的美丽童话，乃是努力要达致的一种美学境界而已，不宜简单地将其理解为脱离社会现实。

叶圣陶未曾留学，却同样能颇窥外来知识之堂奥。根据侨易学的原理，物质位移导致精神质变，叶圣陶显然没有发生过这样很明显的地理位移，即留学，但这也并不能排除他的精神质变过程中的侨易升华过程。叶圣陶自己对外国文化资源显然很重视，除了对外语的凭借之外，他也意识到，对外来文化要"感受而消化之，却是极关重要"，因为"感而有悟，悟发于内，是自己的创新和进步，是真实的获得"，而"摹仿或袭取是自堕魔道"[2]；具体言之，他认为："读别国的文艺品，最重要的在领略他们的思想和感染他们的情绪。但是获得了这等思想情绪，不就是情绪终止点，也不是从事创作的发轫点。什么事情固然贵乎自觉，其与外铄，有深浅精粗的不同。但严闭的心幕往往因无所触发，竟没有觉悟的机会。而一语之启示，却能引起深切的醒悟。启示之来袭我心，如响斯应，深深印合，虽云外来，实亦内感。此与纯由自觉者似异而实同。外国文艺品之可以帮助我们者就在这一点。我们固然有自己独特的思想和情绪，但一与别国的融合，或将更为高超而深挚。文艺的发展本是多方的，而其总共的归途则一。我们读了别国的文艺品，或且更易接近于总共的归途。"[3] 这种见地是相当高明的，至少有三点值得特别深思，其一则是强调从外来文学作品中去把握其思想维度，尤其是相关联的"感染情绪"因子，这是属于秘索思的因素，我们往往重视不够；其二是强调创作主体与外来灵感的契合黄金点的寻找，这是一种特殊的二元关系，也是文学创作过程中最难把握的感性因子的互动部分，值得细究之；其三则有着"思澄终归一"的理念，即既要立足民族立场或主体意识，但对于外来事物的态度不应以绝对的分殊眼光看待之，背后有更为广阔的人类关怀，殊为难能可贵。所以，我们可以说，现代中国能够产生叶圣陶这样的诗人（广义概念），不仅是童话史的光辉，也是文学史的异彩，值得作为一个侨易现象深入探讨之。

1. 郑振铎：《〈稻草人〉序》，载《文学》第 92 期，1923 年 10 月 15 日。

2. 《文艺谈二十七》，见叶圣陶：《叶圣陶论创作》，第 51—52 页，上海：上海文艺出版社，1982 年。转引自李红叶：《叶圣陶与安徒生——兼论中国现代儿童文学对安徒生童话的接受》，载《中国文学研究》2002 年第 2 期，第 77 页。

3. 叶圣陶：《文艺谈二十七》，载刘增人、冯光廉编：《叶圣陶研究资料》（上），第 235 页，北京：知识产权出版社，2010 年。

五、　安徒生中国接受的翻译中介及其创化：
　　　叶君健的翻译史、文学史与交流史意义

在中国翻译史上，值得大书一笔的是叶君健（1914—1999）的安徒生翻译[1]。一个翻译家以某一位名作家为终生志业，这是并不多见的，但也是极为有效的。对叶君健的安徒生作品翻译史，这段概括是比较简练而全面的：

> 从他（指叶君健，笔者注）少年时代接触这部儿童名著《海的女儿》开始，就深深地喜爱上了。从四十年代中期着手翻译，直到九十年代初将所有篇目校改一遍，前后将近半个世纪。他起初立意译这部名著，既出于个人的喜爱，出于考虑它的社会效益，也是出于对所见译本的不满意。他一贯认为，安徒生童话是精美的诗。不能只取故事大意，忽略它的意蕴和风格。叶君健翻译《安徒生童话全集》，作了极其充分的准备。他主要根据的是哥本哈根金谷书店——北欧出版社 1919 年出的《安徒生童话集》，同时参照安徒生博物馆 1949 年编辑出版的《安徒生童话故事全集》，不仅版本有权威性，而且直接从原文译出，这是最可靠最有质量保证的。他在翻译时，还参考了希里姆译的德文全集本和歇兹奈译的法文全集本。他自己译出的全集本是 1958 年出版的。此后，翻译家本人又不断的校订、补充注释、作序、写评析，并且创作了安徒生传略——《鞋匠的儿子》，找来了后发现的两篇童话和丹麦最好的童话插图。[2]

在中国现代知识精英的谱系中，叶君健与周作人（1885—1967）那

1. 叶君健，著名文学翻译家、作家。生前曾任中央大学（现南京大学）、复旦大学等大学教授，英、法文《中国文学》杂志副主编，中国作家协会主席团委员，中国文联全国委员，中国笔会副会长，中国翻译家协会副会长，世界文化理事会的达·芬奇文学、艺术奖评委。著有《叶君健小说选》，长篇《土地》、《寂静的群山》，中篇《开垦者的命运》，散文《两京散记》，翻译《安徒生童话全集》等。他所翻译的《安徒生童话全集》获得国内外学者、专家的极高评价。参见彭斯远：《叶君健评传》，太原：希望出版社，2009 年。其作品，叶君健：《叶君健全集》20 册，北京：清华大学出版社，2010 年。

2.《编者前言》，载〔丹麦〕安徒生：《皇帝的新装——安徒生童话名作选》，第 5 页，叶君健、张惠军、黎清文编，北京：华文出版社，1997 年。

代人显然是不同的，他们大致属于两代人，即中国现代学术和文化的第一代人、第二代人，虽然年纪相差更大些，近三十岁，但这样一种薪尽火传的翻译史代际传承，则是特别值得称道的。这也是中国这个民族之所以能浴火重生、百折不回，终究能在千难万苦中走出自己的独特道路的根本原因所在。昔日高僧为了从印度引来真经，不惜历经千辛万苦，远赴天竺取经；而后来译者的焚膏以续、孜孜以求，庶几乎可以华夏精神不灭之薪火相传比拟之。

　　这一点表现在叶君健身上，也未遑多让。叶君健为了翻译安徒生而学习丹麦语，正如杨绛为了翻译塞万提斯（《堂吉诃德》）而学西班牙语一样，都是在中国翻译史上具有标志性意义的事件，也是求学向知的最佳范例。外语学习史和翻译史密切相关，舍却对外语史的仔细考察，我们很难知道知识史究竟是如何传播和延续的。叶君健的教育成长年代是民国时代，他的养成和发展，脱离不了这一基本时代语境。[1] 对现代中国的发展来说，第一代知识精英的影响巨大，这既包括了发凡起例的筚路蓝缕工作，也意味着周氏兄弟这代人的贡献更在于广阔的文化史空间。可以说，叶君健正是在周作人、叶圣陶等前辈的引导与知识滋润下而养成自家的学养风格的。但叶君健也有他自己独特的知识背景，他早年入武汉大学外文系，日后机缘巧合得到留英机会而负笈欧洲。而其时正当"二战"的特殊背景，所以他能够在 1944—1945 年间，应英国战时宣传部之邀而在英国轮回演讲；1945—1947 年间则得到英国文化委员会（BC）资助，在剑桥大学研究欧洲文学。对于这段特殊的留英机缘，他自己是这样回忆道：

　　　　剑桥大学的生活虽然安静，但对我来说，…… 我开始系统地阅读欧洲文学界所推崇的安徒生的全部童话作品。这些作品立刻吸引住了我。据我所具有的关于中国文学的有限知识，由于长期封建主义的影响，中国文学中儿童文学的传统非常薄弱——也可以说没有，除了一些以培养封建卫道士为目的的封建教条著作外，我们没有人专为儿童写过适合他们阅读的童话作品。这就使我产生了翻译全部安徒生童话创作的意图。我想把这些作品忠实地移植过来，不仅可以给我们的儿童提供一份有益的读物，也可以

1. 参见勿罔：《叶君健与安徒生童话》，载《书与人》，1994 年第 6 期。

把它们变成我们文学中的财富，作为我们新儿童文作品创作的借鉴。

因此从一九四七年秋天起，我便开始做翻译安徒生童话全部作品的

准备。也就是从这时起我每年总要利用寒暑假去丹麦两次，住在丹麦

朋友家里，学习他们的语言，也熟悉他们的生活，同时也吸进丹麦这

个北欧小国所特有的一种童话空气——特别是在冬天，在圣诞节前后

这种空气尤其浓厚。[1]

从这段叙述中，我们大致可以看到叶君健的安徒生汉译史的形成过程，他之

所以接触安徒生，仍是通过语种转译而达致，即首先是通过英语中介，作为

英文专业的高材生，他能够留学剑桥，从事文学研究，并就此而接触到丹麦

文学与安徒生；但重要的是，他并未满足于"止于中介"，而是进一步深入

底里，求学源语言。他凭借留学英伦之便，能够结识丹麦友人，并移居丹麦，

学习丹麦语，这是非常可贵的。任何一种翻译，如果能从源语言切入，在翻

译安徒生自然是从丹麦语入手，其原创、深度和成就自然就建立在一个相当

厚实和稳固的基础之上。但我们也特别要注意的是，叶君健强调的是，虽然

他由此开始"断断续续地译起安徒生的童话来"，但主要的时间精力却还是"从

事欧洲文学的研究工作"。[2] 这个前提非常重要，因为这意味着叶君健的翻译

工作，是在学术工作框架下进行的。

　　说起叶君健的丹麦因缘，也是和欧洲这个大语境分不开的，他在伦敦结

识了一位丹麦空军上校毕雅阔夫（Bjarkov），对方盛情邀请他去丹麦家中客

居一段；结果就此成行，借居其家，哥本哈根郊区的一栋小洋楼，并开始自

学丹麦语。"这是一种日耳曼语系的文字，但语法要比德文简单得多，许多

词汇也与德文和英文类似，所以我学起来很快，只是发音比较别扭，讲起话

来很困难。好在我学习的目的只是阅读。"[3] 这种丹麦语学习经验对于一个翻

译家来说，甚至对于中国的翻译史而言都绝非可有可无，因为这决定了译者

作为中介能够沟通双方的层次之深浅。叶君健对此过程做了颇为细致的描述：

　　　　我们生活在一起的时候，所用的语言是英文，但他们自己之间

1. 叶君健：《我与儿童文学》，载《叶君健全集》第 17 卷，第 106 页，北京：清华大学出版社，2010 年。"剑桥大学的生活是安静的，远离了连年动乱的中国。但这也不是世外桃源，中国的事情仍然不时萦环在我的脑际。许多外国朋友们，包括高级知识分子，常常和我谈起中国、中国的文化和人民。"叶君健：《我与儿童文学》，载《叶君健全集》第 17 卷，第 105 页，北京：清华大学出版社，2010 年。

2. 叶君健：《我与儿童文学》，载《叶君健全集》第 17 卷，第 106 页，北京：清华大学出版社，2010 年。

3. 叶君健：《我的青少年时代》，载《叶君健全集》第 17 卷，第 497 页，北京：清华大学出版社，2010 年。

却是用丹麦文。我虽然不能讲，但是逐步能够听。这大大有助于我的学习。

我逐步可以看懂丹麦文报纸，不久就可以看懂安徒生的童话了。看了他的

原文，再对照了几篇英译的故事，我觉得如果我译安徒生的童话，我必须

直接从丹麦文入手。安徒生那种朴素活泼的、带有浓厚诗情的语言，还使

我认识到他是一位诗人，我必须把他的童话当作诗来译，当作世界名著，

而不单是简单的"有趣的故事"来译。在安徒生的童话语言的感召下，我

甚至对整个北欧的文字都感到兴趣。后来我又学了瑞典文和挪威文。它们

都属于同一个语系，比较容易学。[1]

应该说，叶君健在这里描述了译者接触与学习源语言的基本过程，尤其是如何深入源语环境，借助源语资源，浸入诗性意识，同时发挥自身的主体作用。其实，与叶氏的出色当行英文相比，丹麦文显然并非其长项，但恰恰是这种异质性强、具备源语意义的语言刺激了他的诗性创造力，按照他自己的说法："我对这种文字当然并不像对英文那样熟练，但也正因为如此，也更增强了我翻译这些童话的兴趣。这种翻译，把一个陌生文字中的诗情，移植到我们东方这种方块字中来，这本身就是一种艺术，也有助于我自己的写作，我自己文字风格的形成——不论是用中文或英文。"[2]正是在这种诗性精神的烛照下，一方面，叶君健在进行着翻译史上甚为可贵的工作，从丹麦语直译安徒生童话入汉语，"到了一九四八年，我已经挤出了一部分我的专业研究的时间，把安徒生早期的一些童话译成了中文，如《海的女儿》、《小意达的花儿》、《梦神》、《夜莺》和《牧羊人和扫烟囱的人》等篇。……这些译文只好躺在我的抽屉里。但如上述的那些篇章实际上都是诗，富有浓厚浪漫主义色彩和幻想的诗情。"[3]另一方面，这种翻译与研究相结合，直接刺激了翻译家的诗情，他自己开始创作了，"我不时翻出它们来品评我对这种诗情的传达究竟到了什么程度。这种品评本身就是一种'研究'——甚至是一种感情的享受，一种文字风格的锻炼。这些童话不时在我的脑海里掀起一些浪漫主义的幻想。但这些幻想的发源地是在中国，而不是在西方。这是因为中国是那么辽远，而且由于她在战争中，我也不知道什么时候能见到她。这使我的幻想更增添了一种乡愁。在这种心境下我自己也写了

1. 叶君健：《我的青少年时代》，载《叶君健全集》第17卷，第497页，北京：清华大学出版社，2010年。

2. 叶君健：《我的青少年时代》，载《叶君健全集》第17卷，第497—498页，北京：清华大学出版社，2010年。

3. 叶君健：《我的青少年时代》，载《叶君健全集》第17卷，第498页，北京：清华大学出版社，2010年。

一部长篇童话——《飞向南方》（*They Fly South*）。这里'飞向南方'指的是'雁'，所以这部作品也可以名为《雁南飞》。它是乡愁加想象的产物，于一九四八年在伦敦由森林女神出版社出版。英国的评论界认为它是一部具有乡土味的童话作品。与这部作品性质上近似的，是我较早用英文写的中篇《冬天狂想曲》。"[1] 通过这段自述，我们清楚地看到翻译史、语言史和文学史的交织，它的诞生过程不是割裂的，而是往往你中有我、我中有你、我你共见、求同存异、多元归一。

　　可惜，这种真正具备诗性创造可能的环境并不能长期延续；时代的发展和环境的制约，往往是我们生存在社会中的人必须首先服从的基本定律。1949 年，叶君健归国，1950 年后主要从事英文期刊《中国文学》（*Chinese Literature*）的编辑工作，"在编这个刊物的二十多年间，我的业余时间很少。但我仍然争取译完了安徒生的童话全集（约一百来万字），我自己也偶尔写了一些以中外儿童生活为题材的儿童故事，如短篇集《新同学》和《小仆人》等。"[2] 此外，还有一些小说、散文。我想，叶君健最重要的意义或许正是在 1950—1970 年代的翻译史坚守，他用其业余时间完成了《安徒生全集》的源语汉译工作，虽然时代大背景相同，但在不同的位置上还是可以有所选择，有所坚持，有所贡献。周作人虽然同样是不得不"为稻粱谋"，但他所做的大量翻译工作，同样可以在这个框架下来理解。坚守职业伦理，坚守学理追求，是知识人必须的底线坚持，是社会国家，乃至人类文明之良性发展必须具备的"席勒元素"[3]。《安徒生童话全集》，尤其是源自丹麦语原文的汉文翻译工作，是叶君健及其同代人所贡献给中国文化的"大礼"；同样，季羡林在"文革"时代翻译《罗摩衍那》，冯至在"文革"时代翻译海涅的《德国，一个冬天的童话》，都是那种意义上的文化史贡献；至于杨宪益、戴乃迭英译《红楼梦》等，都是将中国文化送出去的较好例证。而中国文化的香火延续，正是在这点点不绝的

1. 叶君健：《我的青少年时代》，载《叶君健全集》第 17 卷，第 498 页，北京：清华大学出版社，2010 年。

2. 叶君健：《我与儿童文学》，载《叶君健全集》第 17 卷，第 107 页，北京：清华大学出版社，2010 年。

3. 托马斯·曼认为："席勒的伟大，一言难尽。他的襟怀旷达，思想高超，热情洋溢，眼光远大，乐善海人，不愧堂堂正正一个人。" 1955 年，托马斯·曼为纪念席勒逝世 150 周年作演讲时更进一步揭示出诗人对时代的伟大意义："一种生物可能因为身体的化学成分中缺少某一种元素，某一种重要的养分或维生素，而患病或枯萎。也许，我们今日的社会组织和蓬勃的经济所缺少的，就是这种无可或缺的'席勒元素'。"［德］里德：《德国诗歌体系与演变——德国文学史》，第 149—150 页，王家鸿译，台北：商务印书馆，1980 年第 2 版。托马斯·曼：《论席勒》，载《德国文学精华总览》，第 408 页，香港：香港明报社，1975 年。

默默耕耘之中，是一代代那样的承前启后，点灯如膏，积水成河。

通过这种中介，安徒生对中国现代童话创作产生影响之大[1]，自不用赘言。在叶君健看来，"由于长期封建主义的影响，中国文学中儿童文学的传统非常薄弱——也可以说没有，除了一些以培养封建卫道士为目的的封建教条著作外，我们没有人专为儿童写过适合他们阅读的童话作品。"[2]在我看来，儿童文学、成长文学与成年文学应成为年龄段标准的三个主要分类，是值得充分关注的。实际上它们构成的，也不仅是一般意义的文类分类，而是各有核心内涵区别的文学概念。曾有论者指出："恰恰是 19 世纪之交见证了对于'社会工程'（优生学与遗传研究）事物的兴趣，而 20 世纪之交见证了基因工程和克隆。"[3]其后果兼具乌托邦和反乌托邦色彩（both utopian and dystopian implications），这点在儿童书籍中当然也反映出来。[4]

六、　日耳曼文化史谱系与"侨易新符"的意义

作为日耳曼文化谱系中人，安徒生（Andersen, Hans Christian, 1805—1875）大致可算是 1810 年前后生人一代，他与海涅在巴黎有过交谊。[5]而德国经验，自然是无法回避的。再具体分析之，他在欧洲精英谱系中，则与雨果、冯塔纳、狄更斯等大致属于同代人，弄清楚了这样一种谱系结构，我们就可以进一步地去讨论安徒生的精英谱系地位。德国文学史上的童话谱系是很清晰的，经由格林兄弟的收集整理工作而灼灼生光；豪夫的出现，

1. 参见张耀辉：《安徒生对中国现代童话创作的影响》，载《安徽大学学报》1992 年第 3 期。

2. 叶君健：《我与儿童文学》，载《叶君健全集》第 17 卷，第 106 页，北京：清华大学出版社，2010 年。

3. 英文为：Just as the the turn of the nineteenth century saw an interest in matters of "social engineering" (eugenics and studies of heredity), the turn of the twentieth sees an interest in mapping the genosystem and in cloning. McGillis, Roderick：Introduction：Children's Literature and the fin de siècle, in McGillis, Roderick(ed.)：Children's Literature and the fin de siècle. London：International Research Society for Children's Literature, 2003. p.xii.

4. McGillis, Roderick：Introduction：Children's Literature and the fin de siècle, in McGillis, Roderick(ed.)：Children's Literature and the fin de siècle. London：International Research Society for Children's Literature, 2003. p.xii.

5. [丹] 安徒生：《真爱让我如此幸福》，第 129 页，流帆译，北京：国际文化出版公司，2002 年。

则将这种艺术童话的光环提升到另一种高度。安徒生正是在这样一种艺术童话谱系中可以看得更清楚。[1] 在诺瓦利斯看来："童话是诗的典范——一切诗意的都必须是童话般的。"[2] 就此而言，我们则敢大胆地做一个判断，童话乃是文学的核心要素，设若没有童话的诗意心灵，我们就很难进入到文学广阔的灵魂世界。

安徒生自己交代得很清楚："人生就是一个童话。我的人生也是一个童话。这个童话充满了流浪的艰辛和执著追求的曲折。我的一生居无定所，我的心灵漂泊无依，童话是我流浪一生的阿拉丁神灯！"[3] 如此看来，安徒生其实对生命的苦难历程有非常深切的体会，其童话创作自然就不能简单地看作给孩子们看的娱乐故事，乃至消遣玩意。安徒生的童话写作，也就有了同样高等的世界文学地位，我可以大胆地说，安徒生的童话世界，可以放置到世界文学的顶级殿堂中去媲美，虽然它可能还不能与歌德文学世界的广袤深奥相提并论，但就诗意心灵的呈现而言，其追求并不逊色。所以，安徒生不仅属于丹麦文学史，更属于北欧文学史，日耳曼文学史与思想史谱系。如果看一看德国文学史，就可以清楚地列出一个霍夫曼（《金罐》等）、福凯（《水精昂蒂娜》）、沙米索（《出卖影子的人》）、蒂克（《金发的艾克贝特》）等人的整体谱系图，虽然这些作家中少有像豪夫、安徒生这样主要以童话创作为主者，但他们的文学世界，如果以童话角度去理解也一点不会有遮蔽。甚至如果前溯源流的话，歌德也应是其中重要的前辈。正是在这样一种宏阔视域中理解安徒生的文学史和思想史地位，或许更能得其要点，安徒生是一个世界诗人，他以童话的方式参与世界文学的构建。安徒生的童话写作，绝不仅是为儿童服务，他更有着广阔的世界胸怀和人类理想，他希望借助童话的方式，用另类的诗意书写，给世界提供一种可能的方式和路径。

由此，现代中国的安徒生接受，绝对不仅仅是为了给儿童们开辟一条接近现代的道路，甚至仅仅是为中国的现代文学寻找一片宁静诗意的天空。它是有可能为现代中国走向世界的道路开辟出崭新的诗路可能的。在童话世界

1. 有论者即指出："格林童话乃是格林兄弟搜集、整理的民间童话，豪夫童话却系作家所创作——在这点上更近于安徒生童话，因此在德语文学史上也就称做艺术童话。"载杨武能：《威廉·豪夫与德国艺术童话》，收入 [德] 豪夫：《小矮子穆克——豪夫童话全集》，第1页，杨武能译，桂林：广西师范大学出版社，2003年。

2. Novalis: Die Werke Friedrich von Hardenberg（哈登贝格著作）. Band II. Hg. von Kluckhohn, P. & Samuel, R., Leipzig, 1929, S.691. 中译文引自刘文杰：《德国浪漫主义时期童话研究》，第1页，北京：北京理工大学出版社，2009年。

3. [丹] 安徒生：《真爱让我如此幸福》，第1页，流帆译，北京：国际文化出版公司，2002年。

的寂静之中，诗人可以宁静地寻找人类之路、文明之路、地球之路。如果说，易卜生已然以其在现代中国的存在构建了一种"易卜生符号"的话，那么安徒生则完全可以提供一种"文化新符"——"安徒生符号"。在现代中国的语境里，这种符号不仅需要，而且具有独特意义。因为相比较成人世界的纷繁喧闹，儿童文学显然还是过于寂寞和单纯了。然而，在这童话的世界中，也不仅有着儿童自家的喜怒哀乐、欢歌笑语，也还完全可以为成人沉重的社会生存提供减负和出路的可能，如果能打通两者，使成人世界和儿童文学合二为一，彼此相容，或许更可将诗意提升到一个完全崭新的世界。或许，这也正是叶圣陶童话创作的瓶颈所在吧。

而在这"安徒生符号"产生和酝酿的过程中，其实也意味着现代中国的儿童文学作为一个立体事业需要多重好花的映衬和合力，就我们以上论述来看，周作人、叶圣陶、叶君健可谓三个路标，缺一不可。没有周作人等人的慧眼识辨与学理耕耘（虽然是很初步的），就不可能有儿童文学的持续与良性发展，而儿童文学作为学术知识体系的构建貌似无关紧要，其实必不可少，因为思想和观念的有无深浅，直接关系到任何事物的"远行持重"；叶圣陶等作为作家的功用，怎么高估都不过分，因为只有他们，才真正代表了这个民族诗性思想的高度，他们是这个民族的诗性金字塔的最高端，如果只有输入，没有创造，这个民族永远是没有希望的；而只有从外来资源中勤勤恳恳地钻研、翻译和输入，才可能在母语意义上为这个民族提供最充足和健康的养分，所以翻译家的业绩绝对不可抹杀，从胡适等人筚路蓝缕，到潘家洵的坚持不懈，最后终于出现了叶君健这样的集大成者式的翻译家，这表明了这个民族中"埋头苦干的人"的存在。事实上，这三者之间的角色，诸如学者、作家和翻译家并不是完全割裂的，而恰恰是往往你中有我、我中有你，只不过在某个角色上更加凸显而已。所以，我们在此处相对凸显周作人、叶君健、叶圣陶这三位，可以认为他们代表了安徒生入华的三重"侨变推手"，即作为诗人巨像的安徒生在现代中国儿童文学理论、翻译、创作上的全面影响。正是通过他们的努力，安徒生童话的意义和价值才得到充分展现，即"侨易新符"的创造完成才是一种理论、人物或镜像在长途文化旅行之后可能达到的一个长期有影响力的标的。"千门万户曈曈日，总把新桃换旧符。"（王安石《元日》）在我们，是旧符固然仍要充分研究，也绝不能轻忽了新符的产生及其意义。

第四章　　勃兰兑斯批评该怎样学习？
——以若干刊物与知识精英为线索

一、从"三子星座"到"三刊挺勃"

——《新青年》、《东方杂志》、《小说月报》的勃兰兑斯译介趋势

在北欧精神谱系中,虽然有国别因素的制约,但那相对简化,因为无论就地域广度而言,还是文化分别来说,这种语言上的差异甚至远比不上中国境内某种地域文化的子文化差异,譬如江南地区的吴越之别,而其语言的相似性更说明彼此之间密切的文化姻缘。所以我们理解北欧文化的子文化区分,就不妨择要分之,譬如相对偏远隔离的冰岛、芬兰,其隔离相对就远,因为冰岛以孤岛之姿临近北极,而芬兰则就语系来说更近于他者;而就核心来说自然当举瑞典、挪威、丹麦三国;而就临近大陆来说,丹麦又得天独厚,盖其地理位置占优也。就丹麦文化而言,出现了三位杰出大家,即安徒生(Andersen, Hans Christian, 1805—1875)、克尔凯郭尔(Kierkegaard, Soren Aabye, 1813—1855)与勃兰兑斯(Brandes, Georg Morris Cohen, 1842—1927)构成一组相互辉映的三子星座,作为哲人、诗人和学人,他们在不同的知识领域创造出辉耀闪烁的成就,成为小国的丹麦的世界名片。[1] 更重要的是,他们之间密切的互动关系也为中国知识精英所认知。譬如周作人,他在引介安徒生方面贡献不小,但其实他对安徒生的学术认知水平也是有一个递进的过程,而最重要的推手仍借助了批评家的判断,他回忆说:"整三十年前我初买到他(指安徒生,笔者注)的小说《即兴诗人》,随后又得到一两本童话,可是并不能了解他,一直到一九零九年在东京旧书店买了丹麦波耶生的《北欧文学论集》和勃阑特思的论文集(英译名《十九世纪名人论》)来,读过里边论安徒生的文章,这才眼孔开了,能够懂得并喜欢他的童话。"[2]

1. 当然如此立论,并非看不到彼此之间的冲突甚至矛盾的存在,譬如克尔凯郭尔与安徒生就曾有过激烈的文字账。参见 [德] 彼·沃得:《克尔凯郭尔》,第34页,鲁路译,石家庄:河北教育出版社,1999年。相关论述,可参见潘一禾:《安徒生与克尔凯郭尔——安徒生童话的成人解读》,载《浙江学刊》2001年第6期,第100—105页。

2. 知堂:《安徒生的四篇童话》,载《国闻周报》第13卷第5期,第17—22页,此处第17页,1936年。

同样的意思，他还说过："到见了诺威 Boyesen 丹麦 Brandes 英国 Gosse 诸家评传，方才明白：他（指安徒生，笔者注）是个诗人，又是个老孩子（即 Henry James 所说 Perpetual boy），所以他能用诗人的观察，小儿的语言，写出原人——文明国的小儿，便是系统发生上的小野蛮——的思想。"[1] 但此处显然犯了一个错误，即波耶生（Boyesen, Hjalmar Hjorth, 1848—1895）的国籍问题，他是挪威批评家[2]；而英国的高思（Gosse, Edmond, 1849—1928）也是一位诗人与批评家[3]。但无论如何，即在北欧知识精英譬如勃兰兑斯的价值判断中，安徒生也是相当关键的一个童趣诗人。至少，我们在这里可以判断的是，对周作人走进世界文学而言，勃兰兑斯是一个很重要的"引路标"。

但周作人的知识背景乃因其留日而来，正如其所自白的，其知识通道乃因为在东京旧书店购买的书籍阅读而至。而他之所以能够留学日本，其引路人则是兄长鲁迅。鲁迅真不愧是中国现代文学的开山者，即便是对北欧文学的介绍，甚至具体到对勃兰兑斯的推介，竟然也是自他而始，不能不提到的，自然还是那篇名文《摩罗诗力说》，虽然主要是提名而已，但字里行间不乏嘉许[4]；日后更明确将此书推荐给徐懋庸（1911—1977），认为："文学史我说不出什么来，其实是 G. Brandes 的《十九世纪文学的主要潮流》虽是人道主义的立场，却还很可看的。"[5] 这话貌似谦虚，但实际上却不乏自负，因为推荐《十九世纪文学主潮》一书，正可见出鲁迅的眼光和判断。正是借助西方一流批评家的强力知识资源，鲁迅才有可能独具慧眼、别出手眼。而更重要的是，鲁迅也不经意间交代了自己的知识来源，即日本的《春秋文库》中的日译本，而且很清楚已出版的和未出版的分册。[6] 其实，如果进一步考察，就会发现，鲁迅不但读过，而且自己购买过此书，购书时间是在 1933 年 9 月 21 日，

1. 周作人：《随感录（二十四）》，载《新青年》第 5 卷第 3 号，第 106—117 页，1918 年 9 月 15 日。

2. 关于波耶生简历，见 http://en.wikipedia. org/wiki/Hjalmar_Hjorth_Boyesen，下载于 2013 年 2 月 17 日。

3. 简历见 http://en.wikipedia.org/wiki/ Edmund_Gosse，访问日期：2013 年 8 月 22 日。

4. 鲁迅将其名译作"勃阑兑思"，《摩罗诗力说》（1907 年），载鲁迅：《鲁迅全集》第 1 卷，第 91 页，北京：人民文学出版社，2005 年。

5. 鲁迅：《1933 年 12 月 20 日致徐懋庸》，载《鲁迅全集》第 12 卷，第 526 页，北京：人民文学出版社，2005 年。

6. 鲁迅：《1933 年 12 月 20 日致徐懋庸》，载《鲁迅全集》第 12 卷，第 526—527 页，北京：人民文学出版社，2005 年。

"买《猎人日记》（上）并《二十世纪文学之主潮》（九）各一本，共泉三元五角"[1]。其实早在 1926 年，鲁迅购买过日本出版的"现代文豪评传丛书"[2]，其中就当有勃兰兑斯所著《亨利·易卜生》。

　　由此，我们可以看到，由鲁迅发端，勃兰兑斯乃进入现代中国语境；而周氏兄弟的相互扶将、教学相长则进一步促成了勃兰兑斯的中国传播与影响。这一点，不仅从日后鲁迅的多次提及勃兰兑斯以及高度评价中可以看出，也可从周作人对勃兰兑斯的不断推介中得到印证。譬如，周作人即使是在评价安徒生时，也特别参考了勃兰兑斯的意见："Brandes 最佩服他（指安徒生，笔者注）《邻家》一篇的起头：'人家必定想，鸭池里面有重要事件起来了；但其实没有事。所有静睡在水上的，或将头放在水中倒立着——他们能够这样立——的鸭，忽然都游上岸去了。你能看见污泥上的许多脚印；他们的叫声，远远近近的都响遍了。刚才清澈光明同镜一般的水，现在全然扰乱了。'"[3]当然不止此处，但显然他对勃兰兑斯的论述是相当熟悉的，在文章中往往信手拈来，论证有力。所以，我们可以看到，勃氏对于现代中国的知识精英，其实更多地起到了一个"推介者"的作用。真可谓"一言褒之上天堂，一言贬之下地狱"，一个真正有影响力的批评家，不仅会影响到作家现世生存的荣辱评价，甚至在其事后传播、走向世界的过程中居然也是如影随形、无法摆脱？难道，批评家的利口真就如此事关成败？勃兰兑斯当然是一个相当特殊的案例，像这样有力的批评家，在文学史上也并不常见。

　　具体到现代中国的语境而言，真正使得勃兰兑斯译介形成潮流的，仍然当推报刊的"推波助澜"，从《新青年》到《东方杂志》，再到《小说月报》对勃兰兑斯及其著述的相关介绍，使我们可以看到，当时对外国文学的译介逐渐形成一种气候和潮流；而对批

1. 鲁迅：《1933 年 9 月 21 日日记》，载《鲁迅全集》第 16 卷，第 398 页，北京：人民文学出版社，2005 年。另可参见姚锡佩《滋养鲁迅的斯堪的纳维亚文化——安徒生—克尔凯郭尔—易卜生—勃兰兑斯—斯特林堡—汉姆生》，载《鲁迅研究月刊》1990 年第 9 期，第 53—56 页；《滋养鲁迅的斯堪的纳维亚文化——安徒生—克尔凯郭尔—易卜生—勃兰兑斯—斯特林堡—汉姆生》（续），载《鲁迅研究月刊》1990 年第 10 期，第 27—31 页。鲁迅对北欧文学的知识主要经由德语中介而来，所谓"鲁迅在日本时期购读的斯堪的纳维亚书籍，共 50 种，全部是德译本，其中莱克朗氏万有文库本即占 35 种，其他分属《麦耶尔丛书》、《诗丛书》及《朗格小丛书》等。所收作品主要是 19 世纪现实主义作家的著作，内容多为反映这个地区的民俗和近现代的生活及哲学、文艺思想"，姚锡佩《滋养鲁迅的斯堪的纳维亚文化——安徒生—克尔凯郭尔—易卜生—勃兰兑斯—斯特林堡—汉姆生》，载《鲁迅研究月刊》1990 年第 9 期，第 53 页。

2. 鲁迅：《1926 年 7 月 5 日日记》，载《鲁迅全集》第 15 卷，第 627 页，北京：人民文学出版社，2005 年。

3. 作人《随感录（二十四）》，载《新青年》第 5 卷第 3 号，第 287—288 页，1918 年 9 月 15 日。

评家的译介则相对弱势，就此种潮流而言，则勃兰兑斯的凸显是一件具有重要文学史意义的事件。1917 年，《新青年》介绍勃兰兑斯的《十九世纪文学主流》："白兰兑氏籍隶丹麦。而其族出自犹太，刻苦励学发愤著书之气概，故非常人所及。其演讲文学于丹麦大学也，虽大风雪，而听众恒盈讲室内外环立不忍去。教会及守旧党，亦仇谤备至，以其痛斥宗教迷信及社会之旧传说旧习惯旧文学不遗余力也。此书凡六册，二千余页。……详于文学与社会之关系及变迁之因果，欧洲近代名著之一也。"[1]无人署名，很可能是编者所撰。但我们可以看到，对于新文化运动这批人物来说，对西方前沿的文学、文化和学术潮流及其代表者进行介绍，乃是题中必有之意，而且多多益善。但具体到勃兰兑斯其人来说，对于文化场域的中国普罗大众可能是"新知识"，但在接受欧风美雨洗礼的留学诸君来说，其实早已是"旧箱底"，且不说鲁迅早就在留日时代的《摩罗诗力说》中提及赫赫有名的"勃阑兑思"[2]，就是留美的胡适，也已经对北欧文学相当熟悉。

　　《东方杂志》作为国内大刊，也参与到了这一推介行列中来。陈嘏（约1890—1956）撰《布兰兑司》称："到了十九世纪的中世，丹麦的学术思想界，更出了一位伟人；这伟人便是本书的主人公布兰兑司氏（Georg Brandes）。布氏不仅仅是丹麦一国的伟人，是世界的伟人，世界的大思想家大文豪。现代欧洲文坛的一颗大明星。丹麦国自这位伟人崛起以后，文化蒸蒸日上，更非前世纪可比；'丹麦文学'居然在欧洲文学中占了重要的位置了。布氏生平重要的事业，在'批评'，不在'创作'，他那不朽的大著《十九世纪文学思想之主潮》一书，不仅是他个人的代表著作，是十九世纪欧洲文坛的一大产物，研究近代文学近代思想的一部唯一的大史著。欧洲近代第一流的文艺批评家，不过拉司铿、特涅、诺都和布兰兑司几个人；然而精神伟大，终推布氏；可以说他是欧洲近代代表的大批评家，世界唯一的'文学史'学者。"[3]这里最重要的是将勃氏置之于历

1. 书报介绍《十九世纪文学之主要潮流　丹麦国白兰兑著》(无署名)，载《新青年》第 3 卷第 5 号，1917 年 7 月 1 日。

2. 鲁迅：《摩罗诗力说》(1907 年)，载《鲁迅全集》第 1 卷，第 91 页，北京：人民文学出版社，2005 年。

3. 陈嘏：《布兰兑司》，载《东方杂志》第 17 卷第 5 号，第 75—85 页，此处第 75—76 页，1920 年。陈嘏是陈独秀兄长陈健生 (1871—1909) 之子，早年留日，是《青年杂志》的英文编辑，是前三卷的重要译者之一，刊物转往北京后，逐渐淡出，在《小说月报》《东方杂志》上发表作品。关于其人，参见叶永胜《陈独秀文学革命的践行者：陈嘏及其文学翻译》，载《安庆师范学院学报》(社会科学版) 2010 年第 5 期，第 66—69 页。

史的纵横脉络之中，既凸显其在丹麦文学与思想史上的地位，又将欧洲、世界的整体语境显现之；同时又将批评史的名家谱系列出，由他者衬托勃氏的重要性，这里列举的三人，如罗斯金（Ruskin, John, 1819—1900）、丹纳（Taine, Hippolyte Adolphe, 1828—1893）、诺都（Nordau, Max Simon, 1849—1923）都属享有声誉的批评家，让他们来做勃兰兑斯的"绿叶"，确实使得"映日荷花别样红"。在正文之后，附上了胡愈之的"读后感"，他首先强调勃兰兑斯属于圣勃夫、泰纳等那个序列中的人物，"他的批评，全然是用科学方法。批评一种作品，必先把著作年代和作家的身世性情所处环境所受经验一一考验出来。这种严密的科学批评法，是从来所未有的。"[1]对其给予极高之评价。最重要的是，胡愈之将中国文学的创造和批评紧密的联系起来，将中国文学与世界文学牢牢地置于一体之中："中国现在，文艺创作固然要紧，但文艺批评更来得要紧。中国的文艺思想不能说他毫无特长，但和世界的文艺思想毫无干涉，是不能为讳的。中国在世界文学上没有位置，中国文学对世界文学，也一点不产生影响。这全然是文艺批评不发达的缘故，没有健全的文艺批评，不能把世界思潮引导中国来，就是本国有了几个创作天才，也很容易淹没的。所以我盼望中国产生几个布兰兑司，把世界文学引到中国来，又把中国文学传到世界去，这才不负陈嘏君介绍布兰兑司到中国的一番苦心了。"[2]

提起《小说月报》的重要性，则不得不提及两任主编沈雁冰和郑振铎。茅盾之能够在文坛异军突起，和他的编辑生涯尤其是汲取外来知识资源关系密切[3]，他晚年追忆自己的文学生涯："二十年代初期，我在商务印书馆的涵芬楼内研读英文版的外国文学著作时，特别喜欢丹麦文学批评家勃兰兑斯写的《十九世纪文学主潮》。"[4]可以想见，茅盾的勃氏亲近，乃是近水楼台先得月，因了担任商务印书馆编辑的职业，而得以读英译本的《十九世纪文学主潮》。而郑振铎（1898—1958）也不示弱，他自己是文学史家，不仅有那部赫赫有名的《插图本中国文学史》风靡一时，而且《文学大纲》

1. 愈之：《读后感》，载《东方杂志》第17卷第5号，第85页，1920年。

2. 愈之：《读后感》，载《东方杂志》第17卷第5号，第85页，1920年。

3. 参见葛长伟：《茅盾与勃兰兑斯》，见《东岳论丛》1989年第1期，第74-77页。

4. 茅盾：《我走过的道路》下册，第268页，北京：人民文学出版社，1988年。

更是纵横五千年、往来全世界[1]，将世界文学包容在一个中国学者的笔下，虽然浅显，但却自有其不可替代之意义。他自己于 1923 年亲自撰《丹麦现代批评家勃兰特传》，将勃兰兑斯放在一个相当高的精神界位置上，开篇即称："一位批评家之获得世界的名誉，较之一位诗人或小说家，其成就更为伟大，世界的人常是喜欢娱乐而不愿意听教训，所以那些诗人、小说家，其由获得名誉的机会，比之那班批评家——文学的教训者——差不多是多过十倍以上的。"[2] 或许，正是因为两任主编的青眼有加，《小说月报》对勃兰兑斯一直有一种持续的热情，1925 年曾刊发过赵景深（1902—1985）的译文，勃兰兑斯《安徒生论》的第一章[3]；到了 1927 年，还发表过一篇樊仲云（1901—1989）的《勃兰特的杜斯传》，介绍勃兰兑斯新近发表的意大利女演员杜斯（Duse, Eleonora, 1859—1924）的传记[4]；过了一段时间，又在"文坛逸话"发表了《勃兰特》，就是关于勃兰兑斯逝世的简讯[5]，算是给勃兰兑斯简单画了一个终止符。

1. 作为文学史家的郑振铎如此评论勃兰兑斯："19 世纪的中叶以后，即当 60 年代时，欧洲的思想突然的大变。达尔文的《物种由来》和《人类起源》相继的出现，于是人类的知识眼为其所照而得看见了过去的一切，科学上起了一种大改革，而文学上也引了写实主义的运动。把欧洲的写实主义介绍到丹麦，把他们的前进的思想介绍到丹麦的，是一个近代大批评家佐治·勃兰特（George Brandes, 1842）。他是一个少年的急进思想家，于 1871 年时，在库平哈京大学讲演，以其充满精力且具有深湛之研究的《十九世纪的文学主潮》（The Main Currents of 19th Century Literature）唤醒了许多沉睡的丹麦作家。他以为丹麦文学是死了的，是太技巧了，太辽远于人生了。文学一定要与人生直接有关，而解释人生的问题；文学必须大胆无畏地表现出社会的实际问题。它可以是热情的、技巧的，甚至于想象的，但必须有时代的科学精神，而根据于客观的考察。他崇拜拜伦，赞颂一切激进的思想家、文艺家。但他的急进思想，却引起反动了；大学辞退了他，他移居到柏林去。然过了几年之后，勃兰特的思想却在丹麦开出花来，他遂成了他们最大的一个思想家与批评家，其势力笼罩了一切。他知识的范围极广，他似乎全读了欧洲人所写下的作品。他于大作《十九世纪文学主潮》六册之外，对于各个作家还有湛深的研究，其中'莎士比亚'、'易卜生'、'尼采'、'法朗士'（A. France）都是很有名的。此外还有《俄罗斯印象记》、《法兰印象记》、《近代之精神》、《人与作品》等。在这些多量的著作里，都可见勃兰特的富于理智而同时又富于热情的性格，其作品精力弥漫，而又观察精细；其风格则流利可爱，而又力量沉重。至今，他已不是丹麦的批评家，而为全个欧洲最重要的批评家了。他不是丹麦的本土人，乃是一个丹麦的犹太人。犹太人如有成功，往往是很伟大的成功。"参见郑振铎：《文学大纲》下册，第 819—820 页，北京：中国文联出版社，2010 年。

2. 郑振铎：《丹麦现代批评家勃兰特传》，载《小说月报》第 14 卷第 4 期，第 1 页，1923 年。

3.《安徒生童话的艺术——勃兰特的〈安徒生论〉第一章》，赵景深译，载《小说月报》第 16 卷第 9 期，第 44—51 页，1925 年。

4. 樊仲云：《勃兰特的杜斯传》，载《小说月报》第 18 卷第 1 期，第 5—6 页，1927 年。关于樊仲云其人，参见 http://baike.baidu.com/link?url=t9ay-3tHcg9K527CwcTAxnkf04netk5p2itZKvh;bzoMy-50Kd3uhzPjg9OrHtoLQA4jyTilH89pajzGzXqBPa，访问日期：2013 年 8 月 19 日。

5. 宏徒：《勃兰特》，载《小说月报》第 18 卷第 6 期，第 15 页，1927 年。

二、　理论翻译的批评该怎样做？

　　——韩侍桁《十九世纪文学主潮》的汉译
及其批评回应（邓广铭、张芝联）[1]

　　作为中国现代文学开山者的周氏兄弟，因其留日背景，所以很容易亲近西方的知识与学术资源。在文化史进程中，批评家的作用至关重要。因为相比较文学殿堂的浩如烟海，设若没有这些批评家的披沙拣金、敢于判断，恐怕我们很难在这迷宫之中寻出真正的珠玉之作。在 19 世纪的欧洲，有三部文学史分量极重，一是丹纳（Taine, Hippolyte Adolphe, 1828—1893）的《英国文学史》(Histoire de la littérature anglaise)，一是格尔维努斯（Gervinus, Georg Gottfried, 1805—1871）的《德国之诗的民族文学史》(Geschichte der Poetischen Nationalliteratur der Deutschen, 1835—1842)[2]。这两者虽是国别文学史，但均乃有史观之文学史，故难能可贵。而勃兰兑斯之作尤为难得，盖以一相对边缘的丹麦人而书写欧洲文学史，其描述重点在法、德、英，应该说难度和挑战都是很大的，但他知难而上，将欧洲文学史的主流脉络条分缕析，相当到位而有批评家的个性风格。勃氏将文学史的功用看得极为重要："文学史，就其最深刻的意义来说，是一种心理学，研究人的灵魂，是灵魂的历史。一个国家的文学作品，不管是小说、戏剧还是历史作品，都是许多人物的描绘，表现了种种感情和思想。感情越是高尚，思想越是崇高、清晰、广阔，人物越是杰出而又富有代表性，这个书的历史价值就越大，它也就越清楚地向我们揭示出某一特定国家在某一特定时期人们内

1. 参见朱寿桐《论中国新文学界对勃兰兑斯的接受》，见《广东社会科学》2006 年第 3 期，第 146-151 页；杨冬、宗圆：《认同与误读：勃兰兑斯在中国的世纪之旅》，见《探索与争鸣》2005 年第 4 期，第 41-43 页；杨冬：《百年中国批评史中的"勃兰兑斯问题"——关于勃兰兑斯在中国的译介与接受》，见《文艺争鸣》2009 年第 1 期。

2. 此书被誉为"十九世纪上半叶最出色的文学史著作"。他如此阐述自家的文学史观："美学对于文学史家犹如政治对于政治史家一样，只是一种辅助手段。"将美学立场消解之后，他强调文学史几乎是一部"时代史"，文学史的使命是"让全民族了解它当前的价值、重新振作起业已丧失的自信心、在对自己古老的过去感到自豪的同时对当前的时代充满希望并对未来鼓起最坚定的勇气"。转引自赫·绍伊尔《文学史写作问题》，见 [法] 凯·贝尔塞等：《重解伟大的传统》，第 79 页，黄伟等译，北京：社会科学文献出版社，1999 年。参见 Wyss, Ulrich: Der doppelte Ursprung der Literaturwissenschaft（文学学术的双重起源）. In Fohrmann, Jürgen & Voßkamp, Wilhelm (hrsg.): Wissenschaft und Nation – Studien zur Entstehungsgeschichte der deutschen Literaturwissenschaft（学术与民族——德语文学学术之形成史研究）. München: Wilhelm Fink Verlag, 1991, S.74.。

心的真实情况。"[1] 在这里，他将文学史与思想史、心理学史紧密地结合起来，而其《十九世纪欧洲文学主潮》之所以成为一个比较文学史的典范，则与其整体宏观视野的阔大着眼与具体研究的小处着手有关，正如他自己强调的，他描绘的"是一个带有戏剧的形式与特征的历史运动"，将英、法、德三国的六个文学集团"看作是构成一部大戏的六个场景"。[2]

正是文学批评，使得文学的历史进程有了一个书面的呈现，甚至使我们能够提纲挈领地把握其关键部位所在。而对现代中国来说，文学批评更是一种新颖事物，虽说诗话词话早已有之，但与现代意义的舶来之"批评范式"仍相距颇远。史家一般认为："中国现代文学批评真正形成一股有足够声势的潮流，是在本世纪 20 年代初，即'文学革命'已经创获一批实绩并站稳脚跟之后。"[3] 可即便是形成潮流，但若论真正作为一种文体样式和学术范式的定型，仍不得不期待大师级的批评家出现；而其中外来资源的汲取和接受，尤其是批评家典范的确立，却是一个相当重要的事件。有之，勃兰兑斯可谓无二之选。虽然在西方批评史上，可以列举者多矣。即便郑振铎想推崇勃兰兑斯，也是将其与莱辛、阿诺德、丹纳等相提并论，来高度评价其文学史地位。[4] 这里就引出了一个甚为有趣的话题，如何理解作为群体的西方批评家？他们又如何才能与中国现代文学批评发生一种直接的关联？对中国现代文学及文学批评的发生与发展有处于一种何等的关系？

邓广铭（1907—1998），即邓恭三，对当时的汉译本却有颇为严厉的批评。其撰《评韩侍桁译〈十九世纪文学之主潮〉》，评论的正是当时由商务印书馆出版的勃兰兑斯汉译本。他非常爽快："开门见山，这不是一部好的译品。"[5] 邓广铭的出色当行是史学家，尤以宋史研究而著名，但在当时的知识语境中，却从容跨界出击，批评起外国文学的翻译作品来，而且是一部理论著作。这真让我们羡慕当时学人的知识热忱，他们以纯粹的求知为目的，所以无书不观，无言不发，根本不太忌讳什么跨界出击、术业有专攻之类的古训，更没有日后画地自封、坐井观天的毛病。

1. ［丹］勃兰兑斯：《十九世纪文学主流·流亡文学·前言》，第2页，张道真等译，北京：人民文学出版社，1997 年。

2.《引言》，见［丹］勃兰兑斯：《十九世纪文学主流·流亡文学》，第 2—3 页，张道真译，北京：人民文学出版社，1997 年。

3. 温儒敏《中国现代文学批评史》，第 1 页，北京：北京大学出版社，1993 年。同类的著作，可参见 ［斯洛伐克］玛利安·高利克 (Galik, Marian)：《中国现代文学批评发生 史 (1917—1930)》 (A History of the Genesis of Modern Chinese Literature Criticism)，陈圣生等译，北京：社会科学文献出版社，2000 年。

4. 郑振铎：《丹麦现代批评家勃兰特传》，载《小说月报》第 14 卷第 4 期，第 1—8 页，1923 年。

5. 邓恭三：《评韩侍桁译〈十九世纪文学之主潮〉》，载《国闻周报》第 13 卷第 26 期，第 35—39 页，此处 35 页，1936 年。

韩侍桁（1908—1987）留日归来，既是学者，又是译者，他最重要的贡献，就是较全面地汉译了勃兰兑斯的代表作《十九世纪文学主流》，从 1936 年起由商务印书馆陆续出版了前四卷，但第五、六卷未能印行。[1] 说实话，能够在那个时代发如许大愿力，将这样一部宏伟巨著译成中文，那是很不容易的事情；如果我们比较一下，即便是在多年之后，人民文学出版社也是集多位专家之力才移译了这部整套六卷的大著，就可以知道其艰辛不易。所以，我倒更倾向于同样是历史学出身的学者张芝联（1918—2008）的意见，他也撰写了书评，但语气似乎就要平静客气得多，或许是年纪更轻的缘故，他多少更多对译者表示了敬意的成分。[2] 张芝联这样说道："Brandes 这本书是一部最好的英国浪漫派诗史导论；尤其是对于文学已经稍有修养的青年，这是一部不可多得的引导。本书译者侍桁先生就把 Brandes 当一个文学教师，他在序中说：'小泉八云像是我中学时代的教师，而勃兰兑斯则像是大学里的教授了。'这部巨著的第一册是在廿五年三月出版的，第四册在去年五月出版。侍桁先生的译作，据我所知道，有《文学评论集》（著）、《西洋文艺论集》（小泉八云著）、《近代日本文艺论集》（各家批评论文）、《参差集》等书，可见他是专门研究西洋文学批评和文学史的。我们但愿战事不妨碍侍桁先生的译述，《十九世纪文学之主潮》的五六两册盼望能于年内出版；同时和 Brandes 有同样地位的文学史著作，如法国 Lanson 和 Pellissier，英国 Saintsbury 和 Elton 的文学史，我们更希望能够早日介绍到我国来。"[3]

相比较张芝联的宽容，邓广铭可是锋芒毕露，他在具体罗列韩译本的句型错误之后，自问："以上所指责的，似乎太偏向琐细处着眼了，然而全册的译文到处既都充满了这样的谬误之点，则由小也正可以见大。近来，一般人对于新出译品的评论，似乎都不再斤斤于译文与原文的对比，而只从大处着眼，估量被译的那书的价值如何，这原因，当然是因为一般译品的水平线的提高，粗制滥造的译品已经较前大见减少了。但在这种情形之下，却也未始不由人想占取一些便宜，拿出了恶劣的译品而希图在批评方面作一个漏网之鱼。"[4] 按照现

1. 杨冬：《百年中国批评史中的"勃兰兑斯问题"——关于勃兰兑斯在中国的译介与接受》，载《文艺争鸣》2009 年第 1 期，第 7 页。

2. 芝联：《十九世纪文学之主潮第四册》（书评），载《西洋文学》1940 年第 3 期，第 375—377 页。

3. 芝联：《十九世纪文学之主潮第四册》（书评），载《西洋文学》1940 年第 3 期，第 377 页。

4. 邓恭三：《评韩侍桁译〈十九世纪文学之主潮〉》，载《国闻周报》第 13 卷第 26 期，第 39 页，1936 年。

在的标准，这绝对是一篇酷评，虽然是摆事实讲道理，但确实一点都不容情。问题是，邓广铭为什么要这么做？

如果我们深究之，会发现非常有趣的内在关联。原来这位韩侍桁，居然也与鲁迅曾关系密切，而且是高长虹（1898—1954）之外，鲁迅颇恶之的青年。所谓"从文学青年与鲁迅交往的这一面看，与鲁迅关系始好终裂的。以高长虹为最，其次，大约就该算是韩侍桁了"[1]。此君 1930 年代初期在沪上与鲁迅相识，并加入左翼作家联盟，却在最困难之时退出并讥讽之，他与杜衡（原名戴克崇，笔名苏汶，1907—1964）、杨邨人（1901—1955）等集结，1935 年创办了刊物《星火》，进入了与左翼力量进行对抗的"第三种人"行列。[2] 而鲁迅也不客气，他把"杜衡，韩侍桁，杨邨人之流"称为"第三种文学"。[3] 韩侍桁晚年回忆，仍称"恩师鲁迅"，虽然日后的政治语境必须考量之外，但彼此间的感情可能确乎存在，毕竟是长者和晚辈的关系，但当初彼此之间的思想矛盾恐怕更为根本："当时，正是立三路线开始抬头的时候，我自己的看法是觉得这样革命使人民更加痛苦，因此没有信心。路线听说了，批评我说，你不谈政治，政治却要问你。我逐渐与先生疏远了。"[4]

但我们这里感兴趣的是彼此之间关于文学本身的讨论，按照韩侍桁的回忆："鲁迅与我通信，没有什么一定的题目，他常常谈文学与人生的问题、时事的感想。在信里他说过，不喜欢法国文学，因为法国文学浮华，没有英、德、俄国文学切合实际。"[5] 如果我们考虑到二者之间通信近百封，鲁迅来函就有三十多封[6]，这其中很可能有讨论外国文学的内容，是否有《十九世纪文学主潮》一书不详，但并非不可能谈及勃兰兑斯；尤其是韩侍桁的翻译此著，能与鲁迅毫无关联吗？仅从韩侍桁留日时代鲁迅托起购书就可窥斑见豹：

　　　在日本时，鲁迅还托我代买过一些书。据《鲁迅日记》所记，日文版图书有《堂吉诃德》、《格列柯》、《有岛五郎著

1. 强英良：《韩侍桁的〈关于鲁迅先生〉及其他》，载《鲁迅研究动态》1987 年第 8 期，第 18—23 页，此处 18 页。

2. 参见鞠新泉：《无效的自救——〈星火〉月刊的漩涡里外》，载《东方论坛》2008 年第 5 期，第 43—49 页。关于杜衡、杨邨人简历，注解缺失。

3. 鲁迅：《答徐懋庸并关于抗日统一战线问题》（1936 年），载《鲁迅全集》第 5 卷，第 551 页，北京：人民文学出版社，2005 年。

4. 韩侍桁：《忆恩师鲁迅》，包子衍、袁绍发整理，载《鲁迅研究动态》1987 年第 7 期，第 25—29 页，此处 28 页。

5. 韩侍桁：《我的经历与交往》，包子衍、袁绍发整理，载《新文学史料》1987 年第 3 期，第 72—84 页，此处 73 页。另参见韩侍桁：《忆恩师鲁迅》，包子衍、袁绍发整理，载《鲁迅研究动态》1987 年第 7 期，第 25 页。

6. 韩侍桁：《忆恩师鲁迅》，包子衍、袁绍发整理，载《鲁迅研究动态》1987 年第 7 期，第 25 页。

作集》、《阿尔斯美术丛书》、《银砂的海滨》、《粕谷德语学丛书》、

《郁文堂德日对译丛书》等，德文本图书有《艺术家评传》、《古斯

塔夫　陀莱》等。这些都是他开了书单指名要的绝版旧书。例如，日译

《堂吉诃德》他要全译本，当时只有节译本，我先给他买了一部《世

界文学全集》版的；后来又找了一部篇幅较大的植竹书店版的。这两

种版本都只有前半部，都是不全的。鲁迅来信要什么，我设法买什么。

德文书是在丸善书店找到的或订购的。[1]

如此可以想见，韩侍桁在日本替鲁迅购书，与徐梵澄在德国替鲁迅购书差相仿

佛。[2] 韩侍桁当初对鲁迅是极为尊崇的，曾专门撰文为鲁迅受到的攻击辩护："两

年来中国社会之对于鲁迅先生，就只是专取抹杀的地位，也觉得那实是太使人

难堪的了，我们还能寻到与此相同的难堪的事吗？"[3] 而究其原因也不复杂，"因

为鲁迅先生创造过中国仅有的几篇艺术的作品，因为他曾以百折不回的勇气攻

击了旧社会的恶劣，这样在纯洁的青年们的心中博得了相当的声誉和信仰。"[4]

应该说，在韩侍桁的心目中，鲁迅还是曾占有极高的地位的，这种地位不可能

也不太会因日后的"嫌隙结怨"而改变。虽然，从现有的材料来看，我们还是

很难找到韩侍桁译此书与鲁迅的直接关联，但这两者之间存在的"勃兰兑斯连

接"可能性应该还是比较大的。譬如，韩侍桁在《十九世纪文学之主潮》首册汉

译本的序言中，还是表明了相当的态度："我们对于先人既然不应当盲目的崇拜，

但也不应该竟限于轻浮的非难；或许勃兰兑斯的作品仍然带着像似'从云雾里落

下来的'气氛，但看看他所处的阶段，我们是应该原谅他的了，他好像一个一生

同恶魔斗争的巨人，结果也是难免染上恶魔的气味的，比起我们现今社会只会流

行的剽窃的鹦鹉，或是只会不负责任藏头缩尾从旁说风凉话的小鬼，那简直不

晓得相差有几千万的等级了。"[5] 以这样的文字结尾自己的译者序，对中国知识

界的挑战意味自然不言而喻，这恐怕也多少是激起后来激烈批评的原因吧？

　　韩侍桁交代其翻译此书的源起是："自从我离开学校生活之后，我总把一

部六大册的英译《十九世纪文学之主潮》带在我的身边，我的打算是，如果一

1. 韩侍桁：《忆恩师鲁迅》，包子衍、袁绍发整理，载《鲁迅研究动态》1987 年第 7 期，第 26 页。

2. 参见散木：《徐梵澄和鲁迅》，载《传记文学》2006 年第 8 期，第 63–68 页。

3. 韩侍桁：《关于鲁迅先生》，载《文学评论集》，第 144 页，上海：现代书局，1934 年。

4. 韩侍桁：《关于鲁迅先生》，载《文学评论集》，第 145 页，上海：现代书局，1934 年。

5. 韩侍桁：《关于勃兰兑斯——十九世纪文学之主潮译者序》（1935 年 5 月），载《浅见集》，第 153 页，上海：中华书局，1939 年。

有机会我将把这书翻译成中文，介绍给国人。"[1] 可惜，由于出版界并无眼光，所以韩氏只能节选翻译发表在刊物上。日后机缘到来，韩侍桁自然义不容辞，他这样解释说："我之必欲介绍这部较老的似乎并不为读书节所急切要求的大书，只是从个人的观点觉得它是一部极有益的书，并未怀有丝毫的野心；我绝不想在中国文艺界建设勃兰兑斯式的文学理论，或是诱惑其他文学研究者也成为他的学徒。那这不但不是个人独裁的意志所能收效的，而且也有违背时代的要求了。无论勃兰兑斯从一个丹麦人的立场，曾经以这部巨作在当时的他的祖国里发生了怎样的影响，对于现代丹麦文学的发展有过怎样贡献，以及这书无论在当时世界的文学批评上获得到怎样崇高的地位，对于世界文艺批评的发展上有过多大的推动，而在过了半个世纪之久的现今，我们是不敢再过分地希望由这书的介绍更会产生怎样强大的影响了。但纵然退一万步说，只以他作为研究西洋文学学生的课本，作为研究文艺批评的学生们一部普通的理论的参考书来看，则现今的译者的两三年的劳力，恐怕也不算是空费的吧。"[2] 虽然字里行间都是谦抑的表态，但背后的"强力意志"却呼之欲出。不过即便是希望建立文学批评的"勃氏理论范式"，就算是略有野心吧，这种"学术野心"也未尝就是坏事。韩侍桁本身就是一个批评家，他的文学批评也并不是"落花随风"，绝对的寂静无声，譬如《文学评论集》出版后即有评论文章，称"这本书并不是完全无价值，不过动摇的理论和骑士风的批评的态度，我是很殷切地希望侍桁先生特别注意的"[3]。

邓广铭自述在其大学时代能自由读书："其中给予我印象最深的，在译品方面则是鲁迅所译日人厨川白村的《苦闷的象征》和《出了象牙之塔》。"[4] 如此其与鲁迅的精神关联，豁然显焉。但还不仅如此，两者还有事实上的交集，早年的邓广铭，因其才华横溢，所以在 1930 年代时就以学术研究而崭露头角，据说其文章曾受到鲁迅的推崇。[5] 所以，这样看来，邓广铭对韩侍桁的批评，总体来说是立足于学术的，但其中是否还有别样因

1. 韩侍桁：《关于勃兰兑斯——十九世纪文学之主潮译者序》（1935 年 5 月），载《浅见集》，第 141 页，上海：中华书局，1939 年。

2. 韩侍桁：《关于勃兰兑斯——十九世纪文学之主潮译者序》（1935 年 5 月），载《浅见集》，第 141 页，上海：中华书局，1939 年。

3. 袁振纲：《评〈文学评论集〉》，载《读书顾问》，1934 年第 2 期，第 23 页。

4. 邓广铭：《自传》，载《邓广铭全集》第 10 卷，第 413 页，石家庄：河北教育出版社，2005 年。

5. 《我的老师邓广铭先生》，http://blog.sina.com.cn/s/blog.730d8ad30/00wdwt.html，访问日期：2013 年 8 月 21 日。

素，值得深究。当然考察邓广铭其时的研究和写作，以其青春年少而才华横溢，书评文章相当不少。[1] 仅在《国闻周刊》上发表的就有好几篇，除却像《〈辛稼轩年谱〉及〈稼轩词疏证〉总辨正》这样关于宋史的出色当行、《评〈先秦诸子系年〉》这类的学术书评，也还有评论郑振铎主编的《世界文库》的书评[2]。总体来看，邓广铭应当是一个非常厉害的书评人，即便是对自己的老师钱穆的大作，他也是不客气的，虽然褒扬居多，但也提出若干"预备要做的工作"，尤其是其中"著者的立说也不免于有些虚玄"的说法[3]，让老师看到想来不会太高兴。而对《世界文库》的批评就更直截了当了，虽然首先肯定"这是一部具有极大计划的丛书"，而且"这样的一种工作，在中国是确实需要的。外国文学之对于我们，单是促成了文学革命运动这事实，已不许我们数典忘祖，而几十年来翻译的成绩，却始终未曾使一般读者藉之而认识了外国文学的庐山真面。"所以"通贯的知识，专门的研究，是操文衡主选政的人们所必具的条件之一，而主编这部《世界文库》的郑先生，在过去已曾作有一部《文学大纲》和一部《插图本中国文学史》，倘这是周知的事实，则对郑先生之具有主编《世界文库》的这份资格，也该是可以公认的吧。"[4] 但接下来的盖棺论定却是让人吃惊："《世界文库》之所以滞销，其原因不待外铄，早已内在。"具体言之，在中国文学部分，"逻辑的目标似并未弄得明白确定"[5]，即选目取舍有问题；在外国文学部分，"既想抹杀中国数十年来的翻译历史而从头另起炉灶，既想将东西各国的第一流的名著一齐网罗于内，则必于鉴别其是否为第一流是否重要的名著之时，先立定几项较具体的条件以为选择的标准方可"[6]。可谓是锋芒毕露，一针见血，不知郑振铎读了后究竟是何感受？

相比较邓广铭的"咄咄逼人"，张芝联日后在海上孤岛创办《西

1. 参见邓广铭年轻时代的书评与杂著，载邓广铭：《邓广铭全集》第 10 卷，石家庄：河北教育出版社，2005 年。

2. 邓恭三：《评〈先秦诸子系年〉》，载《国闻周报》第 13 卷第 13 期，第 37—42 页，1936 年。

邓恭三：《〈辛稼轩年谱〉及〈稼轩词疏证〉总辨正》，载《国闻周报》第 14 卷第 7 期，第 37—46 页，1937 年。邓恭三：《略论〈世界文库〉的宗旨选例及其它》，载《国闻周报》第 13 卷第 1 期，第 1—9 页，1936 年。

3. 邓恭三：《评〈先秦诸子系年〉》，载《国闻周报》第 13 卷第 13 期，第 41 页，1936 年。

4. 邓恭三：《略论〈世界文库〉的宗旨选例及其它》，载《国闻周报》第 13 卷第 1 期，第 1 页，1936 年。

5. 邓恭三：《略论〈世界文库〉的宗旨选例及其它》，载《国闻周报》第 13 卷第 1 期，第 2 页，1936 年。

6. 邓恭三：《略论〈世界文库〉的宗旨选例及其它》，载《国闻周报》第 13 卷第 1 期，第 5 页，1936 年。

洋文学》，其同样评述韩侍桁的这部译作，语气显然平和了许多。[1]

杂志的概况是："杂志每期约十万字，十六开本，特大号达十五万字。设有下列栏目：论文、诗歌、小说、批评、散文、戏剧、传记、名著选译、书评。百分之九十都是译文，但书评乃出自作者手笔；偶尔也有自撰论文，如潘家洵的《近代西洋问题剧本》长篇论文（分三期登完）。"[2] 而其编辑方针主要是"努力把各国古今最优秀的文学作品通过最佳译笔介绍给读者。在论文方面，选择了一些能说明某一时代文学的历史、文化、思想背景的文章"[3]。而此文丛书的书评栏则相当需要重视，"我特别要提到书评栏，这是向读者提供新书信息的渠道，先后发表了近四十篇学者自撰的书评：温源宁介绍英国战地诗人 Siegfried Sassoon 的回忆录和 Robert Lynd 的散文集，巴金评介克鲁泡特金的《伦理学》，全增嘏评林语堂的《瞬息京华》，邢光祖评赵萝蕤译的艾略特的《荒原》，夏楚介绍托马斯·曼的《绿蒂在魏玛》，司徒翚评莫洛瓦的《夏多布里安传》，兴华介绍乔易斯的《斐尼根的醒来》等等"[4]，这里没有提及编者自己评介的《十九世纪文学之主潮》，当时张芝联主要评价的是第四册，多少和编刊有关，所以开篇就说："在介绍英国浪漫派诗人的时候来介绍 Brandes 这部巨著的第四册，这不是没有意义的。西洋文学译诗的方针是如此：从浪漫主义起（限于英国）到现在为止，每期一个或几个诗人，视其重要性而定，然后再从 Chaucer 起到浪漫主义为止，完成一次循环；这样我们希望给读者一个英国的诗的整个有系统的印象。"第四册《英国的自然主义》讲的"就是一部浪漫派诗史"[5]。不知道张芝联有没有读过邓广铭的那篇"酷评"，虽然评价具体册数不一，但有可以共通的地方，此文没有聚焦于翻译本身的得失，而是关注原著内容本身，并对译者韩侍桁保有敬意和期望，见出其时文化场域的另一面色彩。事实上，关于韩侍桁其

1. "1940 年夏，我应林语堂之兄林憾庐之邀，编辑一本翻译杂志——《西洋文学》，内容是西方文学名著和文论书评，我约请当时还留在孤岛的巴金、郑振铎、李健吾、赵家璧、叶公超为编辑顾问。我尽力向远在昆明西南联大的名译者潘家洵、孙毓棠、卞之琳、姚可昆（冯至夫人）等和北平的新秀宋悌芬（淇）、吴兴华、南星、黄宗江等征稿，因而大大提高了译文的水平，丰富了刊物的内容。……到 1941 年夏止，《西洋文学》共出了十期，终于因物价昂贵、资金告罄而停刊，我们也于 8 月离开上海。"《我的学术道路》（代序，2007 年），载张芝联：《我的学术道路》，第 4—5 页，北京：生活·读书·新知三联书店，2007 年。参见张芝联：《五十五年前的一次尝试》，载《读书》1995 年第 12 期，第 125–129 页。另参见马海甸：《〈西洋文学〉杂志》，载《大公报》2011 年 8 月 19 日。

2. 张芝联：《五十五年前的一次尝试》，载《读书》1995 年第 12 期，第 127 页。

3. 张芝联：《五十五年前的一次尝试》，载《读书》1995 年第 12 期，第 128 页。

4. 张芝联：《五十五年前的一次尝试》载《读书》1995 年第 12 期，第 129 页。

5. 芝联：《十九世纪文学之主潮第四册》（书评），载《西洋文学》1940 年第 3 期，第 375 页。

人,似乎也不是那么糟糕,时人有记录称:"说到他的为人,很是爽直,他答应了你一件事,一定要替你办到,对每个朋友都很热心,不骄傲,也不敷衍,绝对没有海派文人的气息。"关于写作方面:"他所写以论文为多,或是自己著的,或是从日文里译出来的。他对于艺术,的确有一点修养,他的论评,的确有他自己的见解。"[1]

正如张芝联所期待的那样,民国时代对勃兰兑斯的介绍可谓持续推进,譬如《十九世纪文学主潮》这部书宏宏六卷,并未出版完成。那么在已出版的四卷之外,有一些部分也通过选摘的方式发表出来,譬如《拜伦传》的译者正是同样翻译过前书节本的韩侍桁,当时有报刊就专门刊登内容提要:"作者是欧洲十九世纪最伟大的一个文艺批评家,公认为近代丹麦文学之父。他的作品通常有两个重要特色:第一,他以民主主义的思想精神为文艺批评的骨干;第二,他把文艺批评造成有机的活的艺术,对每个作家他总是把艺术与生活互相关照加以研究。拜伦是作者所最偏爱的一个作家,他如疾风暴雨的一生,在这作者的笔下,宛如一篇精彩的戏剧,而拜伦的每部重要作品,则随同各阶段的生活得到明确的轮廓。堪称拜伦研究中最完整的杰作。"[2]拜伦显然是英国文化里的代表人物,其浪漫生性和诗歌艺术素来为后世称道。实际上这里也只是将《十九世纪文学主潮》中关于拜伦的部分单独拿出来发表而已,不仅是拜伦,还包括司汤达、海涅等人都是如此操作。《拜伦评传》、《海涅评传》、《法国作家评传》等日后在1948—1953年间陆续出版,均由《十九世纪文学主潮》里节选而来。[3]

1. 天行:《记韩侍桁》,载《礼拜六》1947年第106期,第9页。

2. 《新书提要》,载《新书月刊》1948年第2期,第13页。

3. 杨冬:《百年中国批评史中的"勃兰兑斯问题"——关于勃兰兑斯在中国的译介与接受》,载《文艺争鸣》2009年第1期,第7—8页。

三、　为什么要学习批评？

——从鲁迅到李长之的北欧精神之格义

　　首先或许要回答的一个问题就是，为什么要选择勃兰兑斯？在现代中国接受外来资源的过程中，文学本身就是一个过于庞大的独立帝国，因为涉及到的种类与数量都相当繁多。尽管如此，北欧资源仍是一个比较特殊的现象，譬如说易卜生、安徒生，一为戏剧，一为童话；而此处要讨论的勃兰兑斯，则更为有趣，他擅长的是文学批评。这样一种文类，在文学主流体裁中，基本上是不太受重视的。然而，这并不意味着批评不重要。有论者就明显高度评价勃氏著作，认为："勃兰提斯以他那样的博学卓识，却也只敢在《十九世纪欧洲文学主潮》里处理半个世纪的文学，而且还只是以英、法、德三国为限，所以成绩毕竟好得多。"[1] 这是和洛里哀《比较文学史》作比较，显然是扬勃抑洛，对《十九世纪文学主流》给予高度评价，由此可见此书和作者的学术史地位。

　　当然还不仅于此的是，批评家在文学乃至文化结构生态链中具有特别关键的位置。鲁迅似乎就注意到了这一点，他曾指出芬兰作家明那·亢德（Minna Canth）受到勃兰兑斯的影响："于伊（指亢德，笔者注）文学的发达上有显著的影响的是勃兰兑思（Georg Brandes）的书，这使伊也知道了泰因，斯宾塞，弥尔和蒲克勒（Taine, Spencer, Mill, Buckle）的理想。"[2] 实际上在这样一种文学权力结构中，批评家居于非常高的位置，因为他们不但可以影响别人，而且可以输送更进一步的知识规训体系。而正是通过勃兰兑斯，像亢德这样的女性作家才进一步接触到其他的重要的批评家和理论家，譬如这里提到的丹纳、斯宾塞等诸君。

　　所以，鲁迅始终是在一个更高的层面上来看待勃兰兑斯的，非仅视其为单纯的批评家而已。在最早的《摩罗诗力说》中就说："丹麦评骘家勃阑兑思（G. Brandes）于是有微辞，谓惟武力之恃而狼藉人之自由，虽云爱国，顾为兽爱。"[3]

1. 傅东华《译序》，载[法]洛里哀：《比较文学史》，第 6 页，傅东华译，上海：上海书店，1989 年。勃兰提斯即勃兰兑斯。

2. 鲁迅：《〈疯姑娘〉译者附记》（1921 年），载《鲁迅全集》第 10 卷，第 195 页，北京：人民文学出版社，2005 年。

3. 鲁迅：《摩罗诗力说》（1907 年），载《鲁迅全集》第 1 卷，第 91 页，北京：人民文学出版社，2005 年。

这显然不是简单地在文学批评的立场来看待勃氏，而是将其作为一个思想者的高度来征引其意见了，关于暴力与自由与爱国的辩证关系，显然是有着相当深刻的洞见的。即便在主要论述中国现代文学的作家的时候，鲁迅也不忘引用作为知识资源的勃兰兑斯："塞先艾叙述过贵州，裴文中关心着榆关，凡在北京用笔写出他的胸臆来的人们，无论他自称为用主观或客观，其实往往是乡土文学，从北京这方面说，则是侨寓文学的作者。但这又非如勃兰兑斯（G. Brandes）所说的'侨民文学'，侨寓的只是作者自己，却不是这作者所写的文章，因此也只见隐现着乡愁，很难有异域情调来开拓读者的心胸，或者眩耀他的眼界。"[1] 在这里，勃氏的学术概念"侨民文学"显然是被作为一个重要的参照系来使用的，这种由物质位移而导致文学创作的重要改变，乃至一种文学类型形成者，确实是极富学术意义的；但其中本文化（民族国家）系统内的侨动，和异质文化间的侨动，确实又是不同的，借鉴外来知识资源又不为其所限，这是鲁迅的高明与洞察力的体现。

鲁迅对勃兰兑斯的关注是多方面的，譬如说上面提及的甚至书信集他应该也是看过的，这里要提到对其行踪足迹的关心："大约三十年前，丹麦批评家乔治·勃兰兑斯 (Georg Brandes) 游帝制俄国，作《印象记》，惊为'黑土'。果然，他的观察证实了。从这'黑土'中，陆续长育了文化的奇花和乔木，使西欧人士震惊，首先为文学和音乐，稍后是舞蹈，还有绘画。"[2] 而这就必须与现代中国自身文化场域的知识传播的网链点续结构联系起来看，譬如沈泽民（1902—1933）就翻译过《布兰兑斯的俄国印象记》[3]。同样，张闻天（1900—1976）也对勃兰兑斯情有独钟，翻译过他的拜伦论述[4]。至于孙俍工（1894—1962）、焦菊隐（1905—1975）、陈小航（罗稷南，1898—1971）、白宁等人都曾参与勃氏著述的汉译事业。有此看来，勃氏的著述传播并不仅限于《十九世纪文学主潮》。林语堂翻译的就是勃兰兑斯的《易卜生传及其情书》[5]；而郁达夫（1896—1945），作为与周氏兄弟同具留日背景的学人，他的勃兰兑斯接受更具有战斗性，他认为若如勃氏这样的批评家，"能生一个在我们目下的中国，

1. 鲁迅：《〈中国新文学大系〉小说二集序》(1935 年)，载《鲁迅全集》第 6 卷，第 255 页，北京：人民文学出版社，2005 年。

2. 鲁迅：《〈新俄画选〉小引》(1930 年)，载《鲁迅全集》第 7 卷，第 361 页，北京：人民文学出版社，2005 年。

3. 沈泽民：《布兰兑斯的俄国印象记》，载《小说月报》第 12 卷号外《俄国文学研究》，附录 5—8 页，1921 年。

4. 张闻天译述：《勃兰兑斯的拜伦论》，载《小说月报》第 15 卷第 4 期，1924 年。

5. 勃兰兑斯：《易卜生传及其情书》，林语堂译，上海：春潮书局，1929 年。

我恐怕现在那些在新闻杂志上主持文艺的那些假批评家，都要到清水粪

坑里去和蛆虫争食物去"[1]。

　　李长之的勃兰兑斯接受值得特别关注，因为他是在这批接受者中非

常卓尔不群的人物，要知道，李长之可是身列"五大批评家"的人物，

虽然只是可备一说，但却自有其意义。"三十年代的中国，有五大文艺

批评家，他们是周作人、朱光潜、朱自清、李长之和刘西渭。"[2]除李

长之外，其余四位清一色地具有留学背景，周作人留日，朱自清留英，

李健吾（刘西渭）留法，而朱光潜留欧（因其先留英，后留法，在斯特

拉斯堡其实兼有留德意味）。但相比较以上诸位，李长之无疑是接受北

方日耳曼文化影响更深更纯粹的学者。李长之在其《北欧文学》中专门

用了一节的篇幅来论述勃兰兑斯："勃兰兑斯为促进国人的观念之改变

起见，遂大量地介绍欧洲整个文坛上有地位的作家，用无数的美妙散文，

鼓舞地描写着。此中最有价值的成绩，自然便是《十九世纪之文学主潮》

(*Hauptstroemungen in der Literatur des 19. Jahrhunderts*)。不可

否认的是，他为达到他的目的起见，所叙述的现象便不免有意适合他的

目的。但无论如何，这是一部可惊的天才的浩瀚的著作，其中有中肯的

批评，有渊博的学识，就是它的方法也是杰出的精神史并形态学的。他

所见者极大，也极细，可说不让于任何诗或上流的小说，我们时刻可以

感到，他的书有一种专家所熟悉的方法，就像一个名医知道如何按脉，

一个名植物学家知道如何排列他的标本似的。"[3]应该说，李长之的感

触是极为敏锐的，他也很好地抓住了勃氏的长处，就是学者的严谨和诗

人的情感的良好融合，既有学术的论证严密而使人信服，又有语言的激

越流畅触人生情。而李长之不是一个作家，他是一个批评家；而更有趣

的则是，最能点染他作为批评家的标志，竟然是《鲁迅批判》[4]。

　　李长之开篇即说："环境没有影响，这句话我不信；正如环境有绝

对的决定的力量我也不信然。可是环境以外还有什么力量是决定着的

1. 郁达夫：《艺文私见》，载《创造季刊》第 1 卷第 1 期，第 136–137 页，1922 年。

2. 司马长风：《中国新文学史》中册，第 248 页，香港：昭明出版社有限公司，1975 年初版（1980 年三版）。

3. 李长之：《北欧文学》，第 54—55 页，上海：商务印书馆，1944 年重庆初版，1946 年上海初版。

4. 虽然有论者认为："《鲁迅批判》并不是李长之的成熟作品，甚至不是很成功的作品。就李长之的批评著作而言，它不如《司马迁之人格与风格》沉潜成熟，体大思精；就对于鲁迅的认识评论而言，它也不如作者后来写的《文学史家的鲁迅》等作品凝练深刻，学识渊深。"于天池、李书：《李长之〈鲁迅批判〉再版题记》，载李长之：《鲁迅批判》，第 3—4 页，北京：北京出版社，2003 年。但我恰恰认为，正是青年时期的冲创之力，使得此书保持了可贵的一种元气淋漓和议论锋芒。

呢？"[1] 所以他分析鲁迅："他学过医，可是终于弄到文学上来了；他身从小康之家而堕入困顿，他生长于代表着中国一般的执拗的农民性的鲁镇，这似乎都是偶然的，然而这却实实在在影响了、形成了他的思想、性格和文艺作品。"[2] 虽然李长之在此书中明显使用了精神分析的方法，但其实并不是只此一家，这里的环境说显然就有丹纳理论的影子，还不仅如此，更重要的是洪堡的方法，"自从读了宏保耳特（Wilhelm von Humboldt）的《论席勒及其精神进展之过程》（Ueber Schiller und den Gang Seiner Geistesentwicklung），提醒我对一个作家当抓住他的本质，并且须看出他的进展过程来了，于是写过一篇《茅盾创作之进展的考察及其批评》（一九三四年三月十五日草完），这就是现在这序里所谓的关于茅盾的文章，现在仍没有踪影，本文是四万五千字，但我却还有牺牲掉的二万字的初稿，为改正，我是不惜牺牲的，但改正好了的，别人再给牺牲，却有些不高兴。现在批评鲁迅，当然仍是承了批评茅盾的方法，注意本质和进展，力避政治、经济论文式的枯燥。"[3] 所以，必须指出的是，在《鲁迅批判》乃至日后的传记式文学批评中，李长之的德系知识资源是扮演了重要角色的，尤其是德国资源。这是我们在关注其北欧资源时不能忽略的一点。那么，我们要问的自然就是，

1. 李长之：《鲁迅批判》，第1页，北京：北京出版社，2003年。

2. 李长之：《鲁迅批判》，第2页，北京：北京出版社，2003年。

3. 李长之：《鲁迅批判·后记》，第170—171页，北京：北京出版社，2003年。

在《道教徒的诗人李白及其痛苦》中，处处可见出李长之援德国资源以解中国古人的思路，譬如这段："倘若说在屈原的诗里是表现着为理想（Ideal）而奋斗的，而陶潜的诗里是表现着为自由（Freiheit）而奋斗的，在杜甫的诗里是表现着为人性（Menschlichkeit）而奋斗的，在李商隐的诗里是表现着为爱（Liebe），为美（Schönheit）而奋斗的，那么，在李白的诗里，却也有同样表现着的奋斗的对象了，这就是生命和生活（Leben）。"李长之：《道教徒的诗人李白及其痛苦》第4页，沈阳：辽宁教育出版社，1998年。德文的原文出现，显示出这些概念毫无疑义来自德语语境。其实不仅如此，仅就著作的命题而言，亦很明显见出德国学术的烙印。痛苦（Leiden）是德国文学里的常见主题，那些伟大的诗人往往正是因为痛苦而被造就，如席勒、荷尔德林、诺瓦利斯、瓦肯罗德、克莱斯特、尼采、里尔克，哪个不是因了痛苦而寻诗，在痛苦中挣扎坚持，对诗的理想绝无半点幻灭之感，努力在精神与诗的王国里建构自我，最终不但产生灵感，而且铸就伟大的诗篇和精神的殿堂？李长之将李白的思想归之于道教，而将其生命精神理解为痛苦，确实颇能把握住诗人精神的妙处，至少这一视角是极为独特的。作者对李白的痛苦的描写是极为精彩的："李白的痛苦是一种超人的痛苦，因为要特别，要优待，结果便没有群，没有人，只有寂寞的哀感而已了；李白的痛苦也是一种永久的痛苦，因为他要求的是现世，而现世绝不会让人牢牢地把握，这种痛苦是任何时代所不能脱却的，这种痛苦乃是应当先李白而存在，后李白而不灭，正是李白所谓'与尔同销万古愁'，这愁是万古无已了；同时李白的痛苦又是没法解决的痛苦，这因为李白对于现世在骨子里是绝对肯定的。"李长之：《道教徒的诗人李白及其痛苦》，第81页，沈阳：辽宁教育出版社，1998年。

在讨论外来资源影响的时候，其实很难盖棺论定地说，某个大家的某部作品就必定是影响了某人某书。而我觉得这可能正是侨易学可以提供某种思路的地方，即消解主体，在精神质变的过程中，其实很多时候不是一个点对点的单向度关系，而是复杂的多向度关系，这既可能聚焦以某点为中心的多向度关系[1]，也可以是一种连环场域的多点中心关系，即如鲁迅、郭沫若、茅盾等人都同时与多个外国作家（有重要资源关系的）发生关系，但同时这其中外国作家又不是单向度的，即其中的某一个或若干个可能同时在作用，以他为中心，也是多点发散的，譬如尼采，譬如易卜生，譬如这里提到的勃兰兑斯等。在具体的精神形成过程中可能难免出现某种对抗的情况，但总体而言它的情况应该更加复杂，这涉及到具体的个体思维形成的复杂过程；如果我们将关注的焦距再发大扩散，则可能发现，它的场域甚至是立体的，可能发生为多点共生，群集交错，譬如这其中还是有民族国家甚至文化圈的因素，譬如在这里我觉得可能北欧文化要显得包容性大些，甚至日耳曼文化圈是更好的一个概念；这时候主体就不再仅仅是人而已，而很可能是某种文化，消解主体的意思，主要是指消解以人为中心，尤其是以个体的人为中心的思路，而凸显为某种观念、某种思想。所以我们做这样的研究，如果仅仅是勾勒出物器位移、文化迁变、知识互动、思想旅行等方面，那还是远远不够的，我们应该尽可能呈现出较为完整的整体场景，尤其是其中牵涉关联性的关键环节，使得复杂的侨易现象得到展示和解释。

　　譬如李长之曾交代自己的思想来源："我受影响顶大的，古人是孟轲，我爱他浓烈的情感，高亢爽朗的精神；欧洲人是歌德，我羡慕他丰盛的生命力；现代人便是鲁迅了，我敬的，是他的对人对事之不妥协。不知不觉，就把他们的意见，变作了自己的意见了。不但思想，就是文字，有时也有意无意间有着鲁迅的影子。"[2]这是一个总括性

1. 这种情况有论者将其描述为"对抗"，譬如认为鲁迅的《呐喊》乃是与"迦尔洵、安特莱夫和尼采的创造性对抗"、郭沫若的《女神》是与"泰戈尔、惠特曼、歌德的创造性对抗"等。斯洛伐克汉学家高利克借用匈牙利学者索特尔（Söter, István）的"对抗"（confrontation）概念，力图揭示 1898—1979 年间中国现代文学发生的（与其他民族和国家文学的）文学间的（interliterary）对抗过程，从而颇能发覆新意，故此做到了"第一次从比较文学角度向读者提供一个统一的中国现代文学研究的尝试"。Gálik, Marián: *Milestones in Sino-Western Literary Confrontation(1898—1979)*. Wiesbaden: Otto Harrassowitz, 1986. 中译本见 [斯洛伐克] 高利克：《中西文学关系的里程碑（1898—1979）》，第 1、3 页，伍晓明等译，北京：北京大学出版社，1990 年（2008 年重排）。

2. 李长之：《后记》，载《鲁迅批判》，第 164 页，北京：北京出版社，2003 年。

的提纲挈领，至少涉及中国的古代与现代，孟轲与鲁迅，在西方就是选了一

个歌德；但李长之也曾经说过，有三个向往的时代，即古希腊、中国周秦、德

国的古典时代[1]。可在具体的文本创作过程中是如何体现的，则必须深入分析，

可能契合之，可能不一定，需要具体分析。但两人确有事实上的交往，李长之

说：“我很感谢鲁迅先生，他寄赠给最近的相片，又给了好几封信，使我对于

所列的著作时日等有所补正，他不像一般人所以为的猜忌刻薄，从他的文章就

可以看出，他反而是并不世故，忠厚而近于呆的地步。”[2] 这种前辈与后生间

的交谊其实非常重要，因为往往是“纸上得来终觉浅”，而经由彼此直接交往，

那种感觉确实不一样。虽然在勃兰兑斯的问题上，我们现在还很难说鲁迅与李

长之有怎样的交集关系，但两者对勃氏的推重是完全一致的。即便是在《北欧

文学》中，李长之也给勃氏以极高的评价：“我深感到大批评家之作用和地位

太重要了，勃兰兑斯太令人神往！他不惟有科学的训练，有天生的深入的识力，

还有关怀人类社会的深情！批评家是创作的产婆，这话对，然而还不够，批评

家乃是人类的火把！”[3] 这一点和鲁迅对勃兰兑斯的发掘可以说基本相通，鲁

迅引用勃氏往往有其独特之思想考量：“勃兰兑斯叹丹麦文学的衰微时，曾经

说：文学的创作，几乎完全死灭了。人间的或社会的无论怎样的问题，都不能

提起感兴，或则除在新闻和杂志之外，绝不能惹起一点论争。我们看不见强烈

的独创的创作。加以对于获得外国的精神生活的事，现在几乎绝对的不加顾及。

于是精神上的‘聋’，那结果，就也招致了‘哑’来（《十九世纪文学的主潮》

第一卷自序）。”[4] 这段话明确标示了出处，表明鲁迅是读了《十九世纪文学

主流》一书的。当然鲁迅的目的显然意有所指：“这几句话，也可以移来批评

中国的文艺界，这现象，并不能全归罪于压迫者的压迫，五四运动时代的启蒙

运动者和以后的反对者，都应该分负责任的。前者急于事功，竟没有译出什么

有价值的书籍来，后者则故意迁怒，至骂翻译者为媒婆，有些青年更推波助澜，

有一时期，还至于连人地名下注一原文，以便读者参考时，也就诋之曰‘墟学’。”[5]

进一步地说，在鲁迅那里，作为批评家的勃兰兑斯还有一个非常重要的功用，

1. 李长之：《序》，载《德国的古典精神》，第 1 页，成都：东方书社、中西书局、复兴书局，1943 年。

2. 李长之：《后记》，载《鲁迅批判》，第 181 页，北京：北京出版社，2003 年。

3. 李长之：《自序》（1943年），载《北欧文学》，第 4—5 页，上海：商务印书馆，1944 年重庆初版，1946 年上海初版。

4. 鲁迅：《由聋而哑》，载《鲁迅全集》第 5 卷，第 294 页，北京：人民文学出版社，2005 年。

5. 鲁迅：《由聋而哑》，载《鲁迅全集》第 5 卷，第 294 页，北京：人民文学出版社，2005 年。

就是为作家 (思想家) 梳理谱系，让众星纷纭的诗思世界各自诸神归位。譬如他说：
"无破坏即无新建设，大致是的；但有破坏却未必即有新建设。卢梭、斯谛纳尔、
尼采、托尔斯泰、伊孛生等辈，若用勃兰兑斯的话来说，乃是'轨道破坏者'。"
所以说，"其实他们不单是破坏，而且是扫除，是大呼猛进，将碍脚的旧轨道不
论整条或碎片，一扫而空，并非想挖一块废铁古砖挟回家去，预备卖给旧货店。
中国很少这一类人，即使有之，也会被大众的唾沫掩死。"[1]

　　说到底，批评家的意义怎么高估也不过分。或者，我们更应该追问的是，译
介勃兰兑斯意义究竟何在？选择勃兰兑斯意义又是安在？接受勃兰兑斯的目的究
竟何为？这个问题问得可能过于沉重，但对于中国现代文学乃至思想的创造来说，
却绝非可有可无。或许，正是在勃氏身上，鲁迅和李长之都以他们批评家的锐利
和敏感，读出了一种独特的东西，这就是北欧精神，是一种虽然身居北岛而胸怀
全局的融入勇气，是一种虽为小国却不甘自弃的创造精神，是一种直面社会现实
而立定诗性创造的文化反思力量。而在我看来，从鲁迅到李长之对勃兰兑斯的关
注，尤其是二者之间的互文关系，因为恰恰是李长之，完成了以鲁迅为对象的中
国现代文学批评的"经典之作"，是中国现代文学发生的重要标志。在这样一个
经典形成过程中，对北欧知识资源的汲取，具体而言是勃兰兑斯这样的批评典范
的确立，至关重要。这其中，鲁迅发凡起例自然功用极大，可韩侍桁、李长之等
作为后代人对勃兰兑斯的选择和接近，不仅是为中国现代文学批评确立标准，而
且也完成了现代中国知识择取的"北欧精神之格义立型"的过程。

　　韩侍桁没有完成的事业，李长之继续为之，而且应该说，做得要更加成功一
些。但与其说他们一个是鲁迅的"弃徒"，一个是鲁迅的"酷评"，我倒宁愿将
他们看做是中国现代文化场域里彼此帮衬、相辅相成、前赴后继的"网链点续"
中的必要环节，每个人都有每个人该尽的义务和职责，他们要凭着自己的生性和
志向在场域中求存，在精神上求生。所以在我看来，从鲁迅到韩侍桁与李长之，
他们无论曾有过怎样的过节和误解、冲突与碰撞，最可贵的，仍是对勃兰兑斯的"疑
义相与析"，对北欧文学的"理解之同情"，乃至对整个日耳曼文化 (尤其德国)

1. 鲁迅：《再论雷峰
塔的倒掉》(1925 年)，
载《鲁迅全集》第 1 卷，
第 202 页，北京：人民
文学出版社，2005 年。

的"资源意识"，正是这些，构成了"主体消解"之后的"大道或存"。而正是在这样一种融通的维度中，让我们感受到侨易学消解主体的意义，主体的消解过程，或许就是新式主体的诞生过程，因为或许正如老子所言："大道废，有仁义；慧智出，有大伪；六亲不和，有孝慈；国家昏乱，有忠臣。"（《道德经·第十八章》）这其中的原道究竟是什么呢？这或许是特别值得追问的。而中国传统文化的主体地位，或者竟是更大格局中的亚洲文化或东方文化，必须在这样一种拷问中获得重新确立，这才正是批评的意义，文学批评的意义，大格局批评的意义！李长之因了批评，所以能够星光闪耀地立于中国现代文化史上而不朽；而鲁迅虽然并没有刻意为纯文学的批评，但却也是一个严谨的文学史家，他的文学创造更是具有不灭光辉的大师不朽。知识资源的获取和转换，乃形成一种必要的侨易过程。李长之正是在这种知识侨易中获得精神的提升，完成了他批评的典范之作，设若没有 1950 年代后的黑云压城，李长之将会成就怎样的批评家事业，中国的文学理论和学理的探索又会怎样生根发芽？不仅是李长之，就以当年的五大批评家为例，又还能有几人花果飘零？朱自清早就在清贫坚守中去了另一个世界，周作人喋声做了翻译家苦苦为稻粱谋；朱光潜和李健吾倒还算活跃在知识界，相比较李健吾退守法国文学领域，朱光潜可能算是唯一的坚守者，但大势如此，只能勉力退守，主要做资料工作："我也逐渐看到美学在我国的落后状况，参加美学论争的人往往并没有弄通马克思。至于资料的贫乏，对哲学史、心理学、人类学和社会学之类与美学密切相关的科学，有时甚至缺乏常识，尤其令人惊讶。因此我立志要多做一些翻译重要资料的工作。原已译过克罗齐的《美学原理》，新中国成立后又陆续译出柏拉图的《文艺对话集》、莱辛的《拉奥孔》、爱克曼辑录的《歌德谈话录》以及黑格尔的《美学》三卷。"[1] 从这个意义上来看，勃兰兑斯的传入意义和典范效应，仍远远没有过时；而李长之中途夭折的批评家道路，或许正可为后人树立起另一面镜子。道正长，路也正长，勃兰兑斯的影像，仍将陪伴着中国现代文学及其批评的后辈人，一起上路！"云山苍苍，江水泱泱，先生之风，山高水长。"（范仲淹《严先生祠堂记》）

1. 朱光潜：《作者自传》，载《朱光潜全集》第1卷，第7页，合肥：安徽教育出版社，1987年。

下篇　　镜像、范式与资源
（文学镜像、戏剧比较、德国资源）

第五章　　"娜拉形变"与"妇女解放"

——中国现代文学史与思想史上的《娜拉》之争[1]

1. 一个基本叙述与分析，参见《娜拉在中国》，收入陈平原：《在东西方文化碰撞中》，第232—253页，杭州：浙江文艺出版社，1987年。

一、　作为符号的娜拉：从北欧到中国

　　在近代以来的中国文学史上，产生了不少形象显赫的西方女性，有法国的民族女英雄贞德，有创作《汤姆叔叔的小屋》而影响美国南北战争的斯托夫人，当然也包括了法国的罗兰（Manon Jeanne Phlipon，1754—1793）夫人。但或许没有哪一个女性能够胜过易卜生笔下的娜拉，在中国思想史上引发了如此巨大的争议，推动了无比激烈的讨论。由此可见，娜拉早已不是一个简单的文学形象，而可以被上升为一种具有丰厚含义的文化符号。娜拉符号，究竟代表了什么？这就是上升期的女性。歌德说过，"永恒的女性，引我们上升"（Das Ewig-Weibliche / Zieht uns hinan.）[1]，大概就是这个意思吧！不过相比较歌德眼中过于理想化的"神化女性"，在社会生活中的女性形象，往往更多地被烙上现实的印记。那么，易卜生塑造娜拉，本来不过是挪威语境里的一个现实女性形象，经过无数次的转型变易；来到中国后，反而成为了一个仿佛不食人间烟火的"另类神祇"，其中奥妙，真是值得揣摩。鲁迅这样给我们介绍易卜生和《娜拉》：

> 　　伊孛生是十九世纪后半的瑙威的一个文人。他的著作，除了几十首诗之外，其余都是剧本。这些剧本里面，有一时期是大抵含有社会问题的，世间也称作"社会剧"，其中有一篇就是《娜拉》。

> 　　《娜拉》一名 Ein Puppenheim，中国译作《傀儡家庭》。但 Puppe 不单是牵线的傀儡，孩子抱着玩的人形也是；引申开去，别人怎么指挥，他便怎么做的人也是。娜拉当初是满足地生活在所谓幸福的家庭里的，但是她竟觉悟了：自己是丈夫的傀儡，孩子们又是她的傀儡。她于是走了，只听得关门声，接着就是闭幕。这想来大家都知道，不必细说了。

> 　　娜拉要怎样才不走呢？或者说伊孛生自己有解答，就是 Die

1.Werke: Fanst. Eine Tragödie. Goethe: Werke, S.5112(vgl.Goehte-HA Bd.3, S.364)http://www. digitale-bibliothek.de/band4.htm

> Frau vom Meer，《海的夫人》的。这女人是已经结婚的了，然
> 而先前有一个爱人在海的彼岸，一日突然寻来，叫她一同去。她
> 便告知她的丈夫，要和那外来人会面。临末，她的丈夫说，"现
> 在放你完全自由。（走与不走）你能够自己选择，并且还要自己
> 负责任。"于是什么事全都改变，她就不走了。这样看来，娜拉
> 倘也得到这样的自由，或者也便可以安住。[1]

显然，鲁迅这里绍介易卜生的知识资源主要经由德文而来，从篇名里的德
文直接引用可以看出。我们似乎可以认为，娜拉是现代性发生之后的一个
非常具有标志性的形象。她虽然是西方现代性的产物，但却同样在东方现
代性的过程中找到了自己的位置，虽然是通过变形的方式。启蒙的逻各斯
路径不仅规定了科学理性的绝对霸权，而且提升了妇女的地位。女性之所
以能打破数千年来传统藩篱，成为一种获得相对平等地位的社会性别群体，
与这种大背景是密切不可分的；而值得指出的是，这样一种起自欧洲的观念，
终于在东方，在亚洲，在中国，寻到了一处最佳的爆发处。

就妇女观而言，胡适在本质上是推崇美国的女性观念的，他说："如
今所讲美国妇女特别精神，只在他们的自立心，只在他们那种'超于良妻
贤母人生观'。这种观念是我们中国妇女所最缺乏的观念。我们中国的姊
妹们若能把这种'自立'的精神来补助我们的'依赖'性质，若能把那种'超
于良妻贤母人生观'来补助我们的'良妻贤母'观念，定可使中国女界有
一点'新鲜空气'，定可使中国产出一些真能'自立'的女子。这种'自立'
的精神，带有一种传染的性质。"[2]其基本思路当在于来自西方的进步观，"自
立型"必然是一种进步，是对"贤妻良母型"的进步。诚然，任何一种思想，
都必有其产生的特殊历史语境，譬如线性进步的观念，看上去似乎十分
有理，但仔细考察，则也未必就是绝对真理。所以很自然，胡适对娜拉的
看法也就承载了这种妇女观的思路，他认为"娜拉抛弃了家庭丈夫女儿，
飘然而去，只因为她觉悟了她自己也是一个人，只因为她感觉到她'无论

1. 鲁迅：《娜拉走后怎样——
一九二三年十二月二十六日在北
京女子高等师范学校文艺会讲》，
载《鲁迅全集》第 1 卷，第 165—
166 页，北京：人民文学出版社，
2005 年。

2. 胡适：《美国的妇人》（原刊
《新青年》第 5 卷第 3 号，1918
年 9 月 15 日），载《胡适文集》
第 2 卷，第 501 页，欧阳哲生编，
北京：北京大学出版社，1998 年。

如何，务必努力做一个人'。"[1] 然而走了便是正确的道路吗？抛却丈夫不论，女儿是舍得的吗？除了作为一个自由的人之外，女性所承担的各种社会伦理角色难道是轻易能够全都弃置的吗？好一个飘然而去，如此潇洒，这是一种道德的伦理的社会的行为吗？能够为了寻求某种观念就将一切都弃之不顾吗？由此看来，相比较胡适慷慨激昂的娜拉观背后的决绝与单向度，显然鲁迅的思考要更为深刻也更为全面，那种只顾一时痛快与意气的行为艺术，既不是现实生活的最佳选择，也不是真正解决问题的理性之路，甚至也不是娜拉群体所真正追求的觉悟意义。

可以认为，鲁迅与胡适作为留日、留美学人的代表，同时也是中国现代文化场域里最为典型的双子星座，他们的妇女观和娜拉观，其实多少代表了那个时代的不同倾向。如果说胡适以其振聋发聩之"吼"而确立了中国现代文化场域的"娜拉运动"，使得在传统桎梏下的女性看到解放的光芒，一时间引得无数女性冲出似乎枷锁无限的家庭，连末代皇帝的妃子文绣都敢于提出离婚，可胡适自己却和并无爱情经验的发妻江冬秀白头偕老；而鲁迅的价值则在于提出"娜拉问题"，他以一种智者的旁观冷静身份，为这场过于轰轰烈烈的娜拉运动适度降温，并更深刻地提出了"选择自由"的问题，这样一种命题的转换，显然比简单的"抛夫别子弃家庭"要现实和有效得多，否则娜拉走后的基本生存都会是有问题的，那么所谓的觉醒和自由又有多大的意义呢？当然，从场域效果来看，自然是前者的振臂疾呼更能博得大众的关注和气势雄伟的回声，可从问题的有效性以及长远价值来说，当然是后者更有意义。这一点，我们从日后的发展态势也可看出，胡适掀起的娜拉运动，果然是雷声大雨点儿小，究其实质并无太大的结果；可鲁迅的娜拉问题则引人思索，尤其令知识精英阶层不得不深刻反省，最典型的表现，甚至还不是见诸于报章的热烈讨论，而更停留在精英文本的"反复实验"。我想，这或许正是文学的价值所在。

1. 胡适：《介绍我自己的思想》，载陈惇、刘洪涛编：《现实主义批判——易卜生在中国》，第12页，南昌：江西高校出版社，2009年。

二、　娜拉出走之前

—— 茅盾、巴金的理解与《虹》、《家》的转义[1]

1. 关于娜拉在中国形

变的不同类型，参见

叶松青：《同一视角

下的不同变奏——现

代"娜拉"形象的类

型模式剖析》，载《三

明学院学报》第 25 卷

第 1 期，第 37–40 页，

2008 年 3 月 20 日。

　　女性问题无疑是中国现代文学史上的中心议题之一，之所以如此，显然也和其对现代性的象征性意义有关。因为正是和女性地位改变相关，才使得娜拉获得了如此重要的位置；这正如另一部日耳曼文学谱系里的名著《少年维特之烦恼》一样，维特之所以成为现代中国语境里的另一符号象征，正是因为其象征了"自由恋爱"意义。正是在这样的背景下，茅盾在长篇小说《虹》中塑造了一位中国娜拉——梅。对于茅盾其人，因为"鲁郭茅，巴老曹"的历史评价，他显然在文学史上享有盛誉，但实事求是地说，作为中国现代文学史上第一位杰出的长篇小说作家，其重要性怎么高估都不过分。

　　茅盾自己曾是直面娜拉的，他曾专门谈到过 1935 年时南京磨风社公演《娜拉》所遭遇的风波，他感慨地说："这年头儿，'娜拉'也会惹祸，似乎是不可思议的事情；然而从另一方面看来，'娜拉'在今日的中国也还是危险分子，因为她胆敢反对传统的为妻为母的责任。"[2] 要知道，此事已距离"五四"将近二十年，可是时间虽然过去，观念的社会层面整体改变却似乎仍是一件遥不可期的事情。在中国现代小说史上，茅盾是无法忽略的一家，虽然他似乎并未能达到我们所期许的那种"史诗气象"的大师境界；而巴金、老舍则是可以并驾齐驱的另两位巨子，他们在长篇小说领域鼎足而三，构建起现代文学最重要的叙事王国。仅就此而言，鲁迅、郭沫若、曹禺等都未免要相对逊色，因为即便鲁迅的短篇小说极其出色，但不得不承认的则是，长篇小说毕竟是重量级的吨位，没有这样的"巨著"垫底，很难在文学世界里取得真正的王者地位。故此，即便我们高度重视《伤逝》，仍不应忽略作为长篇变形的娜拉之梅。女性究竟该怎样选择自己的位置，这是一个难题，但却是现代性发展后的一个中心议题。

2. 微明（茅盾）：《〈娜

拉〉的纠纷》（原载

《漫画生活》1935 年

第 7 期，3 月 20 日），

载陈惇、刘洪涛编：

《现实主义批判——

易卜生在中国》，第

58 页，南昌：江西高

校出版社，2009 年。

　　《虹》的主角是梅行素，按照茅盾自己的回忆："至于梅女士，我是从当时中央军事政治学校武汉分校女生队中一个姓胡的,取为部分的模型,此女生名中有一个兰字,此即梅女士之所以成为姓梅。"[1]据考证,这位女士当为大名鼎鼎的胡兰畦(1901—1994)[2]。胡兰畦是川妹子,一生相当有传奇色彩,青年投身革命,参加过黄埔军校女生队;后来走向世界,去过德、法、英、苏联等国,与蔡特金、高尔基、巴比塞、法捷耶夫等有过交往,更曾因参加反法西斯运动坐过希特勒德国的监牢;归国参加抗战,出任上海战地服务团团长,获得了国民政府授予的少将指导员名头。[3]茅盾当时的女友秦德君(1905—1999)是胡兰畦的好友,所以用这样的一个人物做原型,是有背景的。茅盾对于《虹》是有着相当的规划的,这在他致郑振铎的信中讲得比较清楚:

> "虹"是一座桥,便是春之女神由此以出冥国,重到世间的
> 那一座桥;"虹"又常见于傍晚,是黑夜前的幻美,然而易散,
> 虹有迷人的魅力,然而本身是虚空的幻想。这些便是《虹》的命
> 意:一个象征主义的题目。从这点,你尚可以想见《虹》在题材上,
> 在思想上,都是"三部曲"以后将移转到新方向的过渡;所谓新
> 方向,便是那凝思甚久而终于不敢贸然下笔的《霞》。[4]

这封信显然很富有文学色彩,将人物角色安排与意象象征设计巧妙地结合在一起,诗意盎然,但却又能和政治发展的方向感密切结合在一起,不可谓不匠心独运。按照茅盾自己的计划:"梅女士参加了五卅运动,还要参加一九二七年的大革命,但一九二七年当时的武汉,只是黑夜前的幻美,而且易散,此在政治形势上,象征着宁(蒋介石)汉(汪精卫)对峙只是'幻美'而且'易散'。在梅女士个人方面,她参加了革命,甚至于入党(我预定她到武汉后申请入党而且被吸收);但这只是形式上是个共产党员,精神上还是她自己掌握命运,个人勇往直前,不回头。共产党员这光荣的称号,只是涂在梅女士身上的一种'幻美'。"[5]显然,茅盾创作是很具有宏大构思的,人物形象的设计有着明确的社会指向性,尤其是在政

1. 茅盾:《亡命生活——回忆录(十一)》,载《新文学史料》1981年第2期,第13页。

2. 丁尔刚:《茅盾的〈虹〉与易卜生命题》,载《中国现代文学研究丛刊》1989年第3期,第117—131页,此处第124页。

3. 参见阳翰笙:《序》(1985年),载胡兰畦:《胡兰畦回忆录》,第1页,成都:四川人民出版社,1995年。

4. 茅盾:《亡命生活——回忆录(十一)》,载《新文学史料》1981年第2期,第11—12页。

5. 茅盾:《亡命生活——回忆录(十一)》,载《新文学史料》1981年第2期,第12页。

治意义的层面上。虽然梅女士有其现实原型，可一旦进入作家的文学世界之后，马上就具有"移形换位"的特殊效应，不复是那个历史原相中的"真我"了。比较一下胡兰畦的真实经历与茅盾的诗性造像，就可以理解这种本来源自历史客观事实的"人"会有着多么大的差异。胡兰畦终究是没有走向那样一种规定的路径，也没有像作家理想中的那样经历和反映那许多的历史具体语境，在政治上甚至出现了一种相当反复和交织中的纠葛。这且按下不论，我们要追问的是，梅行素究竟能否配得上娜拉呢？她在多大意义上能反映出娜拉形变的意义来？事实上茅盾确实赋予了梅行素冲出牢笼走向世界的勇气，他让这女子"如果从后影看起来，她是温柔的化身；但是眉目间挟着英爽的气氛，而常常紧闭的一张小口也显示了她的坚毅的品性。她是认定了目标永不回头的那一类的人"[1]，她的性格就是"往前冲"，她所奉行的哲学是："过去的让它过去，永远不要回顾，未来的，等来时再说，不要空想，我们只能抓住了现在，用我们现在的理解，做我们所应该做"[2]。最有趣的自然是，茅盾让梅行素直接参与上演《娜拉》，并且对其心理有相当深层次的分析：

> 梅女士对于《娜拉》一剧有了深彻的研究。她本来是崇拜娜拉的，但现在却觉得娜拉也很平常；发现了丈夫只将她当作"玩物"因而决心要舍去，这也算得是神奇么？她又觉得娜拉所有的，还不过是几千年来女子的心；当一切路都走不通的时候，娜拉曾经想靠自己的女性美去讨点便宜，她装出许多柔情蜜意的举动，打算向蓝医生秘密借钱，但当她的逗情的游戏将要变成严重的事件，她又退缩了，她全心灵地意识到自己是"女性"，虽然为了救人，还是不能将"性"作为交换条件。反之，林敦夫人却截然不同；她两次为了别人将"性"作为交换条件，毫不感到困难，她是忘记了自己是"女性"的女人！[3]

按照这一思路下去，"这种意见，在梅女士心里生了根，又渐渐地成长着，影响了她的处世的方针"[4]。所以她渐渐地把自己的"终身大事"看得不甚重要起来，在梅行素的观念中，她认为"忘记了自己是女性"，"不受恋爱支配"[5]，

1. 茅盾：《虹》，载《蚀·虹》，第 317 页，北京：文化艺术出版社，2000 年。

2. 茅盾：《创造》，载《茅盾短篇小说集·上》，第 21 页，人民文学出版社，1980 年。

3. 茅盾：《虹》，载《茅盾作品经典》第 III 集，第 42—43 页，北京：中国华侨出版社，1996 年。但在另一个版本中，这段话却是没有的。参见茅盾：《虹》，载《蚀·虹》，第 349—350 页，北京：文化艺术出版社，2000 年。

4. 茅盾：《虹》，载《茅盾作品经典》第 III 集，第 43 页，北京：中国华侨出版社，1996 年。

5. 茅盾：《虹》，载《茅盾作品经典》第 III 集，第 42 页，北京：中国华侨出版社，1996 年。

似乎只有这样才配言女子的"人格独立"，她向往着能够"征服环境"、甚至"征服命运"，但这里更多是将梅行素作为一个勇于冲决网罗、希望追求独立的形象非常明确地树立起来。但梅行素是否真能达到这种目标，其实是恍惚的，所谓"她准备献身给更伟大的前程，虽然此所谓伟大的前程的轮廓，也还是模糊得很"[1]。这种精神困境就展现得很明白了。

相比较茅盾的革命浪漫主义想象激情，那么巴金无疑更加写实，他更愿意将社会真实的一面用文学家纪实的方法冷静客观地展现出来。所以，他在其名著《家》中塑造了一个张家的姑娘张蕴华，小名叫做"琴"，大约算得与高氏兄弟青梅竹马的。她与觉民同年，有上学的想法，但在与母亲的一场对话之后，却有了新的想法：

> 屋子里显得很凄凉，似乎希望完全飞走了，甚至墙壁上挂的父亲的遗容也对她哭起来。她觉得自己的眼睛湿了。她解下裙子放在床上，然后走到书桌前面，拨好了桌上锡灯盏里的灯芯，便坐在书桌前面的方凳上。灯光突然大亮了，书桌上《新青年》三个大字映入她的眼里。她随手把这本杂志翻了几页，无意间看见了下面的几句话："……我想最要紧的，我是一个人，同你一样的人……或者至少我要努力做一个人。……我不能相信大多数人所说的。……一切的事情都应该由我自己去想，由我自己努力去解决。……"原来她正翻到的是易卜生的剧本《娜拉》。[2]

在近乎绝望的时候，"娜拉"为她带来了光明，"这几句话对她简直成了一个启示，眼前顿时明亮了"[3]，且不说以下琴由此而来的动力及作为。回过头来追问一句，她自己的房子里何处而来的《新青年》呢？小说里似为了补缺，解释说"她为了学写白话信，曾经把《新青年》杂志的通信栏仔细研究过一番"[4]。

不知道她读到的是罗家伦翻译的前两幕，还是胡适翻译的第三幕？总之，将文学场景和历史事实联系在一起无疑是有趣的，这让我们感受到虚构作品的真实性的力量究竟有多大。《家》中也有一个梅，不过不是梅行素，她和瑞珏、鸣凤都是其中较为典型的女性形象，也比较具有传统性格特征，套一句俗话，就是封建礼教下的牺牲品。在婚姻这样的人生大事上，她们基本上还是随着千百年来的

1. 茅盾：《虹》，载《茅盾作品经典》第Ⅲ集，第43页，北京：中国华侨出版社，1996年。

2. 巴金：《家》，第30—31页，北京：人民文学出版社，1981年第3版。

3. 巴金：《家》，第31页，北京：人民文学出版社，1981年第3版。

4. 巴金：《家》，第31页，北京：人民文学出版社，1981年第3版。

老传统在随波逐流，即便遇到相爱的人也不敢努力去争取自己的幸福，心有不甘，所以选择了一种极端的放弃方式："这个'死'字便是薄命女子的唯一的出路。"[1]在这样的衬托之下，琴就显得很可贵了，她作为高家表亲、觉民的未婚妻，颇能代表时代新女性的形象。琴可以勇敢地说："我不走那条路，我要走新的路。"[2]琴确实也是《家》中比较出彩和成功的形象，她通过努力争到了自己的幸福，她和觉民结合了，但是否自由结合就真地能避免娜拉陷阱，其实也是在未知之数。因为，娜拉元素之所以可贵，就在于其有着超越个体的普遍性意义，而这种普遍性并不简单地以是否自由结婚为归依，而是要面对资本社会所带来的种种挑战。所以，欧洲（具体是挪威）的语境和娜拉移形换位进行文学地理旅行之后的中国语境是完全不同的。中国现代知识精英其实过于抽象地将娜拉进行了一种意义赋予，但并未充分考虑变形中国语境的具体需求问题，在这点上鲁迅的追问无疑更为深刻。

　　琴是在读《娜拉》的，而梅行素则是从阅读到演剧到实践《娜拉》，让我们感受到中国现代文学所承载的娜拉形变的丰富多元。这两个现代文学殿堂里的人物，都让人柔生万种情怀，对她们萌生起爱怜的情感来。我们追求的究竟是什么？娜拉的困惑，绝不仅是她一个人的，所有的女性其实多少都会碰到同样的问题；然而，在中国，却有着很不同的情况。说到底，梅行素与琴都是万丈红尘中幻化的纤柔女儿，她们都希望有一个光明的前途，只不过相比较梅行素的革命之路，琴似乎更加接地气些，她也反抗，有着自己独特的想法，不甘于为旧传统所吞没，但却没有走向极端的选择。异代不同时，又何尝不是人同此心？这或许是由两位作家本身不同的人生道路所决定的。作为知识人的茅盾，似乎并不满足于纸上谈兵，要想彻底地颠覆这个不公平的旧世界，所以要参加革命，所以由论者直接标示《虹》就是将"'个人'作为'革命历史'的象征"[3]；作为写作者的巴金，更多地受到时代思潮的影响，他的无政府主义倾向可能也不会更多地指向一种根本的政治解决选择，所以琴的出路似乎更在于一种个体生活的和谐幸福的获得，但倒似乎比梅行素那样的承载时代使命要现实得多。其不同的游日、留法背景在

1. 巴金：《家》，载《巴金选集·第一卷》，第247页，成都：四川人民出版社，1982年。

2. 巴金：《家》，载《巴金选集·第一卷》，第240页，成都：四川人民出版社，1982年。

3.［台湾］苏敏逸：《"个人"作为"革命历史"的象征——论茅盾的〈虹〉》，载《华文文学》2006年第6期，第17–27页。

其中起到多少作用，则值得追问。相比较巴金的留法青年时代，茅盾的赴日，虽然已然是在成年之后，受到侨居地的文化影响不可同日而语，但毕竟是一段异质性地理侨易的经验，不容忽视，关系如何，值得深入考察，此处不赘。

女性的反抗精神，自古有之。而且我想古今中外概莫能外，譬如《西厢记》中莺莺对爱情的追求以及与张生的终成眷属。《玩偶之家》之所以能凸显娜拉的意义，应该更在于其对资本社会中女性地位的认知及其抗争。这种抗争中所表现的女性对于自由之向往，主要还是对传统观念的强烈质疑：

> 海尔茂：丢了你的家，丢了你丈夫，丢了你儿女！不怕人家说什么话！
>
> 娜拉：人家说什么不在我心上。我只知道我应该这么做。
>
> 海尔茂：这话真荒唐！你就这么把你最神圣的责任扔下不管了？
>
> 娜拉：你说什么是我最神圣的责任？
>
> 海尔茂：那还用我说？你最神圣的责任是你对丈夫和儿女的责任。
>
> 娜拉：我还有别的同样神圣的责任。
>
> 海尔茂：没有的事！你说的是什么责任？
>
> 娜拉：我说的是我对自己的责任。[1]

在这里家庭责任被抛在一边，爱情似乎更不扮演角色，首要的是个体尊严的维护。所以，娜拉的意义，其实更在于一种观念挑战者的形象的树立。就茅盾和巴金的文学阐释来说，走向了两种不同的路径，前者将其更多地纳入到革命背景下的时代女性塑造之中，而后者则同样试图在新旧交替的冲突中试图展现新女性的面貌于一斑。此处我更倾向于将巴金作为一个留欧作家的代表，相比较留日学人的激进与迅速，留欧学人有时表现得更为沉稳些，这或许与侨移地方的文化语境不无关系。如此比较，则纳入留美背景的知识人比较或许同样有参考价值，譬如胡适对自己宣传的东西就很有自信，他说："女子'自立'的精神，格外带有传染的性质。将来这种'自立'的风气，像那传染鼠疫的微生物一般，越传越远，渐渐的造成无数'自立'的男女，人人都觉得自己是堂堂地一个'人'，有该尽的义务，有可做的事业。有了这些'自立'的男女，自然产生良善的社会。良善的社会决不是如今这些互相倚赖，不能'自立'

1. [挪威] 易卜生：《玩偶之家》，载《易卜生文集》第5卷，第202页，潘家洵译，北京：人民文学出版社，1995年。

的男女所能造成的。所以我所说那种'自立'精神，初看去，似乎完全是极端的个

人主义，其实是善良社会绝不可少的条件。"[1] 胡适确实很敏锐，他捕捉到了尊严确

立的根本环节所在，这就是"自立"，说到底是经济基础的独立。强调这一点本不

为过，但仅停留于此是有问题的。因为社会毕竟是个整体，它还是需要个体有机构

成的建构意识，如果过分强调个体的个性张扬或一切为自我着想，对外界的其它因

素都不管不顾，那么这个世界又如何成其为世界？社会又如何能形成社会？这已经

隐约指向东西方元思维的异质和交融问题，且搁置不论。在茅盾、巴金、胡适之间，

我们或许多少可以看到不同文化背景参与"交易"后的"娜拉阐释"的相形异象，

这是必然的，也是需要深入讨论的。当然最关键的还是，我们如何才能存异求同，

达致中庸的和谐状态？这是易卜生自己没有从根本上加以解决的问题，也是娜拉东

渡进入中国后所遭遇的"多重阐释"纷繁怪相的背后缘由，或许，我们仍不得不沿

着前贤的思路而继续追问，"娜拉走后怎样"？

1. 胡适：《美国的妇人》(原刊《新青年》第 5 卷第 3 号，1918 年 9 月 15 日)，载《胡适文集》第 2 卷，第 502 页，欧阳哲生编，北京：北京大学出版社，1998 年。

三、　娜拉走后怎样？

——鲁迅、郭沫若的追问与回答及《伤逝》、《三个叛逆的女性》的意义

　　最有意义的，仍是大家人物的参与。鲁迅的一篇《伤逝》，可谓是开启"娜拉

形变"在中国的最初法门。虽然在形式上小说代替了戏剧，但就其效果和影响而言，

却可能远超出《娜拉》一剧自身。其关键所在，还是提出了真正有价值的问题，即"娜

拉走后怎样"。

　　能提出新问题是了不起的，其实真的大师，不在于解答什么样的问题，而在于

提出何种原创性的问题，至少是能引申出新的具有价值意义的问题。鲁迅的小说虽

多为短篇，但绝不乏这种提出问题的能力，这或许正是其作为中国现代文学旗手的

根本原因所在。按照鲁迅的说法："但娜拉毕竟是走了的。走了以后怎样？伊孛生并无解答；而且他已经死了。即使不死，他也不负解答的责任。因为伊孛生是在做诗，不是为社会提出问题来而且代为解答。"[1] 诚然如此，但娜拉的去向，则成为一个绝大的悖论问题。这或许尤其是那些以为娜拉就代表了新女性的方向，是时代女性的模范，可作为中国女性的楷模的精英人物，如胡适之流必须面对的。不是解构了原有的价值观就是好事情，更重要的是如何建设。中国的"贤妻良母型"诚然需要与时俱进，但是否就必须用"自立型"来替代，其实大可商榷。但激进的时代号角已经吹响，根本就容不得商榷者沉潜把玩，细心琢磨。

　　经济权的问题是根本，但仅将目光局限在经济基础独立上或许也有问题。子君，她是一个非常可爱的女性，有着对美好爱情的追求，对美好生活的向往，为这些她可以不惜与自己出身的家庭决裂。现实人物则也同样有人现身说法，譬如女歌星周璇（1920—1957）就这样说道："我终于选择了娜拉的道路，噙着眼泪离开了家……"[2] 然而周璇的命运究竟又如何呢？其实是很悲苦的，她作为一个艺人，并没有在离家之后就获得理想的命运，而是历经坎坷，最后被送进疯人院，反复而早逝……[3] 其实，鲁迅早就给娜拉算过命："娜拉既然醒了，是很不容易回到梦境的，因此只得走；可是走了以后，有时却也免不掉堕落或回来。"[4] 周璇是走了，其实多少也是走堕落的路；而子君终于是回来的。可无论是"去或留"，都有着太多的悲苦愁眠，不是斩钉截铁的必然成功。

　　涓生开篇就写道："如果我能够，我要写下我的悔恨和悲哀，为子君，为自己。"[5] 子君是走了又回来了，最终却免不了早逝的命运。然而，在他们曾经的爱情生活中，那些伟大的诗人和共享的话题曾扮演过多么重要的催情剂作用呢？

1. 鲁迅：《娜拉走后怎样——一九二三年十二月二十六日在北京女子高等师范学校文艺会讲》，载《鲁迅全集》第1卷，第166页，北京：人民文学出版社，2005年。

2. 周璇：《我为什么出走》，转引自石琴娥：《易卜生在中国的百年遭遇》，载刘明厚主编：《不朽的易卜生——百年易卜生中国国际研讨会论文集》，第41页，北京：中国戏剧出版社，2008年。

3. 参见周伟、常晶：《周璇传》，北京：中国时代经济出版社，2007年。

4. 鲁迅：《娜拉走后怎样——一九二三年十二月二十六日在北京女子高等师范学校文艺会讲》，载《鲁迅全集》第1卷，第167页，北京：人民文学出版社，2005年。

5. 鲁迅：《伤逝——涓生的手记》（1925年），载《鲁迅全集》第2卷，第113页，北京：人民文学出版社，2005年。

> 蓦然，她的鞋声近来了，一步响于一步，迎出去时，却已经走过紫藤棚下，脸上带着微笑的酒窝。她在她叔子的家里大约并未受气；我的心宁帖了，默默地相视片时之后，破屋里便渐渐充满了我的语声，谈家庭专制，谈打破旧习惯，谈男女平等，谈伊孛生，谈泰戈尔，谈雪莱……她总是微笑点头，两眼里弥漫着稚气的好奇的光泽。壁上就钉着一张铜板的雪莱半身像，是从杂志上裁下来的，是他的最美的一张像。当我指给她看时，她却只草草一看，便低了头，似乎不好意思了。这些地方，子君就大概还未脱尽旧思想的束缚，——我后来也想，倒不如换一张雪莱淹死在海里的记念像或是伊孛生的罢；但也终于没有换，现在是连这一张也不知那里去了。[1]

这里谈到雪莱、泰戈尔，当然更重要的或许该是易卜生，娜拉也应该是不会陌生的形象吧。子君的娜拉附体最初是通过对自由爱情的追求和面对出身家庭的反叛而表现的："我是我自己的，他们谁也没有干涉我的权力！"[2]反复回荡的声音，不仅是对恋人的深情，也是对父亲、对胞叔的力争，这足以表现出这个新女性的勇敢。爱情之中总是幸福，可一旦落实到现实生活的柴米油盐，就是具体而琐碎的，按照涓生的描述："我的路也铸定了，每星期中的六天，是由家到局，又由局到家。在局里便坐在办公桌前钞，钞，钞些公文和信件；在家里是和她相对或帮她生白炉子，煮饭，蒸馒头。我的学会了煮饭，就在这时候。"[3]谋生养家，为稻粱谋，这是最基本的生存基础和技能，但对于青年人来说并非那么容易做到。涓生难免主外挣钱的职责，子君同样经受着操持家务的考验，"做菜虽不是子君的特长，然而她于此却倾注着全力；对于她的日夜的操心，使我也不能不一同操心，来算作分甘共苦。况且她又这样地终日汗流满面，短发都粘在脑额上；两只手又只是这样地粗糙起来。"[4]可社会生存却并非那么简单，赚钱养家是需要有求生的智慧和能力的，终于涓生失业了，于是便连这样一种颇为无聊的生活也是不可能的了。在涓生的笔下，他为了生活继续战斗，但却疲惫不堪，于是他眼中的子君也就变样了：

1. 鲁迅：《伤逝——涓生的手记》(1925年)，载《鲁迅全集》第2卷，第114页，北京：人民文学出版社，2005年。

2. 鲁迅：《伤逝——涓生的手记》(1925年)，载《鲁迅全集》第2卷，第115页，北京：人民文学出版社，2005年。

3. 鲁迅：《伤逝——涓生的手记》(1925年)，载《鲁迅全集》第2卷，第119页，北京：人民文学出版社，2005年。

4. 鲁迅：《伤逝——涓生的手记》(1925年)，载《鲁迅全集》第2卷，第119页，北京：人民文学出版社，2005年。

　　子君有怨色，在早晨，极冷的早晨，这是从未见过的，但也许是
从我看来的怨色。我那时冷冷地气愤和暗笑了；她所磨练的思想和豁
达无畏的言论，到底也还是一个空虚，而对于这空虚却并未自觉。她
早已什么书也不看，已不知道人的生活的第一着是求生，向着这求生
的道路，是必须携手同行，或奋身孤往的了，倘使只知道捶着一个人
的衣角，那便是虽战士也难于战斗，只得一同灭亡。[1]

于是涓生有了这样的念头："我觉得新的希望就只在我们的分离；她应该决然
舍去，——我也突然想到她的死，然而立刻自责，忏悔了。幸而是早晨，时间
正多，我可以说我的真实。我们的新的道路的开辟，便在这一遭。"[2]而此时的
娜拉竟然就成了一种解脱涓生自己的模式："我和她闲谈，故意地引起我们的
往事，提到文艺，于是涉及外国的文人，文人的作品：《诺拉》，《海的女人》。
称扬诺拉的果决……"[3]娜拉在此刻的中国变形，真是一个绝大的笑话和闹剧，
她竟成了不敢承担家庭责任的中国男人来将女人推出家门的一种手段，可涓生
居然就能这样说得出口："……况且你已经可以无须顾虑，勇往直前了。你要
我老实说；是的，人是不该虚伪的。我老实说罢：因为，因为我已经不爱你了！
但这于你倒好得多，因为你更可以毫无挂念地做事……"[4]涓生是卑鄙的，他甚
至连海尔茂都不如。有无能力养家这是一回事，有没有承担家庭维持的责任感
则是最基本的一个道德底线。没办法像海尔茂那样维持一个体面的家庭乃至基
本物质生存，这或许是能力问题，但因此就将女人往外推则是一个道德伦理层
次的问题。娜拉东移，竟然产生了这样的奇怪之效果？鲁迅为什么竟塑造出涓
生这样的形象来？然而这不就是其时中国的现实吗？

　　子君是如何死去的？作品里并未交代，其大致结果不外乎，堕落，走向深渊，
女性在那样的时代里还能有更好的维持生活的道路吗？回家，回到她原来的家
中去，父亲还在吗？叔父能容纳吗？即便那样，子君会快乐吗？当然最理想的，
就是像我们理想中期待娜拉的那样，自己谋得一个好的职业，幸福愉快地活下
去，可难道她不需要结婚吗？再婚仍不得不面临同样的问题。所以，她们走的

1. 鲁迅：《伤逝——涓生的手记》（1925年），载《鲁迅全集》第2卷，第125—126页，北京：人民文学出版社，2005年。

2. 鲁迅：《伤逝——涓生的手记》（1925年），载《鲁迅全集》第2卷，第126页，北京：人民文学出版社，2005年。

3. 鲁迅：《伤逝——涓生的手记》（1925年），载《鲁迅全集》第2卷，第126页，北京：人民文学出版社，2005年。

4. 鲁迅：《伤逝——涓生的手记》（1925年），载《鲁迅全集》第2卷，第126—127页，北京：人民文学出版社，2005年。

路，确实具有基本规定性，大致逃不脱这几种模式的。娜拉或许并不一定就像子君那么的悲惨，然而在社会中求生确实也极为不易。鲁迅是对她们的命运抱着悲哀的调子的，所以他让涓生去惭悔："我愿意真有所谓鬼魂，真有所谓地狱，那么，即使在孽风怒吼之中，我也将寻觅子君，当面说出我的悔恨和悲哀，祈求她的饶恕；否则，地狱的毒焰将围绕我，猛烈地烧尽我的悔恨和悲哀。"[1]说这些，究竟又有何用呢？为什么是在中国，能产生这样的男性？考诸事实，恐怕还是要在文化的孽根性上去探究吧，则且按下不论。

无独有偶，郭沫若也关心过这个问题，不过是在鲁迅身后事了，他提问"娜拉究竟往哪里去？"自问自答的答案是用秋瑾来回答，在郭氏心目中："秋瑾在二十五岁前也曾经过一段玩偶家庭的生活。她家世仕宦，曾适湘乡王氏，并曾生子女各一人。但她在庚子那一年，似乎就和她的丈夫宣告脱离了。"[2]在综述了秋瑾一生的事迹之后[3]，郭沫若给出了整个的答案：

> 脱离了玩偶家庭的娜拉，究竟该往何处去？求得应分的学识与技能以谋生活的独立，在社会的总解放中争取妇女自身的解放；在社会的总解放中担负妇女应负的任务；为完成这些任务不惜以自己的生命作牺牲——这些便是正确的答案。[4]

我们看郭沫若的立场，似乎是过于站立在时代的号角之前要去冲锋陷阵的。他与鲁迅的追问恰可构成一种张力，让我们来更好地理解娜拉形变之后的中国现实究竟如何？但他的这种思路其实并不算新鲜，因为早在 1930 年代时茅盾就已经有过非常大胆和理想化的实践，他的《虹》固然是有些量身定做与前瞻太多的笔法，甚至还曾计划过的《霞》则似乎更可作为文学上的此类型样板："所谓凝思甚久而未敢贸然下笔的《霞》，是写梅女士思想转变的过程及其终于完成。《霞》将是《虹》的姐妹篇。在《霞》中，梅女士还要经过各种考验，例如在白色恐怖下在南方从事党的地下工作，被捕；被捕之日，某权势人物见其貌美，即以为妾或坐牢任梅女士二者择一，梅女士宁愿坐牢。在牢中受尽磨折，后来为党设法救出，转移到西北某省仍做地下工作。霞有朝霞，继朝霞而

1. 鲁迅：《伤逝——涓生的手记》（1925 年），载《鲁迅全集》第 2 卷，第 133 页，北京：人民文学出版社，2005 年。

2. 郭沫若：《娜拉的答案》（原载重庆《新华日报》1942 年 7 月 19 日），载陈惇、刘洪涛编：《现实主义批判——易卜生在中国》，第 60 页，南昌：江西高校出版社，2009 年。

3. 夏衍（1900－1995）后来就写了剧本《秋瑾传》（1950 年），上海：开明书店。

4. 郭沫若：《娜拉的答案》（原载重庆《新华日报》1942 年 7 月 19 日），载陈惇、刘洪涛编：《现实主义批判——易卜生在中国》，第 62 页，南昌：江西高校出版社，2009 年。

来的将是阳光灿烂, 亦即梅女士通过了上述各种考验。有晚霞, 继晚霞而来, 将是黄昏和黑夜, 此在梅女士则为通不过那些考验, 也即是她的思想改造似是而非, 仍是'幻美'而已。"[1] 幸则日后人事变迁, 茅盾不但没有动手做《霞》,《虹》也是半部而已, 因为这本就是不能完成的工作。很多东西, 正如茅盾所意识到的那样, 他们有着太过强烈的"听将令"的意识, 这固然有其"先进性"的一面, 但对艺术创造来说其实确有其背反之处。

　　郭沫若在 1920 年代曾合并三篇剧作为《三个叛逆的女性》(包括《聂嫈》、《王昭君》、《卓文君》), 在他想来: "我本是想把王昭君, 卓文君, 蔡文姬三人作为'三不从'的三部曲的, 但是蔡文姬我终竟没有做出, 不过聂嫈也不失为一个叛逆的女性, 所以我就把她收在这儿, 编成这部《三个叛逆的女性》。"[2] 由此可见, 这部《三个叛逆的女性》的创作是有其特殊的历史语境的。如果说王昭君更多是悲苦而无奈, 那么卓文君无疑典型地代表了勇于走出的典型。这也是有其思想基础的, 卓文君曾明确地私下和丫鬟红箫表示: "我不知道是甚么缘故, 这天地间总有许多不合理的事情。有许多无足轻重的人, 他们在世间上偏偏能够富贵寿考; 凡是稍后天赋的人, 总要为贫病忧患所苦。"[3] 然后从理论到实践, 从普遍到特殊, 从一般到自己: "我所不能了解的就是这天地之间, 为什么会有这样不合理的、不可抵抗的运命! ——就如我自己……啊, 也是太为这黑暗的运命所播弄了! ……我听从父亲的命令嫁了程家……啊, 我如今就好像成了个破了的花瓶一样…… (掩泣。)"[4] 所以卓文君接着导出一个结论: "唉, 普天下的儿女, 都是做父母的把他们误了! "[5] 但最精彩的论述反倒是红箫做出的: "我觉得说被父母误了的儿女, 多半是把父母误了的。自己的运命为甚么自己不去开拓, 要使为父母的, 都成为蹂躏儿女的恶人? 像我这无父无母的孤儿, 我倒比姐姐们少费得一番心力, 我的运命要由我自己作主, 要永远永远由我自己作主。我服侍了姐姐多年, 正因为你爱我, 我也爱你。你不把奴婢待我, 所以我也就觉得和你是姊妹一样。"[6] 正是这样一种讨论,

1. 茅盾:《亡命生活——回忆录 (十一)》, 载《新文学史料》 1981 年第 2 期, 第 12 页。

2. 郭沫若:《写在〈三个叛逆的 女性〉后面》(1926 年), 载《郭 沫若全集·文学编》第 6 卷, 第 149 页, 北京: 人民文学出版社, 1986 年。

3. 郭沫若:《卓文君》, 载《郭 沫若全集·文学编》第 6 卷, 第 24 页, 北京: 人民文学出版社, 1986 年。

4. 郭沫若:《卓文君》, 载《郭 沫若全集·文学编》第 6 卷, 第 24 页, 北京: 人民文学出版社, 1986 年。

5. 郭沫若:《卓文君》, 载《郭 沫若全集·文学编》第 6 卷, 第 25 页, 北京: 人民文学出版社, 1986 年。

6. 郭沫若:《卓文君》, 载《郭 沫若全集·文学编》第 6 卷, 第 25 页, 北京: 人民文学出版社, 1986 年。

解开了卓文君与司马相如相通的序幕。当司马相如弹琴的时候，卓文君的感受接着

被一再转述（红箫转给仆人秦二）："他弹着我的琴，就好像弹着我的心，我全身

的琴弦，都被他弹得战兢兢的。"[1] 当然最精彩的还是勇敢地站出来，揭露封建制度

光环下掩盖的丑恶来，下面这段卓文君与公公程郑的对白其实模仿意味颇浓：

> 程郑：你做女儿的责任呢？
>
> 卓文君：便是我自己做人的责任！盲从你们老人，绝不是甚么孝道！
>
> 程郑：你就不怕世人议论了吗？
>
> 卓文君：我的行为，我相信，后代的人会来讴歌我。
>
> 程郑：你守着现成的富贵也不要了吗？
>
> 卓文君：不要说那些话来污秽我！——红箫，走吧！我们走吧！[2]

我们如果稍微对照一下娜拉离家之时和海尔茂的对话，就可以隐约感觉到其中的关

联。一个要求做母亲做妻子的责任，一个要求做女儿的责任，然而，郭沫若让卓文

君提出抗衡的是做人的责任。也许对于那个历史年份来说，这种阐释过于超前，但

借古人来喻今的目的是一目了然的。这种叛逆者的立场在郭沫若笔下的女性中似乎

贯穿始终，譬如看看下面这段戏拟的汉元帝与王昭君的对话也很有趣：

> 汉元帝：你别要那么悲愤，我立刻就册封你为皇后，你总可以快乐了。
>
> 王昭君：皇后又有什么！能够使我的妈妈再生，能够使我钟爱的哥哥
>
> 复活吗？
>
> 汉元帝：你要知道我是爱你呢。
>
> 王昭君：你纵使真在爱我，也是无益；我是再没有能以爱人的精魂的了。
>
> 汉元帝：你纵使不爱我，你留在宫中不比到穷荒极北去受苦的强多了吗？
>
> 王昭君：啊，你深居高拱的人，你也知道人到穷荒极北是可以受苦的吗？
>
> 你深居高拱的人，你为满足你的淫欲，你可以强索天下的良家女子来恣你
>
> 的奸淫！你为保全你的宗室，你可以逼迫天下的良家子弟去填豺狼的欲壑！
>
> 如今男子不够填，要用到我们女子了，要用到我们不足供你淫弄的女子了。
>
> 你也知道穷荒极北是受苦的地域吗？你的权力可以生人，可以杀人，你今

1. 郭沫若：《卓文君》，载《郭沫若全集·文学编》第6卷，第47页，北京：人民文学出版社，1986年。

2. 郭沫若：《卓文君》，载《郭沫若全集·文学编》第6卷，第57页，北京：人民文学出版社，1986年。

天不喜欢我，你可以把我拿去投荒，你明天喜欢了我，你又可以把我来

供你的淫乐，把不足供你淫乐的女子又拿去投荒。投荒是苦事，你算知

道了，但是你可知道，受你淫弄的女子又不自以为苦吗？你究竟何所异

于人，你独能恣肆威虐于万众之上呢？你丑，你也应该知道你丑！豺狼

没有你丑，你居住的宫廷比豺狼的巢穴还要腥臭！啊，我是一刻不能忍

耐了，淑姬，你引我去吧！不则我引你去，引你到沙漠里去！[1]

应该说，如果卓文君虽然敢于叛出家庭，那还只是为了追求个体幸福而洞烛

冠冕堂皇的封建礼教下的败絮残羹；那么，在王昭君，就更有了一种明确的代表

性，就是将仇恨的矛头对准封建制度的总代表——皇帝，将其权力的合法性和丑

陋性揭露无余；而到了《聂嫈》中，这番控诉恐怕更一针见血："你们晓得不晓

得国王和宰相的罪恶呢？……你们假如晓得如今天下年年都在战乱，就是因为有

了国王，你们假如晓得韩国人穷得只能吃豆饭藿羹，就是因为有了国王，那你们

便可以不用问我了。我们生下地来同是一样的人，但是做苦工的永远做着苦工，

不做苦工的偏有些人在我们的头上深居高拱。我们的血汗成了他们的钱财，我们

的生命成了他们的玩具。他们杀死我们整千整万的人不成个甚么事体，我们杀死

了他们一两个人便要闹得天翻地覆。"[2] 这里的控诉就不仅停留在一般的控诉层面

了，而是深刻揭示统治者的剥削本质和权力非法性，或者还是结局处众卫士一呼

百应的声音更有象征意义："好啊，我们做强盗去！我们做强盗去！……"[3] 终于

由女性的个体叛逆引发了民众的集体造反，这种叛逆的力量无与伦比，也正符合

郭沫若的政治见解——"在社会的总解放中担负妇女应负的任务"。

无论如何，娜拉是走出了，她走出了资产阶级的家庭，也走到了异域的中国，

不管她是化作宿命的现代子君，还是历史中大无畏的卓文君、王昭君甚至聂嫈，

她都化作了无数的文学镜像与过程。但她的命运究竟是可以数得出的，相比较郭

沫若的化笔如有神，用历史的资源造就若干英姿飒爽的女性形象，像鲁迅那样的

冷静沉思，不人云亦云似乎更为可贵。因为即便到了今天，娜拉的命运似乎犹待

深思：走出之后，就是光明吗？子君去了，卓文君们的命运就会更好吗？

1. 郭沫若:《王昭君》，载《郭沫若全集·文学编》第 6 卷，第 87—88 页，北京：人民文学出版社，1986 年。

2. 郭沫若:《聂嫈》，载《郭沫若全集·文学编》第 6 卷，第 131 页，北京：人民文学出版社，1986 年。

3. 郭沫若:《聂嫈》，载《郭沫若全集·文学编》第 6 卷，第 133 页，北京：人民文学出版社，1986 年。

四、 文学镜像侨易过程中的"舞台效应"

在北欧文学的东渐过程中，虽然我们更多地将关注点放置在诗人本身，譬如易卜生、安徒生、勃兰兑斯、斯特林堡与汉姆生等我们都花费了相当大的精力去细加梳理，提出问题，推究过程；甚至更多地引入了另类维度，譬如"娜拉符号"、"易卜生类型"等概念，但这并不意味着我们忽略文学镜像本身，因为说到底文学形象的塑造仍然是文学创造的核心。我曾区分"诗人巨像"与"文学镜像"的概念，强调在文学性侨易过程中，需要关注作为历史真实的"诗人"和"文学真实"的"形象"之间的差异和共相。但具体如何做法，其实并不简单，相比较浮士德、苏鲁支、退尔等人的轰轰烈烈，那么娜拉无疑也是一个非常具体的原相，其流转过程也反映出不同文化元素和历史语境对其的制约。

这有些像罗兰夫人的中国传播，"罗兰夫人何人也？彼生于自由，死于自由。"[1] 日后更是"化作罗兰无数身"，进入具体的中国语境之后，除了舞台上不断搬演的娜拉形象之外，在中国现代文学的画廊里也出现了形形色色的"复制"或"创化"形象，这里有梅行素、琴、子君，还有王昭君、聂嫈、卓文君等等，相比较前者的"现实虚构"，后者则是"历史重塑"，借助娜拉的符号规定，希望能打造出一种适应时代需要的"中国版本"。娜拉的困惑是必然的，是无解的，也是宿命的。在任何一个社会里，我们都不可能要求女性脱离其具体的生存环境而光荣独立，但如何能将其纳入到一个更广阔的背景下来实现其文化史意义，则又是一个难题。娜拉多少是因为"妇女解放"的这面旗帜而获得其特殊的文化史地位的，在中国也同样如此。但具体到个案情况，又需做很具体的分析。

从形象演变来看，这种文学镜像的侨易过程，有其复杂的多重因素制约。具体到娜拉形变的中国变化，也是很不一样的，就以郭沫若创作《三个叛逆的女性》的时代的外来影响而论，他自承接受歌德的影响："我最初从事于戏剧的创作是在民国九年的九月。我那时候刚好把《浮士德》悲剧第一部译完，不消说我是很受了歌德的影

1. 梁启超：《近世第一女杰罗兰夫人传》，载《饮冰室合集》第 6 册，专集之十二，北京：中华书局，1989 年。

响的。歌德的影响对于我始终不是甚么好的影响。我在未译《浮士德》之前，在民国八九年之间最是我的诗兴喷涌的时代，《女神》中的诗除掉《归国吟》（民国十年作）以外，大多是作于这个时期。第三辑中的短诗一多半是前期的作品，那是受了海涅与太戈儿的影响写出来的。第二辑的比较粗暴的长诗是后期的作品，那是受了惠迭曼（Whitman）的影响写出的。我的诗的创作期中，在这后半期里面觉得最有兴趣……"[1]撇开诗歌创作的过程不论，在戏剧方面，显然是歌德影响占优；而作者自承的，却又恰恰不是什么积极影响，而他之前也受到席勒历史剧创作的影响。[2]这种关系相当复杂，这且按下不论，值得指出的是，文学镜像的这种侨易过程确实与主体生性、原像规定、多重博弈、受入语境等多重因素相关，不可一概而论。

这里想结合娜拉在现代中国的舞台形象略做申论。早在中国话剧初萌的春柳社时代，就曾上演过《娜拉》[3]，由此可见娜拉东渐之早。这里以1923 年北平女高师演出《娜拉》一剧为中心，略作讨论。"本月五日，女高师果然演《娜拉》了，我赶紧去看，看的结果，觉得很满意。演员对于剧本都是很忠实的，我带了潘家洵君的译本去对观，知道大体都是遵照原文的：这是我最满意的一点。"[4]由此可见，娜拉来到中国，其实还是立体的，除了文学文本的翻译功用之外，舞台表演的活灵活现同样重要，甚至更能立竿见影。毕竟，舞台对于大众来说，要比文字容易亲近得多。这位仁佗君确实很认真，还带了译本去看戏，而且是潘家洵的，可以想见是很有品位的。所以他难怪要对剧场中的诸种"怪现状"不满，并明确表态："尤其觉得可怜的：他们听《娜拉》第一幕中娜拉和姬婷的长篇谈话的时候，颇多露出不烦的神气。看《娜拉》第二幕未完而陆陆续续退出的竟不乏其人！足见他们实在不配看这种有价值的戏。他们决不懂得《娜拉》是解决女子人格问题的名剧（他们的脑子里本来就没有'人格'两个字，尤其没有'女子人格'四个字）。他们从来不知道戏剧与人生的关系（他们的脑子里本来就没有'人生'两个字）。他们从来不会用严肃的态度看戏的……"[5]这

1. 郭沫若：《写在〈三个叛逆的女性〉后面》(1926 年)，载《郭沫若全集·文学编》第 6 卷，第143—144 页，北京：人民文学出版社，1986 年。

2. 参见范劲：《论席勒对郭沫若历史剧的影响》，载《吉首大学学报》（社会科学版）1997年第 3 期，第 66—70 页。

3. 欧阳予倩：《自我演戏以来》，载《欧阳予倩全集》第 6 卷，第50 页，上海：上海文艺出版社，1990 年。

4. 仁佗：《看了女高师两天演剧以后的杂谈》（原载《晨报副镌》1923 年 5 月 11 日 121 号），载陈惇、刘洪涛编：《现实主义批判——易卜生在中国》，第 33 页，南昌：江西高校出版社，2009 年。

5. 仁佗：《看了女高师两天演剧以后的杂谈》（原载《晨报副镌》1923 年 5 月 11 日 121 号），载陈惇、刘洪涛编：《现实主义批判——易卜生在中国》，第 35 页，南昌：江西高校出版社，2009 年。

可能是反映了当时多数观众的基本素质，却未免也过于上纲上线。所以赞同者有之，批评者也有之。

　　林如稷（1902—1976）表示赞同："演《娜拉》那晚，不但场内秩序太乱，而去未待终场便有大部分退回的。"[1]陈源的意见似乎就有些针锋相对："我诚恳的希望提倡新剧的人，应当引导观众的兴趣，不要因为他人意见嗜好不同便大肆的谩骂。"[2]对"谩骂"的注脚，或许有一位署名芳信的发出的如许浩叹值得关注：

　　　　女高师学生演员诸君，试演这样难的作品；其冒险的热心真可敬呀！现在我们再欢迎该校理化系演的那两性人格不能互相溶解而结成婚姻的悲剧本——《娜拉》罢。

　　　　他们都说，在中国现在的观众之前，演《娜拉》这一类的戏，一定是失败的。这一次演的真是失败了么？

　　　　是的！

　　　　该诅咒的中国的庸俗的观众呀！

　　　　可痛哭的中国的妇女呀！[3]

此君的言语难免过激之嫌，但在某种意义上还是反映出中国观众素质的事实。不过他总结舞台演出的失败原因则不无道理"舞台的容量大，看客过多。看客虽多，而少有《娜拉》的知己。演角又受生理的限制"，所以"如果没有这三种困难横在《娜拉》面前，试演它的成功，当然有希望达到欧美各国曾经演过来而收效的地步！"[4]说到与欧美演出经验相比较，无疑陈源更有发言权："我听见女高师的学生鼓起十二分的勇气来扮演'娜拉'，喜欢得了不得。这里有了最好的材料，我们只要等着看艺术家的手段。尤其使我高兴的是我的头脑中已经有了一个极可靠的标准。这一本戏，我曾经看见过两次。一次是翻改的电影，做娜拉的是俄国有名女伶 Nazimova，一次是原剧本，扮主角的是英国新起的艺术家 Syber Tnorndike。"[5]所以有这样的优势资源在手，陈源

1. 林如稷：《又一看了女高师两天演剧以后的杂谈》（原载《晨报副刊》1923 年 5 月 16 日），载陈惇、刘洪涛编：《现实主义批判——易卜生在中国》，第 40 页，南昌：江西高校出版社，2009 年。

2. 西滢：《看新剧与学时髦》（原载《晨报副刊》1923 年 5 月 24 日），载陈惇、刘洪涛编：《现实主义批判——易卜生在中国》，第 53 页，南昌：江西高校出版社，2009 年。

3. 芳信：《看了娜拉后的零碎感想》（原载《晨报副镜》1923 年 5 月 12、13 日，123、124 号），载陈惇、刘洪涛编：《现实主义批判——易卜生在中国》，第 37 页，南昌：江西高校出版社，2009 年。

4. 芳信：《看了娜拉后的零碎感想》（原载《晨报副镜》1923 年 5 月 12、13 日，123、124 号），载陈惇、刘洪涛编：《现实主义批判——易卜生在中国》，第 39 页，南昌：江西高校出版社，2009 年。

5. 西滢：《看新剧与学时髦》（原载《晨报副刊》1923 年 5 月 24 日），载陈惇、刘洪涛编：《现实主义批判——易卜生在中国》，第 49—50 页，南昌：江西高校出版社，2009 年。

的见地无疑要略胜一筹：

> 如果一个人的目的，只在研究"人生""人格"种种的问题，尽可去听公开的演讲，尽可多买几本专门书看看。戏剧虽然可以表现世间种种深奥的问题，他的目的还是在愉快。痛骂没看完"娜拉"的人不懂的问题，差不多是骂伊卜生不是一个伟大艺术家——因为传布些主义，提出几个问题是非常容易的，但是一个大艺术家方才能够融化这主义，这问题，成为一个给人愉快的美术结晶品。[1]

这个思路，倒是与芳信相近，他也指出："我们固可运用哲学的思想于戏剧里边，可是不宜于直接；应以情绪当着微风，吹着一湖哲学的池水，而发生皱纹，这就不会产出干燥的现象了。《娜拉》是这样好的一个剧本，是不偏重理智而忽略情感的剧本。越到后面，情绪越发紧张。她在台上说，我就在台下出着汗。——其实剧本上，娜拉说的话，犹如讨论问题的论文；而人反乐它的原因，正因为她如纸包石块掷在人的情绪的水中。"[2] 我还是比较欣赏较为折中的态度，就是聚焦于戏剧与艺术本身，就问题论问题，而不是过于引申。就此而言，何一公的思路则见高明："娜拉确是社会剧中最高品的艺术。如此好的剧本、著原作的意义还要靠好艺员充分显出，于是价值与效用才得见到。所以这种最高品的艺术不是笔墨讨论能解释的，只有戏台上的天才，入化境的艺术家，或可真能发挥剧本里含有的意义。"[3] 我无意在此为评论家们来个英雄排座次，但看以上诸君的观剧《娜拉》之评价、论争，可以确定的一个基本事实是，其一《娜拉》的舞台上演，确实又一次掀起了社会上的娜拉关注和热潮；其二这反映的不仅是某部剧作的接受问题，而是整体现代中国社会的文明程度，以及公民修养和文化层次；其三文学镜像的侨易过程相当复杂，其中不仅有各种文学文本的"形象重建"，也应包括走向多种媒体样式的"舞台效应"，对于这一点我们应当有充分之认知，而当一种新媒体被纳入视野之后，它所带来的就不仅是就形象论形象的问题，而牵连起更为广阔的知识、社会与艺术场域，其对时代问题的关联度则更密，更具阐释和开拓空间。

1. 西滢：《看新剧与学时髦》（原载《晨报副刊》1923年5月24日），载陈惇、刘洪涛编：《现实主义批判——易卜生在中国》，第52—53页，南昌：江西高校出版社，2009年。

2. 芳信：《看了娜拉后的零碎感想》（原载《晨报副镌》1923年5月12、13日，123、124号），载陈惇、刘洪涛编：《现实主义批判——易卜生在中国》，第39页，南昌：江西高校出版社，2009年。

3. 何一公：《女高师演的〈娜拉〉》（原载《晨报副刊》1923年5月17、18日），载陈惇、刘洪涛编：《现实主义批判——易卜生在中国》，第44页，南昌：江西高校出版社，2009年。

第六章　　从"群鬼乱舞"到"诸家并起"

——作为中国现代戏剧史范式的"易卜生类型"
及其"网链立体点"意义

一、《群鬼》演出与众家评说

虽然易卜生作品众多且颇受争议，但"其中任何一部戏剧都不及《群鬼》那样招来众多非议"[1]。作为一部甚有冲击力之作的《群鬼》，不但在欧洲语境就曾引起诸多反响，在中国同样遭遇了轩然大波，1921 年林纾（1852—1924）以其著名的创造性的译述笔法以《梅孽》之名发表时[2]，显然也会面对这样的问题。不过林纾似乎过于简化了作品意义："此书用意甚微，盖劝告少年勿作浪游。"甚至具体到"身被隐疾肾宫一败，生子必不永年"[3]。潘家洵（1896—1989）是易卜生汉译史中的重要译者，他之翻译《群鬼》，自然有其考量："这出戏里所说的鬼——剧名'群鬼'之由来——是一切早已死亡或者正在死亡的东西在社会上留下的残余影响。它们很顽强，像一座大山，把人们压得不能喘气。"[4]而同样作为译者，沈子复似更有一种精神的颤栗和困顿的难题："易卜生把旧的可悲的生活告诉了我们，而去还告诉我们这是不合理的，他就停住在这儿，他并没有告诉我们怎样去铲除不合理的生活？"[5]

陈源（西滢，1896—1970）强调《群鬼》乃其现实主义突破的标志性作品，他认为："《群鬼》是常常被称为易卜生的最大的杰作的，哈弗洛克·霭理斯（Havelook Ellis）在他一八九零年以前所做的《易卜生论》中说，易卜生在《群鬼》'达到了他的艺术技巧的最高潮'。与易卜生当时齐名的同国作家，皮安生（Hjoernason），听到易卜生死耗的时候，有人问他易卜生的作品中，那一种他认为最大的杰作，他便毫不思索地说就是《群鬼》。"[6]确实，《群鬼》相当杰出，而且和《娜拉》恰可成为双璧，对于这点，熊佛西（1900—1965）讲得很清楚："《娜拉》发表以后，

1. Helland, Frode：《易卜生与政治——〈群鬼〉中的意识形态与霸权》，夏理扬译，载刘明厚主编：《不朽的易卜生——百年易卜生中国国际研讨会论文集》，第 28 页，北京：中国戏剧出版社，2008 年。

2. 王宁、葛桂录：《神奇的想像：南北欧作家与中国文化》，第 97 页，银川：宁夏人民出版社，2005 年。

3. 林纾：《〈梅孽〉发明》，载陈惇、刘洪涛编：《现实主义批判——易卜生在中国》，第 73 页，南昌：江西高校出版社，2009 年。

4. 他接着说："剧本的主题是要我们向'群鬼'展开无情的斗争。"潘家洵：《译者序》（1958 年），[挪威]易卜生：《易卜生戏剧四种》，第 11 页，潘家洵译，北京：人民文学出版社，1958 年。考虑到撰文时的时代背景，需要理解其时的语境。

5. 沈子复：《〈鬼〉后记》，载陈惇、刘洪涛编：《现实主义批判——易卜生在中国》，第 98 页，南昌：江西高校出版社，2009 年。

6. 陈西滢：《易卜生的戏剧艺术》，载《国立武汉大学文哲季刊》第 1 卷第 1 期，第 45—59 页，此处第 50—54 页，1930 年。参见王宁、葛桂录：《神奇的想像：南北欧作家与中国文化》，第 101 页，银川：宁夏人民出版社，2005 年。

那威人加以破坏贤妻良母古训的罪名，替他加上一个不道德作家的头衔，易卜生忍无可忍，愤慨的离了祖国到异国漂泊了一生。他认为反对《娜拉》的人们都是鬼。腐化的思想，虚伪的道德，他都认为是鬼。于是他作了《群鬼》，以泄胸中的闷气。剧中的欧尔文夫人正是娜拉反面的化身。娜拉因为发现家庭生活的虚伪，所以毅然离开丈夫，抛弃儿女，打破贤妻良母的迷梦，而谋自身的独立解放。这种见解成了近代妇女革命的先声。这种先声惹起了当时守旧派的反对，易卜生索性痛快，又描写了一个与娜拉性格正相反的妇人——就是欧尔文夫人。她虽然感到婚后生活的痛苦，虽然很想私奔，但是为恶势力所压迫，缺乏勇气，终于屈服，结果铸成千古遗恨。吃一辈子苦，受一辈子罪，担一生的心，着一世的急。虽说尽了贤妻良母的职责，却断送了她自己一生的幸福。"[1] 应该说，熊佛西颇能洞察细微，对易卜生的情感变化有很体贴的把握，事实上也是如此，作家的创作激情与内容选择往往与其生命体验息息相关。易卜生对文学形象的塑造过程确实不应脱离他所处的社会与历史语境去考察，当然也有从其它具体角度切入的，譬如熊佛西对西方的艺术家观点做了个总结："对于《群鬼》，欧美各国的导演家有两派的见解。一派是把它当着妇女问题看待，以欧夫人为全剧的中心；另一派是将它当着遗传问题研究，全剧以欧士华为中心。前一派的导演家说易卜生作《群鬼》时心目中只有欧夫人的痛苦与悲哀，懦弱与可怜，因为欧夫人的创设是由娜拉而起的反应，遗传问题不过是题外的穿插罢了。后一派的演说家说易卜生在落笔的前后，心目中充满了遗传思想，因为全剧充满了遗传空气，尤其在第三幕欧士华梅毒的爆发，欧夫人不过是欧士华的陪衬罢了。"[2] 这倒确实给我们提供了较新的思维路径，即简单的一分为二，或则是社会问题，或则是遗传问题。但未免都有些一叶障目，伟大作品的意义恰恰在于多层次的可阐释性，即具有非常丰富的知识和思想空间可以打开。《群鬼》的意义恰恰正在于它表层似乎不过一简单的科学问题，但一层层剥开，则是内部深藏的社会问题乃至制度问题、文明问题。对这点，袁振英（1894—1979）的论述就似剥笋见日，相当精辟：

> 易卜生底戏剧有许多讨论及病理学的范围，符合于近代的科学。我

1. 熊佛西：《论〈群鬼〉——为国立北平艺术学院戏剧系第九次公演作》，载陈惇、刘洪涛编：《现实主义批判——易卜生在中国》，第129页，南昌：江西高校出版社，2009年。

2. 熊佛西：《论〈群鬼〉——为国立北平艺术学院戏剧系第九次公演作》，载陈惇、刘洪涛编：《现实主义批判——易卜生在中国》，第129页，南昌：江西高校出版社，2009年。

们可以拿《群鬼》一剧做一个很好的榜样。人类有自杀或死亡的权利。父亲底遗传供给儿子不治的病症。近代的花柳病常常遗传数代的，有时儿子的恶毒细胞没有发作，到了孙儿也会复生。易卜生看见人种退化的危机，非常清楚。他描写一种新生命，是一个有觉悟的和很激烈的革命家，反对现代的政治、宗教、家庭和社会中一切诈伪。现代文明底恶制度，确实一种癫狂的表示，各种家庭的和社会的新学说，反对旧社会的腐败道德。有人责骂易卜生有一种自尊的、贵族的和知识阶级底观念和一种癫狂的无政府的个人主义。但是比较那些自尊的象征派还有价值些。一个艺术家对于心理上或伦理上所以有创作，就是完全靠着他的个人主义。个人主义不能够分散团体的。各人自己也是一个团体，由元子做成的，又是团体中一份子，不可分离的。个人和种类是现在人道包括的两个不可分离的东西。易卜生底个人主义是艺术中和科学中的新思潮。[1]

在这里，显然更着重于对易卜生戏剧的学理探询，既落实到具体的遗传学方面，同时也以更为融通的思维逼近社会史的研究，将个体的命运和生物遗传、社会制度、文明进程都联系在一起，进而确立易卜生思想在整个艺术、科学潮流中的位置，是很有其高明的见地的。袁振英本来就是奇才，他早年入北大英文系，应胡适之邀而给《新青年》专刊作《易卜生传》；1920 年又助陈独秀组建共产党组织，后留法入里昂大学。[2] 从以上对易卜生的论述来看，他不仅能追溯戏剧中表现出的科学知识依据，更能将其艺术世界的制度、经济和社会因素一一道来，颇有洞察秋毫、条分缕析的精细判断力，委实不易。

有论者批评《群鬼》："这个戏真有一个缺点，也可以说这是易卜生所有剧中的一个缺点：什么呢，对话太多。易卜生好批评，好辩论。但是他说得有理，很少废话，句句有意义，字字有根据。譬如《群鬼》中的对话太多，我们却寻不出半句废话。这又是易卜生的短处的长处。然而在现代的舞台上对话太多终是令人生厌、令人生倦、睡觉，尤其是咱们中国人不欢喜这类对话太多的剧本。看《群鬼》的观众要用思想，要能耐烦，但是咱们中国的观众在这两方面似乎都难办到。咱们惯于看的是

1. 袁振英：《易卜生传新叙》，载陈惇、刘洪涛编：《现实主义批判——易卜生在中国》，第 157 页，南昌：江西高校出版社，2009 年。

2. 参见李继锋、郭彬、陈立平《袁振英传》，中共东莞市委党史研究室主编，北京：中共党史出版社，2009 年。

拳打脚踢的热闹玩意儿，不费劲不吃力不用思想的把戏。所以《群鬼》虽是伟大，但搬上中国的舞台恐不容易成功。"[1] 这种论述就未免有些盲人摸象的感觉，戏剧的特点正是通过大量对话来展开情节、揭示思想、表现冲突，如果不想对话，那大有别的文学体裁诸如诗歌、小说、文章等可以利用，何必拘泥于戏剧呢？但熊佛西之所以如此批评，主要是考虑到接受的具体语境，因为中国人理解的传统戏曲往往是要更多的"拳打脚踢"的热闹戏份的。这是关于具体的文学创作技巧层面的讨论，我关心更多的还是就戏论戏，内容究竟如何呢？如此，则田汉对《群鬼》的研读和评论可谓精彩。"午前以 William Archer 的英译《群鬼》对 Collville et Zeperin 的法译 Les Revenants 细看，并同时参看日、德诸译，以为研究名作固然，研究外国语也是最有兴味的方法，闻某传教师多以遍读各国文字所译的圣经因通数国语者。"[2] 那代人的外语知识背景真是让人艳羡，从这段表述来看，至少田汉对英、法、德语都是通的，汉语、日语自不必说，所以他能对照多种语言的文本来穷尽一部作品，当然他也不可能对每种语言都十分精通，甚至也仅是作为一种学习外语的方法。[3] 不仅如此，田汉不但在日记中多所记录，而且与郭沫若的讨论也很精彩，其中有相当篇幅就是关于《群鬼》的内容：

> 还有为金钱结婚的，近代剧中，不乏其例，以易卜生剧中尤多，如——
>
> "Ghosts" 剧中的 Alving 夫人，舍其真爱人的穷牧师去嫁一个有钱的军人，弄得后来那么的结果。"Lady From the Sea" 剧中的 Ellida，嫁做一个富裕的医生的继室，营无爱的家庭，再受旧情人的诱惑，其夫悟出 Ellida 的意思，自己放弃他的夫权，任 Ellida 以自己的自由与责任去选择。Ellida 感其夫能爱之以德，遂 Can now live wholly for each other 焉。[4]

这是很具体的讨论戏剧情节和人物了。后面的《海上夫人》不论，就《群鬼》中的 Alving 夫人来说，其"婚姻对象"的选择确实是一个有趣的话题。有时候婚姻选择的确实不仅仅是爱情而已，而是与更多、更复杂的社会因素结合在一起；在理想与现实之间，究竟做何样的选择，其实不仅是一个个体选择问题，而且更是

1. 熊佛西：《论〈群鬼〉——为国立北平艺术学院戏剧系第九次公演作》，载陈惇、刘洪涛编：《现实主义批判——易卜生在中国》，第 131 页，南昌：江西高校出版社，2009 年。

2. 田汉：《蔷薇之路》，载《田汉全集》第 20 卷，第 245 页，石家庄：花山文艺出版社，2000 年。

3. 田汉：《蔷薇之路》，载《田汉全集》第 20 卷，第 245 页，石家庄：花山文艺出版社，2000 年。

4. 田汉：《田汉 1920 年 3 月 29 日致郭沫若信》，载《田汉全集》第 14 卷，第 147 页，石家庄：花山文艺出版社，2000 年。

一个社会生活的"网链点续"的生存实际问题，所谓"世为棋枰、我为棋子"，有时在个体的教育、婚姻乃至职业选择中都表现得非常清楚。这一点在德国小说家冯塔纳的名著《艾菲·布里斯特》中也有同样的表现，艾菲的情爱观与婚姻观完全是割裂开的，正是通过婚姻手段的中介，艾菲的社会地位彻底改变，她不仅有着贵族世家的娘家身份，更有着男爵夫人（Frau von Baronin Innstetten）的显赫头衔；可一旦失去这样的婚姻，她不但一无所有，而且被彻底被抛弃出上层社会。即便是母亲给她来信安慰，也只能承诺接济她的"日常开销用度"，但却拒绝在娘家给她一席安身之地，道理很简单："舆论逼着我们非得对你的事情表明态度不可，对你的行为，对我们如此心爱的独生女儿的行为表示我们的谴责。"[1]

　　田汉对《群鬼》的认知颇有些是借助了日本渠道的，譬如他在日记中就有记录："今日上午读易卜生的《群鬼》。南山正雄君近代剧概说的，叙说中关于《群鬼》有很好的 interpretation。他说：'剧曲总和运命之神相终始，剧曲史上，数百篇的名剧，都不过从各种见界，写出来其人类的罪恶和运命的错综，试把剧曲史上代表的三大家即苏护克雷司（Sophocles）、莎士比亚（Shakespeare）、易卜生（Ibsen）的最有特色的三大悲剧，即《厄第颇斯王》（King Oedipus），《阿岁罗》（Othello），《群鬼》（Gespenster）拿出来想想。这三篇戏的主人公，都不是什么圣人君子，也不是什么巨恶元凶，而都是具有过人的胆力、勇气和感情，在社会上充分可以受人家尊敬的好人。……最后《群鬼》的主人公阿斯华尔德 Oswald Alving 则如何？阿斯华尔德本是一个纯良的少年，徒以受了放荡的父亲之放荡的血，虽有大志，而心智像膜隔了似的，不够运用，同时又为父亲的魔鬼所凭，两为废疾，悲惨地丢了少年的希望，和巴黎的交好归阴郁的北国的故乡。在家里住，又为他的父亲的魔鬼所祟，阴戏他家的美婢，这个美婢非他，实即他父亲生时所宠幸的前婢所生，于少阿斯华尔德异母的姊妹。一个放荡者的父亲，使其子为废疾者不已，还要使其子为乱伦的畜生。'"[2] 应该说，

1. 德文为：weil wir Farbe bekennen und vor aller Welt, ich kann Dir das Wort nicht ersparen, unsere Verurteilung Deines Tuns, des Tuns unseres einzigen und von uns so sehr geliebten Kindes, aussprechen wollen...[Werke: Effi Briest. Fontane: Werke, S. 5620 (vgl. Fontane-RuE Bd. 7, S. 268) http://www.digitale-bibliothek.de/band6.htm] ［德］冯塔纳：《艾菲·布里斯特》，第 327 页，韩世钟译，上海：上海译文出版社，1980 年。

2. 田汉：《蔷薇之路》，载《田汉全集》第 20 卷，第 242—243 页，石家庄：花山文艺出版社，2000 年。

南山正雄的论述是有见地的，将西方三大戏剧家同台并峙，则高下水准立见，而对《群鬼》故事的"乱伦批评"则入木三分、一针见血。

田汉并不人云亦云，而是自有见地，在他看来，"以《厄第颇斯》代表古典主义，以《阿岁罗》代表罗曼主义，则《群鬼》一剧，实近代自然主义剧中最初的标本"[1]。具体评价《群鬼》则认为："阿斯华尔德不过是一个少年失恃的美术学生，而受了他父亲放荡的遗传，遂至心身两方都陷于半腐蚀的状态。医师宣告了他的死，岂止死，比死还要可怕的白痴狂疾，又对他的异母的妹妹求婚而不自知，又卒见弃于其妹，倾家产以建设贫儿救养所，又被火全烧了。最后在那北国的愁空之下，扯着寡母的手，求太阳之光以死，何其惨也。厄第颇斯与阿岁罗临死之时，各对神明谢其违法，悔其悖命。而阿斯华尔德之死，则对于残虐之运命，不问可否，只睁着怀疑之眼。厄第颇斯与阿岁罗无论神也好，运命也好，神明也好，总有可以怨恕咒骂的对象，而阿斯华尔德没有他，只有悲痛的人生之懊恼，他只有无法可施的人类苦！"[2]这段哀叹阿斯华尔德的悲剧命运，将其生命悲惨放置在大自然背景之下，重点强调其宿命之难违，别有一种批评家的文采和思想。虽然生自日本学者的论述，但却又别出新境了。所以田汉有对易卜生戏剧的盖棺论定："易卜生剧之务于人性中求悲剧之动机，实更痛切地，细致地，深刻地追究莎士比亚以来近代人类精神的结果。易卜生剧的形式，实离莎士比亚以来之定型，直溯希腊古剧，而复活其简约的三一制式者。世人说易卜生剧的序幕，即从普通剧的序幕出发的，就是这个道理。《群鬼》三幕，仅示一夜之中时间之经过。场面也是一样的，事件也不过某数时间中所出的事情。从序幕到终幕之能始终保持一种暗淡的气色者，就是应用三一制式的效果。悲剧的动机，都准备于序幕之前，但一引火，便随时爆发。不像阿岁罗中的从女主人公起悠悠写去，前后情节，瞭于贯珠。日本的歌舞伎剧不待论。就是号称新派剧的，也依然仍传奇体事件逐叙式的旧贯，这可以证明日本的戏比西洋要迟半世纪。易卜生之作《群鬼》在一八八一年，距今正是四十年前哩！"[3]这就是上下贯通、左右逢源的好处了，既能将其放置在西方戏剧史的纵轴之中，又能借助东西联通的日本维度进行比较，则易卜生戏剧的长短自然都在胸中了。

1. 田汉：《蔷薇之路》，载《田汉全集》第20卷，第244页，石家庄：花山文艺出版社，2000年。

2. 田汉：《蔷薇之路》，载《田汉全集》第20卷，第244页，石家庄：花山文艺出版社，2000年。

3. 田汉：《蔷薇之路》，载《田汉全集》第20卷，第244—245页，石家庄：花山文艺出版社，2000年。

不过，相比较诸家蜂拥的"高下议论"，我倒是更愿借助这部戏剧的名字来展现一种有趣的文学史景观，即所谓的"群鬼乱舞"。也就是说，体现出一种更接近于历史原生状态的元气淋漓。我们要追问的自然还是，为什么是易卜生，而不是席勒，或者莎士比亚，甚或不是斯特林堡，成为了现代中国的戏剧典范，或者说"中国话剧之父"[1]？实事求是地说，就戏剧成就来说，易卜生虽别立范式，但仍不可与开创出"莎剧世界"与"史诗气象"的席勒戏剧相提并论，因为其间仍有距离。这主要恐怕还是由作家本人的生性气质、知识结构和自我选择等各方面因素所决定的，易卜生虽然是大家，但毕竟偏处北欧，虽然有心创辟，但却无力大举。所以，就其整体的文学和思想格局来说，仍未免稍逊一筹。但时代所需要的是立竿见影的轰轰烈烈，时代前进的车轮滚滚而来，它容不得知识者还是以一种躲进小楼的姿态静心细思、打磨切磋，这或许就是剧烈前行时代与真正求知者之间不可弥补的鸿沟困惑。但任何一个时代，任何一种文体，也都不可能真地超越所处的具体语境而发展成长。

易卜生类型，在多大意义上可以成立，又在多大程度上可以成为一种具有规训意义的"范式"呢？我说的不仅是在戏剧史、文学史领域的典范树立，而且也是在文化史、思想史领域的"诗思典型"。无疑，物质位移是一个非常重要的前提条件，易卜生及其文学作品的东渐过程，其实不仅是一种文本或作家的接受而已，这涉及到文学史、交流史、传播史、翻译史等诸多学域，需要有一种跨域视野的自觉体验。

翻译史视角的引入非常必要，因为舍却文字的具体转换过程，则具体而微的文化侨易过程无从呈现和展开。而在易卜生汉译史中，一个相当典型的现象就是转译，即往往通过英语转译，但其与由日语转译西书不同的是，这主要在于挪威语识者甚少，故限于译者之力，不得不转借它途。有论者称其为"接力式翻译"（Relay Translation）并批评其问题[2]，但在我看来，事物总有其两面性，这种多重语境和文化的渗透性，也很有可能给思想之变化和创发提供可能。

郭沫若的好处是兼收并蓄，气象开阔，他能在众多不同的领域都做出开创

1. 转引自石琴娥：《易卜生在中国的百年遭遇》，载刘明厚主编：《不朽的易卜生——百年易卜生中国国际研讨会论文集》，第 40 页，北京：中国戏剧出版社，2008 年。

2. Wang Ning: *Chinese Translations of Henrik Ibsen*, in *Perspectives: Studies in Tranlatology*. Volume 9:3(2001), Mulitingual Matter Ltd.

性的事业，确实有天分不凡之处；尤其是他是属于天才型的创造性人物，这无论是在学术领域还是文学领域都是，但始终不能达到"会当凌绝顶"的最高境界，其原因何在，值得深入追问。就学术而论，陈寅恪与他可谓同代人，即便郭沫若在 1950 年代以后携有政治权力的绝对资源，但其气象终究远无法与陈氏相提并论，一种道德人格的力量在任何时候都是"高山仰止景行行止"。就文学创作论，郭沫若在戏剧领域也可算是别出手眼，有所创辟，可他过于陷入到一种奔忙追逐的状态中去，所以就难免显得粗糙而精度不够，这对艺术创造来说往往是致命的；在诗歌领域里，他早年的《女神》是何等的气势磅礴、气吞日月？可他在后来的日子里已经很难寻到当初的诗人感觉，1950 年代以后的诗已经不复为诗。这当然也不是他一个人的问题，后来者如冯至，即便是当年被称为"中国最杰出的抒情诗人"，也同样写出了如《蚕马》等极为优秀和范式意义的现代叙事诗，但最后也有《西郊集》等很不成功的作品[1]，甚至诗人本身都引以为羞。但我们会说，看到一个人的弱点是很正常的，因为没有任何人是天生圣贤、终身无过。可即便如此，我也不希望因人废言，低估了郭沫若在具体领域的实质性贡献，譬如这里要提到的女性剧。

　　虽然鲁迅批评胡适的"浅薄"，但就女性观而言，胡适倒确实是代表了现代中国的一种整体性潮流的，对错且勿论，但就思想倾向来说，显然是有道理的。如果说，胡适更侧重于在理论上阐发的话，实事求是说虽然胡适也是新文学的开创者之一，但他的文学水平确实有限；这和郭沫若是无法相提并论的。论创作的实绩，确实应推郭沫若的横空出世。就女性观来说，郭沫若则代表了另一种完全不同的路径，他曾为著名的娜拉出走给出了一个答案，也就是在胡、鲁争论之外，提供了一条思路。他问："《娜拉》一剧是仅在娜拉离开了家庭而落幕的，因此便剩下了一个问题，娜拉究竟往那里去？"他接着就自问自答："关于这个问题的答案，易卜生并没有写出什么。但我们的先烈秋瑾是用生活来替他写出了。"[2]他接着详叙秋瑾生平革命志业的壮烈，末了总结道："脱离了玩偶家庭的娜拉，究竟该往何处去？求得应分的学识与技能以谋生活的独立，在社会的总解放中争

1. 冯至：《吹箫人的故事》、《蚕马》，载《冯至全集》第 1 卷，第 87—95、104—110 页，石家庄：河北教育出版社，1999 年；

冯至：《西郊集》，载《冯至全集》第 2 卷，石家庄：河北教育出版社，1999 年。

2. 郭沫若：《娜拉的答案》（1942 年），载陈惇、刘洪涛编《现实主义批判——易卜生在中国》，第 60 页，南昌：江西高校出版社，2009 年。

取妇女自身的解放；在社会的总解放中担负妇女应负的任务；为完成这些任务不惜以自己的生命作牺牲——这些便是正确的答案。"[1]

田汉因了瑞典女性思想家爱莲·凯（Key, Ellen, 1849—1926）的话说："Go your way, we go ours. 瑞典女思想家 Ellen Key 的自由离婚论，说到这件事，非常透彻，她是主张'灵肉一致的结婚'的。她以为精神的要求与感觉的要求是不能分离的，即反对官能主义的'自由恋爱'（Free love），又反对禁欲主义的'清纯恋爱'（Pure love），而归结到以恋爱之有无，判结婚之道德不道德。"[2]在这里，我可以看到无论是北欧背景，还是女性思想，都是得到中国现代知识精英的关注的。

鲁迅有时很是幽默，幽默中其实穿插着很多西典。譬如这段话关乎 1925 年的一次学潮，他说："我之所以不到场者，并非遵了胡适教授的指示在研究室里用功，也不是从了江绍原教授的忠告在推敲作品，更不是依着易卜生博士的遗训正在'救出自己'；惭愧我全没有做那些大工作，从实招供起来，不过是整天躺在窗下的床上而已。为什么呢？曰：生些小病，非有他也。"[3]这里提到了胡适，也提到了易卜生。其实用典应是易卜生的一封致勃兰兑斯的信："有的时候我真觉得全世界都像海上撞沉了船，最要紧的还是救出自己。"[4]而恰恰胡适引用了这句话，他是这么说的：

> 易卜生说的好：
>
> 真正的个人主义在于把你自己这块材料铸造成个东西。
>
> 他又说：
>
> 有时候，我觉得这个世界就好像大海上翻了船，最要紧的是救出我自己。
>
> 在这个高唱国家主义的时期，我们要很诚恳的指出：易卜生说的"真正的个人主义"正是到国家主义的唯一大路。救国需从救出你自己下手！[5]

胡、鲁之争即使在这样一种文本互证的过程中也是静悄悄地展开着。不过鲁迅

1. 郭沫若：《娜拉的答案》（1942 年），载陈惇、刘洪涛编：《现实主义批判——易卜生在中国》，第 62 页，南昌：江西高校出版社，2009 年。

2. 田汉：《田汉 1920 年 2 月 18 日致郭沫若信》，载《田汉全集》第 14 卷，第 132 页，石家庄：花山文艺出版社，2000 年。

3. 鲁迅：《从胡须说到牙齿》（1925 年），载《鲁迅全集》第 1 卷，第 262 页，北京：人民文学出版社，2005 年。

4. 鲁迅：《从胡须说到牙齿》（1925 年），载《鲁迅全集》第 1 卷，第 270 页注释 27，北京：人民文学出版社，2005 年。

5. 胡适：《爱国运动与求学》（1925 年），载《胡适文集》第 4 卷，第 630 页，欧阳哲生编，北京：北京大学出版社，1998 年。

还是深懂战斗的艺术和技巧的，他一般是不会"赤膊上阵"的硬拼，而是语意双关的话外有话。易卜生曾在致勃兰兑斯的信中说："你说你在家乡没有朋友。这也正是我想了很久的一个问题。任何一个像你这样把自己跟终生事业紧密结合在一起的人，是不能指望维持一些朋友的。不过我相信，你出国时没有把朋友留在家里的顾虑，这反倒是一件好事。朋友是一种很昂贵的奢侈品；当一个人的全部资本都投入到毕生的事业和使命中时，他是无力维持朋友的。维持朋友的代价不在于你要为他们做什么，而是你要出于为他们考虑，克制自己不要去做什么。结果就是你的智力和精神上的发展都会受到阻碍。"[1] 在这里，易卜生其时揭示出知识精英在默默创造过程中必须要付出的生命代价，不仅是一种持续努力的个体奉献，更可能需要去牺牲那些世俗的幸福，譬如朋友的维持。

二、 中国现代戏剧建立的背景与外来因素：洪深、田汉与欧阳予倩的易卜生因缘[2]

　　一般认为中国话剧有三位杰出奠基者，即：洪深、田汉与欧阳予倩[3]。这其中除洪深兼有留美背景之外，清一色都属留日学人。日本背景的凸显，表现出现代中国发展过程中西学东渐的重要中介，即通过先发国家日本而接受西学路径和具体范式；这一点，表现在中国现代文学的发生过程中亦不例外[4]。

　　洪深（1894—1955）就明确承认："受易卜生影响甚大的我们——在写剧的诸方面，从目的内容到技术，都曾向易卜生学习。"[5] 美国语境里的易卜生影响毫无疑义，这一点只要看看胡适的推崇就可以了。洪深留美长达六年（1916—1922 年），他在清华学校毕业后，先后入俄

1.《易卜生致勃兰兑斯信（德累斯顿，1870 年 3 月 6 日）》，载 [挪威] 易卜生：《易卜生书信演讲集》，第 87 页，汪余礼等译，北京：人民文学出版社，2012 年。

2. 参见王林、杨国良：《论田汉早期的外国文学接受与译介》，载《中国比较文学》2003 年第 2 期，第 126–137 页；何建良：《田汉与外国戏剧》，载《燕山大学学报》（哲学社会科学版）第 10 卷第 4 期，第 9–12 页，2009 年 12 月。

3. "中国话剧有三位杰出的开山祖，这就是欧阳予倩、洪深和田汉。"夏衍：《序》，载欧阳予倩：《欧阳予倩全集》第 1 卷，第 1 页，上海：上海文艺出版社，1990 年。

4. 参见李怡：《日本体验与中国现代文学的发生》，北京：北京大学出版社，2009 年。

5. 洪深：《论者谓易卜生非思想家》原载《文讯》，1948 年 11 月第 9 卷第 1 期。转引自范伯群、朱栋霖主编：《中外文学比较史 1898–1949》上册，第 247 页，南京：江苏教育出版社，1993 年。

亥俄州立大学、哈佛大学、波士顿声音表现学校、考柏莱剧院附设戏剧学校等学习，结业后又到纽约参加职业剧团演出。可以说对美国的戏剧教育，从学理到实践都有非常切身的体验，而间接接受易卜生影响，自然也在意料之中。田汉就更不用说，易卜生简直就是他的偶像，曾信誓旦旦地表态要做"An budding Ibsen in China"（一个在中国初露头角的易卜生）[1]；即便是欧阳予倩，他在这三人中貌似与外来因素最远，而体现传统因子最浓，也提到过在春柳社期间曾上演《娜拉》。[2]

　　值得推究的则是欧阳予倩与田汉，他们都是留日背景。田汉（1898—1968）的文化史意义更为凸显，因其青年时参加少年中国学会就已成为时代风云人物之一[3]；同样，他与郭沫若、宗白华书信通讯的合集《三叶集》更成为一时名作。而欧阳予倩（1889—1962）则是一个值得关注的人物，他是早期的春柳社成员，堪称中国现代话剧的创始人之一，说来当属前辈。

　　在这里，我们要特别提及的是一种场域空间的变形维度，即除了现实场域，以权力直接碰撞为中心之外，还有看不见的精神场域，在这里不是表现为人与人、人与机构、载体之间的直接关系，而是散布在各种非物器承载层面的虚拟意象之中。这是一种连环场域，从具体偏重物器层面的文学场域，到抽象的精神层面的思想场域，它是有连接关系的。具体到中心环节，它也可能是一种多点中心，而未必仅是我们聚焦的单点中心。一方面，是一种可能线性的"理论旅行"路径。[4]譬如就外来资源来说，至少就新文化运动（广义概念）来看，像歌德、易卜生、尼采、弗洛伊德等就都发生了非常重要的作用。对接受主体来看，则中国现代文学的一流大家，如鲁迅、郭沫若、茅盾等人都同时与多个外国作家（有重要资源关系的）发生关系，当然更广泛地说则巴金、老舍、曹禺等也概莫能外。甚至再进一步发散开去，名单范围还可以不断扩大，他们都不可避免地与外国文学（外国作家）发生了剪不断理还乱的关系，而这种关系显然不是单向度的，而是立体交叉的。举例来说，鲁迅就和歌德、

1. 田汉：《田汉1920年3月29日致郭沫若信》，载《田汉全集》第14卷，第136页，石家庄：花山文艺出版社，2000年。

2. 欧阳予倩：《自我演戏以来》，载《欧阳予倩全集》第6卷，第50页，上海：上海文艺出版社，1990年。

3. 参见董健：《田汉传》，北京：十月文艺出版社，1996年。

4. "某一观念或者理论，由于从此时此地向彼时彼地的运动，它的说服力是有所增强呢，还是有所减弱，以及某一历史时期和民族文化中的一种理论，在另一历史时期或者境域中是否会变得截然不同。观念和理论从一种文化向另一种文化转移的情形特别值得玩味。"Said, Edward Waefie: The World, the Text, and the Critic. Cambridge, Mass.: Harvard University Press, 1983. p.226. [美]爱德华·W.萨义德：《世界文本批评家》，第400页，李自修译，北京：生活·读书·新知三联书店，2009年。

易卜生、尼采、弗洛伊德都发生较为密切的关系；而郭沫若也对歌德、惠特曼、雪莱、泰戈尔等别有兴味；而茅盾则与左拉、托尔斯泰、歌德乃至北欧神话等发生关联。这其中，我们会发现歌德是一个中心点，无论是他的维特、浮士德抑或自身的巨像，都光辉夺目、含义无穷，甚至都对大家人物发生过关键性作用。当然可能不仅是歌德，譬如易卜生，他也起到这样的功用，可能未必都是那么具体，但他形成了一种巨大的势力，他成为一种公认的象征性符号，这个作用也是不同的。当然具体来说，他是否深入到每个大家的思想深层，这另当别论。所以我们在这种场域立体、多点共生的情况下，也会区分其具体作用的效用维度的不同。另外就是多点发散、群集交错，即事物发展不是单线、单向度的，而是多元、多线、多维度，甚至立体交叉、多重博弈的。如果将关注的规模放置到整个世界文学，就是现代中国的外国文学在场领域，我们会发现十分复杂，当然它是基本事实。但在具体研究中，我们可以相对聚焦，划定一定可操作的规模，譬如以上我提的歌德、易卜生、尼采、弗洛伊德等人就是日耳曼文化圈里的人物，可以相对自成一个谱系。这里涉及到一个"消解主体"的问题，就是我们在考察现代中国语境的时候，一方面要能够不忘"吾国与吾民"的本土情怀，但另一方面又不能仅限于此，要勇于突破，追求一种世界胸怀。所以就必须继续追问，追问文学之道何在。是否有一种内在规律性的东西可能被我们把握住。

　　具体到中国话剧这样一个相对较小的领域，我们选择这三位重要人物，洪深、田汉与欧阳予倩，他们在这样一个网络谱系下究竟可以起到什么作用？可以给我们提供一种什么样的景观？其实我选择他们还有一个用意，就是相对不是那么鼎鼎大名的核心人物，他们会扮演怎样的角色？因为在中国文学史和戏剧史上，他们虽然都很重要，但较之郭沫若、曹禺等还是相对居后的一批人物。他们同样受到外来影响，那么这种影响是如何体现的？

　　拿田汉来说，他家在湖南长沙东乡锦绣镇，田家塅，茅坪；务农为业[1]。因了三舅父易象（梅园，生卒年待考）的关系而能有机会读书，并且日后负笈东渡[2]；而他当时的恋人，正是表妹易漱渝。他在 1916—1922 年期间负笈留日，

1. 田汉：《自传》，载《田汉全集》第 20 卷，第 513 页，石家庄：花山文艺出版社，2000 年。

2. 易象是前清末科秀才，与林伯渠（1886—1960）是好友。见田汉：《自传》，载《田汉全集》第 20 卷，第 514 页，石家庄：花山文艺出版社，2000 年。关于易象其人，参见田汉：《关于易象》，载《田汉全集》第 20 卷，第 564—566 页，石家庄：花山文艺出版社，2000 年。

不仅入学读书，而且社会活动频繁，其中与日本作家的交往自不待言：

> 在高师英文科的几年，我还是不肯按部就班地用功，而是涉猎各种文艺历史书籍，也交往了一些日本文人，厨村白树之外也认识谷崎润一郎、佐藤春夫等唯美派、恶魔派作家。也交往一些社会主义者如山川均。我们还曾组织过叫"可思母俱乐部"（Cosmo club）的国际性的小会。我是朝鲜人全无为介绍的，中国人中杨麦和我之外，后来才知还有彭湃同志。这样我马上被日本特务所注意，行动被跟踪。但这个小会开了一两次没有继续下去。[1]

但他所涉猎的外国文学范围可远不止上述，"像许多日本的文学青年一样爱诵波德莱尔、爱伦·坡、魏尔伦一流的作品"[2]。范围还不仅如此，"在东京的某一阶段，我几乎走上了唯美主义、颓废主义歧途……而又在搞王尔德、爱伦坡、波德莱尔的同时，我爱上了赫尔岑、托尔斯泰等文学巨匠，因而在迷途未远的时候我就折回来了"[3]。由此可见那代人涉猎文学对象之驳杂，更有趣的是，田汉虽然以易卜生为典范的，但又不仅于此，他还有着要做席勒的理想，所以与郭沫若相互期勉，要成为中国的席勒、歌德[4]。但如果深入分析之，以戏剧家为理想的田汉，其潜意识中似乎对典范选择是有疑惑的。其实也是给我们提出了一个问题，戏剧家理想究竟该是易卜生抑或席勒？这似乎不是一个问题的问题，但在田汉那里，其实或多或少在潜意识里是存在的。要不然，他不会说自己想做中国的易卜生是一种"偕安"[5]。

　　如果说在田汉那里，更多的是表现为外来文学因素的意象纷呈、多元博弈状态的话；那么，在欧阳予倩那里，似乎传统因素

1. 田汉：《自传》，载《田汉全集》第 20 卷，第 516 页，石家庄：花山文艺出版社，2000 年。

2. 田汉：《我怎样走上党的文学道路》，载《文学书籍评论丛刊》1959 年第 5 期。此处引自郭素：《田汉对王尔德唯美主义的接受及其演变》第 3 页，武汉：华中科技大学中国现当代文学硕士论文，2008 年。

3. 田汉：《我怎样走上党的文学道路》，载《文学书籍评论丛刊》1959 年第 5 期。此处引自郭素《田汉对王尔德唯美主义的接受及其演变》第 3 页，武汉：华中科技大学中国现当代文学硕士论文，2008 年。

4. 田汉在留日时代到福冈访郭沫若，郭沫若引他游太宰府，二者游行甚浓，乃仿歌德、席勒铜像携手而立，郭沫若有诗记云：写真师！写真师！／我们在寻你！我们在寻你！／歌德也在这儿，席勒也在这儿！／你替她们造铸的铜像在哪儿？／我的诗，你的诗，／便是我们的铜像，便是宇宙底写真师！转引自秦川：《中国的席勒与歌德——田汉与郭沫若半世纪交往（上）》，载《郭沫若学刊》1997 年第 4 期，第 81 页。

5. 田汉：《田汉 1920 年 3 月 29 日致郭沫若信》，载《田汉全集》第 14 卷，第 136 页，石家庄：花山文艺出版社，2000 年。

扮演的角色更重一些[1]，譬如他就这样回忆自己的教育经验：

> 每天限定的功课，就是读旧书，作骈文；四不像的打油诗，一抓
> 就是一首，可是随做随弃，从来没有留过稿子。我起初欢喜读陶诗，
> 以后就欢喜读谢灵运的诗。那时候《文选》很熟，只不喜欢三都两京
> 那些赋。建安七子和庾信徐陵，常常在嘴边带着，国朝骈体文钞，也
> 尝置诸左右。唐诗比较韩、杜读得多些，和李青莲的关系却很浅。宋
> 诗和明七子的诗也略为涉猎过一下。我很想作个诗人，可是无论如何
> 敌不过爱好戏剧之心，因此就放下了诗又去读词，常和我的妹妹、我
> 妻韵秋比着记诵。可是那时候韵秋专爱读《老子》和《庄子》，我就
> 拿《淮南子》、《列子》、《管子》去和她抵抗。我祖父本是船山学者，
> 他教我读经，又说掌故非知道不可，于是我便去追求王船山，看些《四
> 书训义》、《读通鉴论》之类；掌故方面又胡乱翻一阵《东华录》、《石
> 渠余记》之类的书。我读书的才能很差，用功又太杂，从来没有过系统：
> 一边哼着《玉茗堂四梦》，一边谈着《宋明学案》；一边读《管子》、
> 《商君书》，一边又背诵《石头记》；结果一无所得，一无所成。[2]

毕竟，欧阳予倩比田汉要年长近十岁。不要小看这将近十年的差距，因为他们
所处的时代语境和教育制度变革期也正是不太一样的。可即便是如此有差异的
前知识结构，最后在他们遭遇外来强势文学之后，其结果竟大同小异。春柳社
是中国留日学生组织的文艺研究团体，主要从事演剧活动而成为中国早期话剧
创始时的重要组织，1906 年冬成立于东京。创始人是李叔同和曾孝谷，而欧阳
予倩、吴我尊、黄喃喃、陆镜若等人都为骨干。在谈到春柳社的转型时，欧阳
予倩这样说："恰好遇着巴黎的古董生意不好，静江也没有多少钱借垫出来，
逼得不能不想卖些钱维持现状。当时《空谷兰》之类最是卖钱，我们便演《迦
茵小传》、《红礁画桨》一类的东西，究竟所谓穿插太少，终嫌冷淡。《红楼梦》
的戏虽比较多些，又不能长演。至于《复活》、《娜拉》一类的作品格外不行。
到了罗掘俱穷，便只好步人家后尘，去请教通俗的弹词、小说，以为家喻户晓

1. 当然如此立论，并不
是说田汉的传统文化因素
就不强，他早年也曾入私
塾读书，先后入长沙选升
学堂、修业中学、师范学
校等求学。参见《田汉
年表简编》，载田汉：
《田汉全集》第 20 卷，
第 585—587 页，石家庄：
花山文艺出版社，2000 年。
这一点我们看看田汉的自
传也可以感受到，他的教
育印象深刻者应是在走出
家门之后的，参见田汉：
《自传》，载《田汉全集》
第 20 卷，第 513—515 页，
石家庄：花山文艺出版社，
2000 年。

2. 欧阳予倩：《自我演
戏以来》，载《欧阳予倩
全集》第 6 卷，第 23 页，
上海：上海文艺出版社，
1990 年。

的东西可以投人的嗜好，于是《天雨花》、《凤双飞》都如此这般弄上台去。结果从前的观众裹足不前，而普通的观众没有新的认识也不肯光顾。到后来想恢复'庄严面孔'来不及，而胡闹又不能彻底，内部遂不期面呈解体的现象，闲话和吵嘴都在不免之列了。"[1] 显然这里说明春柳社是获得留法的张静江的资助的，而其金额则与其通运公司的生意状况有关系。不过欧阳予倩自己对易卜生的东西确实是感兴趣的，他甚至改译过《娜拉》[2]。之所以与外国文学，包括如易卜生产生比较亲近的关系，那也是因为作为主事者必须考虑通盘运作的可能性，按照欧阳予倩的说法："我不愿意我们的学生什么都不懂，所以买了许多新杂志和新小说等奖励他们看，如《新青年》、《新潮》、《建设》等等都抽空去讲解些。可是徒劳了，学生的年龄太小，知识太幼稚，没有办法。加之那班教戏的先生，一天到晚都是勉励他们赶快学出来好拿大包银。这种种话比我所说的什么话都有力量。"[3]

但显然，欧阳予倩对易卜生的接受远没有田汉那么强烈；即便是田汉，他虽然有过面对席勒、易卜生时的典范彷徨，但随着时代的发展，则更多地将这种理想情怀服从于现实斗争的需要了，因为从根本上他选择了政治人或革命人的道路，按照他自己的回忆："这个时候南国社已经是左翼剧联的成员，我也参加了革命。我有很多非无产阶级思想。不但是沙俄时代那些资产阶级民主主义者的影响，其中最大的是托尔斯泰的影响。还有日本恶魔派作家谷崎润一郎的影响。厨村白树的那一套精神分析和松浦一的唯心主义，也分别给了我影响。我常常是兼收并蓄，东偏西倒。虽则也涉猎过一些无产阶级文艺理论，但当时的日本马克思主义也还在幼稚阶段，还在把辩证唯物主义当作创作方法，对我的影响远不及前面那些人来得具体。回国之后虽则还是彷徨摸索，但因国内文艺界各团体间正展开激烈争论，我没有怎么参加理论斗争，但从鲁迅的许多战斗性和指导性很强的文章还是得到一些教育。"[4] 文学的艺术的罗曼蒂克的时代对这代人来说终究是要遁入历史的烟尘的了，而谈到易卜生在中国的真正影响力和硕果结出，则必须等下一位天才横出的戏剧家的出现——曹禺！

1. 欧阳予倩：《自我演戏以来》，载《欧阳予倩全集》第6卷，第50页，上海：上海文艺出版社，1990年。

2. 挪威易卜生原作《傀儡之家庭（戏剧协社剧本）》，欧阳予倩改译，载《国闻周报》第2卷第14期，第33-47页，第15、16期，1925年。参见沈雁冰：《谭谭〈傀儡之家〉》，载陈惇、刘洪涛编：《现实主义批判——易卜生在中国》，第117页，南昌：江西高校出版社，2009年。

3. 欧阳予倩：《自我演戏以来》，载《欧阳予倩全集》第6卷，第87页，上海：上海文艺出版社，1990年。

4. 田汉：《自传》，载《田汉全集》第20卷，第522页，石家庄：花山文艺出版社，2000年。

三、 曹禺的天才出现

——以易卜生的影响为中心

就中国现代戏剧史发展而言，则余上沅（1897—1970）、熊佛西都是在实践领域特别值得关注的人物，二者均有留美背景，甚至都曾就学于哥伦比亚大学。余上沅立意相当不俗，他曾批评其时中国的易卜生接受过于现实："拿功利和效用的眼光去看艺术品，那是对艺术没有相当的品味的表征。艺术的可贵，却正是因为它能够超越功利和效用之上……因此往往以描写人生批评人生内容为内容的戏剧，遂不知不觉的引诱了多少人去钻那支功利和效用的牛角。近代大戏剧家易卜生，便是这样遭受厄运的一个。"[1] 而其可贵更在于能努力从人物表象、寻常叙述之外去探究其艺术底里：

> 易卜生创造的人物没有一个是浪漫的男女英雄，他们却都是形形色色的普通一般人，他剧中所描写的生活自然也是日常实际生活，背景也是起居室一类的日常经见的环境。极平凡的人，在极平凡的环境里，说极平凡的话，做极平凡的事；然而在这极平凡的背后，易卜生却指点出一个也许是极不平凡的意象来，这是艺术家点石成金的大手腕。[2]

能够看出这种艺术高超手段的，不是具有戏剧天分或高明的鉴赏力者不能，所以我们看到余上沅的评论，是很有其自身艺术立场的洞察透彻之言，所以能有异代异国知音之感，起易卜生于天下，当有高山流水遇知音之快意。当然，余上沅的艺术批评还只是小试牛刀，真正具有天才和创造力的，那还是要推曹禺。

或许，也只有曹禺（1910—1996）的天才，才能更好地注释易卜生范式的意义。曹禺不是中国现代戏剧奠基的那代人，他属于后起一代，与郭沫若等相比正各可作为 1890 年代、1910 年代的代表。他甚至也不具备很好的知识资源和自身学力准备，譬如在留学这个环节上他是缺失的，但这似乎并未妨碍他在戏剧创作领域别出手眼、一鸣惊人。曹禺对易卜生的接近[3]，应当归功于中国现代教育史的成绩，

1. 余上沅：《易卜生的译述》，载《新月》第 1 卷第 3 期，第 1 页，1928 年。

2. 余上沅：《易卜生的译述》，载《新月》第 1 卷第 3 期，第 12 页，1928 年。

3. 关于曹禺和易卜生的接受关系，参见王素珍：《论易卜生对曹禺戏剧观的影响》，载《中州学刊》2008 年第 5 期，第 260—262 页。王龙阳：《浅谈曹禺对现实主义戏剧的民族化——以〈雷雨〉和易卜生的〈群鬼〉为例》，载《东京文学》2012 年第 1 期，第 21—22 页。

正是在南开中学和清华大学,其外国文学尤其是戏剧知识,得到了充分的培养,对中外译作阅读数量甚大[1]。曹禺以戏剧实践的形式接触到了易卜生这个伟大的剧作家,《玩偶之家》、《人民公敌》之类的演剧他都曾参与演出。这样一种戏剧实践经验,与完全从书本得来印象的"纸上谈兵",显然不同。

当初在南开,张彭春(1892—1957)居然慷慨地送了一套英文版的《易卜生全集》给学生,这可真是让曹禺喜出望外。即学见用,曹禺这样回忆:"我是咬着牙把《易卜生全集》读完的。读完以后,我身心愉快极了,好像步入了戏剧的海洋,啊!话剧艺术原来有这么许多表现方法,人物可以那样真实,又那样复杂;那么多不同类型的男女人物,塑造得个个栩栩如生。表现方法又是那么灵活多样,明喻、暗喻、象征,各种手法运用自如。"[2]不仅如此,"读他的剧作,使人感到妙趣横生。还有他的构思是那么精美巧妙,结构是那么精细严谨,这些都使我迷恋忘返。尤其是他的简洁,简直到了无可挑剔的地步,没有任何多余的与戏剧冲突无关的笔墨。真是大开了眼界!这些为我后来从事戏剧创作奠定了艺术基础。"[3]他还说,"易卜生的思想对我影响也不小。我曾演过他的《国民公敌》,医生有这么一句话,给我印象很深很深。他说'最孤立的人是最强的人'。他赞成孤立,宁愿在保守派的大多数面前孤立,我就受这种思想影响。"[4]从这段描述中,我们不难看出,易卜生对曹禺的影响确实非同小可,而且不仅是在技巧、故事、语言或结构等具体作品层面的"庖丁解牛",更是在思想层面的接受影响,这是能洞穿表象而直指本质的。剧中人物的语言就不再是简单的对话和交流的工具,而更多承载了文化和思想的表达功能,其实通过这些大艺术家加工后的语言,其哲理深思有时并不弱于哲学家的体系建构;在某些一针见血的艺术凝练方面甚至有过之而无不及。

当然,曹禺对外国文学的接受显然不是一个易卜生所能涵盖的,对这一点我们要有清醒认知,因为在个体思想版图中也形成了一个"大脑世界",其中各类知识资源杂处相交,彼此关系也甚为复杂,或对抗,或交融,或博弈,或游戏,必须仔细辨析对待。总体来看,曹禺接受的戏剧资源是多方面的、多元

1. 田本相:《曹禺传》,第122页,北京:十月文艺出版社,1988年。

2. 田本相、刘一军:《曹禺访谈录》:第17页,天津:百花文艺出版社,2010年。

3. 田本相、刘一军:《曹禺访谈录》:第17页,天津:百花文艺出版社,2010年。

4. 田本相、刘一军:《曹禺访谈录》:第17页,天津:百花文艺出版社,2010年。

的，不是个别的、单线的、简一的。就以其天才之作《雷雨》为例，其运用的知识资源就至少借鉴了古希腊悲剧（偏重命运）、莎士比亚戏剧（偏重性格）、易卜生戏剧（偏重社会）等不同的因素，当然还不用说俄国戏剧家亚历山大·尼古拉耶维奇·奥斯特洛夫斯基那部近乎同名的《大雷雨》（The Thunderstorm），正是对这些不同的戏剧资源的交融并用，使得曹禺能左右逢源、别出手眼。尽管如此，就曹禺的创作与思想发展来看，易卜生的"核心作用"则仍应强调，包括上述提到的《雷雨》和《日出》，虽然也夹杂着其它外来影响的因子，但其主要成分仍是易卜生的范式效用。按照曹禺的自白："外国剧作家对我的创作影响较多的，头一个是易卜生。"[1] 这是一种在比较中的判断，即便是有众多的外国戏剧家东渐中国，但曹禺的师法对象主要是易卜生。那么，易卜生戏剧究竟在哪些方面会对曹禺有如此深刻的吸引力呢？"我开始时对戏剧及戏剧创作产生的兴趣、感情，应该说，是受了易卜生不小的影响。"不仅如此，"中学时代，我就读遍了易卜生的剧作。我为他的剧作谨严的结构，朴素而精炼的语言，以及他对资本主义社会现实所发生的锐利的疑问所吸引。"[2] 这或许可以见出曹禺选择性吸收的强势主体地位，他是对易卜生的故事和思想都有很深刻的认知和理解的，所以甚至会"男扮女装"去亲身感受一下扮演局中人的感觉，曹禺之女回忆称："爸爸在挪威现实主义剧作家易卜生的名剧《娜拉》（《玩偶之家》）中扮演女主角娜拉。剧中娜拉背着丈夫准备离家出走，爸爸演这段戏，一个人在台上又说，又歌唱，又跳舞，把她在丈夫面前慌乱、复杂的心情，演得精彩极了。"[3] 这里当然说的是在南开读中学时候的曹禺"粉墨登场"的有趣经历。这也得到曹禺自己的印证，他对自己的亲身实践印象最为深刻："我至今还清楚地记得，早在本世纪二十年代，当我还是中学生的时候，学校里就曾演出过易卜生的名著《玩偶之家》。还记得，当年我们演出易卜生的另一部名著《国民公敌》曾被当时的反动军阀压制过。"[4] 所以，我们不仅可以清楚地看到曹禺当初的热情朝气，也可以约略体会当时历史社会场域中的阻力重重。

1. 曹禺：《和剧作家们谈读书和写作——在中青年话剧作者读书会上的讲话》，载《剧本》1982年第10期，第2—13页，此处第4页。

2. 曹禺：《纪念易卜生诞辰一百五十周年》，载《人民日报》1978年3月21日第5版。

3. 万黛、万昭：《珍爱与痛惜——纪念父亲曹禺百年诞辰》，见 http://wen.org.cn/modules/article/view.article.php?2688/c2，下载于2013年2月21日。

4. 曹禺：《纪念易卜生诞辰一百五十周年》，载《人民日报》1978年3月21日第5版。

对于曹禺这样一个在文学史上具有重要意义的作家，简单地夸大他与某个作家的影响或关系都是不合适的。或许值得提出的问题是，就西剧东渐而言，即便将目光局限于现代戏剧部分，也有着若干在西方戏剧史上具有极为关键性的人物，多者不提，至少莎士比亚与席勒是不能逃过的。那么，曹禺对他们的接受如何，又是在怎样的比较框架下来认知和接受易卜生的呢？

席勒与易卜生的生存年代虽然相差不到一个世纪，但所面临的问题和表述的方式却已有了极为重大的变化。作为戏剧史甚至文化史上的范式归类，"莎士比亚式"与"席勒式"被明白地贴上标签，成为戏剧乃至文学创作中的两种不同方向，来源于马克思对拉萨尔戏剧创作倾向的批评："你的最大缺点就是席勒式地把个人变成时代精神的单纯的传声筒。"[1] 我曾试图略作纠偏，即认为不宜"过犹不及"，莎士比亚与席勒同为戏剧史上的巨人，莎翁艺术的精妙绝伦自不待言："莎士比亚的戏剧宛如一只精美的百宝箱；在这箱子里，世界历史就像用一根看不见时光之线串着，从我们眼前一幕一幕地拉过。他的布局，拿时下的行话来说，根本算不上是布局；可是他所有的剧作全都围绕着一个秘密的点转动——时至今日尚没有一位智者见过这个点，给他下过定义，也就在这个点上，我们的自我本性，我们的意志所要求的自由，都与整个剧情的必然发展产生了冲突。然而，我们败坏了的趣味已蒙蔽住我们的眼睛，我们想要逃出黑暗见到光明，几乎需要重新创造一个世界。"[2] 我则界定席勒戏剧的"史诗气象"："具有文体庄重、思想犀利、意义深远等特点，既有文学的诗性优雅，亦见历史的宏大浩瀚，更有创造者自身融会史识、文才与哲思为一炉的'创造性阐发'。总体来说，作为一个整体的'席勒戏剧'，其基本定位在'诗'，而且是'史诗'，这种'史诗'不是传统意义上的特定'史诗'概念，而是具有理想化色彩的想象中的'史诗'。而更重要的是，在具有'史诗气象'的'席勒戏剧'之中，举凡重要的现代性问题都被提出，并展现出作者苦苦追索、不得其解的'自由彷徨'的一生轨迹。"[3] 戏剧虽然在德国文学里长期扮演龙首的角色，但19世纪德国戏剧却乏善可陈，易卜生成为欧洲戏剧的代表人物，此中颇有深意。一方面我们应当意识到，在整

1. [德] 马克思、恩格斯:《马克思恩格斯选集》第4卷，第340页，北京：人民出版社，1972年。

2. 歌德:《莎士比亚命名日致词》，载[德] 艾克曼辑录:《歌德谈话录》，第234页，杨武能译，杭州：浙江文艺出版社，2004年。

3. 叶隽:《史诗气象与自由彷徨——席勒戏剧的思想史意义》，第341—342页，上海：同济大学出版社，2007年。

个日耳曼文化甚至欧洲文化谱系中，精神世界的交集和共享程度越来越密切；另一方面，则是戏剧作为一种意象类型，它逐渐由被人所发明的物象类型而不断获取其独立的主体地位，在戏剧创作过程中，易卜生是主体；但就戏剧本身发展的历史长河来说，易卜生不过是被"上帝"借来的那只天才之手。

　　从这个意义上来看，曹禺对外来戏剧家典范的选择和知识资源汲取，也不仅仅是中国主体性确立的问题，而有着更为广袤的文化史意义。具体来说，曹禺认为莎翁对他的影响也很重要，"第二个使我受到影响的剧作家是莎士比亚，莎士比亚的戏博大精深，宇宙有多么神奇，它就有多么神奇。我从易卜生的作品中学到了许多写作的方法，而莎士比亚的变异复杂的人性，精妙的结构，绝美的诗情，充沛的人道精神，浩瀚的想象力，是任何天才不能比拟的。"[1] 他对莎翁之作评价极高："莎士比亚的诗，就像泉水那样喷涌而出，每个人物，哪怕是一个乞丐，一个流氓坏蛋，一个王侯，说出来的台词，时如晶莹溪水，时如长江大海，是宇宙与人性的歌颂，是用利刃解剖人性的奥秘，是寻常却永恒的哲理的珠玉，是阳光灿烂的人道主义的精华。"[2] 从"原像源头"出发，我们可以看到莎翁是如何了不的的一位文学奥林匹斯山上的天神巨子。同样，曹禺对易卜生的整体把握也是相当全面的："易卜生是西欧公认的近代戏剧之父。有人说现代许多戏剧流派都受易卜生的影响，甚至如荒诞派等。易卜生小的时候写过诗剧、史剧，后来写过现实主义的戏，也写过象征主义的戏剧。有一个时期人们把易卜生忘了，现在又重新发现他，还称他是现代戏剧之父。萧伯纳可以说是易卜生的学生，受他很大的影响。美国奥尼尔也受易卜生的影响（当然，更多的是受斯特林堡的影响）。易卜生读过许多书，他把莎士比亚的剧本都读透了。他有丰富的舞台经验，当过导演和剧场经理，小时候写过很多诗，后来写现实问题剧。"[3] 在这里，就是从一个整体世界文学谱系中来把握易卜生的位置了，前承莎士比亚，后启萧伯纳、奥尼尔等，曹禺至少是在西方戏剧史谱系中来汲取和吸收养分的。

　　或者我们竟可以进一步说，易卜生类型是可以成立的。在中国语境里，则应当以曹禺的天才出现为标志。焦菊隐曾指出："易卜生及易卜生以后的戏剧，在艺术上有三种创造。第一，就是剧中引用讨论的方式，使剧中动作和戏剧本身都和讨论

1. 曹禺：《曹禺自述》，第35页，北京：京华出版社，2005年。

2. 曹禺：《曹禺自述》，第35—36页，北京：京华出版社，2005年。

3. 曹禺：《曹禺自述》，第33页，北京：京华出版社，2005年。

融为一体，没有一点传教的痕迹。第二，是把旧式舞台上那种以不真切的人物与不可能的环境来吸引观众注意力之手法完全废掉，而去一种真实的描写，使观众觉得自己是剧中的一个角色，看剧情是真情。第三，便是他们动作缩得严密而紧凑，不用一些无用的描写。"[1] 这可以说是相当有研究的知者之言了，不仅总结了易卜生戏剧的特点，更接近了易卜生戏剧类型的艺术特征归纳；而即便是用这样的高标准来衡量，曹禺的代表作都是达到了的。或许，这样的评价近乎可以盖棺论定，曹禺"是中国二十世纪最伟大的剧作家应无疑问。令人万分遗憾的是，他没有机会充分发展他的才华与艺术素养。他的处女作《雷雨》发表于 1933 年，那时他 24 岁。他的《家》发表于 1943 年，那时他 34 岁。从本书的珍贵材料中，我们可以断言，曹禺的写作生命在这时就已结束。"[2] 应该承认，这段评价虽不无求全责备之嫌，但却是异常中肯的。"千古文章未尽才"，这是最为令人遗憾而痛心的事。曹禺凭着青年时代的成绩就已创造了中国现代戏剧史上可能是至今仍未被超越的巅峰时刻，然而他的艺术生命却戛然而止，为什么？或许这正是我们要追问的。

1. 焦菊隐：《论易卜生 (节选)》，载陈惇、刘洪涛编：《现实主义批判——易卜生在中国》，第 162 页，南昌：江西高校出版社，2009 年。

2. 胡耀恒：《序四》，载田本相、刘一军：《曹禺访谈录》，第 19 页，天津：百花文艺出版社，2010 年。

四、 我们该向易卜生学什么？
——以曹禺为中心的讨论兼论留学背景是否重要

就以上而论，我们可以清楚地看到，中国戏剧史上的重要人物，多半都有留学经验。留日学人首开端绪，诸如欧阳予倩、郭沫若、田汉等都是，尤以春柳社的创办为引领潮流；留美学人也不示弱，诸如洪深、余上沅、熊佛西等也都很重要；留欧学人似乎反倒缺席，但也不能忘记如李石曾、宋春舫、焦菊隐等人的贡献。但更有趣的现象则是，中国现代戏剧史上最重要的人物，创造性天才的代表曹禺，却是没有留学经验的。这自然就给关心留学史者提出了一个重要命题：留学背景是否重要？在多大程度上能显示其重要性？因为，这样的本土知识人实例至少说明，没有留学经验，同样可以自成一格，甚至后来居上。可以举出的事例并非仅有曹禺一例，在学术界如陈垣、钱穆等皆是；再外围一些，诸如李长之、张威廉也都可列名其中。

物质位移导致精神质变，但这种物质位移未必一定要发生在具体的地理位移上，譬如这里提到的留学。留学历来是一种获取新知、融化旧识的必然通道、重要手段，这种重要性在任何时候恐怕都不会改变。但随着时代的发展，尤其是技术性手段之辅助而达到知识获取便利之可能，包括知识增长方式的变化。因为通过精神空间的地理位移，个体也同样可以获得知识涉猎面的扩展，譬如以上提到的诸君，欧阳予倩和田汉等的留日背景、洪深的留美背景；曹禺虽未留学，同样通过孜孜不倦的求知过程而将易卜生等用为主要知识资源。所以，更为核心的，恐怕还是艺术创造之主体自觉问题。譬如就以《雷雨》和《群鬼》做比较，我们能发现什么？

相比较易卜生所构建的整个戏剧宫殿，中国现代戏剧史上最杰出的戏剧家曹禺做到了吗？中国现代文化史上最具创造力的全才人物，郭沫若做到了吗？中国现代文学史上最具近乎大师风范的人物，老舍做到了吗？对于易卜生的中国影响，曹禺以当事人的身份曾这样叙述："五四时期，胡适提倡易卜生主义，《新青年》上也发表了易卜生的剧本，鲁迅先生的《伤逝》，就反映出易卜生戏剧的影响。特别是胡适的《终身大事》一出来，紧接着就出来不少'问题剧'；但是，这些影响主要是通过剧本或者介绍而产生的；正是在这样的背景下，张先生（指张彭春，笔者注）系统地把易卜生的剧作搬到舞台上来。他把西方的一套导演的方法也介绍过来。起码，在北方的大城市北平、天津还是具有开拓性的。"[1] 在这里，曹禺想表彰张彭春的，显然是他在舞台戏剧实践层面的重要贡献。确实，我们不应忽略的是，曹禺之所以能有如此突出的成就，除了阅读写作之外，舞台经验也很重要，正如他所说："我认为一个写剧本的人应当有舞台实践。我从十四岁起就演话剧，一直演到二十三岁，中间没有停过。我似乎理解了舞台感，对于一个写戏的人来说，不只要熟悉舞台，舞台感很重要。……我年轻时演过《娜拉》、《国民公敌》、《新村正》（我们自编的）、《财狂》，还演过高尔斯华绥的《斗争》、霍普特曼的《职工》，还有其他一些大大小小的戏。我还导演过戏。"[2] 他显然为自己的丰富舞台经验而自豪，更认为

1. 田本相、刘一军：《曹禺访谈录》，第15—16页，天津：百花文艺出版社，2010年。

2. 曹禺：《曹禺自述》，第41页，北京：京华出版社，2005年。

其在理论上有不可忽略的重要性。

在外来知识进入本土的过程中，译者的影响往往是巨大的，真正的翻译家作用是怎么高估也不过分的。即便是像曹禺这样能读英文版易卜生作品集的人，多年之后，曹禺还能记得汉译者："那时只有一个姓潘的翻译了易卜生的一个剧本。"[1]这自然指的是潘家洵。我觉得，潘家洵对易卜生的整体评价是比较中肯的：

> 易卜生，像莎士比亚和莫里哀，是在舞台实践中受过艰苦锻炼的。在戏剧题材和艺术方面，他都是一位革新者。他的最好的现实主义戏剧没有多余的人物或是不必要的情节，对话简洁生动轻易不用独白和旁白，布局极平凡，没有单纯追求舞台效果的惊奇场面，然而戏剧内容却能引人入胜，激动观众的思想感情。另一个特点是，他的戏剧的开始往往是在开幕前早已形成的冲突的结局，而戏剧的结局又往往可以构成另一个戏剧的开始。
>
> 易卜生给近代戏剧开辟了一个新纪元。他自己的创作以及他对于近代戏剧的影响都是独一无二的。在今天，他的戏剧还是有现实的社会意义。[2]

这里有几点非常重要，一是对易卜生戏剧的"由象到质"都给予了高度肯定，而且是放在一个整体中看待的，即无论是戏剧题材还是戏剧艺术，都是了不起的，有突破的；二是易卜生不仅是一个单部作品的杰出作家，而且是一个有整体布局的宏阔构思能力的大艺术家，他构建了一个完整的"戏剧世界"，这就是不同剧本之间连环循环的主题递进性；三是超越时代语境意义的普遍性特征，这是诗能走出较为狭隘的文学境界走向广阔的哲理空间的极难达到的层次。

作为译者，潘家洵因其对易卜生戏剧如切如磋，所以能给我们提供了理解易卜生的基本思路。但就现代中国知识精英对易卜生的批判接受，却是一位署名佚名者甚见功力与高明，他指出："问题戏剧与问题小说，本非文学上品，以此类作者之人生观往往一偏狭隘，面训诲主义又文学之所忌也。易卜生之主张及其剧中之意旨，可谓为浪漫主义之余波。"[3]应该说是很有见地的，他进而指出易卜生戏剧的不足之处，其实已经逼近了易卜生类型的核心要素所在：

（一）千古人生本多缺陷，示意时彦，称心事少。人之欲望从无满足

1. 田本相、刘一军：《曹禺访谈录》，第17页，天津：百花文艺出版社，2010年。

2. 潘家洵：《译者序》(1958年)，载[挪威]易卜生：《易卜生戏剧四种》，第14页，潘家洵译，北京：人民文学出版社，1958年。

3. 佚名：《易卜生诞辰百年纪念》，载陈惇、刘洪涛编：《现实主义批判——易卜生在中国》，第123页，南昌：江西高校出版社，2009年。

之时，而死伤贫困患难挫折，在在可使人人悲丧。人人心中皆常有一种冥漠之愁思及热烈之感情，自恋自哀，不可名说。今观易卜生之剧，则觉吾之情怀有人代为抒写，吾之愁冤有人代为鸣泄，乌得不喜剧于中乎。

（二）　以人为社会之一部，则社会种种之罪恶缺陷，我身当负责任，改良社会，宜自一身作始。此则需克己之功与夺举之行。既须强勉用力，终局且多失望，其事苦而逆也。若乃以社会与个人相对待，而所谓社会者又为一种幻象，渺茫虚空。凡善则归个人，凡恶则归社会。委过失于环境而个人之责任轻，企进步于未来而当前之情感舒，其事乐而顺也。故如易卜生一流之写法，不特可备观众之虚荣心。且一顺一逆，一苦一乐，情势显分，观众安得不欣然从之乎。（三）　如是写法，编剧者似若苦心，似若认真，似若关切社会之事，而实无具体之方法。对千古道理既不必有圆满痛彻之了解，对当前事象亦未尝为切实精密之研究，但宁呼号鼓吹，义愤填膺，便尽其能事，此易为也，抑亦观众之所欢迎者也。盖人之观剧，首为消遣而来，将以求乐。（读小说亦然）而庄严之态度，精密之用心，实非盖人所优为，亦非常人所难堪。是故剧场之中，而真以研究事理改良社会为事，则国忧家难，实际痛苦，立现于观众之眼前，使之悒然寡欢。而实际之解决，改良之办法，又不易递得结果，且使人一致失望而互起争执。由是戏剧中讨论问题改良社会，其态度必假而不可真，诚真，则其剧必失败。彼作问题戏剧者深明此理，故其态度似诚非诚，似真而非真，貌为热心而实则不负责任，意似郑重而实则但供口说。易卜生之所为实不外此。纵易氏无作伪之心，一本至诚，然其所用之道理及方法，实与此合辙而同归，况古今艺术之至精者，无不由作伪而来，纯恳心智之运用。易卜生之艺术工夫如此完善，岂混沌无知之人所能辩哉。[1]

1. 佚名：《易卜生诞辰百年纪念》，载陈惇、刘洪涛编：《现实主义批判——易卜生在中国》，第124页，南昌：江西高校出版社，2009年。

客观地说，这段评价立意相当之高，已超出简单的就问题论问题、就现象论现象的层面，而是直指问题之根本，尤其能超越西方的二元对立思维模式，试图讨论改良社会的真正路径何在而非仅仅停留于批判层次，颇能凸显作者的传统文化功底和识力。但不得不指出的是，作者有些过于陷入到为问题寻答案的怪圈中去，艺术毕竟是艺术，不是现实社会的良方药剂，并不必然需要承担提出解决社会问题的方案。当然，作者希望"见易氏成功之原因及其真价值之所在，然后尊之而不为盲从耳"[1]，确实为有见识之论。

通过以上分析，我们可以清楚地感受到，每个中国现代戏剧家的成长过程其实都是"吃百家饭"的，当然由于具体场域经验不同，所接触到的知识来源和汲取过程也是不一样的。但是，其中并非没有规律性的东西可循，这种复杂的观念创生过程是如何发生和完成的呢？这是相当复杂的问题，留待日后细论。那么，我们要追问的还有，"易卜生类型"是否能够成立呢？回答是肯定的。或许我们更该追问的问题，不仅是我们该向易卜生学习什么？而是应该问，在意象侨易的这局历史大棋中，我们究竟该扮演怎样的角色？我们该在怎样的一个大语境中重新设计和理解自己所处的位置和能够承担的使命？每个民族都是一个玩家，每个个体都是一名船员，既然要驾船出海，那就只能团结一心、同舟共济，因为只有这样才能面对狂风暴雨和巨浪滔天。因为中国现代戏剧史上精英人物群对易卜生的普遍接触乃至接受，我们可以毋庸置疑易卜生的巨大影响；而因为曹禺及其代表作的天才出现，我们也可以肯定"易卜生类型"的确立。但其得失成败则难以一时盖棺论定，毕竟历史仍在行进之中，但作为一种类型，即便曾在历史场域中占据压倒优势，但仍不能孤立来看待之，而因尽可能还原真实的意象历史场域，还原其作为"网链立体点"的意义。任何一种自觉的资源接受，都不可能只狭隘的局限一家，因为坐井观天是危险的；只有敞开胸怀，容纳百川，才可能水到渠成、胸怀四海。

需要指出的是，从欧阳予倩等第一代现代戏剧人的出现（大致是 1890 年前后出生），到了曹禺的集大成，其实相隔近一代人，即他属于第二代现代戏剧人（1910 年前后出生），正是因为前辈的筚路蓝缕，才可能有他们的承继创发。曹禺的遗憾，这段总结表述得很具体也形象："曹禺真正为剧场工作只有十年，其间他写了六七个剧本。假如他曾有机会再多写二十年，他很有可能把中国话剧提升到世界水平，使他和他所熟悉敬重的易卜生奥尼尔并驾齐驱。本书中的具体的事实可以证明，曹

1. 佚名：《易卜生诞辰百年纪念》，载陈惇、刘洪涛编：《现实主义批判——易卜生在中国》，第 124 页，南昌：江西高校出版社，2009 年。

禺在《雷雨》中所展现的功力，远远凌驾于他们早期的作品；他在那时的学养和艺术修养，更非那两人在同一年纪所能比拟。……然而曹禺没有这样长的创作期。这是他的不幸，中国的不幸，也是世界的损失。"[1]比较一下陈寅恪的最后二十年及其学术成就，我们就不难发掘曹禺的差距究竟何在。作为一个知识人，无论从事职业为何，必须有一种精神上的道统持守，如此则可以对自己的文化位置"不离不弃"，有所承当。就此而言，陈寅恪的那段话还是具有相当普遍性的意义："士之读书治学，盖将以脱心志于俗谛之桎梏，真理因得以发扬。思想而不自由，毋宁死耳。斯古今仁圣所同殉之精义，夫岂庸鄙之敢望。先生以一死见其独立自由之意志，非所论于一人之恩怨，一姓之兴亡。呜呼！树兹石于讲舍，系哀思而不忘。表哲人之奇节，诉真宰之茫茫，来世不可知者也。先生之著述或有时而不章，先生之学说或有时而可商。唯此独立之精神，自由之思想，历千万祀，与天壤而同久，共三光而永光。"[2]无论是治学、从艺，还是创作，其道理都是相通的。

1. 胡耀恒：《序四》，载田本相、刘一军：《曹禺访谈录》，第 21 页，天津：百花文艺出版社，2010 年。更为直接的批评是，曹禺不愿谈 1950 年代以后的作品，如《明朗的天》、《胆剑篇》、《王昭君》等，"曹禺不仅不愿谈，他根本就不愿写。"更重要的是，"曹禺也不敢写新的东西。"访问记中很多迹象显示，他有很长一段时间，心中似乎充满畏惧。"胡耀恒：《序四》，载田本相、刘一军：《曹禺访谈录》，第 19、20 页，天津：百花文艺出版社，2010 年。

2. 陈寅恪：《清华大学王观堂先生纪念碑铭》，载《陈寅恪集·金明馆丛稿二编》，第 246 页，北京：生活·读书·新知三联书店，2001 年。

第七章 "德国原像"与"北欧精神"

——从安徒生到汉姆生等的知识史背景及其德国资源[1]

1. 关于北欧国家文学在现代中国接受的一个基本线索，参见宋炳辉：《弱势民族文学在中国》，第87—96页，南京：南京大学出版社，2007年。

一、　为什么要译斯特林堡?

——周作人、胡适等的译介兼论瑞典—德国的侨易进路

我们在理解斯特林堡（Strindberg，August，1849—1912）的时候，必须理解"瑜亮情结"。这里主要是指他和易卜生（Ibsen，H.，1828—1906）的关系。按道理来说，易卜生长斯氏二十岁，差一代人，本不该相互较劲，但由于易翁长寿，在文化场域里长盛不衰，这就使得后来者难得抬头，而作为后辈的斯特林堡显然没有那么好的谦让之心，传记家如此描绘他的心态：

> 易卜生的声望天天折磨着他（指斯特林堡，笔者注）。易卜生总是走在他前面一步，占据了斯特林堡本人希望占领的剧院。追求功名的想法和当第一号人物的愿望，每时每刻都在他身上起作用，给人留下的印象是，他不但在提出对妇女问题的看法上，而且在安排自己的生活上，都是把眼睛盯着易卜生的。易卜生在挂满勋章的袍子后面越是缄默和神秘，斯特林堡就越起劲地声称哪些人愿意听他作品内部的呼声。[1]

即便对待前辈，也有如此强烈的争强好胜之心，一方面是功名心的驱逐，另一方面也体现出文学场域世代更替的某种必然规律。问题在于，斯特林堡—易卜生的二元关系，在多大程度上是被中国知识界所意识到了？或者可以追问的是，为什么要译斯特林堡？虽然斯特林堡是欧洲作家，但有趣的是拔得先筹的翻译者并非留欧学人，而是留日、留美学人。先是周作人率先在《新青年》上发表《不自然淘汰》、《改革》两部（第 5 卷第 2 号，1918 年，不过在目录上未署作者名，而直接署名周作人）；随即，胡适在 1919 年翻译了《爱情与面包》（《每周评论》第 18 卷第 20 号，1919 年）。到了 1921 年，作为本土学人的茅盾（此时尚未留日）翻译了《人间世历史之一片》（《小说月报》第 12 卷第 4 期，1921 年）。而 1922 年，则推出了《史特林堡戏剧》（上海：商务印书馆，1922 年 6 月），收入三个剧本，由张毓桂译出[2]。

1. [瑞典] 拉格尔克朗斯（Lagercrantz，Olof）：《斯特林堡传》（August Strindberg），第184—185页，高子英译，北京：人民文学出版社，2005年。

2. 参见宋炳辉：《弱势民族文学在中国》，第115—116页，南京：南京大学出版社，2007年。有论者认为："斯特林堡最早传入中国是在二十世纪三十年代，不仅在时间上要晚于易卜生，而且在影响上更是不可同日而语。"见宫宝荣：《斯特林堡戏剧在新时期中国的接受》，载《戏剧艺术》2012年第5期，第16页。似可商榷。

1918 年第 5 卷第 4 号《新青年》发表有《近世名剧百种目》，颇有囊括西方戏剧经典的气派，其中就提及了斯特林堡，有三种剧目，即 The Father, Miss Julia, The Stronger[1]。宋春舫（1892—1938）作为戏剧学者，其涉猎欧洲戏剧甚广[2]，对斯特林堡亦颇多介绍，其汉译本相当不少，诸如《结婚集》、《父亲》、《朱丽小姐》、《死魂舞》等都是。1920 年代，表现派戏剧被区分为两种，一曰"叫唤剧"，其代表者为德国的凯泽、托勒尔；二曰"自叙剧"，其代表者则为瑞典的斯特林堡[3]。

不过若论及斯特林堡在现代中国的首发声音，或许还应当推属作为翻译家的周作人，因其数量众多的著作而冲淡了他的翻译史地位，其实是很不应该的。在北欧文学的译介中，他也毫不逊色，早在 1918 年《新青年》上翻译发表斯特林堡作品时就用相当篇幅介绍其人其作："A. Strindberg 著作中，戏曲尤为世间所知，与诺威之 H. Ibsen 并称，如 Iulie 姬（Froken Iulie）《父》（Fadsen）《伴侣》（Kamraterna）皆是。其艺术以求诚为归，故所有自白，皆书写本心，毫不粉饰，甚似 Tolstoj。对于世间，揭发隐伏，亦无讳忌。又缘本身经历，于爱恋深感幻灭之悲哀，故非议女子亦最力，遂得 Nisojynistes（厌恶女性者）之称。然其本源，固仍出于求诚也。"[4] 从这些文字来看，周作人对斯特林堡还是颇为了解的，而根据其自己交代，这些文字原来乃是他撰作的《欧洲文学史》部分[5]。所以，我们若细考察西诗东渐的过程及其来源，则文学史家的身份绝对不应忽略，正是因为史家能够汇通诸家、博识辨择，所以才锐身翻译实践，或倾力译介。

1922 年时就有了张毓桂译的《史特林堡戏剧集》（上海：商务印书馆），收入《幽兰公主》、《债主》、《母亲的爱》三部戏剧，这可是一部明显的译著了。至于发表在报刊上的译作更多，如茅盾在《小说月报》上发表过《人间世历史一片》、《情敌》等。

就文学史角度看，斯特林堡几乎是可以和易卜生相提并论而无愧色的，"从一般的欧洲观点来看，斯特林堡作为戏剧家做出了最大贡献。在《父亲》

1. 宋春舫：《近世名剧百种目》，载《新青年》第 5 卷第 4 号，第 361–365 页，此处第 362 页，1918 年。

2. 关于宋春舫简历，见 http://baike.baidu.com/ view/1307148.htm，下载于 2013 年 2 月 17 日。

3. 向俊芳：《斯特林堡与中国早期现代戏剧中的表现主义色彩》，第 5 页，长沙：中南大学比较文学与世界文学硕士论文，2008 年。

4. 周作人：《〈不自然淘汰〉引言》，载《新青年》第 5 卷第 2 号，第 106 页，1918 年。诺威即挪威。

5. 周作人：《〈不自然淘汰〉引言》，载《新青年》第 5 卷第 2 号，第 107 页，1918 年。

和《朱丽小姐》中，他把自然主义的戏剧发展到一个完美的阶段。在地狱危机以后，他用自己的剧本为欧洲戏剧创作开辟了崭新的道路。在戏剧的结构和个性的描写上，他没有易卜生那种逻辑的严密性和连贯性，然而他有更强烈的感情、更自由的想象，对人类的基本天性有更深刻的了解。"[1] 所以其后世追随者不少，而美国戏剧家奥尼尔（O'Neill, Eugene, 1888—1952）则在 1936 年接受诺奖时盛赞斯特林堡乃"现代所有戏剧家中最伟大的天才"[2]。我们不知道这句话比较的范围究竟有多大，但至少隐含着超越易卜生的评价。那么，事实究竟如何？斯特林堡超越了易卜生吗？至少，在现代中国语境之中未见云然。

斯特林堡本人是瑞典人，但却深受德国影响。这也不难理解，北欧本来就属于日耳曼文化的大框架，而瑞典更是一个与德国渊源极深的国家，要知道，"在瑞典与德国一样，康德的哲学是新浪漫主义的开路先锋"[3]。在任何一个国家的发展过程中，诗与思其实很难割断其血脉关联，知识、学术与教育（尤其是大学）也同样环环相扣，甚至多位一体。同样，在瑞典，思想传播的重要场合是大学，在 18、19 世纪之交的首都乌普萨拉大学（Uppsala University），赫耶尔讲授康德、费希特、谢林哲学，而在学生之中产生了瑞典新浪漫主义思想的先锋者，其中阿特博姆（1790—1855）、帕尔姆布拉德成为瑞典文学团体"曙光联盟"中坚人物，制定于 1808 年的纲领宣告，"按照既定的计划，以希腊人和德国人为楷模所规定的鉴定而持久的基本要点"包括"要先培养、造就自己的力量，抵制有害的审美观点，最后在瑞典文学的天空中用一道曙光为太阳的普照开辟道路"[4]。从这里，我们可以很清晰地看出，文学与其背后的诸多场域密切相关，也与异文化的多重相错发生侨易关系。

在斯特林堡的生命历程中，1892—1896 年侨居欧陆各国，尤其在德、法的经历值得关注。在柏林，他放弃文学创作转而进行科学研究；1894 年由德国前往巴黎，继续从事实验工作；而法国哲学家里伯特（Theodule

1. ［瑞典］雅·阿尔文（Alving, Hjalmar）、古·哈塞尔贝里(Hasselberg, Gudmar)：《瑞典文学史》(Svensk Litteraturhistoria)，第 302—303 页，李之义译，北京：外国文学出版社，1985 年。

2. ［瑞典］雅·阿尔文（Alving, Hjalmar）、古·哈塞尔贝里(Hasselberg, Gudmar)：《瑞典文学史》(Svensk Litteraturhistoria)，第 303 页，李之义译，北京：外国文学出版社，1985 年。

3. ［瑞典］雅·阿尔文（Alving, Hjalmar）、古·哈塞尔贝里(Hasselberg, Gudmar)：《瑞典文学史》(Svensk Litteraturhistoria)，第 152 页，李之义译，北京：外国文学出版社，1985 年。

4. 转引自［瑞典］雅·阿尔文（Alving, Hjalmar）、古·哈塞尔贝里(Hasselberg, Gudmar)：《瑞典文学史》(Svensk Litteraturhistoria)，第153页，李之义译，北京：外国文学出版社，1985 年。

Ribot，1839—1916）对他也有相当之影响[1]。对这种文化关联，中国现代知识精英并非没有认知，譬如 1923 年章克标（1900—2007）撰文《德国的表现主义剧》，就将斯特林堡与德国诸家如魏特金、哈森克来佛等相提并论，强调："自然主义和写实主义所做到的，不过是自然的再现……但是艺术终究是创造，想全然放弃作者的主观，而成为纯客观，是绝对不可能之事。""表现主义便是反对这种艺术而起的，……就是要以外界的印象，自然的模仿，纯客观的自然再现等境地中跳出，而注意自我，尊崇主观，把自然及现世的实在，在自己的心内改造，变形而再现出之。"[2] 而刘大杰的思路，无疑更能表现史家立场，其著《表现主义的文学》有近半篇幅论表现主义戏剧，亦同样将斯特林堡与韦特金、汉生克洛佛、恺石（凯泽）、托勒等并列[3]，但他也并未特别强调斯氏的重要文学史意义。值得注意的倒是，"1913 年至 1915 年间，仅在德国就有二十四部斯特林堡不同的戏剧上演，共达一千零叁拾伍场次。我们将看到，最重要的是，也正是在德国斯特林堡的表现主义倾向将获得发展和产生变化。"[4] 这足以说明，斯特林堡在德国获得了高度重视，与其说这是一种表现主义运动的集体力量，还不如更关注日耳曼文化圈本身有其同气相求的某种内在默契与呼应。

　　胡适曾如此比较斯特林堡和易卜生："读瑞典戏剧巨子施吞堡（Strindberg）短剧名《线索》者（The Link），论法律之弊，发人深省。易卜生亦切齿法律之弊，以为不近人情，其所著《玩物》（A Doll's House 或译《娜拉》）中娜拉与奸人克洛司达一席话，皆论此题也。"[5] 其实任何一个作家都不可能摆脱具体的社会语境来凭空说事，针砭现实乃是题中必有之意，但如何借用文学形式来表述和提问，则是见仁见智的艺术家手段了。斯特林堡虽因代际场域差异，而相当注重对易卜生之标新立异，但若深入考察，则二者仍有相当交集的话题和命题，譬如法律、社会乃至女性。即便以女性命题来说，易卜生仿佛更多寄托了对于女性的同情和理解，而斯特林堡则似乎要反其道而行之。高尔基虽然很说了些斯特林堡的好话，"他那种把

1. [瑞典] 雅·阿尔文（Alving, Hjalmar）、古·哈塞尔贝里（Hasselberg, Gudmar）：《瑞典文学史》（Svensk Litteraturhistoria），第 296 页注释 1，李之义译，北京：外国文学出版社，1985 年。

2. 章克标：《德国的表现主义剧》，载《东方杂志》第 22 卷第 18 期，1925 年 9 月 25 日。

3. 刘大杰：《表现主义的文学》，上海：北新书局，1928 年。

4. [英] R. S. 弗内斯：《表现主义》，第 8 页，艾晓明译，北京：昆仑出版社，1989 年。

5. 胡适：《1915 年 7 月 30 日日记》，载《胡适留学日记》上册，第 308 页，合肥：安徽教育出版社，1999 年。

科学和艺术相联系起来的惊人的本领，还有他的某些预言的有用的性质，都震骇了我；举如远在从空气中取得窒素这个可能性在实际上实现以前，他就指出了这种可能性"[1]，但他也不能不尖锐地指出："像我这样一个习惯于因俄罗斯的女性而骄傲和尊敬俄罗斯女性的人，也时常因为斯特林堡对于妇女的态度而激怒。"问题又一下子聚焦到女性之上，但高尔基似乎并未就事论事，而是更深刻地论述道："但是我知道，在欧洲的许多作家当中，从没有一个作家能像斯特林堡那样地，讲出了这么多的关于妇女的真理；我觉得，他对于妇女在世界上的作用的最高的评价，和对于妇女作为母亲，作为创造生命和战胜死亡的存在物那种汲取不尽的爱，是他的许多见解的过于夸张的辛辣性的原因。"[2]这是高尔基作为文学大家的高明之处，一方面他难以忍受斯特林堡貌似粗暴的女性描写，但另一方面他又非常敏锐地捕捉到斯氏女性观的可贵之处，并将其特别指出，这是了不起的。

一般而言，斯特林堡被认为是女性的批评者；但或许正是爱之深方才求之切，斯氏对于女性的态度或许正当做更深一层理解。这一点在中国语境里也并非无人识得，周作人早就说过斯特林堡"又缘本身经历，于爱恋深感幻灭之悲哀，故非议女子亦最力，遂得 Misogynietes（厌恶女性者）之称"[3]。但这基本只是一个客观的叙述，还未带很强烈的主观批评情感；但后来则有人批评得就厉害了："斯特林堡，他一生所作的四十几篇戏曲，差不多是描写性欲的争斗，两性的不安与憎恶女性的。"[4]《小说月报》。我们可以看到，这种种评价中，有学者冷静客观的叙述分析，也有舆论剑走偏锋的推波助澜。

但还是精英人物能妙眼慧识并别出蹊径，巴金就翻译了《斯特林堡底三本妇女问题剧》，希望借助外国女性之口来引入另类资源。作者高德曼女士认为："在近代文学家中除了托尔斯泰而外，没有一个人能像斯特林堡那诚实地把自己心灵底秘密处完全暴露了出来。"[5]这是一个非常重要的判断，斯氏是一个真诚写作的作家，而且自传体的因素更为明显。而"在所有斯特林堡底剧本中我们随处都可以看见生命之烈火在熊熊地燃烧着，他麻醉了人们

1. 高尔基作，葆荃译：《论奥古斯特　斯特林堡》，载《时代杂志》1946 年第 6 卷第 34 期，第 37 页。

2. 高尔基作，葆荃译：《论奥古斯特　斯特林堡》，载《时代杂志》1946 年第 6 卷第 34 期，第 37 页。

3. 周作人：《〈不自然淘汰〉引言》，载《新青年》第 5 卷 第 2 号，第 22-28 页，1918 年。

4. 宏徒：《史特林堡与妇人》，载郑振铎主编：第十八卷 4-6 号（1927）第 6 号，第 8 页，北京：书目文献出版社，1983 年 2 月新 1 版。

5. 高德曼女士作，李苇甘译：《斯特林堡底三本妇女问题剧》，载《新女性》1928 年第 4 期，第 431-454 页，此处为第 431 页。

底脑筋，磨灭了人们底信仰，激起了人们底情欲。那生命之烈火总是不断地以不可

抗拒的力量来攫取他底捕获物。斯特林堡底对于那种力量的反抗同时又是他底信仰

之自白。他也是女人底儿子，在她底面前他是完全无力的。"[1] 这里又一次隐秘地

揭示出斯氏与女性的复杂纠葛关系，所以她认真研究斯氏剧本得出的结论竟然是：

"斯特林堡不仅是如一般人所称许的瑞典的良心，他还是全人类的良心。"[2] 这当然

也就意味着，斯氏的女性观也同样属于这颗伟大的人类良心的一部分。一般而言，

我们易于高升女性形象，不管是《浮士德》里的"永恒的女性，引我们飞升"（Das

Ewig-Weibliche, Zieht uns hinan. 绿原译），还是《红楼梦》借贾宝玉话来说，

"女儿是水做的骨肉，男人是泥做的骨肉"。都未免有其过于理想化的成分在内，

可以理解，但未必就是事实。斯氏的爱女性却以针砭方式出现，虽不无与其早年经

验乃至与易卜生针锋相对的心理作用有关，但确实是有其独特的思想史意义的。另

一个可以加上的注脚，或许是鲁迅，他在论述湘中作家黎锦明时就明确指出："他

大约是自小就离开了故乡的。在作品里，很少乡土气息，但蓬勃着楚人的敏感和热

情。他一早就在《社交问题》里，对易卜生一流的解放论者掷了斯忒林培黎（A .

Strindberg）式的投枪；但也能精致而明丽的说述儿时的'轻微的印象'。"[3] 显然，

鲁迅对斯特林堡及其妇女观是清楚的，而且对这种女性观的针锋相对也是了如指掌；

但斯特林堡却是并未引起他恶感的，他甚至在抗议国民党中央宣传委员会的禁书时

也提到了斯特林堡的《结婚集》，并将其与高尔基、法捷耶夫、梅特林克等人并列[4]。

　　可惜在现实的文化场域中，时势潮流蜂拥而至，往往并非择其理性，而是大势

所趋之不得不然，故此在这波精神侨易过程中，易卜生显然拔得头筹，可被压抑的

斯特林堡却绝对不是不重要，甚至这样一种特殊的斯特林堡的中国接受效果，在学

术上更有其特殊的研究价值。有论者将其概括为"隐匿在偶像背后的偶像"，具体言之，

则是一种间接传播效用的网链点续功能：

　　　　斯特林堡所播撒的戏剧的种子，在异国他乡开花结果之后，中国文坛

　　再去采摘、咀嚼，而后才尝到了甜头。无论是德国的凯撒和美国的奥尼尔，

　　他们都是斯特林堡戏剧的直接受益人。甚至被称为德国表现主义戏剧奠基

1. 高德曼女士作，李蒂甘译：《斯特林堡底三本妇女问题剧》，载《新女性》1928 年第 4 期，第431–434 页。

2. 高德曼女士作，李蒂甘译：《斯特林堡底三本妇女问题剧》，载《新女性》1928 年第 4 期，第431–434 页。

3. 鲁迅：《〈中国新文学大系〉小说二集序》(1928 年)，载《鲁迅全集》第 6 卷，第 257 页，北京：人民文学出版社，2005 年。

4. 鲁迅：《中国文坛上的鬼魅》，载《鲁迅全集》第 6 卷，第 164 页，北京：人民文学出版社，2005 年。

人魏德金德，也直接受到斯特林堡的影响，一个事实是，斯特林堡的第二任妻子后来成了魏德金德的情妇，他们对女人的品味都是如此相似。至于奥尼尔，他对斯特林堡的崇拜更是世人皆知，他在给诺贝尔获奖致辞中以谦卑的姿态指出斯特林堡对他的巨大影响。在中国，以洪深和曹禺为代表的现代剧作家，都是受到奥尼尔戏剧的深远影响，如果我们追溯奥尼尔戏剧中表现主义的源头，必然会指向斯特林堡。而当时在中国被一同介绍进来的英国著名剧作家萧伯纳，作品在当时被多次翻译和改编，他虽然早期鼓吹易卜生主义，但是他也逐渐地对斯特林堡戏剧表示出极大的崇拜，1908 年萧伯纳曾专程到斯德哥尔摩拜访斯特林堡，并在斯特林堡的亲密剧场观看了他的戏剧演出。斯特林堡通过这位和易卜生一起对中国话剧产生重要影响的剧作家，将他的戏剧的感悟传递到了中国。至于郭沫若早期戏剧中的表现主义倾向，他也自称是受了德国戏剧的影响，而德国表现主义戏剧受斯特林堡之深已是毋庸置疑。[1]

虽然若干细节或可商榷，但总体来看，斯特林堡的影响力也可以说是通过网链点续的方式来实现的，只不过这个社会网链更为阔大，乃是在明显的跨文化地理位移中实现的。而这种国际文学版图的符号标识饶有趣味，德国的凯泽、魏特金德线索，英美的奥尼尔、萧伯纳线索，北欧的易卜生、斯特林堡，都让我们看到北欧与西方主流文学的密切关联。西方文学的内在脉络或主潮，也若隐若现。而这一点显然是被现代中国的戏剧界所感受到，郭沫若、洪深、曹禺等人以不同的方式接触到斯特林堡，或许就是实例。不过这种影响性有多大，则值得进一步追问。譬如在曹禺，恐怕还是接受易卜生是主流的，他曾回忆说："屈原的'哀民生之多艰'，易卜生的个性主义，《国民公敌》中马医生就说，'最孤立的人是最强的人'。这些，都给我以深刻的思想影响。我大学的毕业论文就是用英文写的——《论易卜生》，主要是根据萧伯纳写的《易卜生主义的真髓》写这篇论文的。"[2]如果我们引证以上奥尼尔—斯特林堡—萧伯纳—易卜生之间的隐秘精神性联系，则在曹禺等人的知识谱系中，或许未尝不存在潜在的斯特林堡—萧伯纳—易卜生的戏剧图谱。

1. 曹南山：《论斯特林堡戏剧在中国 20 世纪二三十年代的接受困境》，载《戏剧》2012 年 第 4 期，第 41 页。

2. 田本相、刘一军：《曹禺访谈录》，第 103 页，天津：百花文艺出版社，2010 年。

二、 挪威的德国背景

——从易卜生到汉姆生的德国情结

在易卜生之后，汉姆生（Hamsun, Knut, 1859—1952）再次让挪威人骄傲。汉姆生的出现，也使得斯特林堡在这代人中并非一枝独秀。《大地的成长》（*The Growth of the Soil*）让我很有亲切之感，因为从中很容易就寻到了德国浪漫一代的历史痕迹。这让我们重新追寻到德国精神的北欧轨迹。

汉姆生虽然比斯特林堡小十岁，但就进入文学场域而言，却并不逊色。他深受尼采思想影响，对德国自然有很深的好感。譬如在他所撰的《现代美国的精神生活》（*Fra det modern Amerikas Aandsliv*, 1889）一书中，就嘲笑美国的生活方式[1]。1940 年，纳粹占领挪威，汉姆生拥护德国，1945 年乃以叛国罪获刑，后因病获释。鲁迅似乎有先见之明，他早就明确否定汉姆生的左翼作家身份，说"但看他几种作品，如《维多利亚》和《饥饿》里面，贵族的处所却不少。"[2] 这当然是富于洞察力的，其实就汉姆生的日后言行来看，他对纳粹是颇为同情和亲近的，那显然是接近右翼的立场了。

汉姆生因其在小说创作上的别出手眼，所以博得了偌大名声。他在现代中国也并不缺乏知音，譬如鲁迅就对其情有独钟[3]，后者曾专门撰文介绍："不过他（指汉姆生，笔者注）在先前，很流行于俄国。二十年前罢，有名的杂志 *Nieva* 上，早就附印他那时为止的全集了。大约他那尼采和陀思妥夫斯基气息，正能得到读者的共鸣。十月革命后的论文中，也有时还在提起他，可见他的作品在俄国影响之深，至今还没有忘却。"[4] 在他看来，汉姆生之所以能流传颇广，与其精神谱系上的一脉相承有密切关系，譬如这里指出的尼采—陀思妥耶夫斯基—汉姆生的链条。精神侨易必然伴随着物质侨动过程，这里的物质侨动未必简单地理解为地理位移，而可能是精神空间的位置移动，譬如在作为生命逝去的尼采、陀氏诸君之外，另有精神性生命的复活或者存在，这里提及的尼

1. 筱璋：《汉姆生及其作品》，载 [挪威] 汉姆生：《大地的成长》，第 420 页，李葆真译，上海：上海译文出版社，1985 年。

2. 鲁迅：《哈谟生的几句话》（1929 年），载《鲁迅全集》第 7 卷，第 345 页，北京：人民文学出版社，2005 年。

3. 参见李春林：《鲁迅与汉姆生——谨以此文纪念作为"现代派文学之父"的汉姆生诞辰 150 周年》，载《山东师范大学学报》（人文社会科学版）第 54 卷第 6 期，第 72—77 页，2009 年。

4. 鲁迅：《哈谟生的几句话》（1929 年），载《鲁迅全集》第 7 卷，第 345 页，北京：人民文学出版社，2005 年。

采与陀氏，更多是指他们的精神空间的那种符号性存在，这里的精神侨易过程就是作为人的主体被消解之后的"精神符号的侨易"过程。然而我们必须理解的是，在这样一种过程中，其实也是多重因素博弈与游戏的作用，而非简单的"理论旅行"的描述那么简单。旅行只是一种形象的表述，在实际运作中，往往是多种意象和多重进路并存，譬如鲁迅阅读汉姆生的小说《饥饿》，就不是通过母语汉语进行的，而是通过日语、德语两种译本。1928 年 1 月 29 日日记，"下午得淑卿所寄《饥工》，二十日发。"[1] 2 月 6 日日记："上午达夫来并见借 K.Hamsun *Hunger*。"[2] 日语、德语的明确标示，可以看出鲁迅的外语阅读习惯。有趣则更在于，这种译本在中国留学生之间是流通的，而非孤立个体阅读现象而言。譬如就德文版 *Hunger* 来说，郁达夫也是读过的，而且似乎是有借有还的，到了 12 日，也就是一周不到的时间里，"下午郁达夫来，未遇，留借 Hamsun 小说一本，赠 Bunin 小说一本。"[3] 不但归还原书，而且附带有所奉赠。

总之，我们可以看到，德国和德语，不仅对汉姆生自身之成长和发展有重要作用，而且在汉姆生的作品与意象东传过程中，始终或多或少扮演着颇为关键的作用。其中意味，颇耐人追寻。当然挪威精英还不止于此，比昂逊（Bjørnstjerne Martinius Bjørnson，1832—1910）也是一个杰出人物，所谓"他敏锐地看出了资产阶级的自私、腐朽和无耻，对这些现象大胆地加以揭发和抨击，并对被压迫者寄予极大的同情；但是他究竟未能认清资产阶级吸血鬼的剥削和罪恶的本质，未能摆脱小资产阶级民主主义的立场，他把幻想寄托于对资产阶级的道德改造和基督教的博爱教义上，梦想把资产阶级改造成为诚实的劳动者"[4]，1890 年时，恩格斯（Engels，Friedrich Von，1820—1895）曾如此评价道："……最近二十年来，挪威经历了一种文学的繁荣，除了同时期的俄国之外，没有任何一个国家可以比得上。"[5] 在恩格斯眼中，因为有易卜生、汉姆生等的相继出现，所以挪威文学颇有星光闪耀、竞相辉映的气场。

和易卜生比较最合适的或许是比昂逊，因为不但彼此年纪相近，而且关系也颇密切。焦菊隐曾借欧文的论述比较二者差异："易卜生与比昂松之间两人

1. 鲁迅：《1928 年 1 月 29 日日记》，载《鲁迅全集》第 16 卷，第 68 页，北京：人民文学出版社，2005 年。

2. 鲁迅：《1928 年 2 月 6 日日记》，载《鲁迅全集》第 16 卷，第 69 页，北京：人民文学出版社，2005 年。

3. 鲁迅：《1928 年 2 月 12 日日记》，载《鲁迅全集》第 16 卷，第 69 页，北京：人民文学出版社，2005 年。

4. 《译者前记》（1960 年），载 [挪威] 比昂逊（Bjørnstjerne Martinius Bjørnson）：《挑战的手套》第 5 页，吴世良译，北京：中国戏剧出版社，1960 年。

5. 《恩格斯 1890 年 6 月 5 日致爱因斯特信》，载北京大学中文系编：《马克思恩格斯列宁斯大林论文艺》，第 31 页，北京：人民文学出版社，1953 年。

思想不同之点很大。比昂松的特点是富于勇敢、希望及人道的色彩；而易卜生则是孤独的、不与世为伍，而且对于世事永远保持着一种批评、悲观的态度，同时对世间不满意的事又决不去下一种判断。比昂松是勇猛、往光亮处前进的；易卜生则是默居于黑暗之中的。比昂松是个国家主义者；而易卜生以世界为家。比昂松富有慈祥的爱；易卜生富有冷酷的天才。"[1] 这样一种二元关系的形象表现，确实让人很容易将易卜生—比昂逊形成一种对立关系，其实不是那么简单；正如易卜生—斯特林堡的关系那样，也是复杂二元的一种呈现而已。茅盾似乎就更能比较得到位一些："论到脑威的文家，般生和易卜生是并称的，而且易卜生的影响于世界文学比般生要大些。此处题上'前驱'两个字的意义，并非含有'第一个最好'的意义，不过因为（一）般生和易卜生是同时人，小时本来是同学，（二）他的著作，小说，短篇小说，剧本，诗，都成名，范围广些，（三）他是比较上，是脑威的，不是世界的，所以就称他为脑威写实主义文学的前驱。"[2]

对于他们的德国背景，中国知识精英已有所意识，譬如沈佩秋（原名汪宏声，110—1965）就指出易卜生"一八六四年赴罗马，自后大部分的时间留住德国"[3]。马耳更指出易卜生"身体里面还循环着丹麦人、苏格兰人和德国人的血"，"他的去国，几乎等于自动的放逐。因为他一去就是二十五年，不愿意回来。他一会儿住在意大利，一会儿住在德国，把罗马、德勒斯登和慕尼赫做了他自己的家"，所以他"虽然保持着挪威的国籍，在血统上以及后来的生活上来说，他可是一个泛欧洲的人"。[4] 同样易卜生戏剧的德国影响，也被认知，"其反响遂波及于全欧，其中以德国为最著，其影响直及于今日德国之作剧家彼卡尔特伦，即酷类伊孛生者"（吴世良译），从另一个方面来看，则可能被德国精英作为与德国参照比较的好例子，如恩格斯就曾指出："易卜生的戏剧，不管有怎样的缺点，他们却反映了一个即使是中小资产阶级的但是比起德

1. 焦菊隐：《论易卜生（节选）》，载陈惇、刘洪涛编：《现实主义批判——易卜生在中国》，第162页，南昌：江西高校出版社，2009年。

2. 沈雁冰：《脑威写实主义前驱般生》，载《小说月报》第12卷第1期，第1页，1921年。般生即比昂逊，脑威即挪威。

3. 沈佩秋：《〈娜拉〉小引》，载陈惇、刘洪涛编：《现实主义批判——易卜生在中国》，第87页，南昌：江西高校出版社，2009年。孙俍工也指出，易卜生"是并有着德国人、苏格兰人底血统的大胆的冒险的商人子孙"，见孙俍工：《易卜生》，载陈惇、刘洪涛编：《现实主义批判——易卜生在中国》，第121页，南昌：江西高校出版社，2009年。

4. 马耳：《〈总建筑师〉译者序》，载陈惇、刘洪涛编：《现实主义批判——易卜生在中国》，第88页，南昌：江西高校出版社，2009年。

国的来却有天渊之别的世界；在这个世界里，人们还有自己的性格以及首创精神，并且独立地行动。"[1] 在这里，易卜生的戏剧世界构筑了一个具有独特意义的文学殿堂，在这个宫殿里虽然也不能摆脱资本语境的规训作用，但却仍然能构筑出属于人性行为、习惯与风俗的独特风景。而恩格斯之引用比较，当然更是为了强化作为德意志民族的一面镜子。

　　茅盾则更在作品里寻到比昂逊与德国作家的异曲同工："这篇'Synnøve Solbakken'完全是般生幼年的生活——在媚明景色的奈斯村的生活——的反映，其中充满了鲜明的活泼，丰润生长的气象；这正和苏德曼（Sudermann　德国文豪）第一次得名的杰作《忧愁夫人》（Frau Sorge 英译名 Dame Care）篇内所表见的晦涩忧郁沉闷的气象一样同为幼年生活的反映呀。我们看了奈斯的光明景色染成了般生早年著作的鲜艳色彩，东普鲁士的阴湿黯淡染成了苏德曼早年著作的灰色沉闷气味，便可知要领会得文学家的著作，非先明白这位文学家的生平不可了；世间只有能反映人生的文学作品才是真是的文学！"[2] 此处，茅盾显示出他良好的世界文学知识，将其《辛诺夫·苏巴金》与苏德曼《忧愁夫人》比较，别出手眼而将时代—地理—文化的因素做了深层揭示[3]。如此具有文化地理到心理上的亲缘关系，这也就难怪，比昂逊的作品被翻译成德语并被接受了，茅盾也记录下其剧本"《新制度》有德译本一种"[4] 了。

　　对于民族国家、文化区域乃至整体欧洲的概念，现代中国的知识人也是有意识的，譬如甘永柏（1914—1982）就说："易卜生与般生是屹立北欧的两位巨人。他们虽然是具着各自不同的气质，但他们却同样成为欧洲思想的领袖。经过他们的努力，才使欧洲知道了有挪威文学。同时他们也将各国的新思潮输入了自己的祖国。从此欧洲的文化不能将挪威出外，而挪威人民也受欧洲文化的洗礼。"[5] 并进而点明二者为儿女亲家的事实，凸显了两者的关系；当然更重要的仍是这种挪威—北欧—欧洲层层递进的文化圈层关系的意识。

1.《恩格斯致保·恩斯特（1890年6月5日）》，载《马克思恩格斯选集》第4卷，第690页，北京：人民出版社，1995年。

2. 沈雁冰：《脑威写实主义前驱般生》，载《小说月报》第12卷第1期，第2–3页，1921年。

3.［德］苏德曼：《忧愁夫人》，侯浚吉等译，昆明：云南人民出版社，1983年。

4. 沈雁冰：《脑威写实主义前驱般生》，载《小说月报》第12卷第1期，第5页，1921年。

5. 甘永柏：《般生诞生百年纪念》，载《申报月刊》第1卷第6期，第121页，1932年。甘永柏简历，参见 http://baike.baidu.com/view/link? url=EZ4ehgLUcPgizhaF5u9g41cFRZzmwgZzTEI5_75sdR6XgwmmPRG68iVstHOiim，访问日期：2013年12月18日。

尽管有这样的网链点续关系，我还是要强调欧洲北方文化的整体性日耳曼文化谱系的脉络，这是确实存在的，即便在某个文学流派或思潮中也是如此，譬如茅盾就很清楚地意识到这一点，他说："法国自然主义的大作家都是小说家，没有戏曲。真正可称是自然主义的戏曲要推一八八九年德国哈普德曼（Hauptmann）所作的《日出之前》（Vor Sonnen Aufgang）。但在十年以前，脑威的戏曲家易卜生已经发表《傀儡家庭》，震动欧洲文坛，为自然主义戏曲的先驱了。"[1] 这里有几点很重要，一是欧洲的南北传统有异，这里举出的法国文学的戏剧相对弱势就是一个好的例子，而德国是由非常强势的戏剧传统的；二是在日耳曼文化谱系中，北欧—德国确实构成某种呼应姿态，譬如这里提出的易卜生—豪普特曼的自然主义路径。

1. 方璧（茅盾）：《自然主义戏曲的先驱易卜生》，载陈惇、刘洪涛编：《现实主义批判——易卜生在中国》，第112页，南昌：江西高校出版社，2009年。

脑威即挪威。

三、　丹麦—德国
——安徒生、勃兰兑斯等的德国背景与欧洲纽带

如果说，斯特林堡与汉姆生在文学创造的层面上，最终确立起现代北欧与德国的密切精神关联的话，那么勃兰兑斯就是那个在文学史意义上，通过诗学批评方式勾连起北欧与德国的精神纽带的桥梁。我们读一读《十九世纪文学主潮》，就可以想见，他是多么好地在文学和精神的层面上理解和驾驭了欧洲主要民族国家及其文学世界的思想导向，并试图建构起一种具有内在脉络和地域张力的文学史框架；而我们回想一下勃兰兑斯的生命历程，就可以知道德国在他的生命中扮演了一个怎样重要的角色。

勃兰兑斯实际上可以说是通过这部文学史写作，为自己和北欧搭建了一座通向欧洲核心价值的桥梁，这是非常重要的一个中介，也是一种可行有效的策略，值得予以充分重视。或许正是从这个意义上来说，我们可以追问这个问题，即北欧精神如何格义？这就必须回到勃兰兑斯自身的知识形成和精神涵养过程中去，德国始终不仅是

一个简单的民族国家，而是一种文化概念和背景，甚至具有符号意义。

所谓"早在十九世纪初，丹麦就受到德国浪漫主义的影响"[1]，给出的例子乃是蒂克对欧伦施莱厄（Oehlenschleger, Adam Gottlob, 1779—1850）的影响。在德国文学史与思想史的历程中，蒂克是一个被明显忽视的大家，他对德国的文学和思想脉络的完整形成和上下勾连之作用，其实怎么高估也不过分。而欧伦施莱厄的意义[2]，乃在于能在历史语境中认识到蒂克的重要性，并以其为德国资源。其实又何至于此？恩格斯曾批评丹麦文学，认为："丹麦人民无论在贸易、工业、政治和文学等方面都处于绝对依赖德国的地位。"具体言之，在文学方面，"丹麦从德国获得全部文学资料，正如获得物质资料一样，因此丹麦文学（除了霍尔堡以外）实际上是德国文学拙劣的翻版。"[3]这或许有些过犹不及，但在某种程度上也道出了丹麦文学与德国文学的密切关系在，这正像海涅看到安徒生时为什么那样激动地说："我是德国人，丹麦人和德国人是兄弟。"[4]虽然丹麦人未必尽以为然，但彼此之间的这种密切关系是可以想见的。

对于勃兰兑斯的德国因缘，时人也有清醒认识："自1876到1883年，布氏侨寓柏林，这期间的生活，比较的算安静的；德意志人士很厚待这异邦博学能文的志士，愿他永住柏林。布氏习德语极精，常用德文投稿各杂志，他国文人都错认他是德国的著作家。"[5]从这一判断来说，勃氏的德国文化背景其实非常明显。鲁迅就曾特别关注到这点，曾提及"勃兰兑斯（G. Brandes）所说的'侨民文学'"[6]。

当然不仅是勃兰兑斯，他的前辈安徒生与克尔凯郭尔等也都有明显的德国背景。安徒生1831年时，首次离开丹麦，第一次旅行选择的目的就是德国，"我到了吕贝克和汉堡。我对在那里所见到的一切都感到新奇，种种新鲜的事物充满了我的心灵。这儿还没有铁路，一条宽广、深厚的沙路横穿过吕南堡的石头遍布的荒地，好像同我朗读的那首巴格森

1. ［瑞典］雅·阿尔文（Alving, Hjalmar)、古·哈塞尔贝里(Hasselberg, Gudmar)：《瑞典文学史》(Svensk Litteraturhistoria)，第149页，李之义译，北京：外国文学出版社，1985年。

2. 关于欧伦施莱厄简历，见http://baike.baidu.com/view/85944.htm，下载于2013年2月17日。

3. ［德］恩格斯：《丹麦和普鲁士的休战》(1848年)，载［德］马克思、恩格斯：《马克思恩格斯全集》第5卷，第464页，中共中央马克思恩格斯列宁斯大林著作编译局译，北京：人民出版社，1972年。

4. ［丹］安徒生：《真爱让我如此幸福》，第129页，流帆译，北京：国际文化出版公司，2002年。

5. 陈嘏：《布兰兑司》，载《东方杂志》第17卷第5号，第75-85页，此处第79页，1920年。

6. 鲁迅：《〈中国新文学大系〉小说二集序》，载《鲁迅全集》第6卷，第255页，北京：人民文学出版社，2005年。

的受人赏识的《迷宫》里的景色一样。我还到了布伦瑞克。哈茨山就在那附近，

这是我第一次见到山。此后我又从戈斯拉尔徒步经过布罗肯峰到达哈雷。"[1]

不仅有着事实上的亲身体验，他还利用旅德的机会，结识了作家蒂克（Tieck,

Ludwig, 1772—1853）、沙米索（Chamisso, A.von Adelbert von, 1781—

1838）[2]，并与他们建立了友谊。也就难怪，在作品中安徒生甚至会直接引用

德语素材，周作人早就指出："《小 Klaus 与大 Klaus》一篇里，……《牧童》

中镶边的铃所唱德文小曲：

　　　Ach, du lieber Augustin

　　　Alles ist weg, weg, weg.

　　　（唉，你可爱的奥古斯丁

　　　一切都失掉，失掉，失掉了。）"[3]

他目的虽是批评译者，但也明确点出了安徒生的德语知识来源。安徒生的德

国影响的关键处最初似源自间接辗转，他曾提及哥本哈根的一位年轻朋友奥

尔拉·莱曼，而此人的"德语是在他父亲家里学的。在那里他们接触了海涅

的诗，那些诗深深地吸引了年轻的奥尔拉"[4]。而这种海涅接受又继续传递到

安徒生那里，"他住在弗雷德里克斯堡城堡附近的乡下。我去那儿看望他，

我一到达他就吟咏起海涅的一句诗：'大海，大海，你是永恒的大海。'我

们一起读海涅的诗，从下午一直到傍晚，乃至整个晚上。海涅是一个真正的

诗人，我对他有了一个新的认识，他对诗歌的投入让我觉得他是在用心灵吟

唱。他在我心目中取代了德国诗人霍夫曼。霍夫曼对我曾经产生过很大的影

响，这一点在我的《阿马格岛漫游记》一诗中可以清晰地感知到。霍夫曼和

海涅，连同是沃尔特·司各特对青年时期的我有着巨大的影响，他们就好像

已经渗透进了我的血液之中一样。"[5]从这段自述中，我们可以清楚地知道，

其一，对青年安徒生来说，三位作家影响至关重要，除了英国作家司各特

（Scott, Sir Walte, 1771—1832）外，就是两位德国作家霍夫曼（Hoffmann,

Ernst Theodor Wilhelm, 1776—1822）、海涅（Heine, Heinrich, 1797—

1. [丹] 安徒生：《真爱让我如此幸福》，第 100 页，流帆译，北京：国际文化出版公司，2002 年。

2. 参见 [丹] 安徒生：《真爱让我如此幸福》，第 101—102 页，流帆译，北京：国际文化出版公司，2002 年。

3. 作人：《随感录（二十四）》，载《新青年》第 5 卷第 3 号，第 289 —290 页，1918 年 9 月 15 日。

4. [丹] 安徒生：《真爱让我如此幸福》，第 95 页，流帆译，北京：国际文化出版公司，2002 年。

5. [丹] 安徒生：《真爱让我如此幸福》，第 95—96 页，流帆译，北京：国际文化出版公司，2002 年。

1856)，而海涅之影响力似乎更属后来居上；其二，这种影响的个体性遭逢似乎存在一种特殊的契机，此前安徒生也不是没有读过海涅，但最终的"金风玉露一相逢"的时刻，却是通过中介性个体的促成，譬如这里的懂德语世家的丹麦友人莱曼，这有点像歌德、席勒早就相识，但真正订交却是在偶然相遇后的深入交流之后一样；其三，在个体的知识谱系建构中，即便没有明确的物器可数的规律，但这种意象运动轨迹仍是有着明确的场域间的位移、博弈和占位等关系的，这种场域或许可称之为抽象空间的精神场域。譬如这里在青年安徒生的知识世界中的霍夫曼、海涅关系。请注意，这里的霍夫曼、海涅已经更多不是具体的社会生活中的个体，而是一种具有象征资本意义的文化符号。所以难怪安徒生日后自己回忆说："在巴黎最值得回忆的是我与亨利希·海涅的相遇。"两人在"文学欧罗巴"协会的一次晚会上相识，后来彼此颇有交往[1]。如果知晓前一段精神因缘，则后者是一点都不难理解的。

　　对于安徒生，勃兰兑斯作为后辈与批评家，有很透彻的理解和评论："我们要想透彻的了解安徒生的艺术，请看他怎样工作。我们看他工作的程序，便可更深的明了他的艺术，最好是我们看他怎样改编童话，因为他的艺术方法在改编童话上是显示得很清楚的。"[2]勃兰兑斯在其名著《十九世纪文学主流》中对德国也相当重视，六卷中有两卷专门讨论德国，即第二卷《德国的浪漫派》、第六卷《青年德意志》，其中开篇即将德国浪漫主义文学与丹麦浪漫主义文学相提并论："德国和丹麦在文学上的关系大致如下：这个时期的德国文学从其倾向和内容来看，是比较富于独创性的。丹麦文学则一方面继承了带有北方特色的气质，另方面又是建立在德国文学的基础之上的。丹麦作家通读了德国作家的作品，并经常加以剽窃，而德国作家却从没读过丹麦作家的作品，也没受到后者一点点影响。"[3]这样所导致的后果就是："在德国文学中生活多于艺术，在相应的丹麦文学中艺术多于生活。挖掘题材的是德国。以浪漫主义开端的德国文学，活跃在最深沉的情绪之中，陶醉在种种感觉里面，努力想解决问题，不断创造着随即加以破坏的形式。丹麦文学则领受了这些充满生活气息的题材和思想，往往还能赋与它们更可靠的形式和更清晰的表现，胜过它们在故国所获得的。丹麦文学一方面运用和改造这些题材和思想，另方面还以更适宜

1.[丹]安徒生:《真爱让我如此幸福》，第129页，流帆译，北京：国际文化出版公司，2002年。

2.赵景深译：《安徒生童话的艺术——勃兰特的〈安徒生论〉的第一章》，载《小说月报》第16卷第9期，第26页，1925年。

3.[丹]勃兰兑斯：《十九世纪文学主流》第2分册《德国的浪漫派》，第4页，刘半九译，北京：人民文学出版社，1981年。

和更顺手的题材，例如以北欧古代的材料，来表现相关联的思想。"[1]

　　在这里，勃兰兑斯以其一代大家的高度文学史自觉，将丹麦—德国的文学、精神运动轨迹链建立了起来，并且发现了一种新的理论现象："浪漫主义在丹麦的土地上变得更清晰，更富有形式。它不再那么暮气沉沉，它遮遮掩掩地投身到阳光下面。它觉得，它来到一个宁静而审慎的民族中间，他们还不十分明白月光是不是造作的和多情的。它从诺瓦利斯当初在《矿工之歌》里从中召唤过它的矿井里爬了出来，并用厄楞士雷革的《弗伦杜尔》敲击着山腰，直到矿山崩裂开来，把所有宝藏都暴露在光天化日之下。它觉得，它来到一个异样的更亲切、更温和、更有牧歌风味的自然环境，摆脱了不可思议的内容，那浓厚的、无形式可言的雾霭凝聚成纤巧的仙女，它忘却了哈尔茨山和布罗肯峰，在一个美妙的仲夏夜晚，定居在哥本哈根鹿苑的山丘上。"[2] 在这里，赋予作品生命的作家作为主体已经被消解了，代之而起的是新的意象主体，即作为文学意象类型的"浪漫主义"。这样的侨易现象无疑非常有趣，值得深入探索，这里且按下不提。需要指出的是，即便他意识到这种特殊的文学现象，勃氏也并未将作家本身置之不论，他勇敢地做出了一个结论："一般说来，如果可以把本世纪的德国作家和丹麦作家相比，那么德国作家几乎处处都有一个更成熟更富有独创性的人生观，而且作为人物来说也更伟大一些，不论作为诗人会占有什么位置。"[3] 应该说，这种笼而统之的判断，一般学者都不愿为之，因为很难有逻辑严密的论证而容易受到攻击；但文学批评的元气淋漓与才气横溢也正在于这样的大判断，勃氏无疑是有这样的勇气而更有这种才情和超然的态度的。虽然他很谦虚地解释说："原原本本地描述德国的浪漫派，这个任务对于一个丹麦人困难到令人灰心。首先，这个题目大得吓人；其次，它被德国作家写过许多次；最后，由于分工的缘故，又被他们如此精深地研究过，以致一个外国人甚至比不上那个国家的儿童，那些儿童从小就熟悉了这个文学，而外国人却是在一个很难大量吸收知识的年龄才来结识它。所以，他所依靠的力量不得不一部分来自他借以采取和坚持个人观点的决心，一部分来自他尽可能发挥本国作家少有的气质这一事实。这里所说的气质，是艺术家的气质，我指的是'旁观者清'的才能。

1. [丹] 勃兰兑斯：《十九世纪文学主流》第 2 分册《德国的浪漫派》，第 4—5 页，刘半九译，北京：人民文学出版社，1981 年。

2. [丹] 勃兰兑斯：《十九世纪文学主流》第 2 分册《德国的浪漫派》，第 5 页，刘半九译，北京：人民文学出版社，1981 年。

3. [丹] 勃兰兑斯：《十九世纪文学主流》第 2 分册《德国的浪漫派》，第 7 页，刘半九译，北京：人民文学出版社，1981 年。

德国人的性格是如此内向和深沉，这种才能在他们身上比较罕见。简言之，有一种要素，外国人比本国人更易于觉察，那就是种族的标志，也就是德国作家身上使他成其为德国人的那种标志。德国的观察家太容易把德国人和人类视为同义词，因为他但凡和一个人打交道，心目中总免不了有一个德国人。许多令外国人惊诧的特征，本国人往往熟视无睹，因为他早已司空见惯，特别因为他本人就具备着这种特征，或者就是那个本色。"[1] 勃氏的文章实在太过精彩，其贡献正在于十分清晰地揭示出德国文学的精神史特征和哲理根基，并且很自然地将其与自己的祖国——丹麦文学的情况做比较，其中的母国情怀让人心生殷殷之意，而又丝毫不觉得不自然，真有妙手天成之功用。批评家达到如此境界，后世有几人焉可以步踵？这些文本早在20世纪上半叶之际就已经翻译入华，完全可以使得我们的北欧、日耳曼、欧洲文化认知站在一个更高的层次水平之上。而勃兰兑斯本人的留德经历，则是对这种侨易现象的最好注脚。

四、 北欧精神的德国烙印：以诗人为中心

留美学人之所以能够接触到德国文化，很大程度上是因为德—美之间的天然文化关系，而能如此，则又与其求学之地所在大学的科系建构和课程设置有关。像胡适、吴宓那代人都是懂德语的，之所以如此，是因为在美国上大学时必修德语。譬如范存忠（1903—1987），张威廉将南大德文专业的建立主要归功于范存忠，说："这主要是范存忠的关系。他当时任外文系主任，这个人很有眼光，要把德语作为一个专业搞起来。当时德文做公共课已讲了很长时间了。"[2] 但我们要理解的是，范存忠因其在哈佛大学选修德语等各种课程，而进一步了解到相关语种在文明史上的重要地位。相比较而言，北欧各语种尚未被提升到那样的高度；但无论如何，北欧精神的凸显，对于我们认知异质文化来说并非可有可无，甚至相当关键。

1.[丹]勃兰兑斯：《十九世纪文学主流》第2分册《德国的浪漫派》，第3页，刘半九译，北京：人民文学出版社，1981年。

2.王守仁、侯焕镳编：《雪林樵夫论中西——英语语言文学教育家范存忠》，第4—5页，南京：南京大学出版社，2002年。

　　此处我们选择斯特林堡、易卜生、汉姆生、安徒生、勃兰兑斯诸君，分别聚焦于他们的民族身份，凸显瑞典、挪威、丹麦三国与德国的精神联系，为的就是在一个更为开阔的知识史与文化谱系中来凸显和理解北欧精神形成的前世今生。当然北欧精神的形成必然有多重因素构成，也属于多重合力之作用的，但这里凸显的也是其中非常重要的一环。在这方面，勃兰兑斯的《十九世纪文学主流》已经做了非常好的解释。这里在略作申论，譬如斯特林堡—汉姆生的年龄结构与歌德—席勒相差仿佛，只是出生年整整差了一个世纪。虽然他们的友谊难以与前辈相比，但也未尝不可以说是北欧文化产生的一对巨子。陈铨对欧洲戏剧史有一个宏观性的把握：

　　　　在十七世纪和十八世纪的上半叶，欧洲的戏剧以法国为中心，人才辈出，技术日新，重要的国家，都受它伟大的影响。到了十八世纪的下半叶，德国英国西班牙的戏剧家，都群起反对法国戏剧的势力。但是到了十九世纪的中叶，因为工业革命，社会组织改变，戏剧本身不能不经过激烈的改变，来适应新时代的要求。在这个激烈改变的过程中，法国又出了一批作家，抓住时代精神，创造新的形式，把法国在戏剧界已经失掉的盟主地位，重新争回。如像通俗戏剧有司克雷布和萨多，问题剧有小仲马和奥尼尔，他们的著作，风行全欧，旁的国家，差不多只有翻译，改编，和仿效。

　　　　在这个重要关头，我们想像第二个戏剧界的新局面，一定需要德国的作家来展开，至少也是其它有光荣戏剧历史的民族，来创造这一番伟大的事业。然而人类历史的演化，是很奇怪的，天才的产生，是没有时代环境可以充分解释的，欧洲第二个国家，出来打倒法国的戏剧的，不是曾经产生过莎士比亚的英国，不是曾经产生过歌德席勒的德国，不是曾经产生过罗浦达伟加的西班牙，乃是毫无戏剧历史的小国挪威。[1]

这里最后的落实，自然是易卜生。北方欧洲—南方欧洲的对峙，乃是欧洲文明的基本语境，这就是日耳曼文化—拉丁文化的二元基本结构。挪威作为北欧国家，

1. 陈铨：《文学批评的新动向》（节选），载《陈铨代表作》，第 359—360 页，于润琦编选，北京：华夏出版社，1999 年。

是日耳曼文明的重要组成，绝对不容低估。而同样，西班牙也不是一般大国，而是南方欧洲的重要组成，是拉丁文明不可或缺的一环。这里的挪威凸显可以见出其不仅在日耳曼文化区，乃至在整个欧洲场域的重要地位。民族文化是通过文学来体现的，文学光辉仍要借助个体来灿烂，所以在陈铨看来，"天才总是站在时代的前面。在时代还没有变化的时候，他已经先发现时代的转机。他的思想言论，时代不了解他，甚至于压迫他，反对他。等到时移势易，他受人崇拜，讴歌，他的主张，一般人奉为金科玉律。然而天才永远是向前进步的，对人生世界，永远是不满意的，等大家信奉他的时候，他的思想生涯已经又踏入一新阶段，社会又不了解他，压迫他，反对他了。"[1] 说得更具体一些，"天才永远是寂寞的。他的旅途中充满了荆棘，他很不容易找到一位知心的伴侣，然而他的伟大，也就在寂寞中产生。一个内心不寂寞的人，也就是没有希望的人。"[2] 这话多少或许也带有陈铨的自负色彩吧，然而，这何尝又不是很能代表那些艺术创造者的心声呢？在人类永不停息的精神攀援过程中，艺术家只能也必须承担这最寂寞、仿佛最无用但却绝对守卫人类精神灯塔的任务，世人能见到的是星光灿烂的瞬间，而艺术家和创造者必须坚守的则是这过程中的寂寞、萧索乃至苦难。

在这样的一种艰难过程中，精英之间的相互致敬和薪火续传现象是特别值得关注的。"易卜生平生最服膺赫伯尔，当易卜生的戏剧在德国风行一时的时候，有人告诉他，他说：德国人为什么喜欢我的戏剧？他们不是早就有赫伯尔吗？"[3] 易卜生深受黑贝尔（Christian Friedrich Hebbel, 1813—1863）影响，殆无疑义；可如果仅仅停留在这样一种影响论的维度中，我们难以触及问题底里；或许借用侨易思维，我们可以看到事物发展变化过程的细微之处。作为市民悲剧的三部曲，从《爱美丽雅·迦洛蒂》经《阴谋与爱情》到《玛利亚·玛格达莱娜》，对问题的呈现各有不同，但有其内在的一条线索，从思想高度来说基本上是"更上层楼"。如果说，莱辛时代以贞洁为主要命题将批判锋芒直指封建时代的统治者，席勒时代则将自由爱情的悲剧归因于市民社会的软弱与政治国家中非法的"私人领域"，那么黑贝尔则在爱情问题上发掘出了更深刻的、隐形的"传统价

1. 陈铨：《文学批评的新动向》（节选），载《陈铨代表作》，第360页，于润琦编选，北京：华夏出版社，1999年。

2. 陈铨：《文学批评的新动向》（节选），载《陈铨代表作》，第360页，于润琦编选，北京：华夏出版社，1999年。

3. 陈铨：《文学批评的新动向》（节选），载《陈铨代表作》，第372页，于润琦编选，北京：华夏出版社，1999年。

值"的"戕人死命"的问题。黑贝尔的《玛利亚·玛格达莱娜》

(Malia Mageddalene, 1844）将其作为问题更深入地推进了一

层[1]。可黑贝尔再一转，戏剧精神的光辉就不在停留在德意志了，

而是到了挪威，到了易卜生这里，并由此播向欧洲，走向世界！

　　如果说易卜生是一个世界性的作家，他给世界展示了北欧精

神的尺度；如果说勃兰兑斯以批评家的天才横溢初步完成了北欧

精神的格义；那么斯特林堡—汉姆生结构的出现，则为现代北欧

在精神层面确立起一种标尺，这和我们传统接受的安徒生、易卜

生的形象和意义有很大不同，可以给我们更大的资源开掘空间。

按照金岳霖的说法，"每一文化区都有它底中坚思想，每一中坚

思想有它底最崇高的概念，最基本的原动力"[2]。所以，就文化的

结构性体系来看，我们必须让其诸种要素各归其位。对于日耳曼

文化区来说，德国就是它的中坚区域，就是它的精神根基，它当

然也就有着它的中坚思想，这个思想是什么呢？可以说就是一种

深层的哲思精神，就是一种理想的世界情怀，表现在大哲康德，

人乃是"大地之上唯一有理性的被创造物"[3]，而"一个被创造物

的身上的理性，乃是一种要把它的全部力量的使用规律和目标都

远远突出到自然的本能之外的能力，并且它不知道自己的规划有

任何的界限。但它并不是单凭本能而自行活动的，而是需要有探

讨、有训练、有教导，才能够逐步地从一个认识阶段前进到另一

个阶段"[4]。就此推论开去："每一个人就必须活得无比的长寿，

才能学会怎样可以把自己全部的自然禀赋加以充分的运用；否则，

如果大自然仅仅给他规定了一个短暂的生命期限（就正如事实上

所发生的那样），那末理性就需要有一系列也许是无法估计的世

代，每一个世代都得把自己的启蒙流传给后一个世代，才能使它

在我们人类身上的萌芽，最后发挥到充分与它的目标相称的那种

1.《玛利亚·玛格达莱娜》的主要内容是：木匠

安东之女克拉拉自幼与同学弗里德里希相好，后

者远行久无音信。克拉拉遵父命与小市民莱昂

哈德订婚，并为之引诱而发生关系。莱昂哈德

借口卡尔（克拉拉之兄）为盗窃犯（后无罪释

放）而取消婚约。克拉拉为保全家庭名声，希

望能恢复婚约。弗里德里希回乡后，旧情依然，

为此而与莱昂哈德决斗，并将之击毙。但克拉

拉却已投井自尽。参见张威廉主编：《德语文

学词典》，第 164 页，上海：上海辞书出版社，

1991 年。Hebbel, Christian Friedrich: *Maria

Magedalene*. In Martini, Fritz und Müller-

Seidel, Walter (Hrsg.): *Klassische Deutsche

Dichtung. Band 15.*（德国文学经典，第 15 册）

Freiburg im Breisgau: Verlag Herder KG,

1964. S.205—262.。

2. 金岳霖：《论道》，第 16 页，北京：商务印

书馆，1987 年。

3. [德] 康德：《世界公民观点之下的普遍历

史观念》（1784 年），载《历史理性批判文集》，

第 3 页，何兆武译，北京：商务印书馆，1990 年。

4. [德] 康德：《世界公民观点之下的普遍历

史观念》（1784 年），载《历史理性批判文集》，

第 4 页，何兆武译，北京：商务印书馆，1990 年。

发展阶段。"[1]表现在诗哲歌德，则"民族文学在现代算不了很大的一回事，世界文学的时代已快来临了。现在每个人都应该出力促使它早日来临"[2]。这两位德国精神的代表性人物，当可以展现德国文化的中坚思想，像北欧文化区虽然在外围，但却能感受并濡染这种思想；在浪漫主义运动中，似乎正是这样一种表现，按照勃兰兑斯的说法："在本世纪的前一二十年，欧洲所有国家都在由才智之士酝酿着一种浪漫主义潮流。但是，论起真正的本源来，只是在德国、英国和法国才有浪漫主义文学。只是在这三个国家，它才形成一股欧洲的'主流'。在斯拉夫国家，我们主要听到英国浪漫主义的回响。在斯堪的纳维亚各国，浪漫主义文学则随着德国浪漫主义亦步亦趋。"[3]同样，像奥国，也是属于这个文化区的范围的，它更近些，因为本就是同文同种；而东欧的相当部分国家，也是自觉进入这个文化区的，譬如匈牙利、捷克等。

　　这种日耳曼文化区甚至欧洲场域的精神流转并未能就此止步，非物质的思想意象源自于为物的人，但却显然又超越于个体之人而有了自身的精神生命，所以它们还要不断远行，走出欧洲，走向世界！至少就东方的中国而言，接受这样的资源与冲击乃未完成之重要课题。譬如对于斯特林堡的中国接受，盖棺论定的结论或许近乎："中国现代剧坛上这些叱咤风云的人物，虽然不是直接受益于斯特林堡，然而他们却都是斯特林堡崇拜者的学习者，斯特林堡在当时中国的接受困境通过异域移植重新焕发了新的魅力。这是斯特林堡的宿命，更是中国戏剧的幸运。这个瑞典最早的汉学家，终于将他的影响波及到古老的中国大地，成为一位隐匿在中国现代剧坛上偶像背后的偶像。"[4]其中丰厚的侨易现象因子，尤其值得深入挖掘！设若如此，则所谓"德国原像"、"北欧精神"、"意象侨易"等诸多概念还有待加入崭新的位移和运动元素并深刻分析之！

1. [德] 康德：《世界公民观点之下的普遍历史观念》（1784 年），载《历史理性批判文集》，第 4 页，何兆武译，北京：商务印书馆，1990 年。

2. 德文原文为："Nationalliteratur will jetzt nicht viel sagen, die Epoche der Weltliteratur ist an der Zeit, und jeder muß jetzt dazu wirken, diese Epoche zu beschleunigen." Mittwoch, den 31. Januar 1827. in Johann Peter Eckermann：*Gespräche mit Goethe-in den letzten Jahren seines Lebens*（歌德谈话录——他生命中的最后几个年头）。Berlin und Weimar：Aufbau-Verlag, 1982. S.198. 中译文见 [德] 爱克曼辑录《歌德谈话录》，第 113 页，朱光潜译，北京：人民文学出版社，1978 年。

3. [丹] 勃兰兑斯：《十九世纪文学主流》第 2 分册《德国的浪漫派》，第 340 页，刘半九译，北京：人民文学出版社，1981 年。

4. 曹南山：《论斯特林堡戏剧在中国 20 世纪二三十年代的接受困境》，载《戏剧》2012 年第 4 期，第 41—42 页。

第八章　　结论：北欧精神之格义与现代中国知识精英的世界胸怀

一、 从鲁迅到李长之：北欧精神在现代中国的主脉源流

留日学人对于现代中国的西学译介，可谓是拔得头功。梁启超曾感慨："晚清西洋思想之运动，最大不幸者一事焉，盖西洋留学生殆全体未尝参加于此运动。运动之原动力及其中坚，乃在不通西洋语言文字之人。坐此为能力所限，而稗贩、破碎、笼统、肤浅、错误诸弊，皆不能免。故运动垂二十年，卒不能得一健实之基础，旋起旋落，为社会所轻。就此点论，则畴昔之西洋留学生，深有负于国家也。"[1] 言下之意，东洋留学生的参与是远远不够的。可他似乎忽略了他的同代人譬如王国维等的巨大贡献，虽然王氏对北欧文化似乎涉猎尚不甚多；但到了鲁迅，则后来崛起，未遑多让，一点都不逊色，除了借助传统渠道，由日本学德国之外，更进一步借助德语，开辟出北欧通道。作为最初的先知先觉者，作为学术史、文学史上的奠基人物，他们的知识视域相当开阔，而且有自觉的探索意识，值得充分肯定。若论对北欧文化的认知，鲁迅可能更胜一筹，他对克尔凯郭尔、安徒生、易卜生、汉姆生、勃兰兑斯等均有论述，其视域之阔，见地之高明，都可圈可点。

这里要特别提及的是，鲁迅对于北欧文学与文化的整体性认知，除了德语知识资源之外，日本知识资源是一个不容忽视的来源，毕竟，他留日归来，是通过日本这个中介渠道而获得了大量西学知识。这里特别要提到的是与片上伸的来往，他不但和此君有直接交往，而且翻译了片上伸的《北欧文学的原理》。在这篇文章中，片上伸开篇即说："虽然一句叫作北欧，但那范围是很广的，那代表底的国家，是俄罗斯和瑙威。说起俄罗斯的代表底的作家来，先得举托尔斯泰；瑙威的代表底作者，则是伊孛生。"[2] 这里的北欧概念就更为广阔了，居然将俄国也包含进来，实在是一个特大号的北欧定义。鲁迅似乎并未完全接受这一概念，他所谈了的北欧，似乎还主要是斯堪的纳维亚诸国。但鲁迅并不仅是选了这一篇文章，他还翻译了片上伸的《阶级艺术的问题》、《"否定"的文学》[3]，都收

1. 梁启超：《清代学术概论》，第 98 页，上海：上海古籍出版社，1998 年。

2. [日本] 片上伸：《北欧文学的原理——一九二二年九月，在北京大学演讲》，载鲁迅：《鲁迅译文集》第 5 卷，第 280 页，北京：人民文学出版社，1958 年。

瑙威即挪威，伊孛生即易卜生。

3. [日本] 片上伸：《阶级艺术的问题》、《"否定"的文学》，载鲁迅：《鲁迅译文集》第 5 卷，第 290—308 页、309—317 页，北京：人民文学出版社，1958 年。

入《壁下译丛》；甚至他还翻译了一部专著《现代新兴文学的诸问题》[1]。说起来，
鲁迅与片上伸颇有渊源：

> 这是六年以前，片上先生赴俄国游学，路过北京，在北京大学所讲
> 的一场演讲；当时译者也曾往听，但后来可有笔记在刊物上揭载，却记不
> 清楚了。今年三月，作者逝世，有论文一本，作为遗著刊印出来，此篇即
> 在内，也许还是作者自记的罢，便译存于《壁下译丛》中以留一种纪念。

> 演讲中有时说得颇曲折晦涩，几处是不相连贯的，这是因为那时不
> 得不如此的缘故，仔细一看，意义自明。其中所举的几种作品，除《我们》
> 一篇外，现在中国也都有译本，很容易拿来参考了。今写出如下——

> 《傀儡家庭》，潘家洵译。在《易卜生集》卷一内。《世界丛书》之一。
> 上海商务印书馆发行。

> 《海上夫人》（文中改称《海的女人》），杨熙初译。《共学社丛书》
> 之一。发行所同上。

> 《呆伊凡故事》，耿济之等译。在《托尔斯泰短篇集》内。发行所同上。

> 《十二个》，胡学译。《未名丛刊》之一。北京北新书局发行。[2]

这是鲁迅为日本学者片上伸（1884—1928）的《北欧文学的原理》所做的译文后的
附记，不但记叙了事情的前因后果，更能将其联系到发展中的汉语知识谱系中来看
待，倒是颇为有利于对易卜生、托尔斯泰等人的阅读和理解。实际上，鲁迅对北欧
文学确实情有独钟，不仅是为片上伸翻译有关北欧文学的演讲，而且在自己编《域
外小说集》时，也特别强调：“又以近世文潮，北欧最盛，故采译自有偏至。”[3]
这个判断可非同一般，那是对北欧文学在世界文学潮流中的一个相当肯定的态度了。
更重要的是，有时借助北欧文学的资源，鲁迅也是为了更好地回击其时的文坛波澜：

> 要知道得仔细的人是很容易得到的。不过今年是似乎大忌“矛盾”，
> 不骂几句托尔斯泰“矛盾”就不时髦，要一面几里古鲁的讲“普罗列塔里
> 亚特意德沃罗基”，一面源源的卖《少年维特的烦恼》和《鲁拜集》，将“反
> 映支配阶级底意识为支配阶级作他底统治的工作”的东西，灌进那些吓得

1.[日本]片上伸《现代新兴文学的诸问题》，载鲁迅：《鲁迅译文集》第5卷，第359—404页，北京：人民文学出版社，1958年。

2. 鲁迅：《〈北欧文学的原理〉译者附记》(1928年)，载《鲁迅全集》第10卷，第313页，北京：人民文学出版社，2005年。

3. 鲁迅：《域外小说集·略例》(1928年)，载《鲁迅全集》第10卷，第170页，北京：人民文学出版社，2005年。

忙来革命的"革命底印贴利更追亚"里面去，弄得他们"落伍"，于是"打

发他们去"，这才算是不矛盾，在革命了。"鲁迅不懂唯物史观"，但"旁观"

起来，好像将毒药给"同志"吃，也是一种"新文艺"家的"战略"似的。[1]

在这里，鲁迅正是特别展现了他作为文坛角斗士的一面，谈笑间将成仿吾、郭沫若

等人都回击了；而且也兼顾讽刺了李初梨、冯乃超、阿英等人[2]。应该说，对其时

试图以简单划一的阶级斗争论来催动文坛的"左倾"力量做了强有力的回应，而鲁

迅援为资源的正是由不同渠道输入的外国文学资源，而由日本学者转贩的北欧文学

则是其中的重要一道药剂：

> 作者在日本，是以研究北欧文学，负有盛名的人，而在这一类学者
> 群中，主张也最为热烈。这一篇是一九二六年一月所作，后来收在《文
> 学评论》中，那主旨，如结末所说，不过愿于读者解释现今新兴文学"诸
> 问题的性质和方向，以及和时代的交涉等，有一点裨助。"

> 但作者的文体，是很繁复曲折的，译时也偶有减省，如三曲省为二曲，
> 二曲改为一曲之类，不过仍因译者文拙，又不愿太改原来语气，所以还是
> 沈闷累赘之处居多。只希望读者于这一端能加鉴原，倘有些讨厌了，即每
> 日只看一节也好，因为本文的内容，我相信大概不至于使读者看完之后，
> 会觉得毫无所得的。

> 此外，则本文中并无改动；有几个空字，是原本如此的，也不补满，
> 以留彼国官厅的神经衰弱症的痕迹。但题目上却改了几个字，那是，以留
> 此国的我或别人的神经衰弱症的痕迹的了。

> 至于翻译这篇的意思，是极简单的。新潮之进中国，往往只有几个
> 名词，主张者以为可以咒死敌人，敌对者也以为将被咒死，喧嚷一年半载，
> 终于火灭烟消。如什么罗曼主义，自然主义，表现主义，未来主义……仿
> 佛都已过去了，其实又何尝出现。现在借这一篇，看看理论和事实，知道
> 势所必至，平平常常，空嚷力禁，两皆无用，必先使外国的新兴文学在中
> 国脱离"符咒"气味，而跟着的中国文学才有新兴的希望——如此而已。[3]

1. 鲁迅：《〈北欧文学的原理〉译者附记二》(1928 年)，载《鲁迅全集》第10 卷，第 317 页，北京：人民文学出版社，2005 年。

2. 参见鲁迅：《〈北欧文学的原理〉译者附记二》(1928 年)的相关注释，载《鲁迅全集》第 10 卷，第 318—320 页，北京：人民文学出版社，2005 年。

3. 鲁迅：《〈现代新兴文学的诸问题〉小引》(1929 年)，载《鲁迅全集》第10 卷，第 321—322 页，北京：人民文学出版社，2005 年。

之所以长篇引述，乃因为其中透露出其时文学场域各种思潮流行的重要关节。而鲁迅选择的立场，则特别应当引起注意，即无论大势如何庞杂浑浊，必须自己有所持守，能借助有效的外来资源运用而走自己的路！如此才可能有中国文学自身发展或曰新兴的希望！这其中，鲁迅特别注意外国文学资源的选择和资鉴，对其中路径的区分也有相当自觉之意识："东欧的文艺经七手八脚弄得糊七八遭了之际，北欧的文艺恐怕先要使读书界觉得新鲜，在事实上，也渐渐看见了作品的绍介和翻译，虽然因为近年诺贝尔奖金屡为北欧作者所得，于是不胜佩服之至，也是一种原因。这里绍介丹麦思潮的是极简要的一篇，并译了两个作家的作品，以供参考，别的作者，我们现在还寻不到可作标本的文章。但因为篇中所讲的是限于最近的作家，所以出现较早的如 Jacobsen, Bang 等，都没有提及。他们变迁得太快，我们知道得太迟，因此世界上许多文艺家，在我们这里还没有提起他的姓名的时候，他们却早已在他们那里死掉了。"[1] 显然，对北欧文学，鲁迅始终是高看一眼的，而且这里介绍的两位丹麦作家，也都颇为重要。前者雅克布森（Jacobsen, Jens Peter, 1847—1885）是大名鼎鼎的写实主义作家，茅盾曾撰文给予相当高的评价："丹麦文学的特质是细腻是甜蜜是迷离多致；这是丹麦民族性的表见，原不能勉强渗进到别国的文学里去。但是约柯伯生的诗和小说却已不是丹麦国境所能限止，却已冲出藩篱，做成欧洲文学的一部分而已，简直使欧洲他国的文学感受了影响，尤受影响的是德国；德国自然主义以后的文学家如李尔克如霍夫曼柴尔的著作内都训得出约柯伯生的色彩，甚至可说都是抄了约柯伯生的大作 Niels Lybe 的样子。住德国近代的诗人更几无一不带约柯伯生的气息；去年新死的大诗人檀曼尔（R. Dehmel）虽然不很自认和乔治李尔克、霍夫曼柴尔等新浪漫派是同一家派，但也和约柯伯生有很多相通的理想和色彩。所以从著作本身上的价值及影响而论，丹麦十九世纪末的大才人恐怕要推约柯伯生是第一人了。"[2] 后者班恩（Bang, Herman, 1857—1912）亦然，柔石（1902—1931）曾翻译过他的短篇小说《在罗森般公园内》（刊于《朝花》1929 年第 9 期）。如果将这个丹麦作家的谱系延伸下去，则柔石还曾翻译过延森（Jensen，1873—1950）的作品，《安和他的牝牛》、《失去的森林》是小说，《裸

1. 鲁迅：《〈奔流〉编校后记　十二》（1929 年），载《鲁迅全集》第 7 卷，第 200 页，北京：人民文学出版社，2005 年。

2. 沈雁冰：《19 世纪末丹麦大文豪约柯伯生》，载《小说月报》第 12 卷第 6 号，第 14 页，1921 年。

麦田边》是诗歌（还有《母亲之歌及其他》是梅川所译），先后发表于《奔流》杂志上[1]。如果我们知道柔石与鲁迅的师生情（甚至近乎父子）一样的亲近关系，则鲁迅的这种"北欧趣味"对后辈的影响则明显可见。如此关系，还可进一步推及李长之。

　　作为后代来者，李长之（1910—1978）作为批评家确实可谓是"横空出世"，元气淋漓。其批评文字很有自家个性，这一点表现在《鲁迅批判》的撰作上[2]，尤其如此。但这却是真正的客观批评，因为他同时也是对鲁迅有着明确继承意识者，这不仅表现在他的文化传承意识，还有对德国学术和知识资源的自觉汲取。[3] 在《鲁迅批判》的开篇，李长之就提及两位德国文化的中心人物："康德在他固陋的库恩希勃哥（Koenigsberg）城里，脚步没出过家门，经济是不充裕的，身体是被肺病和胃病侵蚀着，从作学生起到作教授止的所依靠的不过是藏书不满五万册的大学，在这里，哪一件是便利于产生一个大学者的？可是竟没限制了康德的产生。仿佛偏要产生康德。歌德吧，死于一八三二，活了八十三岁的高龄，在他死的前一年，他完成了《浮士德》，他之到这个世界上来，就像专负了这个使命似的，使命完了，他才去了。"[4] 用这样的德意志精神中心人物做鲁迅的映衬，其构思也不可谓不妙，其对鲁迅的评价也不可谓不高。不过更重要的，在我看来，则是李长之对于鲁迅"北欧情结"的潜意识承继与发扬光大，这对现代中国的外来资源引进而言并非可有可无。李长之曾交代其著《北欧文学》是应王云五（1888—1979）之约，但终究是"因为我对北欧的东西也还的确有些爱好"[5]。这爱好是哪里来的呢？在我看来，应与鲁迅先生的脉络不无关联。正因如此，他才以一己之力在抗战时代撰作《北欧文学》（1943 年完成于重庆中央大学）。在我看来，与其说他是应约交差，还不如说他是借机补课，试图更深入地学习和理解北欧文学，理解北欧精神。譬如他就在自序中很深刻地指出：

　　　　我深感到在北欧各国都经过一种国民文学的建立期，他们的取

　　径往往是：先由于战争（如一八六四年普鲁士丹麦之战，如一八零

1. 宋炳辉：《弱势民族文学在中国》，第 89 页，南京：南京大学出版社，2007 年。

更进一步说，1928 年鲁迅与柔石等人创立朝花社，其目的在介绍外国文艺，而其中心则是北欧、东欧的文学与版画。

2. 李长之：《鲁迅批判》，北京：北京出版社，2003 年。

3. 姚锡佩：《滋养鲁迅的斯堪的纳维亚文化》，载《鲁迅研究月刊》1990 年第 9—10 期。

4. 李长之：《鲁迅批判》，第 1 页，北京：北京出版社，2003 年。

5. 李长之：《自序》，载《北欧文学》，第 1 页，重庆：商务印书馆，1944 年。

九年俄罗斯瑞典之战）而刺激起民族意识的自觉，再由语言学家历史学

家发掘并清除了本国的语言、神话、民族史诗的真面目（如德国海尔德在

一七七八年之提倡民歌，格利姆兄弟在一八一九到一八二二之搜集童话，

如丹麦阿斯边逊与茅氏在一八四一到一八五一之步格里姆的后尘，如挪威

阿逊在一八四八年之整理文法及在一八五零年之编订字典，如芬兰略恩洛

特在一八三五到一八四九之回复芬兰的史诗喀勒瓦拉），然后由伟大的创

作家出来，工具（民族语言）既有了，内容（民族情感的寄托）也有了。

愈是才能结出丰硕的果实。安徒生、易卜生、般生、斯特林堡这些煊赫的

名字，没有一个是赤手空拳而来的！在北欧各国的文学里，瑞典稍微落后

而寂寞一些，最大的原因也便在当初经过一个时候的语言的混乱（那是由

于国外战士之归来，异国教士之广布，即以外邦学者在朝中之充斥），而

且没有人对古代民间文艺有着重视，民族史诗也阙如（厄达乃挪威民族的

产物）。看到这里，我们是深可有所反省而且应当急起直追了！看到这里

我们对于像赵元任黎锦熙诸先生对于语言的工作，像程憬教授对于中国古

代神话的系统研究，是不能不寄以很大的期待了！[1]

1. 李长之：《自
序》, 载《北欧文
学》, 第 1—2 页,
重庆：商务印书
馆, 1944 年。

真是看北欧，思中国。作者的拳拳之心，其实始终都未忘怀自己所处的家国。一个
学者，其所学未必关天意，但必然是有所寄托有所追寻。对于李长之这样的人物来说，
其文笔纵横，才气横溢，批评文字之潇洒汪洋，现代中国少有可匹敌者；而用力之
勤、感觉之敏，亦有天分在焉，当此国难避居之际，虽应约撰著，但其背后的关怀，
则赫然欲出，此正是民国时代学人的"大气"所在。这也才真地能透过简单的现象
而去把握研究对象的本质所在。对于了解北欧精神而言，一定不能就北欧论北欧，
要将其放置在一个狭小的促迫空间里。我们要讨论日耳曼文化，必须有一个整体意
识，将北欧文化、德国文化、中欧文化（奥国文化，荷兰文化，甚至是英国为代表
的盎格鲁文化）看做一个并列的文化矩阵，其中又有密切之亲缘关系。这里当然也
就涉及到我们对各个具体的文化体究竟如何来理解，至少此处的北欧文化，是应当
作为一个相对齐整的文化体来理解的。

这一点其实也为现代中国的知识精英所意识到，有论者就认为："鲁迅对斯堪的纳维亚的文学作品，虽无翻译，却时有介绍，论述精辟。"[1] 这自然是的论，但仅如此还是不够的；我们可以补充的是，鲁迅是北欧文学乃至北欧精神的认知者、推介者、引导者。他不仅身体力行地通过各种渠道进行有关北欧文学的译介、组织工作，而且引导和影响了现代中国语境内的北欧文学译介工作，这对现代中国整体性外来资源的接受和资鉴，具有重要的范式意义。如谓不信，我们下面仅以中国日耳曼学界的北欧认知为例，来考察一下若隐若现的鲁迅痕迹。

二、 中国日耳曼学界的北欧认知与日耳曼学的建构问题
——以冯至、刘大杰、李长之等为中心

留美学人之所以能够接触到北欧文学，多半是经由美国大学与学术体制内的通道，正是因为这种制度性规训，使得他们多半都通德语，乃至意识到德国对人类文明史的重要性。当然，留欧学人扮演了或许更重要的角色，但考察这一过程，留学北欧者当初似还凤毛麟角，多数人仍属留学欧陆者，这其中虽然也有留学瑞士者如宋春舫，但主要还是通过德国这一日耳曼文化重镇来接触到北欧的，譬如陈寅恪、冯至等人皆是。所以德国与留德学人，尤其是德文学者，乃是考察北欧知识进入现代中国的重要环节。

首先当然应讨论德文学科的学人贡献，作为第二代学者的代表人物，冯至（1905—1993）是无法绕过的。无论其成败得失，他在学科史上的巨大存在，就是无法回避的，而且他曾担任中国的北欧文学研究会会长一职，即便是挂名，也可表明其中有着难以分割的密切关系；而冯至对北欧的兴趣显然不仅与其居留有关，而且更深层次地牵涉到德国与北欧内在的那种精神和文化纽带关系。[2] 冯至与鲁迅的关系，自然应当提及，如果没有鲁迅那一句"中国最为杰出的抒情诗人"[3]

1. 姚锡佩：《滋养鲁迅的斯堪的纳维亚文化》，载《鲁迅研究月刊》1990年第10期，第30页。

2. 参见冯至：《〈当代北欧短篇小说集〉序》（1985年），载《冯至全集》第8卷，第254—261页，石家庄：河北教育出版社，1999年。

3. 鲁迅：《〈中国新文学大系〉小说二集序》，载《鲁迅全集》第6卷第243页，北京：人民文学出版社，1981年。

的评价，冯至或许不太可能如此"暴得大名"；但事实上，冯至与鲁迅也有实际的
交往，而且自己坦言曾从"如杜甫陆游的诗、鲁迅的杂文、歌德的《浮士德》等"
地方"得到不少精神上的支持和鼓励"[1]。鲁迅和留德的这批学子之交往，包括如冯
至、徐梵澄等人，很大程度上是因为对德国尤其是德国精神和文化的关注；但不仅
是德国文化，北欧文化也在他的关注之列。冯至应该说是有眼光的，所以他会在论
及北欧的时候，自觉提及鲁迅的贡献，这不仅是私人交谊的推崇，而且也确实符合
鲁迅在北欧精神中国传播史上的地位。冯至对北欧文学虽然没有专业的涉猎，但也
有些零星的思路和想法："北欧五个国家的文学，虽然有过鲁迅、茅盾的提倡，介
绍却是很不够的。当然，易卜生的戏剧、勃兰兑斯的文学史著作，在中国产生过相
当大的影响，安徒生的童话陶冶了千万中国儿童的心灵，丰富了他们的幻想，但除
此以外，关于北欧文学，我们知道的就很有限了。就以史特林贝而论，译成中文的
也只是东鳞西爪，难以看到这个大作家作品的全貌。形成这个局面的客观原因主要
是通晓北欧语言的人太少，更谈不上研究北欧文学。过去翻译的为数不多的北欧作
品，基本上都是通过英语转译。近些年来，由于国家之间、人民之间的友好交往日
益频繁，学习北欧语言的人逐渐增多，其中也有人研究北欧文学，译介北欧的作品，
而且是直接通过北欧国家的语言。这部当代北欧短篇小说集的出版正好适逢其会，
它使读者能从不同角度而又比较集中地了解北欧人怎样生活，怎样思想，文艺界有
些什么流派，有些什么与其他国家不同的特点。"[2]这里面有几层意思是特别值得体
会的，其一是北欧文学的汉译推介虽然有成绩、有影响，但总体而言所知有限，更
未达到高深的学术研究层次；其二是转译有功，但直译必不可少，当然我要强调的是，
转译作为一种跨文化现象，有其独特的侨易史价值，不可一概否定；其三借助文学
作品我们应进入更深层的北欧文明的精神世界，了解其风俗、社会、思想的独特性。
作为一家之言，这种表述虽然零星但却颇有眼光；可作为一个大学者，作为一个学
术领袖——如果我们考虑到冯至在德文学科其时的绝对权威地位和在外国文学界的
领袖地位，那么这样一种认知又未免是不够自觉和不够高的。如谓不信，我们比较
一下两位编外"德文学科"同代人的论述可以参证。

1. 冯至：《"论歌德"的回顾、说明和补充》，载《冯至学术论著自选集》，第376页，北京：北京师范大学出版社，1992年6月。

2. 冯至：《〈当代北欧短篇小说集〉序》（1985年），载《冯至全集》第8卷，第255页，石家庄：河北教育出版社，1999年。

　　刘大杰（1904—1977）乃是特别值得关注的，虽然他并不是严格意义上的德文学科中人（与李长之类似），但因其留日背景与欧洲文学专业背景，再加上与郁达夫的师生之缘，其学术史意义明显呈现多学科性。在德国文学学科里，其《德国文学概论》乃是不可忽略的学科史要著，其开篇即谓："综观各国的文学，最伟大最有特殊个性的，要算德国与俄国的作品。在他两国的文学里面，能深深地看出他们的民族性，体验当时的时代精神……德国的文学，与俄国的作品有同样的伟大，兼有比俄国悠远的历史与富有理想的民族精神为背景，我敢说德国文学，在世界文学中，为最优美的一部分。"[1] 而其本色当行则为中国文学史家，其《中国文学发展史》不但初版之际即博得学界关注[2]，而且被誉为民国时代文学史撰作的"圆满的句号"，中国文学史学走向成熟的"重要的里程碑"[3]，这或许和他的基本思路有关系："借他人的作品，来充实自己，借外国的文化来充实本国，这并不是可耻而且是必要的事，留心世界文艺思潮的人，知道英国、德国、日本、俄国……在某一个时期，都曾受外国思想文艺的影响，而将本国的思想文艺界，引出大的波澜，而又成一个新的局面，而又产生许多新的思想家，文学家了。"[4] 刘大杰涉猎范围甚广，此处略列举其涉猎外国文学方面著作的书名：《托尔斯泰研究》、《法国文学简史》、《表现主义文学》、《欧洲近代文艺思潮》、《东西文学评论》，其治学范围至少包括法、俄、挪威（还有作为整体的欧洲与东方、西方文学）等多国[5]；在北欧文学研究中，他也同样"崔灏题诗在上头"，我们就不得不注意到其《易卜生研究》的筚路蓝缕之功，而其发端与完成，竟然都是在留日时期。这样一种学术背景其实给我们以很大的启发，就是借助日本通道，那代人可能获得一种相当异质的积极侨易背景，从而能对"第三

1. 刘大杰：《德国文学概论》，第1页，上海：北新书局，1928年。

2. 初版之上卷问世后，即有书评出现。余冠英：《评刘大杰〈中国文学发展史〉上卷》，载《人文科学学报》1943年。转引自董乃斌《刘大杰文学史研究的成就和教训》，载陈平原主编《中国文学研究现代化进程二编》第248页，北京：北京大学出版社，2002年。

3. 陈尚君：《刘大杰先生和他的〈中国文学发展史〉——写在〈中国文学发展史〉初版重印之际》，载刘大杰：《中国文学发展史》下册，第540页，天津：百花文艺出版社，1992年。但也有论者不客气地指出："刘大杰的文学史，在今天的两岸三地，几乎也就是一部文学史的经典，然而稍加核查，就可知它基本上没有脱离胡适的笔罩。"戴燕：《文学史的权力》，第146页，北京：北京大学出版社，2002年。但我觉得此评价略过苛刻，刘大杰还是有自己的眼光的："文学史者要集中力量于代表作家代表作品的介绍，……因为那些作家与作品，正是每一个时代的文学精神的象征。"刘大杰：《自序》，载《中国文学发展史》上册，第1页，天津：百花文艺出版社，1992年。

4. 刘大杰：《中国思想文艺的生路》，载《东西文学评论》，第1页，上海：中华书局，1934年。

5. 林东海：《文学的一生——记先师刘大杰先生》，载张世林编：《学林往事》下册，第1083页，北京：朝华出版社，2003年3月。

者"有更深度的认知，譬如刘大杰就认为："欧洲戏剧，到了十九世纪中叶，是一个极沉闷的时代，英法德诸国，都在散文小说方面努力，因此一般文人，都不重视戏剧……若是站在最高的峰上，俯视欧美的剧坛，可以看出希腊古典剧、莎士比亚剧、易卜生剧三大变化。稍有世界文学常识的人，总知道易卜生在近百年戏剧史上的关系。"[1] 他与冯至、李长之都不一样，虽与鲁迅有过关联，却是处于被批评的地位的[2]；所以他对北欧文学的亲近，尤其是对易卜生的重视，主要是由日本的学术背景过来的，1926—1930 年间，刘大杰留日四年，师从小铃寅二，所学专业为欧洲文学[3]。所以应该说他是科班出身，只不过其学术训练地在日本大学罢了。

所以他的这部《易卜生研究》是颇见功力的，前三章论易卜生，即分别讨论其生平、作品、思想的概观与作品的影响；后两章则荡笔扩展，论"易卜生以前的欧洲剧坛"、"般生的艺术与生涯"。前者提供一个文学史的基本脉络，后者关注的乃是另一位挪威作家比昂逊 (Bjørnstjerne Martinius Bjørnson, 1832—1910)。所以，刘大杰的文学史眼光显然是好的，他认为："谈到思想家的易卜生，他是一个绝对的个人主义者，他以个人的尊严，否认社会与国家大多数的虚伪。"[4] 即便在北欧文学范围，他也借来斯特林堡做衬托，在肯定斯氏的成就和影响之后，认为："斯氏的剧，虽给后代作家许多的暗示，但他的剧本，仍不脱以前的俗气，不是纯粹的近代化。"[5] 所以，刘氏的中心仍在突出易卜生上："易卜生是剧史上的革命家，他的社会问题的白话散文剧，是他脱了以前一切的束缚，自己特有的成就，给戏剧以新生命的。所以他在剧史上，他的位置，与沙士比亚没有轻重，至于他的革命的功绩，沙士比

1. 刘大杰：《序》，载刘大杰：《易卜生研究》，第 1 页，上海：商务印书馆，1928 年。

2. 当时刘大杰标点、林语堂校阅、时代图书公司印行的《袁中郎全集》断句错误颇多。参见鲁迅：《点句的难》（1928 年），载《鲁迅全集》第 5 卷第 603 页，北京：人民文学出版社，2005 年。

3. 有论者指出："他（指刘大杰，笔者注）在郁达夫的鼓励和帮助下，于一九二六年初赴日留学，开始在东京一个补习学校学习日语，其后又到广岛。一九二七年一月，他接到郁达夫的信，要他进早稻田大学研究科，经过考试，他被录取在早稻田大学研究科的文学部，专学欧洲文学。他当时的导师是小铃寅二，是早稻田的英德文学专家，刘先生在那里学习三年，一直是由小铃指导。这一段时间，他住在东京牛込区大冢仲町，距图书馆很近，读书很方便，除了一九二七年暑假回国结婚，及一九二八年一度请假回到无锡担任一段时间代课教员外，其余时间他都在东京埋头读书。他很注意世界各国的文学发展状况，对新的文艺思潮有着敏锐的感受，为了维持生活，经常写点短文寄回国内发表，直至一九三零年才回国。"见陈允吉：《刘大杰传略》，载《中国当代社会科学家》第 5 辑，第 60—61 页，北京：书目文献出版社，1983 年。

4. 刘大杰：《易卜生研究》，第 102 页，上海：商务印书馆，1928 年。

5. 刘大杰：《易卜生研究》，第 121 页，上海：商务印书馆，1928 年。

亚还比不上他。研究近代戏剧的人，这一点事宜留心。"[1] 所以这里他有一个非常

重要的判断，就是以革命性标准而言，易卜生甚至是超过莎士比亚的；而想要理解

这点，必须明白时代侨易之后的近代剧的独特性："近代剧与希腊剧、沙士比亚剧，

及近世的贵族剧不同的地方，有很明显的界限。近代剧不是王侯贵人剧，不是英雄

豪杰剧，不是上流中流社会的绅士剧，是通俗的民众剧。为民众的利益与娱乐而写

的，为民众的教化而写的。不是为艺术而写的剧本，而是为民众而写的剧本。"[2]

　　刘大杰的另一个好处，是在注意时间迁变之外、剧型变革之外特别关注跨文化

的现象，既包括北欧—欧洲的整体场域，尤看重德国—北欧之间的文化血缘关系。

他指出："近代剧的初期运动，以易卜生与般生的挪威为中心，到十九世纪末年，

德国继兴。霍卜德曼（Hauptmann）、苏德曼（Hermann Suderman）都是自然

派剧曲代表的作者。因此近代剧大盛。英国的独立剧场，法国的自由剧场，德国

的自由舞台，都演模范的近代剧易卜生的《幽灵》（Ghosts）。"[3] 这里凸显的豪

普特曼、苏德曼，都是德国戏剧史大家，在文学史脉络上确实有可以联系牵连之处；

不仅如此，刘大杰论述欧洲戏剧史时还曾有过一个有趣的比喻，即"德国的黎明"

与"挪威的太阳"："称雄全欧的德国剧坛，到了十九世纪的中叶，也是萎靡不振

的状态。……在这种混乱的黑暗时代，忽然在东方闪出一颗明星。在易卜生的太阳

未出山以前，这颗明星久照在地平线上了。他现在的位置，德国人叫他做'德国的

易卜生'，这人是谁，是赫贝尔。"[4] 黑贝尔（Hebbel, Friedrich, 1813—1863）

要年长于易卜生，也是戏剧史上的一个天才型人物，在刘大杰看来："他俩虽是绝

对的个人主义，同时又追恋着伟大的人道主义的理想。因为彻底的个人主义，同时

也是不忘掉人类主义的预想的。赫贝尔是描写基督教思想的冲突，而对于肉欲，

是暗示灵魂的胜利的。易卜生也常常写希腊主义与希伯来主义的争斗。"[5] 所以，反

而倒是旁逸横出的刘大杰，更多地意识到和揭示出了德国、北欧文学之间内在的更多

的精神性联系。

　　可刘大杰谈的仍多半是易卜生，是挪威，就北欧文学作为一个整体的研究而言，

则李长之更为凸显，因为他撰作了《北欧文学》一书，虽然是应命任务，但却颇有

1. 刘大杰：《易卜生研究》，第108页，上海：商务印书馆，1928年。

2. 刘大杰：《易卜生研究》，第111页，上海：商务印书馆，1928年。

3. 刘大杰：《易卜生研究》，第110页，上海：商务印书馆，1928年。

4. 刘大杰：《易卜生研究》，第122页，上海：商务印书馆，1928年。赫贝尔即黑贝尔。

5. 刘大杰：《易卜生研究》，第123页，上海：商务印书馆，1928年。赫贝尔即黑贝尔。

独发之见。其中对德国的凸显和对德语文献的依赖也是值得注意的，"人名的音译大半以德国音为主，这是因为德国音本与北欧接近，而我在写作时也多半参考了德文著作之故。"[1]更重要的是，李长之有自家的独立立场："我深感到产生大作家之不易，不知有多少培养，有多少准备，有多少社会因素，再加上作家的本人之多少自爱而后可。例如易卜生，假若没有在他之前的阿斯边逊与茅氏的关于童话的收集，民族精神不会觉醒；假若没有阿逊之整理挪威语言，民族情感的表现工具也不够运用；假若没有勃兰兑斯之强调文学中必须提倡切合人生的问题，新面目的戏剧也不会诞生。这还不够，假若没有卑尔根剧院的工作的逼迫，易卜生就不会有勉强制作的学习的机会，假若更重要的？易卜生本人没有那样强烈的个性和严峻的人格，没有在失败之后的坚毅的勇气，我们文学史上还会有易卜生这个名字么？用佛家的话，产生一个大作家，是一个大因缘，社会应该培养与爱护，作家也应该修养与自爱！"[2]说得真好啊，这让我们再次意识到人是不可能真空而存在的，一个杰出人物的诞生必然是社会网链立体空间的多重合力作用的结果，个体的努力是必须的，但离开他所处的社会历史环境的现实也是不可能的。尤其是在脱离了具体物器的意象发展层面，它必须是假途通过多种主体之人而逐步成型的一个过程，甚至难见终点。譬如这里说的易卜生作为大作家的"大事因缘"，那么作为挪威民族精神这一抽象意象的"大事因缘"则更必须纳入到一个更为开阔的时空中来观察。所以李长之会继续感慨："我深感到一部文学史的作用就像一个分配脚色的导言工作。脚色的大小轻重应该恰如其分。又像一个好照相师，景物的远近比例，应该恰如其真。这样一来，文学史无所谓长短，只要大小远近不失就是最重要的。"[3]此诚的论，文学史的优劣并不在篇幅，而是能否"近真"；但篇幅也不是没有意义，毕竟具体人物、作品、事件的描述，还是靠篇幅撑起来的。于是这自然就应该归结到文学史家或批评家的地位了，李长之写这段时应该感同身受吧："我深感到大批评家之地位和作用太重要了！勃兰兑斯太令人神往！他不惟有科学的训练，有天生的深入的识力，还有关怀人类社会的深情！批评家是创作的产婆，这话对，然而还不够，批评家乃是人类的火把！"[4]对这样的境界，李长之一定是"虽不能至，心向往之"，

1. 李长之：《北欧文学·自序》，载《北欧文学》，第5页，重庆：商务印书馆，1944年。

2. 李长之：《北欧文学·自序》，载《北欧文学》，第4页，重庆：商务印书馆，1944年。

3. 李长之：《北欧文学·自序》，载《北欧文学》，第5页，重庆：商务印书馆，1944年。

4. 李长之：《北欧文学·自序》，载《北欧文学》，第4—5页，重庆：商务印书馆，1944年。

更努力之了！

　　而李长之的这种纯粹而又洞察力敏锐的见地是与他的学养，尤其是借助德国知识资源形成的学养密不可分的，他 1929 年入北京大学预科，1931 年考入清华大学生物系，1933 年转入哲学系，私淑杨丙辰学习德语，是由本土输入德国资源的代表人物之一。他的德语水平很不错，曾从德文译有很见学术水平和功力的著述，如《文学史与文学学术》。他曾说过："我对于德国文化不能说是有什末研究，只是就浮薄的一点观察和感想来说，我觉得德国人有一种精确性、神秘性、彻底性、热狂性，这是他们一切学术、思想、文艺、技术的基础。……德国却又有一种神秘性，他们喜欢深沉的冥想，他们喜欢形而上的探求。在浅薄的理智主义流行的国家往往以'玄学的'为贬词者，在德国人却以为'缺少玄学的成分'为美中不足。大小事，他们都彻底。他们又最热狂不过，就像他们对于古典时代的人物多末崇拜，而古典时代的人物又多末向往希腊，这是任何民族比不上的。"[1]

　　李长之论述北欧文学，分为五章，即"古代欧洲北方语言及冰岛文学"、"丹麦文学"、"挪威文学"、"瑞典文学"、"波罗的海四小国的文学"。这种结构是有其缺陷的，即不能显示出整体结构的严密性来，但也有其不得不然的事实，因为芬兰虽大，但确实是外来民族之源，与丹麦、挪威、瑞典三个主要国家还是不同；而爱沙尼亚、拉脱维亚、立陶宛确实又太小。最遗憾的，是对北欧文学整体最后少了一个总括性的论述。这就让我们不得不从源头去追溯，"古代北方语的文学，主要的是史诗。只是它的形式并不像荷马的曼歌长吟，而是紧凑，短促，和诘屈聱牙的。其中的幻想力也和北国的气质相应，是深沉，暗淡，而单调，但是在那无限的谐和与凝固的闲静之中，自有一种壮美，它的力量是震撼的，它的人物是庄严的。这种史诗的内容，也和一切原始的文艺一样，是神话和英雄故事。这些神话和英雄诗歌就是包括在有名的所谓《旧厄达》（die aeltere Edda）的总集里。《旧厄达》是在一六四三年为布伦约尔夫·斯范德逊主教所发现，才开始重又唤起人们的记忆。"[2]其实不仅是在英雄史诗里规训了北欧民族的基本品质，在语言中的原初规训可能更明显，"古代北方语言（die altnordische Sprache）是后来的冰岛语，丹麦语，瑞

1. 李长之：《介绍〈五十年来的德国学术〉》，载《德国古典精神》，第 205—206 页，成都：东方书社，1943 年。

2. 李长之：《北欧文学》，第 4—5 页，重庆：商务印书馆，1944 年。

典语所从出。这是日尔曼语系中最重要的一支。"[1]但即便如此，仍值得指

出的是，其一北方史诗与南方史诗异质，其作为文化形式能内蕴北方民族

的精神；其二北欧史诗有一个近代被再发现的历程，即北欧精神即便是在

其民族自身也有一个重归文化记忆的过程；其三李长之在论述中对德语关

键概念的标示表明其从德语知识获得资源，这至少表明德国人对这段历史

是关注的，恐怕有其文化寻踪的自觉性在内；实际上，李长之在论述中已

点明日耳曼文化系统中史诗叙述的相似性因素："关于英雄传说的诗歌，

这可以分三个集团。一是盎格鲁撒克逊人的魏兰传说集团（Wielandsage），

二是丹麦人的赫尔吉传说集团（Helgisage），三是南方日尔曼人关于尼

勃龙根（Niebelungen）及其相似传说的集团。"[2]这就可以见出日耳曼文

化系统作为一个整体的大框架是确实存在的，也是有共同的文化记忆迹象

可循的。这里还是论北欧，"斯堪地纳维亚民族之文艺倾向，根底上是十

分带有民族性的，不过在教堂的世界观的压制剥夺之下，表面上好像蛰眠

而已。不错，宫廷诗已奏出英雄主义的最后丧钟，传说文学的发展也会为

教会所笼罩的历史叙述所阻止，然而在民族的心性之中，对于古老的英雄

时代的缅怀，却仍无时或已；也就是在那民族的心性之中，那真正的北方

精神历数世纪而仍无衰歇地潜在地活动着。因此在十四世纪，十五世纪，

十六世纪里都充满这种民族精神的民间文学流行，于是构成一种丰富的资

料宝库……"[3]这段论述极为重要，其实揭示了欧洲文化史的一个基本事实，

就是欧洲实际上是被异教征服的，这种异教就是基督教，它本是源自耶路

撒冷的东方宗教，却最终能成为西方世界的主导型宗教，其中原因大可探究。

其中一个很根本的原因就是基督教的唯我独尊性，即他者皆为异教，真理

独属本教，所以陈寅恪就曾斩钉截铁地说："他教尽可容耶教，而耶教（尤

以基督新教为甚）决不能容他教。"[4]北欧文化的意义就在于它是欧洲南北

二元的北方日耳曼文明之根源，开掘其"元思维"模式应是我们理解北欧

精神的宗旨所在。这点在德国精英那里也有矛盾的表现，譬如海涅一方面

1. 李长之：《北欧文学》，第 3 页，
重庆：商务印书馆，1944 年。

2. 李长之：《北欧文学》，第 8 页，
重庆：商务印书馆，1944 年。

3. 李长之：《北欧文学》，第
18—19 页，重庆：商务印书馆，
1944 年。

4. 吴宓：1919 年 12 月 14 日日记，
载《吴宓日记》第 2 册，第 103 页，
北京：生活·读书·新知三联书
店，1998 年。

承认基督教，将德国精神的中心概括为宗教—哲学
的关系："在德国我们所喜闻乐见的宗教是基督教。
因此我就得叙述：什么是基督教，它怎样变成了罗
马天主教，又怎样从罗马天主教中出现新教，并从
新教中出现了德国哲学。"[1] 另一方面却很显然意识
到追索日耳曼元思维的意义："欧洲各民族的信仰，
北部要比南部更多地具有泛神论倾向，民族信仰的
神秘和象征，关系到一种自然崇拜，人们崇拜着任
何一种自然元素中不可思议的本质，在每一棵树木
中都有神灵在呼吸，整个现象世界都充满了神灵；
基督教把这种看法颠倒过来，用一个充满魔鬼的自
然代替了那个充满神灵的自然。"[2] 而德国的民族诗
歌和口头传说中则具有法国人所臆想不到的"阴暗
的北方精神"（jener düster nordische Geist）[3]。

三、　北欧精神之格义：在日耳曼文化谱系与世界胸怀参照下

那么，我们最后必然要问的是，何谓北欧精神？
这种北欧精神究竟与德国精神是何种关系？恩格斯讲
得很清楚："易卜生的戏剧不管有怎样的缺点，它们
却反映了一个即使是中小资产阶级的但是比起德国的
来却有天渊之别的世界；在这个世界里，人们还有自
己的性格以及首创的和独立的精神，即使在外国人看

1. 德文为：Die Religion, deren wir uns in Deutschland erfreuen, ist das Christentum. Ich werde also zu erzählen haben, was das Christentum ist, wie es römischer Katholizismus geworden, wie aus diesem der Protestantismus und aus dem Protestantismus die deutsche Philosophie hervorging. [Werke: Zur Geschichte der Religion und Philosophie in Deutschland. Heine: Werke, S. 3089 (vgl. Heine-WuB Bd. 5, S. 176) http://www.digitale-bibliothek. deband7.htm] 见 [德] 海涅：《论德国宗教和哲学的历史》，第 12 页，海安译，北京：商务印书馆，1974 年修订第 2 版。

2. 德文为：Der Nationalglaube in Europa, im Norden noch viel mehr als im Süden, war pantheistisch, seine Mysterien und Symbole bezogen sich auf einen Naturdienst, in jedem Elemente verehrte man wunderbare Wesen, in jedem Baume atmete eine Gottheit, die ganze Erscheinungswelt war durchgöttert; das Christentum verkehrte diese Ansicht, und an die Stelle einer durchgötterten Natur trat eine durchteufelte. [Werke: Zur Geschichte der Religion und Philosophie in Deutschland. Heine: Werke, S. 3101—3102 (vgl. Heine-WuB Bd. 5, S. 184)http://www.digitale-bibliothek.deband7.htm] 见 [德] 海涅：《论德国宗教和哲学的历史》，第 21 页，海安译，北京：商务印书馆，1974 年修订第 2 版。

3. [Werke: Zur Geschichte der Religion und Philosophie in Deutschland. Heine: Werke, S. 3102 (vgl. Heine-WuB Bd. 5, S. 185) http://www. digitale-bibliothek.deband7.htm 见 [德] 海涅：《论德国宗教和哲学的历史》，第 21 页，海安译，北京：商务印书馆，1974 年修订第 2 版。

来往往有些奇怪。"[1]在这里,恩格斯明确区分了挪威—德国的资产阶级世界,这是非常重要的,这意味着即便在一个整体性的欧洲、日耳曼文化世界里,其具体路径仍有相当明显的区别。显然,恩格斯和马克思一样,观察的是资本主义世界的基本现象,借助的却是很多文学世界的素材。也就是说,文学作品的意义,经典作家的意义,就在于能够常读书而出新意,有不同的眼光,就可从习见材料读出崭新的阐释。

　　不仅如此,北欧精神还意味着对原初的日耳曼精神的寻求,就是那种可能在元思维模式上产生的差异性。因为这点极关重要,因为这与日后以基督教为主导的欧洲世界是不一样的东西,是一种性质的差别。或许这个问题值得追问,就是袁振英问过的:"易卜生的女性主义究竟是怎么样? 这还是一个重要的问题。女子不能够单独完成一种社会的使命,已结婚的女子蜷伏于因袭的礼教,甘心做诈伪的成见和男子的惟我主义底牺牲。已解放的女子又要同别人同归于尽。"[2]易卜生并没有提供完全的答案,而且女性形象也并非如此完美。按照先前的观念,在女性观上,易卜生与斯特林堡恰成对立,仿佛易卜生是女性主义者——"易卜生是一个女性主义者,他要创造纯洁的和伟大的女子,在这个腐败的社会当中,没有他们的位置。女子要有一种铜墙铁壁伦理和智能的堡垒,不容易受人家攻破的。"[3]而斯氏是憎恶女性者——"斯特林堡,他一生所作的四十几篇戏曲,差不多是描写性欲的争斗,两性的不安与憎恶女性的。"[4]但相反的例证也不是没有,高尔基认为斯特林堡讲述了关于女性的真理[5],而"易卜生没有一篇戏剧能够供给一种女子确实胜利的影子"[6]。所以,更进一步说,此处或还是借助二元三维的基本思维模式更接近事实,即始终是阴阳相生的关系,没有一种绝对的态度和立场。易卜生试图为女性张开一个更为开阔的解放和自由空间,但并非没有限止之处;斯特林堡因为种种原因表现出的憎恶女性的态度,也并非绝对的,而或许是爱之深而求之切,他对女性的剖析和准确性其实更有参考价值。仅就此

1.《恩格斯致保·恩斯特函(1890年6月5日)》,载[德]马克思、恩格斯:《马克思恩格斯全集》第37卷,第412页,北京:人民出版社,1972年。

2. 袁振英:《易卜生底女性主义》,载陈惇、刘洪涛编:《现实主义批判——易卜生在中国》,第126页,南昌:江西高校出版社,2009年。

3. 袁振英:《易卜生底女性主义》,载陈惇、刘洪涛编:《现实主义批判——易卜生在中国》第126页,南昌:江西高校出版社,2009年。

4. 宏徒:《史特林堡与妇人》,载郑振铎主编:《小说月报》第十八卷4-6号(1927)第6号,第8页,北京:书目文献出版社,1983年2月新1版。

5. 高尔基作,葆荃译:《论奥古斯特斯特林堡》,载《时代杂志》第172期,第37页,1946年。

6. 袁振英:《易卜生底女性主义》,载陈惇、刘洪涛编:《现实主义批判——易卜生在中国》,第126页,南昌:江西高校出版社,2009年。

问题的展开而言，我们想北欧精英的思维模式，至少不是如基督教那样的绝对二元，这是否和日耳曼民族的元思维模式有关系，则有待进一步追问。

无论如何，我们这里讨论北欧精神，既要强调其超越国族（譬如挪威、丹麦、瑞典等）的共享文化空间，同时又要在更广阔的文化区域范围中辨别其殊同，诸如在日耳曼文化圈中的各自占位及其意义等。故此，如何格义北欧精神，乃是中国现代知识精英不得不回应的核心命题。那么，我们要问的是，通过以上梳理，我们可以得到怎样的答案？他们究竟在多大程度上意识到了这样的宏大命题？这绝非简单的译介、月旦、宏论乃至拿来那么简单，而是必须上升到更为宏阔的文化史、知识史乃至精神史与元思维的空间，或纵横捭阖、逼近中心，或高屋建瓴、提纲挈领。就此而言，我们不妨来看看闻一多的思路：

> 人类在进化的进程中蹒跚了多少万年，忽然这对近世文明影响最大最深的四个古老民族——中国，印度，以色列，希腊——都在差不多同时猛抬头，迈开了大步。约当纪元前一千年左右，在这四个国度里，人们都歌唱起来，并将他们的歌记录在文字里，给流传到后代，在中国，《三百篇》里最古部分——《周颂》和《大雅》，印度的《黎俱吠陀》（Rig-veda），《旧约》里最早的《希伯来诗篇》，希腊的《伊里亚特》（Iliad）和《奥德赛》（Odyssey）——都约略同时产生。再过几百年，在思潮思想都醒觉了，跟着是比较可靠的历史记载的出现。从此，四个文化，在悠久的年代里，起先是沿着各自的路线，分途发展，不相闻问，慢慢的随着文化势力的扩张，一个个的胳臂碰上了胳臂，于是吃惊，点头，招手，交谈，日子久了，也就交换了观念思想与习惯。最后，四个文化慢慢的都起着变化，互相吸收，融合，以至总有那么一天，四个的个别性渐渐消失，于是文化只有一个世界的文化。这是人类历史发展的必然路线，谁都不能改变，也不必改变。[1]

1. 闻一多：《文学的历史动向》（1943年），载《闻一多全集》，第16页，孙党伯、袁春正主编，武汉：湖北人民出版社，1993年。

在这里，闻一多做出了一个非常重要的判断，就是"世界文化"的到来时代，这里的"世界文化"显然不是泛泛而指，乃是具有互取思想公分母，成就人类大同理想的那种诉求在内的。可见，我们现代中国的知识精英，也有着"四海之内皆兄弟"

的超然理想，这有点像歌德提出的"世界文学"概念，所谓"民族文学在现代算不了很大的一回事，世界文学的时代已快来临了。现在每个人都应该出力促使它早日来临"[1]，模仿一句，"民族文化在现代算不了很大的一回事，世界文化的时代已快来临了。现在每个人都应该出力促使它早日来临"。更重要的是，闻一多所提出的文化融合的过程性规律，也就是说，先有元文化的产生，诸如四大古族的出现，后有家族树一样的次生文化、再次生文化的产生。这是一个"道生一，一生二，二生三，三生万物"（《老子 四十二章》）的过程，同时也是一个"万物归三，三归二，二归一，一归道"的过程[2]。北欧文化其实是一个很好的例子，虽然它在表面上还有着民族国家的形式，但其实就文化层面看是趋同的，这是一种很值得研究的现象，也不妨视为一种特殊的侨易现象。现代中国要走向世界，就必须要有世界胸怀，这不仅意味着我们要有海纳百川的胸怀来面对异质文化和拿来异质资源，而且也要有一种"会当临绝顶，一览众山小"的气魄和识力，世界文化这盘大棋的来龙去脉究竟如何，何者为王，何者为后？何者作象，何者作车？何者为马，何者为卒？甚至该如何运子，如何布局，如何身与，如何博弈，如何引领，如何构型？都是值得深入思考的。就此而言，总结前贤留下的宝贵经验，过一遍少受重视的北欧经验，乃至完成前辈未竟之业，追索北欧文学所反映的知识与思想来源，乃至日耳曼文明的元思维模式，其意义可能不仅关乎中国本身，也关乎世界未来走向的大势。闻一多说得多好啊——"文化只有一个世界的文化"！他仿佛在回应歌德的声音："世界文化的时代已快来临了。现在每个人都应该出力促使它早日来临！"我们听到了吗？我们出力了吗？

1. 德文原文为："Nationalliteratur will jetzt nicht viel sagen, die Epoche der Weltliteratur ist an der Zeit, und jeder muβ jetzt dazu wirken, diese Epoche zu beschleunigen." Mittwoch, den 31. Januar 1827. in Johann Peter Eckermann: *Gespräche mit Goethe-in den letzten Jahren seines Lebens.*（歌德谈话录——他生命中的最后几个年头）Berlin und Weimar: Aufbau-Verlag, 1982. S.198. 中译文见 [德] 爱克曼辑录：《歌德谈话录》，第 113 页，朱光潜译，北京：人民文学出版社，1978 年。

2. 叶隽：《变创与渐常——侨易学的观念》，第 125 页，北京：北京大学出版社，2014 年。

附　"中国知识"的北欧侨易及其资源价值
——以德系语境和若干精英为中心

一、 勃兰兑斯对辜鸿铭认同的欧洲语境

勃兰兑斯（Brandes, Georg Morris Cohen, 1842—1927）开篇就说："瑞典学者斯万伯 Harald Svanberg 译述辜鸿铭著作，由是使我们得窥到此位卓著的中国学者对于欧战及对于东西文化关系的思想，比之通常欧洲人士所仅识得之多半，作家辜氏值得更大的注意而不可同日语了。"[1] 这位瑞典学者斯万伯（Svanberg Harald, 1881—1969）的瑞典语翻译，题名为《反对欧洲的中国辩护》[2]，倒是与德译名很接近。这部著作因为在欧洲语境广泛流传，而大大有名；但欧洲毕竟国族众多，语种不同，所以考察其流转的中介翻译语言环节，以及相关的重要知识精英的介入，无疑是深有趣味的事情。因为其时能进入欧洲语境的中国精英之论述，毕竟甚少，尤其是操英语、以深厚西学修养而闻名者，更是凤毛麟角。

辜鸿铭（1857—1928）著作的德译其实也不少，但在勃兰兑斯撰文的 1917 年，几个主要德译本似尚未问世。1911 年，卫礼贤（Wilhelm, Richard, 1873—1930）在《中国牛津运动故事》（*The Story of a Chinese Oxford Movement*, 1910）出版后不久，即将其译成德文，全书题为《中国对于欧洲思想之抵抗：批判论文》。内容包括：文明与混乱（Kultur und Anarchie）、面子的延伸（Erweiterung des Gesichtskreises）、中国牛津运动故事（Die Geschichte einer chinesischen Oxfordbewegung）、关于时局致《字林西报》编辑的信（Offener Brief an den Herausgeber der "North China Daily News"）[3]。黄兴涛指出："这是辜氏著作被正式译成德文的开始。该书在德国产生了持久的影响。不过德国人这时对辜鸿铭的关注已经突破了文化民族主义的表面，而深入到他文化保

1. [丹麦] 勃兰兑斯：《辜鸿铭论》，林语堂译，载宋炳辉编：《辜鸿铭印象》，第247页，上海：学林出版社，1997年。

2. Ku Hongming: *China's Verteidigung gegen Europäische Ideen: Kritische Aufsätze.* hrsg. mit einem Vorwort von Alfons Paquet. Jena: Eugen Diederichs, 1921. Gu Hungming: *Det goda medborgarskapets religion och andra essayer* / bemynd. övers. från engelska originaltexten av Signe Taube; med ett företal av Harald Svanberg, Årtal: 1916. Ku Hung-Ming: *Vox clamantis: Betrachtungen über den Krieg und anderes.* Leipzig: Verlag der Neue Geist, 1920.

3. Verzeichnis, in Ku Hongming: *China's Verteidigung gegen Europäische Ideen: Kritische Aufsätze.* hrsg. mit einem Vorwort von Alfons Paquet. Jena: Eugen Diederichs, 1921.

守主义的思想堂奥了。"[1] 十年之后，即 1921 年，此书在德国耶拿重印，并且"倍受青睐"[2]。

实际上，我们只要稍微考察一下辜氏英文著作的出版史，就可以比较清晰地看到其日后进一步在欧洲知识场域流转的轨迹与可能：

Papers from a Viceroy's Yamen: a Chinese Plea for the Cause of Good Government and True Civilization (1901)

ET nunc, reges, intelligite! The Moral Cause of the Russia-Japanese War (1906)

The Story of a Chinese Oxford Movement (1910)

The Spirit of the Chinese People (1915)

作为文化史上少有的数位以外语创作而享有盛誉的精英，林语堂（1895—1976）对前辈显然有"了解之同情"，所以他很关注辜鸿铭在欧洲语境的接受问题。所以，直接翻译了一篇勃兰兑斯的辜鸿铭评论，他似乎是从德语将此文翻译过来的："是篇为 1917 年丹麦文评大家勃兰兑斯所作，收入勃氏所著之《Miniaturen》书中（Erich Reiss Verlg, Berlin）。辜鸿铭于欧洲战末终时，曾著长文，题曰 Verteidigung Chinas gegen Europa《为中国辩护反对欧罗巴》，其他论文，亦有译入德文者。时欧洲大乱，人心对西方文明之信仰基本动摇，故辜氏一般论调，甚足眩惑人心。"[3] 林语堂因有留德背景，所以德语自然娴熟，对德语文献也就关注。他关注勃兰兑斯论述辜鸿铭的知识，就是由德语文献而获知。

勃兰兑斯虽是丹麦人，但却用德语写作和发表，这显示出其时北欧知识精英的一般状态，他们有着较为自觉的日耳曼文化圈归属，对于来自德语圈的知识也有着较为亲近意识与自觉接受。尽管如此，他较之德国人又有其北欧特点，就是关注北欧文化圈本身的知识产生状况，譬如他对辜鸿铭的阅读，似乎就是斯万伯的瑞典文译本。勃兰兑斯很重视自己人的意见，说："斯万伯氏说得好，托马斯·莫尔 Thomas More 于亨利第八年间在他的《乌托邦》书中所梦想的社会状况，在那时早已在中国实行了，只是欧人不知：一种没有贵族，没有祭司，而只有士人贵

1. 黄兴涛：《文化怪杰辜鸿铭》，第 226 页，北京：中华书局，1995 年。

2. 黄兴涛：《文化怪杰辜鸿铭》，第 244 页，北京：中华书局，1995 年。

3. 林语堂的译文小引，[丹麦] 勃兰兑斯：《辜鸿铭论》，林语堂译，载黄兴涛编：《旷世怪杰——名人笔下的辜鸿铭，辜鸿铭笔下的名人》，第 263 页，上海：东方出版中心，1998 年。

族为最高阶级的社会。"[1] 显然，斯万伯并非简单地转移，而是融入了自家见地的。斯万伯其人[2]，乃是瑞典学者，他的兴趣范围颇广，曾翻译过英文著作。将莫尔（St. Thomas More，1478—1535）名著《乌托邦》（*Utopia*）引以为证，那显然过于承继了欧洲启蒙以来的精英理想，事实上勃兰兑斯也确实有着明确的文化比较意识，处处将辜鸿铭作为欧洲的参照："辜鸿铭氏生于一国，其国中既无欧洲的世传贵族，又无美国之金钱贵族，凡常人只需能科举中试，皆可升为绅士，并且凡绅士除依其中试之鼎甲外，不得升迁。"[3] 在这里，勃氏对于中国的科举制显然是很赞赏羡慕的，因为他对西方贵族的态度是否定的，这其中蕴含的，颇有精英认知的伦理传统在："孔夫子的道理，前曾为 Voltaire 与 Leibniz 所钦服，现在也得辜鸿铭不倦地向欧人宣扬。"[4] 短短一句话，勾连的却是中欧文化交流史的光辉篇章，就是启蒙时代法、德知识精英的两位代表人物——伏尔泰（Voltaire，原名 Franc,ois - Marie Arouet，1694—1778）、莱布尼茨（Leibniz，Gottfried Wilhelm，1646—1716）二君；而对于中国思想史的熟稔，也自然流露了出来，勃氏在此勾勒出了一条孔子—辜鸿铭的线索，虽然未免有些突兀，但却自有其思想史脉络意义。

勃兰兑斯对辜鸿铭的生平显然颇为了解，"此公向为两湖总督张之洞幕下，直至民国建立以前曾享言责，不但精通东方学术，且于东方文学之外，熟谙我们的文字，写的是英文，引据的是法德作家，而最好讲的是拉丁文。"[5] 这里交代的则是辜鸿铭的双重背景，但却包含三层要义：一则是职业身份，仍属于中国封建时代典型的仕宦型知识分子；二则是精通东方学术，这是一个根本的立基之处，没有对自身文化身份的立定，

1. ［丹麦］勃兰兑斯：《辜鸿铭论》，林语堂译，载黄兴涛编：《旷世怪杰——名人笔下的辜鸿铭，辜鸿铭笔下的名人》，第266—267页，上海：东方出版中心，1998年。

2. 斯万伯著述，主要是关于英国文学，如：Svanberg, Harald: *Percy Bysshe Shelley: Englands störste Lyriker*. Årtal: 1905. Svanberg, Harald: *Scener och scenerier*. Årtal: 1912. 也涉及关于中国的，Svanberg, Harald: *Glimtar från Kina*. Årtal: 1919. Svanberg, Harald: *Kinesisk litteratur: essayer och äversöttningar*. 关于斯万伯的瑞典语资料，承蒙斯德哥尔摩大学汉学系副主任 Irmy Schweiger 副教授帮助查阅，特此致谢。

3. ［丹麦］勃兰兑斯：《辜鸿铭论》，林语堂译，载黄兴涛编：《旷世怪杰——名人笔下的辜鸿铭，辜鸿铭笔下的名人》，第264页，上海：东方出版中心，1998年。

4. ［丹麦］勃兰兑斯：《辜鸿铭论》，林语堂译，载黄兴涛编：《旷世怪杰——名人笔下的辜鸿铭，辜鸿铭笔下的名人》，第264页，上海：东方出版中心，1998年。

5. ［丹麦］勃兰兑斯：《辜鸿铭论》，林语堂译，载黄兴涛编：《旷世怪杰——名人笔下的辜鸿铭，辜鸿铭笔下的名人》，第264页，上海：东方出版中心，1998年。

则无以从容面对外来文化发言乃至取得主导地位；三则熟稔西方语言与文化的学术背景，曾留学欧洲，英语撰作，但德、法文学相当熟悉，而且擅长欧洲古典语文。对于第三点才是令西方人特别大开眼界的地方，勃氏说："他在苏格兰得了博士学位，而渐成苏格兰学者卡莱尔之热烈崇拜者。卡氏生时，他还有会见到。他与卡莱尔一样崇拜歌德为欧洲的最高人物。他看见孔子的精神学问经过几千年后重复见于歌德身上。在许多方面，我们可以看见卡莱尔于辜鸿铭的影响。"[1] 虽然西方文化确实可以构成一个完整的文明体，但若要能对其有一个通透的整体性认识，却并不容易；而建立在语言基础上的知识修养，则十分关键。辜鸿铭能有拉丁语、英、法、德语的语言基础和留学经验，自然让人刮目相看。但最重要的，恐怕还是他行文论述中表现出的知识功底和卓越见地，所谓"行家一伸手，便知有没有"，这些欧洲精英都是学养相当深厚之人，即便是对异域或中国有特别好感，但若没有真正的"知识斤两"垫底，也是不可能获得他们"青眼独加"的。确实，这也得到其它方面的印证，譬如德文版的《中国反对欧洲观念的辩护——批判论文集》出版之际，德国媒体即评论称："这部书只能出自这样一位非凡人物的手笔，他既饱学中国文化，又充分受过欧洲教育。"[2]

这里非常重要的是，勃兰兑斯用他那极为独到的文学史和思想史眼光，给我们勾勒出了一条似乎是理论旅行的轨迹[3]，即孔子—歌德—卡莱尔—辜鸿铭。当然如果深究下去，似乎这种单向进化的线索也并不是那么全面，因为他接着说："可以确知的是：歌德是德国唯一的作家给过辜鸿铭深刻的印象，余则用法文写作的德人 Leibniz，由于他极口称扬中国文化之伟大精微而引起辜氏之同情。还有英美作家较常给他影响——尤其是 Matthew Arnold, Dennyson, Emerson。在法国文学中有时他也亲炙那些不大知名的作家如 Joubert 及那些不为人所爱

1. [丹麦] 勃兰兑斯：《辜鸿铭论》，林语堂译，载黄兴涛编：《旷世怪杰——名人笔下的辜鸿铭，辜鸿铭笔下的名人》，第264—265页，上海：东方出版中心，1998年。

2. 德国《民族报》的评论，见 [德] 施密茨《〈中国人的精神〉德译本序及附言》，载宋炳辉编：《辜鸿铭印象》，第211页，上海：学林出版社，1997年。

3. 按照萨义德的理论，"各种观念和理论也在人与人、境域与境域，以及时代与时代之间旅行。"英语为：Like people and schools of criticism, ideas and theories travel - from person to person, from situation to situation, from one period to another. "Traveling Theory", in Said, Edward Waefie: The World, the Text, and the Critic. Cambridge, Mass.: Harvard University Press, 1983. p.226.《旅行中的理论》，[美]爱德华·W.萨义德：《世界·文本·批评家》，第400页，李自修译，北京：生活·读书·新知三联书店，2009年。

及若有若无的诗人如 Beranger。"[1] 如此则即便仅以辜鸿铭为一个暂时的终点，那么需要顾及的重要人物也还不止于上述四人，即便将莱布尼茨与法国作家排除在外，参与到这一过程的至少有若干西方作家值得关注，如阿诺德（Arnold，Matthew，1822—1888）、丁尼生（Tennyson，Alfred，1809—1892）都是英国作家，而爱默生（Emerson，Ralph Waldo，1803—1882）则为美国大家，他们都与卡莱尔（Carlyle，Thomas，1795—1881）差不多同时代，也都是在西方文学史和思想史上相当享有声誉的知识精英。所以，如果要深入细致考察观念之间的发生、移动、变化乃至相互影响、互动、创生，则需要引入侨易学的思维模式，此处不赘。

我们还是回到辜鸿铭的欧洲观上来，这才是勃兰兑斯等欧洲精英真正感到兴味的东西，因为按他们的理解，"辜鸿铭对欧洲和欧洲人的熟悉程度，几乎没有第二个中国人可以比肩。他不是一位政治家，而是一位哲学家。我们对他的认识和评价，先要有这样一个基本概念"[2]。勃氏这样总结辜鸿铭的思路："据这位中国批评家的意见，欧洲所恃以维持社会国家秩序者有两样：就是敬神与畏法。所谓敬畏，必先假定一种权力。"[3] 敬神的结果是宗教，而养出一般为社会蛀虫的传教士；畏法则需豢养暴力维护者，即军人和警察。后面这两类人都是国家权力的暴力维护者，前面这类人，即传教士却在西方社会里有其独特的作用，并非简单的社会蛀虫这般简单。但勃氏显然是被辜鸿铭的说法有些打动了，他觉得这位异乡人开出的是药方，应当是可以用来给欧洲人自我反省的良剂。实际上，勃兰兑斯关心的应当是欧洲文明的前途问题，这也正是欧洲战争所带来的恶果所在，使得精英们对自己的文化合理性产生了怀疑。在一战那样剧烈的背景下，相比较梁启超简单地说什么西方文明破产要等东方文明去拯救的"大话"，辜鸿铭对欧洲的剖析则不但锐利独到，更兼学有根基，所以难怪德国人会认为："辜鸿铭是欧美工业化主义和军国主义有礼貌的、但又是尖锐的批判者。通过他对强权的阐释，军国主义对中国的思想家来说终于不再是一个令人惶惑不安的问题了。他熟悉并崇

1. ［丹麦］勃兰兑斯：《辜鸿铭论》，林语堂译，载黄兴涛编：《旷世怪杰——名人笔下的辜鸿铭，辜鸿铭笔下的名人》，第265页，上海：东方出版中心，1998年。

2. 德国《莱茵－威斯特华伦报》的评论，见［德］施密茨《〈中国人的精神〉德译本序及附言》，载宋炳辉编：《辜鸿铭印象》，第212页，上海：学林出版社，1997年。

3. ［丹麦］勃兰兑斯：《辜鸿铭论》，林语堂译，载黄兴涛编：《旷世怪杰——名人笔下的辜鸿铭，辜鸿铭笔下的名人》，第267页，上海：东方出版中心，1998年。

拜歌德、海涅、卡莱尔，以及那些伟大的法国历史学家和哲学家。不过
他的那种语气却是颇为令人惊奇的：即，他期待自己在德国精神中发挥
指导作用、期待自己首次对东西方文化进行综合。"[1]

　　勃兰兑斯似乎也可以和这种思潮相呼应，他显然对辜鸿铭的论述颇
为心悦诚服："一位真正的中国人，不得不鄙视欧人。"为什么呢？"由
中国人看来，欧人或是美人是一种靠教士及军人不能自治的人类。中国
人自治也不用教士，也不用军人。孔教，教人做好百姓的教，已经证明，
在二千五百年中，能不靠教士军警，统驭一个比欧洲更大的民族，使就
轨道。"[2] 显然，这是一种儒家优越感的体现，并用这种思路来反观欧
洲人，"由中国人看来，欧人将宗教与人类社会国家隔开，非常奇异。
宗教教欧人做好人，孔教却教人做好百姓。欧洲所谓宗教，教人成圣，
变成天使；中国人之所谓教，教人做孝子顺民。辜氏作一妙语说，'政
治在欧洲是一种科学，在中国是一种宗教'。"[3] 归根结底还是落到了
儒家思想上，而由此就不得不凸显创始人孔子的作用和意义。通过辜鸿
铭，勃氏如此理解孔子："孔子生前，中国人也有情感与理智的冲突，
与今日欧洲一样。孔子生而此冲突遂化归乌有。他不像老子、卢梭、托
尔斯泰，专门攻击鄙弃文明。他教人，由于教化，人才可以立身行事。"[4]
他根据欧洲的元思维矛盾将之套用于中国，然后以孔子之矛，来攻欧洲
之盾，居然也能自圆其说，"辜氏知道，一切立教的教主，都是极富感
情而慈悲为怀的人，都归结以公道与慈爱为最高观念，而名之为上帝，
但他虽觉得这甚自然而且有意义，却认为不关重要"[5]。所以，他似乎
相当推崇孔子对于立教教主的态度和思路："欧洲耶教及回教怎样激起
这神感，引起这活泼泼的热诚呢？他们的方法是引起对教主的爱，激起
对教主有无限的爱慕崇拜。这里可见孔教与耶、回两教的区别。回教教
人迷信穆罕默德，耶教教人信奉耶稣，孔教却不教人崇拜爱慕孔子。
孔子生时，他的门人是爱慕他的。他死了，他个人地位就不立于孔教

1. 德国《法兰克福》的评论，见 [德]
施密茨《〈中国人的精神〉德译本序
及附言》，载宋炳辉编：《辜鸿铭印象》，
第 211 页，上海：学林出版社，1997 年。

2. [丹麦] 勃兰兑斯：《辜鸿铭论》，
林语堂译，载黄兴涛编：《旷世怪杰——
名人笔下的辜鸿铭，辜鸿铭笔下的名
人》，第 267 页，上海：东方出版中心，
1998 年。

3. [丹麦] 勃兰兑斯：《辜鸿铭论》，
林语堂译，载黄兴涛编：《旷世怪杰——
名人笔下的辜鸿铭，辜鸿铭笔下的名
人》，第 270 页，上海：东方出版中心，
1998 年。

4. [丹麦] 勃兰兑斯：《辜鸿铭论》，
林语堂译，载黄兴涛编：《旷世怪杰——
名人笔下的辜鸿铭，辜鸿铭笔下的名
人》，第 270 页，上海：东方出版中心，
1998 年。

5. [丹麦] 勃兰兑斯：《辜鸿铭论》，
林语堂译，载黄兴涛编：《旷世怪杰——
名人笔下的辜鸿铭，辜鸿铭笔下的名
人》，第 271 页，上海：东方出版中心，
1998 年。

之前。"[1] 而这样一种关于信仰的选择和教主位置的确立，似乎与中国文化的基本特点是有相当密切关系的："欧人说中国文化发育一半即不长进，说中国人对于抽象科学缺乏能力，辜说中国人并不是发展一半的民族，乃永不衰老的民族。中国人间有赤子之心及成年人之智慧。他极力阐扬，欧人情感与理智之冲突，心肠与头脑之冲突，不见于中国。关于中国人缺乏进取精神，他未曾说到。"[2] 不过勃氏也非等闲人物，他显然一方面认同辜氏的若干说法，但仍不忘有所质疑，即对中国人民族性弱点形成的追问，譬如缺乏进取精神的问题。其实，这也正是中国文化的两面性所在，其持久求稳、恒定守常，那么自然就会产生惰性和不思进取。任何事物都不可能是完美无缺的。

　　辜鸿铭作为近代中国少有的产生国际影响的知识精英，其文化史意义怎么高估也不过分。相比较其在西方知识世界的流转与传播，他在日耳曼系国家的受重视程度，值得特别关注。德国知识精英以一种特殊的兴趣对其大加赞赏，而北欧知识人同样对其关注有加，这既让我们感受到德国与北欧的别种亲切，同时也表现出日耳曼文化场域的整体态势。如果说斯特林堡的中国更多是一个纸上的中国、文明的中国，那么勃兰兑斯虽然没有亲历中国，但通过与同时代中国知识精英的文字与精神交流，已经能够感受到中国的精神力量。尤其是辜鸿铭这样的代表性精英。对于这点，林语堂的认识非常到位："读勃兰兑斯此文，可知辜氏论调之要点，及其在西洋思想界之影响。勃兰兑斯学极淹博，于近代欧洲文学思想，无不融会贯通，故此文中参入批评，亦能抉赫见微，与寻常评论，又自不同。"[3] 林语堂在耶拿大学拿到博士学位，汉学系的学习经历使得他能处于中西之间的交接点上，所以他对西方知识界、学术界、思想界的情况应当是相当了解的，自然对勃氏的文化地位非常清楚，由这样一位大家来评论辜鸿铭，当然可以见出辜氏的影响力。

　　说起来，勃兰兑斯与辜鸿铭（1857—1928）大致是同时代人，虽然勃氏年长后者达 15 岁，但所谓"东海西海，心理攸同；南学北学，道术未裂"[4]。最高层次的知识精英的精神境界应当无异，所以像辜鸿铭可以和托尔斯泰

1. [丹麦] 勃兰兑斯：《辜鸿铭论》，林语堂译，载黄兴涛编：《旷世怪杰——名人笔下的辜鸿铭，辜鸿铭笔下的名人》，第 271 页，上海：东方出版中心，1998 年。

2. [丹麦] 勃兰兑斯：《辜鸿铭论》，林语堂译，载黄兴涛编：《旷世怪杰——名人笔下的辜鸿铭，辜鸿铭笔下的名人》，第 269 页，上海：东方出版中心，1998 年。

3. 林语堂的译文小引，[丹麦] 勃兰兑斯：《辜鸿铭论》，林语堂译，载黄兴涛编：《旷世怪杰——名人笔下的辜鸿铭，辜鸿铭笔下的名人》，第 263—264 页，上海：东方出版中心，1998 年。

4. 钱锺书：《序》，载《谈艺录》（补订本），第 1 页，北京：中华书局，1984 年。

(Tolstoy, L.N., 1828—1910)、泰戈尔（Tagore, Rabindranath, 1861—1941）等对话无碍。同样，勃氏丝毫不因自家名声而盲目自负，他认真地阅读来自异国的知识，认真去体会其中蕴含的异类的思想，并尽可能予以客观的批评。

二、 斯特林堡的中国与东方知识考古

斯特林堡与勃兰兑斯基本上是同时代人，两者相差七岁，勃氏略微年长。但他们对于中国的兴趣无疑是有相当之交集的，而且通过德国中介，或德语通道的路径则基本一致。作为一代大家的斯特林堡（Strindberg, August, 1849—1912），自然有其难以忽略的文学史地位，可他与中国文化的密切关联，则为我们理解现代世界形成过程中的"知识互动"提供了很好的进路。如果将北欧汉学史同样纳入考察，则我们会很清楚地看到中国文化在一个更为广袤和细微的欧洲语境里流转的具体历史过程。

如果我们将"中国知识"作为一种概念，那么其发展的过程究竟是怎样的？作为一种侨易现象，它是如何发生其具体的流转、传播、质变的过程的呢？这无疑深值考察。北欧语境作为一种西方文化的次级子文化（在欧洲文化之下、国别文化之上），无疑有其特殊的具体历史语境，就瑞典而言，1873 年成立了"瑞典人类学和地理学协会"，这被认为是"时代精神的一种标志"[1]，因为它增强了对各种关于异文化的人种学、考古学、生理人类学的兴趣，斯氏 1879 年加入此协会，自然易于形成相关兴趣。不过，说到斯特林堡与中国文化的结缘，则要追溯到他的职业选择，即他在 1874—1882 年间在斯德哥尔摩皇家图书馆担任助理馆员；即便如此，一般情况下也不太可能钟情于中国。一个特殊的机缘是上峰让他整理中国图书并编目，斯氏借此机会使自己成为了一名"汉学家"[2]。对这一点，周作人已经很清醒地认识到了，早在 1918 年《新青年》上翻译发表

1. ［瑞典］斯塔凡·吕纳（Rune, Steffan）：《斯特林堡与中国》（August Strindberg and Kina），李之义译，载《跨文化对话》第 21 辑，第 230 页，南京：江苏人民出版社，2007 年。

2. ［瑞典］斯塔凡·吕纳（Rune, Steffan）：《斯特林堡与中国》（August Strindberg and Kina），李之义译，载《跨文化对话》第 21 辑，第 231 页，南京：江苏人民出版社，2007 年。

斯特林堡作品时就指出："尝为 Stokholm 图书馆员，有中国文书未编目，乃习华文定订之。又研究十八世纪中瑞典与中国之交际，作文发表，得俄国地学会员。其博学多能，盖除 Goethe 外，世间文人，莫能比类也。"[1] 那么，这位早年钟情中国、日后大放异彩的大作家究竟该如何定位，其诗性创造与知识获取，尤其是作为汉学界的知识获取之间究竟存在怎样一种关联呢？

　　斯氏日后成为北欧具有世界声誉的大作家，其《红房间》就小说艺术而言很难说达到了怎样的高度，但就小说形式的审美来说，它却很可能给我们提供了另一种范式的意义。结构显然不能算是精心营造，人物形象亦多属信笔拈来，然惟其自然，所以显得不事雕琢，而生出一种别样的自然美来。当然，因此而显出的一些拖沓、疏散乃至慵懒的感觉，也就在所难免。不过，如果我们将其纳入到瑞典民族现代文学的创建期去考察，则不难理解前贤筚路蓝缕期的"元气淋漓"。此书很好地表现出了斯氏思想生长与小说技巧的相互渗透。具体来说，个体、社会、民族，构成了三个不同的维度，在这部小说里交相呈现，相互作用。民族主义的情绪在这部小说里似乎彰显得相当清楚，而且融入了相当多的理想成分，通过装饰雕塑匠乌勒说了这么段话："瑞典民族在这方面一贯走在文明的前列，在很大程度上比任何其他开化的民族更知道使世界主义思想硕果累累，从手头上掌握的数字看，我们已经达到相当高的水平。我们在这方面得益于十分有利的条件，我想用很短的时间分析一下这些条件，然后过渡到较为浅显的方面，如管理形式、农家自行估税制度等等。"[2]紧接着，他强烈抨击瑞典民族，认为"这个民族完全没有民族性"，说："除了在市场上已经过剩的各种木材和铁矿以外，谁还能告诉我，我们瑞典还有哪些纯瑞典的东西！什么是我们的民谣？"（第 297 页）结局，当然是他被从主席台上轰了下去。这让我们想起斯特林堡自己的经历，因为即便再伟大的艺术家，他也不可能脱离其生存的时代与民族语境。1910 年时，年逾花甲的斯特林堡发表《对瑞典民族的演说》（这有些令人不由地想起费希特的《对德意志民族的演说》，不过后者是在拿破仑大军压境的背景下处国难时的态度；而在前者，则是文学思想的道路之争。但无论如何，两者的民族情绪与关怀是一样的），攻击 1890 年代以后居于瑞典文学主流地

1. 周作人：《〈不自然淘汰〉引言》，载《新青年》第 5 卷第 2 号，第 106 页，1918 年。

2. [瑞典] 斯特林堡：《红房间》，见《斯特林堡文集》第 1 卷，第 295 页，李之义译，北京：人民文学出版社，2005 年。

位的持相对保守主义的雷维廷等人，强调 1880 年代那代人的
激进观点。在具体的观点上，其实并非"你死我活"，对民
族问题的关切在知识者恐怕都难以去怀，关键是思考的路径
不太一样。"在自然界漫步时的随笔"中如此给这个民族作
了判断："瑞典是一个殖民地，它有过繁荣时期和强国时期，
而现在看起来，就如同希腊、意大利和西班牙一样，进入了
休眠期。……世界风起云涌，人民愤怒地反抗压迫，而在这
个国家却灯红酒绿，一派太平景象。"[1] 多少有些"哀其不幸，
怒其不争"的味道，但社会的和谐恐怕也是这样一种表面形
态吧？在 1870—1880 年代里，正是欧洲经济危机、共产主义
运动势力大涨之际，斯氏的思路来源有自。[2]

　　在我看来，中国知识与瑞典语境，对于斯特林堡来说，其
实须臾不可分离。《红房间》创作的背景，其实也正是 1877—
1879 年间他以极大热情探索中国与学习汉语的时期，而在 1879
年他出版了成名作《红房间》[3]。这种巨变是否与中国探研有关？
无疑值得深究。

　　福柯提出知识考古学（L'Archéologie du Savoir）的
概念，希望能借助对知识变化与断裂点的考察而获得一种质
性的提升[4]。这里借助《梦的戏剧》为文本，来探讨斯氏的东
方文化接受情况，希望考察诗性创造的知识渊源及其不可避
免的跨文化旅程，而知识与思想的侨易过程究竟是如何在纷
繁复杂的地理位移与细致入微的思维过程中完成的，则尤其
是关注的重心所在。《梦的戏剧》故事情节并不复杂，取印
度神话人物因陀罗为引子，借其女儿入凡界化身为阿格尼丝
展开故事的叙述[5]。

　　阿格尼丝对军官说："到光明中去寻求自由是一种责任！"

1. [瑞典] 斯特林堡：《红房间》，载《斯特林堡文集》
第 1 卷，第 350—351 页，李之义译，北京：人民文学
出版社，2005 年。

2. 关于对《红房间》的评论，引自叶隽：《"艺术家小说"
的另类路径——读〈红房间〉》，载《北京日报》2005
年 10 月 11 日。

3. [瑞典] 斯塔凡·吕纳 (Rune, Steffan)：《斯特
林堡与中国》(August Strindberg and Kina)，李之
义译，载《跨文化对话》第 21 辑，第 231 页，南京：
江苏人民出版社，2007 年。

4. "只有像历史这样的科学，才具有循环往复的再分配。
随着历史的出场而变化，这种再分配呈现多种过去、多
种连贯形式、多种重要性、多种确定的网络以及多种目
的论：以至历史的描述必然使自己服从于知识的现实
性，随着知识的变化而丰富起来并且不断地同自身决
裂。"[法] 米歇尔·福柯 (Foucault, Michel)：《知
识考古学》(L'archéologie du Savoir)，第 3 页，
谢强等译，北京：人民文学出版社，2003 年第 2 版 (1998
年)。

5. [瑞典] 斯特林堡：《一出梦的戏剧》，载《斯特林
堡文集》第 4 卷，第 237—334 页，李之义译，北京：
人民文学出版社，2005 年。另参见 [瑞典] 斯特林堡：
《一出梦的戏剧》(高子英、李之义译)，载《斯特林
堡戏剧选》，第 393—480 页，北京：人民文学出版社，
1981 年。

军官却反驳说："生活从来就没有对我有什么责任！"[1]然而自由该当如何寻找呢？在何处能寻到我们梦寐以求的自由呢？或许还是如卢梭所言，"人生而自由，但却无不在枷锁之中"[2]。在凡俗的世界里找不到光明的影子，纯洁的女儿只能向神的世界诉说：

> 因陀罗，天之主宰，
>
> 听我们诉说！
>
> 听我们叹息！
>
> 人间并不洁净！
>
> 生活并不美好！
>
> 人类不恶，
>
> 也不善良！
>
> 他们勉强生活，
>
> 岁月蹉跎！
>
> 泥土的儿子在泥土中流浪，
>
> 生于泥土，
>
> 归于泥土！
>
> 他们用脚走路，
>
> 但没有飞翔的翅膀！
>
> 他们脸上粘满泥土，
>
> 是他们的罪过，
>
> 还是你的？[3]

这里提示的不仅是神界对人类的理解，而且是神、人之间难以回避的关联。对于人类的本性，这是一种很深层次的思考。但还不仅如此，女儿继续揭露："虚伪和不忠的波涛；地球上一切不能燃烧的东西，都被淹没在波涛里——看啊！（指着一堆船的残骸）看大海是如何掠夺和破坏——沉入大海的船只留下这些船头吉祥头像和船的名字：正义、友谊、金色的和平、希望——这是'希望'留下的一切——骗人

1. [瑞典]斯特林堡《一出梦的戏剧》，载《斯特林堡文集》第4卷，第253页，李之义译，北京：人民文学出版社，2005年。

2. [法]卢梭：《社会契约论》第4页，何兆武译，北京：商务印书馆，2003年。

3. [瑞典]斯特林堡《一出梦的戏剧》，载《斯特林堡文集》第4卷，第309—310页，李之义译，北京：人民文学出版社，2005年。

的'希望'留下的一切！——桅杆、桨架、戽斗！请看：有声航标——它自己得救了，而遇难者却丧生了！"[1]这其中真是意味深长，是一种生存与毁灭之间悖论的存在。陪伴她的是诗人，似乎诗人这个形象被赋予了特殊的意义。在女儿的眼中："诗不是现实，但高于现实……不是梦，但是清醒时的梦……"[2]

　　但在此剧之中，西方与东方资源是交相渗透的。譬如诗人会说："如果上帝说过了，为什么人类还不相信？"[3]明显用的是《圣经·新约》资源；而女儿则说："在太阳发光之前的时代早晨，梵天，即神的原始力量，受尘世之母玛娅的引诱而进行生殖。神的原始成分与泥土成分的结合便形成了原罪。世界、生活和人类只是一种幻影、一种虚无、一种梦幻……"[4]严格说来，此剧借鉴的主要是印度知识资源，但在这里显然是东西合璧起来。作者更接着让诗人发音说："我的梦！"[5]如此，则东西合璧之梦竟是由诗人来完成的，则诗人意义不言而喻。深究之，则其中东方知识谱系则若隐若现，彼此关联。一方面，作者让神学家抓狂："上帝抛弃了我，人类迫害我，政府解雇了我，我的同僚嘲笑我！当别人没有信仰的时候，我怎么能够会有信仰——我怎么能够为何一个不保护自己子民的上帝呢？"[6]另一方面，却又让女儿将希望寄托给诗人：

　　　　我们分别的时候来临，一切即将结束；

　　　　再见吧，你，人类之子，你，梦幻者，

　　　　你，诗人，最理解生活；

　　　　展开双翼，在太空飞翔，

　　　　你有时也掉进污泥之中，

　　　　但只是触摸，不会深陷！

　　　　……

　　　　噢，此时我只感到生存的痛苦，

　　　　那就是做人——

1. [瑞典] 斯特林堡：《一出梦的戏剧》，载《斯特林堡文集》第 4 卷，第 312 页，李之义译，北京：人民文学出版社，2005 年。

2. [瑞典] 斯特林堡：《一出梦的戏剧》，载《斯特林堡文集》第 4 卷，第 312 页，李之义译，北京：人民文学出版社，2005 年。

3. [瑞典] 斯特林堡：《一出梦的戏剧》，载《斯特林堡文集》第 4 卷，第 328 页，李之义译，北京：人民文学出版社，2005 年。

4. [瑞典] 斯特林堡：《一出梦的戏剧》，载《斯特林堡文集》第 4 卷，第 329 页，李之义译，北京：人民文学出版社，2005 年。

5. [瑞典] 斯特林堡：《一出梦的戏剧》，载《斯特林堡文集》第 4 卷，第 312 页，李之义译，北京：人民文学出版社，2005 年。

6. [瑞典] 斯特林堡：《一出梦的戏剧》，载《斯特林堡文集》第 4 卷，第 332 页，李之义译，北京：人民文学出版社，2005 年。

……

　　心被扯到不同的方向,

　　感情像群马分尸,

　　被对立、犹豫与不和谐拉扯……[1]

但需要指出的是，这里不仅有对因陀罗的印度神话世界的回归，也还与西方诗思资源密切相关，心被拉扯的说法这显然就与歌德所说的"一体二魂"如出一辙[2]，再印证之，则是女儿还表露出更深的哲理追问："现在我的灵魂不得安宁……它已一分为二，被拉向两个方向！"[3]斯氏似应对歌德相当熟悉，正如歌德借浮士德之口讽刺其时的教育制度一样[4]，斯特林堡也借阿格尼丝来攻击四大学科："就看这四个系吧！——保持社会存在的政府对这四个系都资助：神学，即关于上帝的学说，一直受到哲学的攻击和嘲弄，哲学认为自己是智慧的化身；而医学一直否定哲学，也不把神学算在科学的范畴里，称神学为迷信……而它们四家共同在教导处里，教育青年要尊敬大学。那是一座疯人院！"[5]总体来说,瑞典戏剧史家贝耶尔(Agne Beijer, 1888—1975)的判断值得重视，他将此剧誉之为"不仅是斯特林堡的，而且也是世界文学中最伟大的创作之一"[6]，竟何以然？自然还是此中表现出的复杂的思想意象结构，以及会通东西神话和思想资源的努力尝试。

　　而值得关注的是,斯氏对叔本华相当关注,

1. [瑞典] 斯特林堡：《一出梦的戏剧》，载《斯特林堡文集》第 4 卷，第 333—334 页，李之义译，北京：人民文学出版社，2005 年。

2. 歌德借助浮士德之口道出的那个思想史上的元命题："啊！两个灵魂居于我的胸膛，/ 它们希望彼此分割，摆脱对方 / 一个执着于粗鄙的情欲，留恋这尘世的感官欲望 / 一个向往着崇高的性灵，攀登那彼岸的精神殿堂！"德文为：Zwei Seelen wohnen, ach! in meiner Brust, / Die eine will sich von der andern trennen; / Die eine hält, in derber Liebeslust, / Sich an die Welt mit klammernden Organen; / Die andre hebt gewaltsam sich vom Dunst/ Zu den Gefilden hoher Ahnen. [Werke: Faust. Eine Tragödie. Goethe: Werke, S. 4578 (vgl. Goethe-HA Bd. 3, S. 41) http:// www.digitale-bibliothek.de/band4.htm] 此处为作者自译。《浮士德》中译本参见 [德] 歌德：《歌德文集》第 1 卷，第 34 页，绿原译，北京：人民文学出版社，1999 年。

3. [瑞典] 斯特林堡：《一出梦的戏剧》，载《斯特林堡文集》第 4 卷，第 327 页，李之义译，北京：人民文学出版社，2005 年。

4. "啊！哲学，/ 法学和医学，/ 可惜还有神学，/ 我都已彻学成绝。/ 可现在的我依然还是蠢材，/ 一定都不比以前聪慧！""Habe nun, ach! Philosophie, / Juristerei und Medizin, / Und leider auch Theologie/ Durchaus studiert, mit heiβ em Bemühn./ Da steh' ich nun, ich armer Tor, / Und bin so klug als zuvor!"[Werke: Faust. Eine Tragödie. Goethe: Werke, S. 4546 (vgl. Goethe-HA Bd. 3, S. 20) http: // www.digitale-bibliothek.de/band4.htm] 此处为作者自译。中译本参见 [德] 歌德：《歌德文集》第 1 卷，第 15 页，绿原译，北京：人民文学出版社，1999 年。

5. [瑞典] 斯特林堡：《一出梦的戏剧》，载《斯特林堡文集》第 4 卷，第 273 页，李之义译，北京：人民文学出版社，2005 年。

6. 转引自 [瑞典] 斯特林堡：《一出梦的戏剧·题解》，载《斯特林堡文集》第 4 卷，第 244 页，李之义译，北京：人民文学出版社，2005 年。

认真读过他的作品[1]。而叔本华对东方文化的热情和修养值得关注，他不但对印度文化情有独钟，而且也对中国文化有所涉猎。所以通过这样的桥梁，斯氏对中国自然别生亲近之道。当然更直接和具体的证据，是斯氏对瑞典传教士与中国渊源的考证，他专门写过这样的文章，并且将其放置在一个更为广阔的语境中去理解其意义："十九世纪三十年代初期，英国人长时间向中国走私鸦片，且有日益猖獗之势，在所有的努力失败以后，中国政府在忍无可忍的情况下，爆发了战争（1839 年），虽然是正义之举，但还是以中国失败告终。恶行昭彰之后，在欧洲文明国家中似乎良心有所发现，人们感到很有必要和解或者至少以某种方式对此道歉。"[2] 这是欧洲传教士走向中国的一个重要动因，这其中当然就包括了瑞典人的步履，"在瑞典，人们也对可怜的中国产生了这种激情，那些积极分子告别祖国、家庭和亲朋，他们的名字和业绩至今仍被传颂"[3]，斯特林堡重点提到了三位瑞典同胞，即哈姆贝里、埃尔伊奎斯特（1821—?）、法斯特(1822—?)。所谓哈姆贝里实际上应该是大名鼎鼎的首位瑞典传教士韩山文(Hamberg, Theodor, 1819—1854)，他与太平天国关系密切，并且曾经出版过一部关于太平天国的著作，名为《中国造反领袖洪秀全与中国起义的源起》 (*The Chinese Rebel Chief Hung - Siu - Tshuen and the Origin of the Insurrection in China*, 1855)[4]。斯特林堡在他的文章里记述了韩山文与大名鼎鼎的德国传教士郭士立（Gützlaff, Karl, 1803—1851）、美国传教士罗孝全（Roberts, Issachar Jacob, 1802—1871) 的关系，乃至与洪仁玕（1822 年—1864 年）的交往，颇有历史价值。

1. 何成洲：《对话北欧经典——易卜生、斯特林堡与哈姆生》，第 94 页，北京：北京大学出版社，2009 年。

2. [瑞典] 斯特林堡：《瑞典传教士在中国》，载《斯特林堡文集》第 5 卷，第 206 页，李之义译，北京：人民文学出版社，2005 年。

3. [瑞典] 斯特林堡：《瑞典传教士在中国》，载《斯特林堡文集》第 5 卷，第 206—207 页，李之义译，北京：人民文学出版社，2005 年。

4. 参见 [瑞典] 杨富雷：《北欧视角下的中国形象》，尚光一译，载《文史知识》2010 年第 5 期，第 26 页。全文原载《中国文化研究》2010 年春之卷，第 196–203 页，2010 年 2 月 28 日。

三、 汉学桥梁、东学西渐与现代北欧文学之形成

——德语系谱与欧洲语境的中国知识支撑[1]

我们必须注意到的是，北欧语境并非孤立存在，它作为日耳曼文化的一种子文化，有其特殊的结构和网链关系。在这个方面，斯特林堡的表现尤为突出，他不仅身体力行地投入到中瑞文化交流史的梳理工作里去，而且与欧洲汉学家进行联系。这其中特别要提到考狄（Henri Cordier，1849—1925），此君是法国人，虽然汉语不甚纯熟，但却是法国著名的东方学家、目录学家、珍本收藏家，世界汉学刊物《通报》创始人兼首任主编[2]。其著述宏富，乃中西关系史上无法越过的标志性人物。斯特林堡与考狄书信来往不少，二者相互需要，斯氏的目的需要弄懂汉字，而考狄则希望得到关于中国的瑞典语书籍信息，因其在出版于 1881 年的撰作《西人论中国书目》（Bibliotheca Sinica）里，特在序言中向斯氏致谢，他提供了近 150 部瑞典语中国书籍的信息，大部分为作者所不知[3]。同样，在辜鸿铭的欧洲侨易之旅中，汉学家的桥梁功用不可忽视。这其中尤其值得提到的是卫礼贤（Richard Wilhelm，1873—1930），作为德国学术史上不可忽视的重镇，虽然其并不为其时的主流汉学界所接受，但他对汉学史的意义绝对不可低估，仅就其那部不断被辗转翻译的德译本《易经》，就足证其伟大的意义。这里主要想强调的则是他对辜鸿铭的译介和接受[4]，同样表现出非常重要的跨文化场域意义。作为汉学家，考狄与卫礼贤均有中国经验，而且相当丰富，考狄曾留居上海颇长时间，在 1869 到 1876 年，回国后出任巴黎东方语言学院教授；卫礼贤就更是与中国结缘深厚。

1. 关于北欧与中国文化关系，参见陈迈平：《易卜生戏剧中的象征问题》，载《戏剧学习》1984 年第 2 期，总第 32 期，第 39—44 页，1984 年 6 月。

2. 我们更多关注考狄，是因为其撰作了不少中法关系史研究的著作。如 Cordier, Henri：La Chine en France au XVIIIe siècle(18 世纪法国之中国)，Paris：Henri Laurens，1910.《西人论中国书目》5 卷 (1881—1924)，《中国与西方列强关系史》（3 卷，1902），《中国通史》(4 卷，1920)。关于考狄信息的一个介绍，参 见 http://www.douban.com/group/topic/34591851/，访问日期: 2013 年 8 月 28 日。《亨利·考狄著作目录》（Bibliographie des oeuvres de Henri Cordier, Paris：Librairie orientaliste, 1924)

3. 参见 [瑞典] 斯塔凡·吕纳 (Rune, Steffan)：《斯特林堡与中国》（August Strindberg and Kina），李之义译，载《跨文化对话》第 21 辑，第 234 页，南京：江苏人民出版社，2007 年。

4. 参见方厚升：《超越偏狭，走向宽容——评卫礼贤对辜鸿铭的接受》，载《四川大学学报》（哲学社会科学版）2009 年第 2 期，第 69-74 页。

　　欧洲汉学应该说是有一个完整的谱系，虽然因为其语言多样、国别众多，但其间知识人的同声应气却不乏共鸣共进之处；这与日后北美汉学形成还是不太一样，他们强调的更是自家标新立异的方面，乃有后来所谓另辟蹊径的"中国学"的兴起，是要在欧洲汉学之外另开新范式的。当然即便是强调汉学桥梁的功用，也不应完全忽略中国学人的贡献，尤其是像辜鸿铭这样的留学生类型人物的介入。毕竟，作为母语者的中国学人，尤其是那些具有留学西方背景的知识人，他们往往知己知彼，所论能切中要害，辜鸿铭就曾对西方汉学有过严厉批评，他认为："著有《中国人的性格》一书的阿瑟·史密斯，在我看来他就不理解真正的中国人，因为，作为一个美国人——他无法深刻地理解真正的中国人。翟理士博士，他被认为是真正的汉学家，在我看来也并不真正理解中国语言，因为，作为一个英国人，他不够博大——他缺乏哲学的远见以及因之而生的博大。"[1] 不过这种观点也不能走向极端，因为汉学家即便有再多的缺点，他们对西方世界所贡献的中国知识传播意义也无法抹杀，甚至极为重要，因为他们给西方主流知识界提供了一种完全不同的知识和思想资源。对于斯特林堡来说，与中国结缘只是一种方式，一种获取知识的特殊方式，汉学家的帮助和知识世界具有无法替代的中介性意义。对于勃兰兑斯这样不通汉语者就不用说了，如果不借助汉学家构筑的那个中国世界，他们基本上处于"盲目"状态，这对那些西方主流知识精英而言恐怕是具有共性意义的，但他们的好处在于对"自家的世界"很熟悉，譬如勃兰兑斯很自然地将北欧、德国的精英拿来做比较："尼采和易卜生都各自独立地选择了关于培育道德贵族主义者的思想。"[2] 具体到相关的文学镜像则有如此描述：

　　易卜生的罗斯莫（Rosmer）喜爱这种思想，他的斯道克曼医生（Dr. Stockmann）也是这样。尼采则先把高等人说成是种族的准备性目标，继而又通过扎拉斯图拉之口宣布了超人的诞生。

　　他们在心理学领域也一次又一次相遇了。易卜生在《野鸭》

1. 英文为：The Rev. Arthur Smith；who wrote the Chinese Characteristics, I have tried to show, does not understand the real Chinaman, because, being an American, —he is not deep enough to understand the real Chinaman. Dr. Giles again, who is considered a great sinologue, I have tried to show, does not really understand the Chinese language, because, being an Englishman, he is not broad enough, —he has not the philosophic insight and the broadness which that insight gives, Gu Hongming: *The Spirit of the Chinese People.* 辜鸿铭：《中国人的精神》第 121—122 页，黄兴涛等译，海口：海南出版社，1996 年。

2. 【丹麦】勃兰兑斯：《尼采》，第 205 页，安延明译，北京：中国社会科学出版社，1985 年。

（The Wild Duck）中曾谈及谬误对于生活的必要性。尼采则由于对生活的挚爱，而提出了另外一些类似的观点。他认为，所谓真理，只有当其有助于保卫和推进生活时，才是有价值的。而谬误也只有当其使生活趋于枯萎时，才能被称作是一种有害的、破坏性的力量。当生活还离不开它时，它本身就不能算是一种惹人讨厌的东西。[1]

尼采和易卜生其实不能算是同行，相比较易卜生的戏剧家身份，尼采则更多以哲人形象出现。但此处勃氏将二者相提并论却并不让人觉得牵强附会，之所以如此乃因二者本就有其"哲人诗家，心理攸通"的一面，在这里诗人巨像、文学镜像、观念思想都交集在一起，形成一幅非常具有互动意义的质感知识画卷。在勃氏看来，"由于其著作的原因，易卜生和尼采都没有受到忽视，然而，他们仍旧是两位孤独的人。斯道克曼医生说过，最孤立的人，才是最强有力的人。但是，在他们两人中间，谁最为孤立呢？易卜生到处避免与他人结盟，但却将自己的作品奉献给公共剧场中的庸众；尼采，作为思想家而言，是特立独行，无所依傍的，但作为个人，却又在不断地——即使通常总是徒劳地——寻觅自己的知音和思想传播者。但是，当其理智健全时，他的著作始终没有获得广大的读者，或者竟至受到了肆意的歪曲。"[2] 此处揭示的现象让人感慨万千，孤独或许从来就是伟大诗人和思者的必然宿命，不管是成功者还是失落者，不管是生前得享大名还是死后轰轰烈烈，他们的内心深处恐怕都摆不脱孤独寂寞，或许真是李白所言"古来圣贤皆寂寞，惟有饮者留其名"！易卜生、尼采如此，勃氏、斯氏又何尝不然？勃氏终生漂泊于外国，而斯氏则似乎与所有人为敌，其命乎哉？

此处仅以丹麦、瑞典的两个代表人物勃兰兑斯、斯特林堡二人为例说明了东学西渐，尤其是中国与东方文化在北欧语境里的流转和影响是如何展开的。如斯文赫定（Sven Anders Hedin, 1865—1952）、马丁松（Harry Martinson, 1904—1978）等人多与中国文化发生关联[3]，值得认真探究；此外如拉格洛芙（Lagerlof, Selma, 1858—1940）、林格伦（Lindgren,

1. ［丹麦］勃兰兑斯：《尼采》，第205页，安延明译，北京：中国社会科学出版社，1985年。

2. ［丹麦］勃兰兑斯：《尼采》，第206页，安延明译，北京：中国社会科学出版社，1985年。

3. 参见［瑞典］万之：《哈瑞·马丁松与中国文化》（Harry Martinson and Chinese Culture），载《跨文化对话》第21辑，第248—259页，南京：江苏人民出版社，2007年。

Astrid，1907—2001）、约翰松（Lo-Johansson，Karl Ivar，1901—2008）等，也都是相当有成就的作家，都曾获得诺贝尔文学奖，同样值得作为深入探索的上佳个案，此处不赘。

北欧文学乃是日耳曼文化谱系的一部分，它的发展和进程表现出自身的特征，但同时也不可避免地沾染上日耳曼文化的整体特质。而从另一个角度来看，当东学西渐以一种整体态势自东向西，不是用西方惯用的"东方主义"的观点衡量之，而是从人类知识流转、融合和归一的大势着眼，即消解主体的侨易思维角度去观察之，则妙态横生。即知识本身有其发展的规律性，"不以物喜，不以己悲"，如此或可更得大道侨易的本源所在。西学之"一元"何时而成？东学之"一元"何时而成？这一阴一阳的定位何时整体形成？这无疑是饶有趣味的话题，现代北欧文学只不过是西学一元的无数子集之下的一集，即欧洲强势一元中的日耳曼文化区下的子集，但即便如此，它仍然有自身的内在逻辑需要遵循，值得日后大做文章。

附录

1. 西文—中文名词对照表

aestheticism 唯美主义

anarchism 无政府主义

Anderson，Hans Christian 安徒生

asceticism 禁欲主义

Baudelaire 波德莱尔

Brandes，Georg Morris Cohen 勃兰兑斯

capitalism 资本主义

classicism 古典主义

cosmopolitalism 世界主义

cosmopolitalist 世界主义者

democracy 民主主义

dialectical materialism 辩证唯物主义

expressionism 表现主义

feminism 女性主义

feudalism 封建主义

Goethe，Johann Wolfgang 歌德，哥德

Hamsun，Knut 汉姆生

Hasenclever 汉森克洛浦

Hauptmann 霍普特曼

Hebbel 海勃尔

humanism 人本主义

humanitarianism 人道主义

Ibsen 易卜生

Ibsenism 易卜生主义

idealism 唯心主义

individualism 个人主义

Kaiser 恺石

Kleist 克莱司特

liberalism 自由主义

Marxism 马克思主义

nationalism 国家主义

naturalism 自然主义

Pinero 裴耐劳

realism 现实主义（写实主义）

romantism 浪漫主义

Schiller 席勒

Shaw，Bernard 萧伯纳

socialism 社会主义者

Strindberg，August 斯特林堡

Sudermann 苏德曼

symbolism 象征主义

Tolstoy，Aleksey，Count 托尔斯泰

Wilde，Oscar 王尔德

Zola，Emil 左拉，曹拉

2. 中文名词索引

（下列数字为本书页码）

参考文献

一　基本文献

1．期刊报纸

《国闻周报》1925 年、1936 年、1937 年

《文学周报》1925 年

《安徽大学学报》1992 年

《安庆师范学院学报》（社会科学版）2010 年

《小说月报》1921 年、1923 年、1925 年、1927 年

《吉首大学学报》（社会科学版）1997 年

《晨报副镌》1923 年

《燕山大学学报》（哲学社会科学版）2009 年

《人民日报》1978 年

《山东师范大学学报》（人文社会科学版）2009 年

《申报月刊》1932 年

《人文科学学报》1943 年

《四川大学学报》（哲学社会科学版）2009 年

2．研究对象的基本文献

[丹] 安徒生 . 皇帝的新装——安徒生童话名作选 . 叶君健译 . 张惠军、黎清文编 . 北京：华文出版社，1997.

[丹] 安徒生 . 真爱让我如此幸福 . 流帆译 . 北京：国际文化出版公司，2002.

[丹] 勃兰兑斯 . 十九世纪文学主流 . 第 1 分册《流亡文学》. 张道真等译 . 北京：人民文学出版社，1997.

[丹] 勃兰兑斯 . 十九世纪文学主流 . 第 2 分册《德国的浪漫派》. 刘半九译 . 北京：人民文

学出版社，1981.

[丹] 勃兰兑斯．尼采．安延明译．北京：中国社会科学出版社，1985.

[挪] 易卜生．易卜生文集．第 5 卷．潘家洵译．北京：人民文学出版社，1995.

[挪] 易卜生．易卜生戏剧四种．潘家洵译．北京：人民文学出版社，1958.

[挪] 汉姆生．大地的成长．李葆真译．上海：上海译文出版社，1985.

3. 其他基本文献

[法] 丹纳（Taine，H.A.）．艺术哲学（Philosophie de l'art）．傅雷译．合肥：安徽文艺出版社，1991.

[法] 凯·贝尔塞等．重解伟大的传统．黄伟等译．北京：社会科学文献出版社，1999.

[法] 洛里哀．比较文学史．傅东华译．上海：上海书店，1989.

[瑞典] 雅·阿尔文（Alving，Hjalmar）、古·哈塞尔贝里（Hasselberg，Gudmar）．瑞典文学史（Svensk Litteraturhistoria）．李之义译．北京：外国文学出版社，1985.

[瑞典] 拉格尔克朗斯(Lagercrantz，Olof).斯特林堡传（August Strindberg）.高子英译.北京：人民文学出版社，2005.

[瑞典] 斯特林堡．斯特林堡文集．第 1 卷、第 4 卷．李之义译，北京：人民文学出版社，2005.

[德] 歌德．歌德文集．第 1 卷．绿原译．北京：人民文学出版社，1999.

[德] 豪夫．小矮子穆克——豪夫童话全集．杨武能译．桂林：广西师范大学出版社，2003.

[德] 里德.德国诗歌体系与演变——德国文学史.王家鸿译.台北：商务印书馆，1980 第 2 版.

[德] 马克思、恩格斯．马克思恩格斯全集．第 5 卷．中共中央马克思恩格斯列宁斯大林著作编译局译．北京：人民出版社，1972.

[德] 康德．历史理性批判文集．何兆武译．北京：商务印书馆，1990.

[德] 爱克曼辑录．歌德谈话录．朱光潜译．北京：人民文学出版社，1978.

李长之．北欧文学．重庆：商务印书馆，1944.

冯至．冯至全集．第 5 卷、第 8 卷．石家庄：河北教育出版社，1999.

鲁迅．鲁迅全集．第 1 卷、第 2 卷、第 5 卷、第 6 卷、第 7 卷、第 8 卷、第 12 卷、第 15 卷、

第 16 卷 . 北京：人民文学出版社，2005.

胡适 . 胡适文集 . 第 4 卷 . 欧阳哲生编 . 北京：北京大学出版社，1998.

陈寅恪 . 陈寅恪集·诗集　附唐筼诗存 . 北京：生活·读书·新知三联书店，2001.

陈寅恪 . 陈寅恪史学论文选集 . 上海：上海古籍出版社，1992.

陈寅恪 . 陈寅恪集·金明馆丛稿二编 . 北京：生活·读书·新知三联书店，2001.

刘大杰 . 德国文学概论 . 上海：北新书局，1928 年 .

钱理群、温儒敏、吴福辉 . 中国现代文学三十年（修订版）. 北京：北京大学出版社，

1998.

叶圣陶 . 叶圣陶选集 . 北京：开明书店，1951.

韦苇编著 . 世界儿童文学史概述 . 杭州：浙江少年儿童出版社，1986.

宋炳辉 . 弱势民族文学在中国 . 南京：南京大学出版社，2007.

陈安湖主编 . 中国现代文学社团流派史 . 武汉：华中师范大学出版社，1997.

王琢编 . 中日比较文学研究资料汇编 . 杭州：中国美术学院出版社，2002.

季羡林、张光璘编 . 东西文化议论集 . 上册 . 北京：经济日报出版社，1997.

叶君健 . 叶君健全集 . 第 17 卷 . 北京：清华大学出版社，2010.

温儒敏 . 中国现代文学批评史 . 北京：北京大学出版社，1993.

邓广铭 . 邓广铭全集 . 第 10 卷 . 石家庄：河北教育出版社，2005.

司马长风 . 中国新文学史 . 中册 . 香港：昭明出版社有限公司，1975 初版（1980 年三版）.

范伯群、朱栋霖主编 . 中外文学比较史 1898—1949. 上册 . 南京：江苏教育出版社，1993.

周作人 . 周作人自编文集：儿童文学小论、中国新文学的源流 . 止庵编 . 石家庄：河北教育

出版社，2003.

朱光潜 . 朱光潜全集 . 第 1 卷 . 合肥：安徽教育出版社，1987.

茅盾 . 茅盾作品经典 . 第 III 集 . 北京：中国华侨出版社，1996.

巴金 . 家 . 北京：人民文学出版社，1981 第 3 版 .

郭沫若 . 卓文君 . 载《郭沫若全集》文学编第 6 卷 . 北京：人民文学出版社，1986.

欧阳予倩 . 欧阳予倩全集 . 第 6 卷 . 上海：上海文艺出版社，1990.

田汉.田汉全集.第 20 卷.石家庄：花山文艺出版社，2000.

曹禺.曹禺自述.北京：京华出版社，2005.

陈铨.陈铨代表作.于润琦编选.北京：华夏出版社，1999.

闻一多.闻一多全集.孙党伯、袁春正主编.武汉：湖北人民出版社，1993.

二　中文研究著作

C

陈惇、刘洪涛编.现实主义批判——易卜生在中国.南昌：江西高校出版社，2009.

陈平原.在东西方文化碰撞中.杭州：浙江文艺出版社，1987.

G

[斯洛伐克] 高利克.中西文学关系的里程碑（1898—1979）.伍晓明等译.北京：北京大学出版社，1990（2008 年重排）.

H

[德] 海涅.论德国宗教和哲学的历史.海安译.北京：商务印书馆，1974.修订第 2 版

胡文辉.陈寅恪诗笺释.上卷.广州：广东人民出版社，2008.

黄兴涛.文化怪杰辜鸿铭.北京：中华书局，1995.

黄兴涛编.旷世怪杰——名人笔下的辜鸿铭，辜鸿铭笔下的名人.上海：东方出版中心，1998.

J

金岳霖.论道.北京：商务印书馆，1987.

L

李长之.德国的古典精神.成都：东方书社、中西书局、复兴书局，1943.

刘大杰.易卜生研究.上海：商务印书馆，1928.

刘大杰.东西文学评论.上海：中华书局，1934.

刘明厚主编.不朽的易卜生——百年易卜生中国国际研讨会论文集.北京：中国戏剧出版社，

2008.

梁启超．清代学术概论．上海：上海古籍出版社，1998.

刘文杰．德国浪漫主义时期童话研究．北京：北京理工大学出版社，2009.

李怡．日本体验与中国现代文学的发生．北京：北京大学出版社，2009.

M

[美] 菲·马·米切尔．丹麦文学的群星．阮珅等译．沈阳：辽宁教育出版社，2003.

P

彭斯远．叶君健评传．太原：希望出版社，2009.

Q

钱锺书．谈艺录（补订本）．北京：中华书局，1984.

S

[美] 爱德华·W.萨义德．世界·文本·批评家．李自修译．北京：生活·读书·新知三联书店，2009.

宋炳辉编．辜鸿铭印象．上海：学林出版社，1997.

W

王宁、葛桂录．神奇的想像：南北欧作家与中国文化．银川：宁夏人民出版社，2005.

[德] 彼·沃得．克尔凯郭尔．第 34 页．鲁路译．石家庄：河北教育出版社，1999.

X

向俊芳．斯特林堡与中国早期现代戏剧中的表现主义色彩．第 5 页．长沙：中南大学比较文学与世界文学硕士论文，2008.

徐兰君、安德鲁·琼斯（Jones, Andrew F.）编．儿童的发现——现代中国文学及文化中的儿童问题．北京：北京大学出版社，2011.

Y

叶隽．史诗气象与自由彷徨——席勒戏剧的思想史意义．上海：同济大学出版社，2007.

叶隽．从文化转移到作为理论资源的侨易学观念．载《南京师范大学文学院学报》2013 第 2 期．

叶隽．变创与渐常——侨易学的观念．北京：北京大学出版社，2014.

叶隽 . 德国精神的向度变型——以尼采、歌德、席勒的现代中国接受为中心 . 北京：中央编译出版社，2014.

袁振英 . 易卜生社会哲学 . 上海：泰东书局，1927.

三　西文文献

Johann Peter Eckermann: *Gespräche mit Goethe-in den letzten Jahren seines Lebens*（歌德谈话录——他生命中的最后几个年头）. Berlin und Weimar: Aufbau-Verlag, 1982. S.198.

Eide, Elisabeth: *China' s Ibsen: from Ibsen to Ibsenism*. London: Curzon Press, 1987.

Fohrmann, Jürgen & Voβkamp, Wilhelm（hrsg.）: *Wissenschaft und Nation-Studien zur Entstehungsgeschichte der deutschen Literaturwissenschaft*（学术与民族——德语文学学术之形成史研究）. München: Wilhelm Fink Verlag, 1991, S.74.

Svanberg, Harald: *Percy Bysshe Shelley: Englands störste lyriker*. Årtal: 1905.

Svanberg, Harald: *Scener och scenerier*. Årtal: 1912.

Svanberg, Harald: *Glimtar från Kina*. Årtal: 1919.

Ku Hongming: *China' s Verteidigung gegen Europäische Ideen: Kritische Aufsätze*. hrsg. mit einem Vorwort von Alfons Paquet. Jena: Eugen Diederichs, 1921.Gu Hungming: Det goda medborgarskapets religion och andra essayer / bemynd. övers. från engelska originaltexten av Signe Taube; med ett företal av Harald Svanberg, Årtal: 1916. Ku Hung-Ming: *Vox clamantis: Betrachtungen über den Krieg und anderes*. Leipzig: Verlag der Neue Geist, 1920.

He Chengzhou: *Henrik Ibsen and Modern Chinese Drama*. Oslo: 2004. He Chengzhou: *Ibsen and Modern China*. Turin, 2007.

Cordier, Henri: *La Chine en France au XVIIIe siècle*（18 世纪法国之中国 ）, Paris: Henri Laurens, 1910.

Tam, Kwok-kan: *Ibsen in China: Reception and Influence*. Ph. D. dissertation, Illinois: University of Illinois at Urbana-Champaign, 1984.

Tam Kwok-kan: *Ibsen in China 1908—1997: A Critical-Annotated Bibliography of Criticism,*

Translation and Performance. Hongkong: The Chinese University Press, 2001.

Novalis: *Die Werke Freidrich von Hardenbergs.* Band II. Hg. Von Kluckhohn, P. & Samuel, R., Leipzig, 1929.

McGillis, Roderick(ed.): *Children's Literature and the fin de siècle.* London: International Research Society for Children's Literature, 2003. p.xii.

Said, Edward Waefie: *The World, the Text, and the Critic.* Cambridge, Mass.: Harvard University Press, 1983.

Werke: Effi Briest. Fontane: Werke, S. 5620 (vgl. Fontane-RuE Bd. 7, S. 268) http://www. digitale-bibliothek.de/band6.htm

Werke: Faust [in ursprünglicher Gestalt]. Goethe: Werke, S. 3273 (vgl. Goe the-HA Bd. 3, S. 378) http://www.digitale-bibliothek.de/band4.htm

Werke: Zur Geschichte der Religion und Philosophie in Deutschland. Heine: Werke, S. 3089 (vgl. Heine-WuB Bd. 5, S. 176) http://www.digitale-bibliothek.de/band7.htm

后记

从题目来看，自然就让人想起了《德国精神的向度变型——以尼采、歌德、席勒的现代中国接受为中心》那部书。确实，我是有着明确的建构意识，希望通过对德国、奥国、北欧诸重要日耳曼分支文化区的探讨，来逐步逼近一个作为整体的日耳曼文化。相比较尼采、歌德、席勒诸君而言，我对安徒生、易卜生、勃兰兑斯等没有那么熟悉，但确实也有着"虽不能至心向往之"的感情，对他们一直甚为关注。对于北欧文学和文化的这种亲近之情，或许是文化亲缘关系的自然反映，因为即便落实到每个具体的个体，他也有其自身特定的经验和情感，但某种集体规定性也仍然是很重要的。作为以德语为业的学人，我当然会对德国文化情有独钟，那么延伸开去，日耳曼文化整体谱系的考量也自然是题中必有之意。我一直在做的，还有奥国精神的探索，自从 2004 年借助获得诺奖的耶利内克的探索提出奥国文学命题之后，就希望能加速那个研究的完成，但可惜兴趣泛漫，事情也太多，几次想集中精力毕其功于一役，终究还是留下了满手的断简残篇。或许需要的，也仅是一个适合促成的契机。当然就大日耳曼文化圈来说，这还远远不能算是穷尽了各分支文化区，诸如荷兰、瑞士等似乎也需要关注，但以三为柱，我想可以基本凸显其核心要义。这样我可以尝试初步回答杨武能先生提出的问题，应当如何使用日耳曼学、德国学、德语文学研究等不同的学科概念。

不过借这部书，我想记录的，还是与学界前辈和友人的交谊。"平生风义兼师友"，或许最能形容我此时的感受。首先要感谢的是钱林森先生，我至今犹记得在北京语言大学校园内的初识情景。那次我应孟华教授之命，参加她所组织的一场圆桌讨论会，记得题目是"外国人眼中的北京与北京人"，我当时正研究卫礼贤，就做了一篇《记忆帝京与中国心灵——卫礼贤北京追述体现的文化间张力》去参会。想不到参加的是中国比较文学学会第九届年会，当时在北语校园召开。会议规模很大，人数很多。我对"中外文学关系"的主题自然兴趣浓厚，就去参加那个分会场，本意只是想听一耳朵而已，没想到作为主持人的钱先生真是很有长者风范，让参会人众先自我介绍。我照例躲在一旁，但也不能免俗。本来以为报个名字就可以过去，想不到钱先生好像居然知道我，还将我颇客气地谬奖了一通。与钱先生交往的感觉，就是"先生之风，山高水长"，那代人仍然所保有的古人风貌，让后辈感慨不已，他对学术的执着、对后辈的期望、对真善美的守护，每每在电话里听到他亲切的声音，总给我以很美好的记忆。

第二位是周宁教授，他好像也是那天北语会场的主持人之一。此前我写过一篇其大作《天朝遥远》的书评，没想到竟入他法眼。相识之后，也颇多往来。他曾邀我和夏可君在人大的咖啡馆聊天，之后又一起吃饭，记得看他离去的脚步一伸一拐，还以为他是扭伤了脚，后来才知道他是少年打球留下的"纪念"，那一履一履坚实的步伐又何尝不是他走在学术和人生路上最好的表征呢！后来他申请教育部一个大项目时候，又邀我做他的项目组成员，陪他参加教育部的项目面试；再度谋面，是厦大人文学院组织的"中国现代大学创校理念"研讨会；而让我甚为感谢的，是周宁教授慨然为《变创与渐常——侨易学的观念》作序，虽然篇幅甚精，但却言简意赅，很敏锐地把握了此理论的要义，同时也含蓄地指出其不足之处。

他们两位联袂主编的"中外文学交流史丛书"，乃是一个很有意义的学术积累工作。虽然就我的浅见看来，以中国现代学术的积累，远没有到达撰作系统性的文学交流史的地步，但有尝试总比没有好。这个项目先被列入国家社科基金，日后又进入了国家出版基金，自然成为出版社的重中之重，祝丽女士作为这套丛书的责任编辑，也曾多次电话谆谆相嘱，对她的真诚和敬业，我也留下了很深刻的印象。承诺担任北欧卷的同仁临阵钝器，让主事者莫名惶恐；钱老师乃决定临阵换将，邀我出手。按道理来说，以我的本色当行，该是研究德国才是，但事起仓促，临时补台，本属应命。本来以我的写作习惯，是绝对不会答应这些"外扰之务"的，但冲着他们三位的面子，我虽然口头没有承诺，但知道自己一定会尽力帮助补台。此世虽人心不古，但我仍坚信道义的力量、人的情感和高山流水的声音。

虽然 2012 年已开始陆续设计此书提纲，并开始逐步撰作，但手头诸多事务缠身。尤其是社科院 2011 年开始筹备"创新工程"，我作为核心成员参与了外文所整体项目的设计工作，殚精竭虑、恶补新知，而身心皆伤，很是衰颓了一阵；2012 年开始执行，又作为首批被聘的首席研究员，在科研任务之外，还必须承担学术管理和组织之事，率领团队攻关，其工作强度和力度远非昔比，社科院原来那种幽静恬淡的田园牧歌式生活似乎"一去不复返"。所以从拟定提纲到进入写作，也耽搁了不少时间；严格说来，2013 年初我完成了陈建华教授主持的"新中国外国文学研究六十年"的子项目《六十年来的中国德文学科》，乃集中精力撰作此书，主要不外乎求知向学、进入一个新的知识世界而已。这期间还经历了诸种经验困顿，乃至事务性的考验，但撰述求知的过程是极为快乐的，因为这让我完全打开了另外一个新天地，其中的收获和开启的思维新境是无以言喻的"芝麻开门"之乐。

但说实话，这几年过得实在太累了，不是研究工作本身的"繁重"，那在我是引以为乐的；而是之外的各种工作过于牵扯精力，却又不得不勉力应对。原来计划的事情基本上都没有做。总觉得还是有着自己的学术使命和文化理想的，有一些事情是更应该做的。然而岁月如梭，时光流走不再，转眼间已过不惑之年，在人生的漫长道路上，还有多少有待跨越的门槛，"雄关漫道真如铁，而今迈步从头越"。知所限止，或许是一个学人必须学会的策略思维；但知难而上，同样是一个知识人必须坚守的学术伦理原则。

在这里，我又使用了"侨易"这个概念，似乎并非严格的学理意义。侨易学是我这些年致力用功的立身之基，相对于专门性的理论阐释，我更倾向于在学术思维上使用侨易观念，所以这里也是别具意味的尝试。路正长，天道也在，人走过的道路，其实终究只是大道践履的一个极其微小的部分，由此而言：大道侨易，吾人求知；敬畏自然，生命履践。

李征博士和我的学生陈安蓉、董琳璐帮我核对材料、编制文献、西文—中文名词对照表、索引等，也特此致谢。

叶　隽

2014 年 4 月 21 日完成于京城陋室

编后记

　　随师兄去府上拜访钱林森教授，满怀激动与期望，已是九年前的事了。那天讨论的出版项目，占去此后我编辑生涯的主要时光，筹划项目、联系作者、一次又一次的编写会，断断续续地收稿、改稿，九年就这样在焦急的等待、繁忙的工作中过去了，而九年，是一位寿者生命时光的十分之一，是我编辑生涯中最美好的日子……每每想到这里，心中总难免暗惊。人一生有多长，能做多少事，什么是值得投入一生最好时光的事业？付诸漫长时光与巨大努力的工作，一旦完成，最好的报偿是什么呢？这些问题困扰着我，只是到了最后这段日子，我才平静下来。或许这些困惑都是矫情，尽心尽力、无怨无悔地做完一件事，就足够了。不求有功，但求告慰自己。

　　《中外文学交流史》17卷终于完成，钱老师、周老师和各卷作者们付出了巨大的努力，我心怀感激。在这九年里，有的作者不幸故去，有的作者中途退出，但更多的朋友加入进来。吕同六先生原来负责主持意大利卷，工作开始不久不幸去世。我们深深地怀念吕同六先生，他的故去不仅是中国学术界的巨大损失，也是我们这套丛书的损失。张西平先生慷慨地接替了吕先生的工作，意大利卷终于圆满完成。朝韩卷也颇多波折，起初是北大韩振乾先生承担此卷的著述，后来韩先生不幸故去，刘顺利先生加入我们。刘顺利先生按自己的学术思路，一切从头开始，多年的积累使他举重若轻，如期完成这本皇皇巨著。还有北欧卷，我们请来了瑞典的陈迈平（万之）先生，后来陈先生因为心脏手术等原因而无力承担此卷撰著。叶隽先生知难而上。期间种种，像叶隽所说，"使我们更加坚信道义的力量、人的情感和高山流水的声音"。李明滨、赵振江、郅溥浩、郁龙余、王晓平、梁丽芳、朱徽先生都是学养深厚的前辈，他们加入这个团队并完成自己的著作，为这套丛书奠定了坚实的学术基础，也提高了丛书的品位。卫茂平、丁超、宋炳辉、姚风、查晓燕、葛桂录、马佳、郭惠芬、贺昌盛先生正值盛年，且身当要职，还在百忙之中坚持写作，使这套丛书在研究的问题与方法上具备了最前沿的学术品质。齐宏伟、杜心源、周云龙都是风头正健的学界新秀，在他们的著述中，我们看到了中外文学关系史研究的美好前景。

这套书是个集体项目，具有一般集体项目的优势与劣势，成就固然令人欣喜，缺憾也引人羞愧。当然，最让人感到骄傲与欣慰的是，这套书自始至终得到比较文学界前辈的关心与指导，乐黛云教授、严绍璗教授、饶芃子教授在丛书启动时便致信编委会，提出中肯的指导意见，以后仍不断关心丛书的进展。2005 年丛书启动即被列入"十一五"国家重点图书出版规划项目，2012 年，本套丛书获得国家出版基金资助，这既为丛书的出版提供了保障，我们更认为这是对我们这个项目出版价值的高度肯定，是一种极高的荣誉，因此我们由衷地喜悦，并充满感激。

丛书是一个浩大的学术工程，也得到了我们历任领导的高度重视和大力支持。2005 年策划启动时，还没有现今各种文化资助的政策，出版这套丛书需要胆识和气魄。社领导参与了我们的数次编写会，他们的睿智敬业以及作为山东人的豪爽诚挚给我们的作者留下了深刻的印象。丛书编校任务繁琐而沉重，周红心、钱锋、于增强、孙金栋、王金洲、杜聪、刘丛、尹攀登、左娜诸位编辑同仁投入了巨大热情和精力，承担了部分卷次的编校工作，周红心协助我做了许多细致的工作，保证了丛书项目如期完成。

感谢书籍装帧设计师王承利老师，将他的书籍装帧理念倾注到这套丛书上。王老师精心打磨每一个细节，从封面到版式，从工艺到纸张，认真研究反复比较，最终将传统与现代、中国与世界、文学与学术和书籍之美完美地融合在一起。丛书设计独具匠心而又恰如其分。

《中外文学交流史》17 卷在历经艰辛与坎坷之后，终得圆满，为此钱老师、周老师付出了巨大的努力。钱老师作为项目的发起人、主持人，自然功德无量，仅他为此项目给各位老师作者发的电子邮件，连缀起来，就快成一本书了。2007 年在济南会议上，钱老师邀请周老师与他联袂主编，从此周老师分担了许多审稿、统稿的事务性工作。师兄葛桂录教授的贡献是独特而不可替代的，没有他的牵线，便没有我们与钱老师、周老师的合作，这套丛书便无缘发生。

大家都是有缘人，聚在一起做一件事，缘起而聚、缘尽而散，聚散之间，留下这套书，作为事业与友情的纪念，亦算作人生一大幸事。在中国比较文学学术史上，在中国出版史上，这套书可能无足轻重，但在我自己的职业生涯中，它至关重要。它寄托着我的职业理想，甚至让我怀念起 20 多年前我在山东大学的学业，那时候我对比较文学的憧憬仍是纯粹而美好的，甚至有些敬畏。能够从事自己志业的人是幸福的，我虽然没有从事比较文学研究，但有幸从事比较文学著作的出版，也算是自己的志业。此刻，我庆幸自己是个有福的人！

祝　丽

图书在版编目（CIP）数据

中外文学交流史．中国 - 北欧卷 / 叶隽著 . -- 济南 ：
山东教育出版社，2014
ISBN 978－7－5328－8493－3

Ⅰ. ①中… Ⅱ. ①叶… Ⅲ. ①文学—文化交流—文化
史—中国、北欧 Ⅳ. ①Ⅰ109

中国版本图书馆 CIP 数据核字 (2014) 第 152852 号

中外文学交流史　　中国 - 北欧卷

钱林森　周　宁　　主编
叶　隽　著

总 策 划：祝　丽
责任编辑：祝　丽
装帧设计：王承利

主　管：山东出版传媒股份有限公司
出版者：山东教育出版社
　　　　（济南市纬一路 321 号　　邮编：250001）
电　话：(0531) 82092664　　传真：(0531) 82092625
网　址：http://www.sjs.com.cn
发行者：山东教育出版社
印　刷：济南大邦印务有限公司
版　次：2015 年 12 月第 1 版第 1 次印刷
规　格：787mm×1092mm　16 开本
印　张：17 印张
字　数：289 千字
书　号：ISBN　978－7－5328－8493－3
定　价：41.00 元